TANJA KINKEL

Mondlaub

Buch

Layla, Tochter des letzten Emirs von Granada und seiner zweiten rechtmäßigen Gemahlin kastilischer Abstammung, wächst mit ihrem Zwillingsbruder Tariq heran in der geheimnisumwitterten roten Burg, in der Harmonie von Springbrunnen, die Leben symbolisieren, Marmor und Gärten, wie der Prophet sie seinen Gläubigen versprach, aber auch mit den Intrigen des Harems um Macht und Nachfolge. Der Kampf zwischen ihrer Mutter und Aischa al Hurra, der ersten Frau Abul Hassan Alis, welche beide ihre Söhne um jeden Preis auf den Thron bringen wollen, erzwingen von ihr Entscheidungen, deren Konsequenzen sie nicht überblickt.

Die Folgen sind fürchterlich. Gepeinigt von Selbstvorwürfen und dem Wunsch nach Rache, folgt sie ihrer Mutter zu der Burg ihres christlichen Großvaters und beginnt ihre Wanderschaft zwischen der Welt des spanischen Islams, die in ihrem Todeskampf noch einmal die schönsten Herbstbilder des welkenden Laubs enthüllt, und dem Leben am Hofe einer faszinierenden Isabella von Kastilien und ihres Mannes Ferdinand von Aragon. Ihre Rückkehr nach Granada schließlich läßt sie teilhaben an den letzten Tagen des Emirats, und auch für sie kommt die Stunde der Entscheidung.

Autorin

Tanja Kinkel, geboren 1969 in Bamberg, schloß ihr Studium mit Auszeichnung ab und beschäftigte sich im Rahmen ihrer Promotion mit den historischen Romanen Lion Feuchtwangers. Mehrfach preisgekrönt und mit Stipendien ausgezeichnet, hat sie 1997 einen mehrmonatigen Studienaufenthalt in Pacific Palisades in Kalifornien, im ehemaligen Haus Lion Feuchtwangers, verbracht.

Tanja Kinkels Romane werden in neun Sprachen übersetzt.

Von Tanja Kinkel sind erschienen:

Wahnsinn, der das Herz zerfrißt. Roman (Goldmann TB 9729)
Die Löwin von Aquitanien. Roman (Goldmann TB 41158)
Die Puppenspieler. Roman (Goldmann TB 42955)
Die Schatten von La Rochelle. Roman (Goldmann TB 44084)
Unter dem Zwillingsstern. Roman (Goldmann TB 44671)
Die Söhne der Wölfin (Blanvalet, geb. Ausgabe 2560)

Tanja Kinkel

Mondlaub

Roman

GOLDMANN

Umwelthinweis:
Alle bedruckten Materialien dieses Taschenbuches
sind chlorfrei und umweltschonend.

Der Wilhelm Goldmann Verlag, München, ist ein
Unternehmen der Verlagsgruppe Random House GmbH

Einmalige Sonderausgabe Juni 2002

Umschlaggestaltung: Design Team München
Druck: Elsnerdruck, Berlin
Made in Germany · Titelnummer: 45346
ISBN 3-442-45346-1

www.goldmann-verlag.de

Für Klaus

PROLOG

DIE SAAT

Ich verbarg mich vor meiner Zeit im Schatten ihrer Schwingen.
Mein Auge sieht diese Zeit, sie aber sieht mich nicht.
Fragt man die Tage, was mein Name sei, sie wissen ihn nicht,
Noch weiß der Ort, da ich weile, wo ich bin.

Ibn al Arif, »Mahasin al-Madjalis«

Im Frühling des Jahres 876, Anno Domini 1471, wurde der Knabe Abu Abdallah Muhammad, Sohn des Emirs von Granada, von seinem Sklaven Ibrahim geweckt, als es noch dunkel war. Muhammad war zwölf Jahre, alt genug, um nicht mehr bei den anderen Kindern zu schlafen und seine eigenen Räume zu haben, und überdies war er der Kronprinz. Eigentlich hätte er auf niemanden mehr Rücksicht zu nehmen brauchen; dennoch kleidete er sich mit Ibrahims Hilfe so leise wie möglich an, fast geräuschlos, nachdem er die morgendlichen Waschungen und Gebete in aller Eile zelebriert hatte. Er war sehr aufgeregt, denn sein Vater hatte versprochen, ihn mit auf die Falkenjagd zu nehmen, und Muhammad würde heute zum erstenmal seinen eigenen Falken fliegen lassen, den er selbst abgetragen hatte.

Der Junge rannte fast, als er in dem Vorhof eintraf, wo die Pferde bereits gesattelt standen. Sein Vater, der Emir Abul Hassan Ali, war gerade dabei, einen der Falken zu beruhigen, die aus dem Verschlag gebracht wurden. Er streichelte ihn mit einer Feder und stieß leise, monotone Laute aus. Muhammad sah ihm schweigend zu – er wußte es besser, als jetzt etwas zu sagen – und fuhr dann zusammen, als sich von hinten eine Hand auf seine Schulter legte.

»Du vergeudest wahrhaftig keine Zeit, Junge.«

Beim Klang der Stimme entspannte sich Muhammad. Er drehte sich um und begrüßte seinen Onkel, der denselben Namen wie er trug, aber von allen nur al Zaghal genannt wurde, »der Tapfere«. Schon bald nach seinen ersten Kämpfen hatten ihn seine Männer mit diesem Beinamen geehrt, und Muhammad konnte sich nicht erinnern, daß man seinen Onkel je anders angesprochen hatte. Lediglich der Fürst von Granada nannte seinen Bruder gelegentlich Muhammad.

»Heute«, sagte Muhammad der Jüngere leise, mit unterdrückter Erregung, »werde ich Zuleima das erstemal frei fliegen lassen.«

Sein Onkel nickte verständnisvoll. »Dein erster Falke, wie? Wahrlich ein besonderer Tag.«

»Und er hat lange genug darauf gewartet«, meinte Muhammads Vater, der seinen eigenen Falken inzwischen sicher auf dem Block vor seinem Sattel abgesetzt hatte, lächelnd. »Ich habe ihm gesagt, ein Falke gehört dem Jäger nur dann, wenn er ihn selbst zähmen kann, etwas, was viele erwachsene Männer nicht fertigbringen, weil es ihnen an Geduld fehlt – aber Muhammad hat es geschafft.«

Wohlwollender Stolz und Anerkennung lagen in seiner Stimme, und Muhammad versuchte, nicht zu erröten. Lob von seinem Vater war hoch geschätzt und selten. Er überspielte seine verlegene Freude, indem er selbst ins Falkenhäuschen ging, um Zuleima nach draußen zu bringen. Drinnen war es fast vollkommen dunkel, nur eine sorgfältig abgeschirmte Öllampe glühte vom Dachbalken herab. Aber Muhammad brauchte kein Licht, um Zuleima zu finden. Er kannte den Weg inzwischen so gut wie den scharfen, durchdringenden Geruch nach Vögeln und schmutzigem Stroh, der den Verschlag durchzog. Hier hatte er gestanden, manche Nacht lang, mit verkrampften Beinen und schmerzendem Rücken, und hatte darauf gewartet, daß das Wanderfalkenweibchen brach, daß es von seinem Handschuh kröpfte. Es hatte eine Ewigkeit gedauert, und mehr als einmal war Muhammad nahe daran gewesen, aufzugeben oder einzuschlafen. Aber der Gedanke an die verächtliche Stimme seines Vaters, die sagte: *»Wer einschläft, ist es nicht wert, einen Falken auch nur anzusehen«*, hielt ihn immer wieder wach. Und als Zuleima schließlich von seiner Hand gekröpft hatte, war es ihm wie ein überwältigender Triumph erschienen.

»Zuleima«, flüsterte er jetzt und lockerte langsam den geschlitzten Riemen, der den Vogel an den dünnen Ständer band. »Du Wunder.«

Als er mit dem Falken nach draußen kam, saßen sein Vater und al Zaghal bereits im Sattel. Muhammad dachte, daß sie sich sehr ähnlich sahen: Beide hatten die scharfgeschnittenen, unerbittlichen Züge der Banu Nasr, ihrer Familie, beide waren groß und von der Sonne und Wind gebräunt. Aber während al Zaghals Mund dünn und streng wie eine Damaszenerklinge war, neigte der Abul Hassan Alis, großzügig und sinnlich, sich häufig dem Gelächter und den Freuden des Lebens zu.

Sie hatten die Stadt bald hinter sich gelassen, und aus der Morgendämmerung schälten sich die schneebedeckten Berge hervor wie ungeheure Ifrits, die Luftgeister der

Märchen, aus den Wolken. Es würde ein wunderbarer Tag werden, und Muhammad war entschlossen, jede Minute davon zu genießen. Sein Onkel indessen hatte an diesem Morgen mehr als nur die Falknerei im Sinn. Al Zaghal drängte sein Pferd näher an das des Fürsten von Granada heran und signalisierte ihm, etwas zurückzubleiben.

»Bruder«, sagte al Zaghal unvermittelt in seiner rauhen Stimme, »was glaubst du, warum ich aus Malaga hierhergekommen bin?«

»Um mich zu besuchen, hoffe ich«, erwiderte Ali lächelnd. Al Zaghal machte eine ungeduldige Handbewegung. »Zwölftausend Dinare«, sagte er. »Wie lange noch? Wie lange willst du diesen Tribut noch zahlen, zu dem unser Vater sich von den Christen hat zwingen lassen? Wie lange werden wir uns noch demütigen müssen vor den Ungläubigen?«

Ali seufzte. »Du weißt genau, daß unser Vater die Christen nur so aufhalten konnte – mit Geld. Sie hatten den Jabal Tariq erobert, verwüsteten bereits unser Land. Sie waren stärker.«

»Damals.« Al Zaghal stieß einen verächtlichen Laut aus. »Vor zehn Jahren. Aber jetzt hat der König von Kastilien die Wahl zwischen zwei Weibern als Nachfolger, seine Edlen sind untereinander zerstritten, der König von Aragon bekriegt sich mit dem König von Portugal – nun ist der richtige Moment gekommen, Ali! Hör auf, den Tribut zu zahlen. Hol unsere Brüder aus Fez zu Hilfe, und ich sage dir, die Anhänger des Propheten werden al Andalus ein zweites Mal erobern!«

»Unsere Brüder aus Fez«, wiederholte der Fürst von

Granada gedehnt. »Kannst du dich nicht erinnern, Bruder, was das letztemal geschah, als ein Emir von Granada das versuchte? Sie kamen, ja, und sie blieben und entthronten ihn, und er mußte mit Hilfe der Ungläubigen seinen Thron zurückerobern. Schande!«

»Aber«, unterbrach al Zaghal, doch Abul Hassan Ali war noch nicht fertig. »Und was die Ungläubigen selbst angeht – sie mögen jetzt zerstritten sein, zumindest die Kastilier, aber wenn wir sie angriffen – weißt du, was geschehen würde? Sofort wären sie wiedervereint. Sie betrachten es als heilige Sache, uns völlig aus al Andalus zu vertreiben, und das werde ich nicht zulassen.«

Al Zaghal setzte zu einer hitzigen Antwort an, aber Ali hob die Hand. »Genug davon. Die erste Falkenjagd meines Sohnes ist nicht der Ort für ein solches Gespräch.«

Muhammad hatte mehr von dem Gespräch verstanden, als sein Vater und sein Onkel beabsichtigt hatten, und er machte sich seine Gedanken. Seine Lehrer hatten ihn mit der Geschichte seiner Heimat vertraut gemacht. Damals, als Tariq der Eroberer und Musa ben Nusair die alte römische Provinz Hispania von den Westgoten erobert und sie al Andalus genannt hatten, waren sie bis Narbonne in Gallia vorgedrungen. Lange Zeit hatte das große Gebirge al Andalus die natürliche Grenze im Norden dargestellt. Doch inzwischen, siebenhundert Jahre nachdem Tariq das Land an der nach ihm benannten Stelle – Jabal Tariq – zum erstenmal betreten hatte, war von al Andalus nur Granada geblieben. Wie war das den Christen gelungen, obwohl sie einander ständig befehdeten, wie es zur Zeit wieder geschah?

Er wußte, daß der König von Kastilien, Enrique, der

seinem, Muhammads, Großvater den Tribut abgezwungen hatte, keinen Sohn hatte. Statt dessen besaß er eine Schwester, Isabella, und eine Tochter, Juana. Beide erhoben Anspruch auf die Thronfolge, und beide fanden unter den Granden Unterstützung. Wenn sich, wie sein Vater prophezeite, die Christen dennoch einigen würden, um gegen Granada zu kämpfen, mußte ihnen der Haß gegen die Moslems wirklich das Wichtigste sein, was Muhammad nicht ganz verstand. Schließlich hatte kein moslemischer Herrscher in al Andalus je versucht, den Christen ihren Glauben zu nehmen und sie mit Gewalt zum Islam zu bekehren. *»Siehe, sie, die da glauben, und die Juden und die Nazarener – wer immer an Allah glaubt und an den Jüngsten Tag und das Rechte tut, die haben ihren Lohn bei ihrem Herrn, und Furcht kommt nicht über sie, und nicht werden sie traurig sein.«*

So lehrte es der Koran. Muhammad entschied, daß ihn die Christen zu sehr verwirrten, um weiter über sie nachzugrübeln. Schließlich war heute *der* Tag, sein Tag, und es war an der Zeit, die Falken fliegen zu lassen.

Die Treiber hatten inzwischen eine Schar Rebhühner aufgestöbert, und Muhammad biß sich vor Aufregung auf die Lippen. Sein Vater lächelte ihn an. »Du zuerst«, sagte er. Muhammad schluckte. Nun kam die letzte, die endgültige Prüfung für einen Falkner: Würde der Falke zu ihm zurückkehren? Mit bebenden Händen entfernte er die Haube von Zuleimas Kopf. Der Falke schüttelte sich, spreizte das Gefieder. Die gelben Augen blinzelten. Muhammad holte tief Luft. Dann hob er seine Faust. Er spürte, wie Zuleima sich ein wenig ausbalancierte. Dann entfaltete sie ihre Flügel, peitschte die Luft und stieg in einem hohen, schrägen Bogen geradewegs in das Licht der Morgensonne auf.

Muhammad stieß den angehaltenen Atem aus. Sein Vater und al Zaghal sagten nichts. Stumm beobachteten sie den makellosen Flug des Falken, seine schwebende Eleganz. Aber der Vogel machte keine Anstalten, die Rebhühner zu verfolgen, auf die er ihn angesetzt hatte. Auf Muhammads Stirn begann eine kleine Ader zu pochen. Hatte er den Falken verloren?

Da veränderte sich Zuleimas Flug. Al Zaghal sagte etwas, doch Muhammad hörte ihn nicht. All seine Sinne waren auf den Falken gerichtet, den Falken, der sich nun herabstürzte auf etwas, das sich außerhalb ihrer Sichtweite befand. Pferdegetrappel drang an sein Ohr, und plötzlich wurde ihm bewußt, daß etwas nicht stimmte.

Al Zaghal fluchte. »Welcher Dummkopf kann das sein? Der verscheucht uns noch das ganze Wild und macht die Vögel nervös.«

Ali sagte nichts, aber seine Brauen zogen sich unheilverkündend zusammen. Ein Schatten fiel auf Muhammad, und er konnte gerade noch rechtzeitig den Arm ausstrecken, um Zuleima in Empfang zu nehmen. Er war so glücklich über ihre Rückkehr, daß er erst beim zweiten Hinsehen erkannte, was sie ihm gebracht hatte.

»Eines der Rebhühner! Sehr gut«, sagte sein Vater beifällig. Schnell, wie er es gelernt hatte, schnitt Muhammad den Kopf des Rebhuhns ab und stopfte den Körper in seine Satteltasche. Dann gab er Zuleima ihre vorbereitete Belohnung und beobachtete strahlend, wie der gierige Vogel sich auf das Fleisch stürzte. Sein Herz hämmerte. Sie war zu ihm zurückgekehrt!

Sein Vater war gerade dabei, die Haube seines eigenen Falken abzunehmen, als das Geräusch von vorhin lauter wurde und näher kam. Ali hielt inne. Er mußte nicht lange auf die Störenfriede warten. Auf der Lichtung erschienen in rascher Folge ein christlicher Edelmann und seine Begleiter, offensichtlich, wie das erlegte Reh auf einem ihrer Lasttiere bewies, ebenfalls auf der Jagd.

Muhammads Augen weiteten sich. Granada befand sich seit einiger Zeit nicht im Kriegszustand mit einem der christlichen Staaten, doch der Junge hatte noch nie die Gelegenheit gehabt, Christen kennenzulernen, die weder Sklaven noch Botschafter waren. Er studierte die merkwürdige Kleidung, die seltsame Art zu reiten, so steif, so gezwungen. Al Zaghal sog hörbar den Atem ein. Abul Hassan Ali befestigte erst den Falken wieder auf seinem Bock, bevor er sich den Neuankömmlingen zuwandte, die über die Begegnung offensichtlich ebenso verblüfft waren wie die Araber.

»Was«, fragte er ungehalten in schwerem Kastilisch, »wollt Ihr hier? Ich sehe, daß Ihr nicht in kriegerischer Absicht kommt, aber die Grenze ist mehr als eine Tagesreise entfernt, und niemand zieht so weit ins Landesinnere ohne Erlaubnis des Fürsten.«

Der christliche Edelmann hatte sich inzwischen wieder gefangen. Er war etwa so alt wie al Zaghal, vierschrötig und muskelbepackt. Er warf einen Blick auf seine Begleiter. Ihre Anzahl übertraf die der Moslems, die er vor sich sah. Sein Gesicht glänzte in der Sonne, als er herausfordernd antwortete: »Welches Fürsten? Euer Emir ist doch nur ein Vasall unseres Herrn, und seine Erlaubnis haben wir!«

Al Zaghal straffte sich und wollte sich auf ihn stürzen, doch Ali hielt ihn zurück. »Ach, wirklich?« fragte er mit sanfter Stimme. »Nun, dann brauche ich Euch nicht als Gast zu behandeln. Sprechen wir von Jäger zu Jäger. Ihr seid hier durch den Wald geprescht wie eine Horde Wildschweine und habt mein Wild verscheucht, ganz zu schweigen von den Falken, die Ihr verstört habt. Jeder Jäger weiß, wie man sich zur Jagdzeit in den Wäldern zu verhalten hat. Ich muß also annehmen, daß Ihr entweder bodenlos dumm seid oder daß es Euch ernsthaft an Erziehung mangelt, etwas, was Euer König sicher gerne behoben sehen möchte. Ich bin ein großzügiger Mensch. Würdest du ihre Erziehung beenden, Bruder?«

»Mit dem größten Vergnügen«, knurrte al Zaghal. Der Kastilier war irritiert. Er schaute unsicher von dem lächelnden Ali zu dem irgendwie bedrohlich wirkenden al Zaghal. Einige der arabischen Treiber waren inzwischen zurückgekehrt und lösten sich aus dem Gebüsch, was das Mehrheitsverhältnis ein wenig veränderte. Alis Lächeln vertiefte sich, und plötzlich beschloß Don Juan de Vera, Abkömmling edlen kastilischen Geblüts, daß es sich nicht lohnte, mit einer Handvoll Heiden jenseits der Grenze einen Streit mit ungewissem Ausgang vom Zaun zu brechen. Er nickte seinen Begleitern zu, machte kehrt und ritt ohne ein weiteres Wort davon.

Al Zaghal lehnte sich in seinem Sattel zurück und lachte. Er lachte noch, als Ali ruhig aufs neue seinen Falken auf den Handschuh nahm und die Haube löste.

»Erinnere dich immer daran, Neffe«, keuchte er, als er wieder zu Atem gekommen war, »so riecht der Angstschweiß der Christen!«

Der Rest des Tages verging ohne weitere Störungen. Sie jagten, genossen den Frühling Granadas, und als sie am Abend in die Alhambra zurückkehrten, müde und zufrieden, dachte Muhammad nicht mehr an den Zwischenfall. Er nahm ein Bad, speiste mit seiner Mutter, der Sejidah Aischa, konnte es nicht unterlassen, vor einigen seiner jüngeren Halbgeschwister mit den Heldentaten seines Falken zu prahlen, und ging dann rundherum glücklich ins Bett.

Meilen entfernt, in der Stadt Baza, bereitete sich an diesem Abend ein Mädchen ebenfalls auf den Schlaf vor. Sie war nur zwei Jahre älter als Muhammad, lebte seit etwa eineinhalb Jahren fern ihrer Heimat und war eine Sklavin. Als Tochter eines Granden, des Don Sancho Ximenes de Solis, hatte sie seit ihrer Entführung ihre wechselnden Herren immer wieder beschworen, sie nicht zu verkaufen, sondern ihren Vater um Lösegeld zu bitten. »Er wird bezahlen, was immer Ihr verlangt«, hatte sie gefleht; sie hatte abwechselnd gebettelt und mit seiner Rache gedroht. Doch allmählich fing sie an, zu begreifen, daß es keine Rolle mehr spielte, daß sie Isabel de Solis war, Nachfahrin einer langen Reihe von kastilischen Edelleuten. Sie hätte genausogut ein Bauernmädchen sein können, seit jenem Herbsttag, an dem einer der abenteuerlichen Sklavenhändler Granadas wieder einmal einen Streifzug über die Grenze unternommen hatte.

Isabel war mit den Geschichten über die blutrünstigen Heiden aufgewachsen, hatte ihren Vater immer wieder sagen hören, daß es die Pflicht jedes Christen sei, sie zu vernichten, und daß der König nie hätte Frieden mit ihnen schließen dürfen. Aber niemand hatte sie darauf vorbereitet, daß sie den Schreckgespenstern ihrer Kindheit in die Hände fallen könnte. In all den Liedern über den Cid Campeador und seine heroischen Kämpfe gegen die Mauren war nie erwähnt worden, welches Schicksal die Prinzessinnen erwartete, die nicht aus ihren Türmen gerettet wurden. Nun, Isabel hatte es herausgefunden.

Ihr derzeitiger Herr, der dritte bereits, war ein Eunuch, was Isabel zuerst zu einem Dankgebet veranlaßt hatte, bevor sie entdecken mußte, daß auch Eunuchen Mittel und Wege finden konnten, um sich zu befriedigen. Gestern hatte er angekündigt, daß er Isabel weiterverkaufen würde, »möglicherweise an einen großen Herrn«, wie er geheimnisvoll bemerkte. Das hatte Isabel aus der Apathie gerissen, in die sie seit einiger Zeit wieder verfallen war, und sie zu einem letzten verzweifelten Appell veranlaßt, doch bitte ihren Vater zu benachrichtigen. Sie hatte seither nichts mehr gegessen; ausgehungert, dachte sie, konnte man sie nicht weiterverkaufen, und der Eunuch mißhandelte sie zumindest nicht; wer konnte wissen, was nach ihm kommen mochte. Sie schrak auf, als die Tür zu dem kleinen Raum sich öffnete, in den man sie ihrer Halsstarrigkeit wegen gesperrt hatte. Es war ihr Herr; er stand im Türeingang und betrachtete sie stumm. »Habt Ihr an meinen Vater geschrieben?« fragte sie mit zitternder Stimme, vergeblich bemüht, sie fest klingen zu lassen.

Der Eunuch seufzte und setzte sich zu ihr, ohne sie zu berühren. »Törichtes Mädchen«, sagte er. Seine Stimme klang noch nicht einmal unangenehm, sondern melodisch und schwingend. »Glaubst du denn, dein Vater möchte dich zurückhaben – so, wie du jetzt bist? Sofort nach deiner Entführung, ja; aber welcher Mann mit etwas Stolz will zugeben, daß man seine Tochter zur Hure gemacht hat?«

Er sprach sachlich, ohne Schärfe. »Allah weiß, wenn die Narren, die dich gefangen hatten, in meinen Diensten gestanden wären, sie hätten dich nicht angefaßt. Jungfrauen sind selten und kostbar. Aber jetzt – was glaubst du, warum ich mich so lange bemüht habe, aus dir eine Frau mit etwas Fleisch und Erfahrung zu machen? Auch das ist wertvoll, und wenn du klug bist, kannst du weit mit dem kommen, was ich dir beigebracht habe. Wenn du klug bist und nicht darauf bestehst, dich zu verunstalten. Sei vernünftig morgen, wenn mein Freund aus der Hauptstadt kommt.«

Damit stand er auf, klopfte ihr einmal auf die Schulter und ging. Sie starrte ihm nach. Vor noch nicht einmal achtzehn Monaten war Isabel ein Kind gewesen, das vom Leben immer nur das Beste erwartete, aufgewachsen in einer privilegierten Umgebung. Ihr kam es vor, als läge diese Zeit so weit zurück, daß sogar die Erinnerung daran schwerfiel. Mittlerweile hatte sie gelernt, daß niemand ihr zu Hilfe kam, wenn sie schrie, daß es niemanden kümmerte, was aus ihr wurde ... sogar ihren Vater nicht. Der Eunuch hatte recht. Er würde sich ihrer schämen, wäre wahrscheinlich froh über ihren Tod.

Sie begann wieder zu weinen, wie sie es in den letzten achtzehn Monaten so oft getan hatte, doch sie bemerkte es kaum noch. Ihre Tränen schienen nur noch ein Echo ihrer Vergangenheit zu sein, genau wie ihre Verzweiflung und ihre Hoffnungen. Zögernd griff sie nach dem Brot, das sie bisher verschmäht hatte. Ihr Magen revoltierte nach dem ersten Bissen, und sie brauchte eine Stunde, bis sie tatsächlich in der Lage war, Nahrung und Wasser bei sich zu behalten, doch in dieser Stunde hatte sie einen Entschluß gefaßt, der ihr altes Selbst unter sich begrub.

Niemand würde sie retten, wenn sie sich nicht selbst rettete.

I

Granada

Gott segne sie, die schöne Zeit, verlebt in der Alhambra.
Verging die Nacht, so gingst du hin, zum Stelldichein bereit.
Der Boden schien dir dann von Silber, doch wie bald schon hüllte
die Morgensonne die Sabika in ihr goldnes Kleid.

Ibn Malik

Zwillinge, so lehrte der große Ibn Sina, sind von Geburt an weniger lebensfähig. Einige seiner Kommentatoren fügten hinzu, Zwillinge seien außerdem dazu bestimmt, Unglück nicht nur für sich, sondern auch für ihre gesamte Umgebung heraufzubeschwören. Für die Zwillinge, die in der roten Burg Granadas, *al qual'a al-hamra*, zur Welt kamen, hatte das Unglück schon lange vorher begonnen: an dem Tag, als Abul Hassan Ali, der Herrscher von Granada, zum erstenmal Isabel de Solis sah.

Der oberste Eunuch hatte einige neue Sklavinnen für den Harem seines Herrn erworben. Das war in diesen schwierigen Zeiten zwar nicht alltäglich, besonders, da der Harem nicht übermäßig groß war und Ali an seiner Gemahlin, Aischa al Hurra, hing, aber es war auch nicht so ungewöhnlich. Ungewöhnlich war nur eines. Abul Hassan Ali sah Isabel de Solis und verliebte sich in sie.

Er gab ihr eigene Räume und eine eigene Dienerschaft und überhäufte sie mit Geschenken. Nicht länger besuchte er die anderen Konkubinen seines Harems, und nicht länger teilte er das Bett mit seiner Gemahlin Aischa al Hurra. Die neue Leidenschaft des Fürsten versetzte die Alhambra in Aufregung, sorgte für Wogen des Klatsches, die sogar in die christlichen Königreiche überschwappten. Aber immer noch nahm man an, es handle sich um ein zwar erstaunliches, aber kurzlebiges Phänomen, wie eine Sternschnuppe.

Doch Aischa war erbittert und zornig. Sie war keine Konkubine, die man beiseite schieben konnte, wenn einem die Laune danach stand. Sie war die rechtmäßige Gattin des Herrschers von Granada, die Tochter eines seiner Vorgänger auf dem Thron, die Mutter seines Erben, in ihren Adern floß das Blut des Propheten, und sie würde nicht zulassen, daß eine christliche Sklavin soviel Zeit und Aufmerksamkeit ihres Gemahls in Anspruch nahm. Sie begann, Isabel bei jeder Begegnung zu schikanieren und zu demütigen.

Isabel verbeugte sich, wie Aischa es verlangte, fiel auf die Knie, bediente sie im Bad. In ihrem Innern fing sie an, Aischa zu hassen, aber noch mehr als die gegenwärtige Feindseligkeit von Abul Hassan Alis Gemahlin beunruhigte sie der Gedanke, was Aischa mit ihr tun würde, wenn die Leidenschaft des Fürsten einmal erlosch. Wenn Isabel einfach eine vergessene Konkubine mehr war. Sie hatte es satt, immer nur ein Opfer zu sein, und sie war nicht weniger willensstark als Aischa.

Isabel handelte. Sie trat zum Islam über und nahm den Namen Zoraya an, »Morgenröte«. Und dann verwandelten sich die Wellen des Klatsches um die neue Favoritin des Emirs in ein Erdbeben. Abul Hassan Ali verkündete, er würde sie zu seiner zweiten Gemahlin machen. Seine Ratgeber, Hauptleute, Freunde protestierten, und das Volk schrie auf den Straßen von Granada: »Tod der fremden Frau!« Der Koran gestattete einem Mann zwar vier legitime Frauen, doch seit den ersten Jahrzehnten nach der Eroberung von al Andalus hatte kein Herrscher eine *Christin*, selbst wenn sie sich zum rechten Glauben bekannte, zu seiner Frau gemacht. Zu seiner Konkubine, ja – als Sklavinnen waren die Kastilierinnen sogar recht begehrt –, aber niemals zu seiner rechtmäßigen Gemahlin.

Ali tat es, gegen alle Ratschläge und Drohungen.

Ein Jahr später brachte seine neue Gemahlin Zwillinge zur Welt, ein Mädchen und einen Jungen. Er ließ sie den Namen für ihre Kinder wählen, und um ihm zu gefallen, wählte sie zwei Namen aus der arabischen Geschichte: Tariq und Layla. Als Aischa davon hörte, lachte sie verächtlich.

»Tariq, in der Tat«, sagte sie. »Die Christin will ihren Sohn also nach dem Eroberer von al Andalus nennen? Weiß sie nicht, daß der arme Tariq ein Freigelassener war und für seine Eroberung nur Undank von seinem Kalifen erntete? Wahrlich, ein gutes Vorzeichen für einen Sohn. Und Layla? Will sie, daß die Freier ihrer Tochter wahnsinnig vor Liebe werden und sich umbringen, wie der arme Narr, der diese rührseligen Gedichte auf Layla schrieb?«

Es dauerte nicht lange, bis diese Äußerungen Isabel hinterbracht wurden, und sie schlug sofort zurück. »Merkwürdig ist es«, sagte sie, »daß Aischa al Hurra sich solche Sorgen um die Namen meiner Kinder und sowenig um die Namen ihres eigenen macht. Waren Abdallah und Muhammad nicht die Namen zweier Fürsten, die abgesetzt wurden und ihre Tage im Elend beschlossen, im Gefängnis?«

Aischa war zunächst sprachlos über soviel Frechheit, doch dann machte sie sich zum erstenmal Sorgen. Was, wenn die Christin mit ihrer Äußerung über die entthronten Fürsten mehr im Sinn hatte als nur einen Schlagabtausch? Sie ließ erkunden, wann Zoraya die Gärten besuchte, und erschien zur selben Zeit.

Die Sommermonate mit ihrer erbarmungslosen Hitze, die sich wie eine Schlinge um den Hals der Menschen legte, hatten den Hof schon längst veranlaßt, in die Sommerpaläste des Generalife umzuziehen. Der Generalife war ein Bestandteil der riesigen roten Festung, die über Granada regierte, aber in diesem Teil der Alhambra huldigten die wenigen Gebäude, die es gab, nur den Pflanzen und dem Wasser. Das Geländer der Treppe, an der sich die Gemahlinnen des Emirs trafen, bestand aus einer hohlen Rinne, die das Wasser aus den Bergen in die tiefer gelegenen Becken des Generalife leitete. Um den Hof, zu dem diese Treppe führte, hatte man ein Labyrinth aus Sträuchern angelegt, so daß Aischa und ihre Rivalin nahezu ungestört waren.

Isabel, der Aischas Fragen nicht verborgen geblieben waren, hatte sich entschlossen, nichts dem Zufall zu überlassen, und trug ihren Sohn Tariq auf dem Arm; die Amme der Zwillinge, Fatima, folgte ihr mit dem Mädchen Layla und schrak unwillkürlich zusammen, als sie Aischa gewahrte, obwohl man die Sejidah erwartet hatte. Aischa, Tochter eines Emirs (selbst wenn dieser nicht weniger als viermal entthront worden war) und Gemahlin eines Emirs, neigte mit ihren markanten Zügen und ihrer großen, stattlichen Erscheinung dazu, die Menschen selbst dann einzuschüchtern, wenn sie es nicht darauf anlegte. Isabel de Solis, kleiner, zierlicher, vor allem aber jünger, spürte die gebieterische Ausstrahlung der Frau sehr wohl, doch sie hatte nicht die Absicht, sich noch einmal vor Aischa zu demütigen. Sie nahm die Gegenwart der Älteren nur mit einem kurzen Nicken zur Kenntnis. Die Zeiten, in denen sie sich vor Aischa – oder überhaupt jemandem – hatte verbeugen müssen, waren vorbei.

Aischa warf einen eisigen Blick auf die Kinder. »Zwillinge«, sagte sie laut und deutlich, »gelten bei uns als Unglücksbringer. Sie leben meist nicht sehr lange.«

Die Amme Fatima konnte einen erschrockenen Ausruf nicht unterdrücken. Isabel stand sehr still. Dann hob sie das Kinn und sah Aischa direkt in die Augen.

»Es ist Euer Sohn, Sejidah, nicht meiner«, entgegnete sie ebenso klar, »von dem es heißt, daß er Granada zu Fall bringen würde. Vielleicht wäre es gut, wenn er nie auf den Thron käme.« Kein Laut kam von Fatima oder Aischas Gefolge. Die beiden Frauen standen da, in der Nachmittagssonne, und rührten sich nicht. Sie schauten einander nur an, endlos. Beide hatten verstanden, was gesagt worden war. Es war Aischa, die sich zuerst abwandte.

»Hütet Eure Schritte«, sagte sie und ging. Isabel de Solis blieb an jenem Nachmittag noch lange in den Gärten. Als sie in den Palast zurückkehrte, begann sie mit ihrem Feldzug, um Tariq an die Stelle Muhammads zu setzen.

Die Zwillinge wußten nichts von den Weissagungen oder Prophezeiungen, als sie anfingen, sich ihrer Umgebung bewußt zu werden, nichts von Ibn Sinas naturwissenschaftlicher Skepsis noch von den Gerüchten, die besagten, daß Aischas Sohn Muhammad laut seinem Geburtshoroskop der letzte Emir von Granada sein würde. Sie wußten zunächst überhaupt nichts von einer Welt außerhalb der roten Festung; denn die Alhambra war groß genug, um in sich Moscheen, Friedhöfe, Bäder, Schulen und Bibliotheken zu bergen. Es bestand gar keine Notwendigkeit, die Stadt zu betreten.

Für Layla, die eher als Tariq begann, den Dingen einen Namen zu geben, war die kühle Eleganz der Säulenhöfe lange das, was die Amme als »Paradies« und »Sitz Allahs« bezeichnete, und es bereitete ihr Schwierigkeiten, sich Wälder vorzustellen, die nicht mit Springbrunnen und allgegenwärtigen Wasserbecken zu einer einzigartigen Landschaft aus Pflanzen und Steinen verschmolzen. Lediglich die Berge der Sierra Nevada überragten die Alhambra und erschienen ihr wie unbekannte, geheimnisvolle Riesen, die sie nicht einordnen konnte. Zunächst glaubte sie, es handle sich um die Dschinn oder Ifrits aus Fatimas Geschichten, und als man ihr sagte, daß es sich dabei um ähnliche Orte handelte, wie der rote Hügel, auf dem die Alhambra stand, nur eben höher, empfand sie ein Gemisch aus Neugier und Furcht. Von da an wartete sie darauf, daß etwas aus den Bergen kommen würde.

Don Juan de Vera, der im Auftrag seiner jungen Königin kam, um den jährlichen Tribut einzufordern, wünschte sich überallhin, nur nicht in die Halle der Botschafter, wo ihn Abul Hassan Ali empfing. Ein Blick hatte genügt, um in ihm den Mann wiederzuerkennen, der ihm vor Jahren in den Wäldern begegnet war. Seine Kleidung erschien ihm plötzlich zu schwer für die Jahreszeit und die Gegend, er begann zu schwitzen und heftete seinen Blick starr auf die prächtige Decke über Abul Hassan Ali, während er mit monotoner Stimme seine Forderung überbrachte.

Es wäre mir, dachte Don Juan, tausendmal lieber gewesen, der Königin meine Treue auf dem Schlachtfeld zu beweisen. Don Juan de Vera gehörte zu den Granden, die nicht unglücklich waren, daß nach dem Tod König Enriques ein Bürgerkrieg zwischen den Parteien der Tochter des Königs, Juana, und der Schwester des Königs, Isabella, ausgebrochen war. Die Gelegenheit zum Austragen längst überfälliger Fehden war nie günstiger gewesen, und de Vera hatte sich schon deshalb für die Seite Isabellas entschieden, weil es dabei auch gegen seine Intimfeinde, die Familie Ponce de Leon, ging. Doch statt sich mit Rodrigo Ponce de Leon schlagen zu können, sah er sich gezwungen, zu den Ungläubigen nach Granada zu gehen und höflich zu erbitten, was der Krone von Rechts wegen zustand. Und was Königin Isabella und ihr Gemahl, der aragonische Thronfolger Fernando, zur Zeit dringender denn je benötigten.

Alis Miene blieb ruhig und undurchdringlich. Er hörte sich die Rede des Botschafters an und schwieg, als de Vera schließlich stockte. Die plötzliche Ruhe in der großen Halle irritierte den Ritter. Er sah sich gezwungen, seine Augen von den filigranen Gittern abzuwenden und Ali direkt anzuschauen.

»Das ... hm ... das wäre alles, Hoheit«, äußerte er endlich unbehaglich.

Ein dünnes Lächeln ohne die geringste Heiterkeit umspielte Alis Lippen. »Gut«, erwiderte er. »Dann richtet Euren Herrschern aus, daß die Emire von Granada, die Tribute an die kastilische Krone zahlten, tot sind. Gegenwärtig kommen aus unseren Prägeanstalten keine Münzen, sondern Klingen und Lanzenspitzen.«

Don Juan de Vera erstarrte. Die Hitze des Tages schien sich in Eis verwandelt zu haben. Zum erstenmal in seinem Leben fühlte er sich wirklich hilflos, und er haßte dieses Gefühl, haßte den ungläubigen Hund, der es ihm vermittelte. Es war ihm völlig klar, was Alis Antwort bedeutete; und ebenso klar war, daß man im Moment nichts dagegen tun konnte. Seit Erzbischof Carillo sich auf die Seite Juanas geschlagen hatte, sah es um Isabellas Sache nicht gut aus. Die Königin brauchte das Geld aus Granada, aber sie konnte es sich nicht leisten, Truppen zu schicken, um es mit Gewalt einzutreiben. Und genau damit mußte der verdammte Maure gerechnet haben.

Don Juan verbeugte sich steif, machte auf dem Absatz kehrt und verließ die Halle der Botschafter. Er kochte vor Zorn und wäre wohl auch im Laufschritt aus der Alhambra gestürmt, hätte ihn nicht das grelle Sonnenlicht daran erinnert, daß ihm entsetzlich heiß war und er noch einen langen Ritt vor sich hatte – mit einer solchen Nachricht für seine Königin. Er blieb inmitten des Säulenwaldes stehen, der den Löwenhof bildete, und beschloß, den Brunnen zu nutzen, um sein Gesicht abzukühlen und etwas zu trinken.

Wie es der Zufall wollte, befanden sich einige junge Männer in der Nähe, die entweder nicht den Rang oder das Alter besaßen, um am Empfang des kastilischen Botschafters teilzunehmen. Sie kamen jetzt neugierig näher, um sich den Christen anzusehen. Don Juan de Vera fühlte sich von neuem provoziert, und diesmal, bei Gott, würde er etwas dagegen unternehmen.

»Was starrt ihr mich an, ihr verdammten Heiden?« fragte er herausfordernd. Die jungen Leute waren nicht weniger streitlustig als er; einer entgegnete: »Ich habe ja gehört, daß die Christen stinken wie die Schweine, aber daß es gleich so schlimm ist...«

Es war eine willkommene Gelegenheit für alle Beteiligten. Don Juan zog sein Schwert. »Sag das noch einmal, du maurischer Götzenanbeter!«

Einen Moslem als Götzenanbeter zu bezeichnen, war die schwerste Beleidigung, die er hätte finden können. Der Löwenhof hallte von dem Geklirr der Waffen wider, als Abul Hassan Ali aus der Halle kam, um herauszufinden, was es mit dem Tumult auf sich hatte. Er erhob seine Stimme nur einmal.

»Aufhören, sofort! Die Waffen nieder!«

In einem leiseren Tonfall fuhr Ali fort: »Der Botschafter steht unter meinem Schutz ... Solange er sich in *meinem* Reich aufhält, lasse ich jeden köpfen, der ihn anrührt.«

Einer der jungen Männer, der aus der Familie der Banu Sarraj stammte, welche nach den Banu Nasr die mächtigste in Granada war, zögerte; dann senkte auch er sein Schwert. Ali bemerkte es und vergaß es nicht. Die Banu Sarraj hatten seinen Vater auf den Thron gebracht, indem sie ihm halfen, den vorhergehenden Herrscher zu stürzen, der seinerseits Aischas Vater gestürzt hatte; dieser wiederum war nur durch die Unterstützung der Banu Sarraj zur Herrschaft gelangt. Es konnte sein, daß sie eines Tages nicht mehr damit zufrieden waren, die Banu Nasr nur gegeneinander auszuspielen, und selbst über Granada herrschen wollten, zumal er selbst, Ali, ihre Hilfe für seine Machtergreifung nicht nötig gehabt hatte. Außerdem hatten sie Verbindungen nach Marokko – etwas, mit dem man rechnen mußte.

Don Juan de Vera sah sich einem Mann verpflichtet, den er von Minute zu Minute mehr verabscheute, und brachte mit Mühe einige höfliche Sätze heraus. Sein Abgang wäre ohnehin nicht der ruhmreichste gewesen, aber dieses Ereignis machte den Aufenthalt in Granada vollends zu einem Flecken auf seiner Ehre. Ihm blieb nur, auf einen Krieg mit den Mauren zu hoffen, sobald der Bürgerkrieg in Kastilien beendet war. Er erhoffte ihn bald.

Abul Hassan Ali beendete die Tributzahlungen an Kastilien nicht nur, weil die Zeiten dafür günstig waren. Er hatte nach wie vor Bedenken, aber einerseits konnte sich Granada einen Tribut in dieser Höhe kaum mehr leisten, und zum anderen brauchte er dringend eine Geste, die seine schwindende Beliebtheit beim Volk wiederherstellte und bewies, daß er nicht unter christlichem Einfluß stand. In der Tat war die Bevölkerung begeistert – schon allein, weil der jährliche Tribut zum großen Teil aus ihren Steuern gezahlt wurde –, und der Aufruhr über die zweite Ehe des Fürsten ebbte ein wenig ab.

Innerhalb des Palastes, in dem weichen, dämmrigen Licht, das durch Bögen und kunstvolle Gitter in die Alhambra fiel, hatte der Krieg erst angefangen. Es gab keine Toten, aber die Zwillinge wuchsen in einer Verstrickung aus Schönheit und Gift auf, die jederzeit tödlich werden konnte. Sie erkannten sehr bald, daß sie anders waren; ihre Halbgeschwister und die Kinder der Adligen mieden sie, und wenn sich ein gemeinsames Spiel nicht umgehen ließ, endete es regelmäßig in einem Streit.

Tariq litt unter ihrer verwirrenden Andersartigkeit mehr als Layla. Er war von Natur aus großzügig und schloß leicht Freundschaften, aber da er schneller in Zorn geriet, als ein getrocknetes Pergament Feuer fing, hielten sie nie lange. Früher oder später machte jemand eine Bemerkung über seine Mutter, die Fremde, die den Platz der wahren Fürstin usurpiert hatte, und das war gewöhnlich das Ende der wenigen Freundschaften, die sich trotz der Umstände ergaben.

Layla, die sich sehr rasch eine verletzende Überheblichkeit zugelegt hatte, um sich gegen das Gefühl der Zurückweisung zu schützen, beschloß bald, zufrieden mit der Lage der Dinge zu sein, denn so hatte sie Tariq ganz für sich. »Wir brauchen sie nicht«, sagte sie einmal zu ihm. »Sie sind sowieso alle nur eifersüchtig, weil der Emir Mama geheiratet hat und nicht ihre Mütter.«

Die Zwillinge vergötterten ihre Mutter, wogegen ihr Vater, den sie nicht sehr häufig sahen, eine distanzierte, ehrfurchtgebietende Erscheinung für sie war – der Fürst, den Vater zu nennen ihnen nicht einfiel, bis ihre Mutter ihnen sagte, daß es dem Emir gefallen würde. Als die Zwillinge fünf Jahre alt wurden, war es Zeit für Tariqs ersten Lehrer. Jedermann war unangenehm überrascht, als er sich weigerte, ohne seine Schwester unterrichtet zu werden.

Es entsprach nur dem Brauch, in diesem Alter die

allmähliche Trennung von Mädchen und Jungen einzuleiten, und der erste Schritt sollte Tariqs Unterricht sein. Es war so offenkundig logisch, daß sich niemand die Mühe gemacht hatte, es den Kindern zu erklären. Doch die Zwillinge, die sich sonst so leicht von ihrer Mutter lenken ließen, begriffen das Offensichtliche nicht. Sie aßen nichts, schrien und tobten stundenlang und blieben unansprechbar, bis Isabel nachgab. Sie wußte sehr gut, daß die Zwillinge eigentlich nur sich selbst hatten, auch wenn sie es nicht gerne zugab. Auch Abul Hassan Ali wußte es, und er ließ sich von ihr überreden.

Also wurden die Zwillinge gemeinsam unterrichtet und blieben zusammen, auch wenn Fatima, die Amme, zuversichtlich äußerte, sie würden sich in ein paar Jahren schon ohne Mühen voneinander trennen lassen. Der Lehrer, der ihnen lesen und schreiben und schließlich die Anfangsgründe der Wissenschaften beibringen sollte, hatte das auch schon bei den älteren Prinzen getan; da aber sein weiterer Verbleib bei Hofe durch die Favoritin Zoraya gesichert worden war, stand er ihr – und ihren Kindern – nicht feindlich gegenüber.

In die Geheimnisse der Schrift einzudringen, machte die Unterschiede zwischen Tariq und Layla einmal mehr offensichtlich und stärkte in ihrer Umgebung die Verwunderung über das enge Band zwischen ihnen. Layla verfügte über die schnellere Auffassungsgabe, und sie konnte der Versuchung nicht widerstehen, das gelegentlich deutlich werden zu lassen. Sie vergaß nichts und niemanden, vor allem keine Kränkung, während Tariq zwar sehr schnell aufbrauste, aber ebenso rasch vergaß und vergab. Er machte leidenschaftlich gern Geschenke und wäre als Sohn jeder anderen Frau wahrscheinlich der Liebling seiner Halbgeschwister gewesen. Doch zu seinem Unglück sah er noch nicht einmal wie ein Araber aus.

Er war ein wenig pummelig, wenn auch nicht eigentlich dick, und erinnerte seine Mutter mit seinen hellbraunen Locken, der Stupsnase und den Grübchen an die Engelsdarstellungen, die sie in ihrer Kindheit in Kapellen gesehen hatte. Einige der Jungen neckten ihn gerne damit, daß *er* das Mädchen sei, nicht seine Schwester, doch da Tariq verbissen daran arbeitete, stärker und schneller als alle seine Altersgenossen zu werden, hörte die Neckerei nach einigen schmerzhaften Prügeleien bald auf.

Layla sah zwar keineswegs wie ein Junge aus, aber sie wußte schon bald, daß sie nach den Maßstäben aller Menschen, die sie kannte, häßlich war. Ihre Nase war zu lang und zu dünn, sie hatte schmale Lippen und ein spitzes Kinn, und was Tariq zuviel an Gewicht hatte, fehlte ihr. Nur die Augen der Zwillinge glichen sich vollkommen; sie hatten beide die großen dunkelblauen Augen ihrer Mutter und ihre geraden, kräftigen Brauen. Für Layla war ihre Mutter der Inbegriff der Schönheit, und ihre eigene Unzulänglichkeit wurde ihr zum erstenmal während eines weiteren Zusammenstoßes zwischen Isabel-Zoraya und Aischa bewußt.

Isabel und Layla befanden sich im Bad, ein beliebter Ort, denn durch die Fenster mit ihren kunstvollen Holzgittern im zweiten Geschoß konnte man fast alles sehen, was sich in den Höfen abspielte, ohne selbst gesehen zu werden. Das Bad war nur durch den Harem erreichbar, nicht von außen, und es machte Layla Spaß, sich im

Wasser zu entspannen und dabei alle möglichen Menschen zu beobachten.

Sie plätscherte noch vor sich hin, während ihre Mutter sich von einer Sklavin abtrocknen ließ, als die sorglose Stimme von Aischa über die Wasserdämpfe hinweg zu ihnen drang: »Ein Junge, der wie ein Mädchen aussieht, und ein Mädchen, das aussieht wie eine verhungerte Katze – eigentlich kann man nur Mitleid mit ihr haben.«

Aischa kam niemals in das Bad, wenn Isabel dort war, und Layla, die das wußte, erstarrte. Ihre Mutter beugte sich zu ihr nieder und legte ihr den Finger auf den Mund. Sie bedeutete auch der Sklavin, zu schweigen, und da erst bemerkte Layla, daß sie in ihrer Nische von Aischa aus nicht zu sehen waren. War sie zufällig hier, oder war es Absicht? Layla schaute zu ihrer Mutter, die sich langsam ankleiden ließ, und jetzt drang der Inhalt dessen, was Aischa gesagt hatte, in ihr Bewußtsein. Erst kürzlich hatte Layla Fatima nach dem Alter ihrer Mutter gefragt, und die Amme hatte die Achseln gezuckt. »Zwanzig, einundzwanzig, was weiß ich.« Layla fand, ihre Mutter wirkte noch jünger und verkörperte mit ihrer schlanken Gestalt, den makellosen Brüsten und dem langen Haar, das ihr bis über die Hüften reichte, alles, was die Dichter in den Liedern, die sie täglich hörte, priesen. *Sie schreitet stolz einher in grünem Kleide / Sich wiegend wie im Blätterschmuck der Ast / Ihr Blick wirkt wie des Schwertes scharfe Schneide / Ihr Antlitz strahlt des vollen Mondes Glast ...*

Das Mädchen zweifelte daran, jemals auch nur etwas von diesem Glanz zu besitzen. War ihre Mutter sehr enttäuscht darüber? Sie wirkte nicht beunruhigt oder verärgert durch Aischas plötzliches Erscheinen oder die

Bemerkungen der ersten Frau, nur etwas angespannt. Layla blieb im Wasser, ohne sich zu bewegen, aber es hatte seinen Zauber verloren. Ihr war kalt.

Eine Weile hörte man nur Flüstern und Wispern, dann erhob sich Aischas Stimme von neuem aus dem ebenmäßigen Gemurmel. »Also gut, ich will es euch verraten«, sagte sie heiter. »Mein Gemahl und ich haben beschlossen, Muhammad mit einer von Ali al Atars Töchtern zu verheiraten. Er kommt ja bald zurück, und dann wird die Vermählung stattfinden.«

Einige der anderen Frauen schrien entzückt auf. Durch Laylas Mutter ging ein Ruck. Dann, als wäre ihr eine Idee gekommen, begann sie schnell, sich wieder auszuziehen, bedeutete ihrer Sklavin aber gleichzeitig, Layla aus dem Wasser zu holen und anzukleiden. Währenddessen ging die Unterhaltung im gegenüberliegenden Bereich des Bades weiter.

»Morayma«, antwortete Aischa auf die Frage nach dem Namen der Braut. »Mein Sohn könnte es kaum besser treffen. Sie ist von makelloser Abstammung, und Ali al Atar gehört zu den Mächtigsten in Granada.«

Isabel war fertig. Sie gab der Sklavin ihre Sachen, nahm Layla bei der Hand und ging so, wie sie war, zu Aischa hinüber. Wie immer, wenn die beiden Gemahlinnen des Herrschers sich begegneten, schwieg alles, was sich im Raum befand. Layla hatte nicht oft die Gelegenheit, Aischa zu sehen, aber irgendwie gelang es der Fürstin jedes dieser wenigen Male, dem Mädchen instinktive Furcht einzuflößen, auch diesmal, als sie nackt auf einer Bank lag und sich massieren ließ.

Aischa, stellte Layla für sich fest, war um einiges älter

als ihre Mutter, und man sah es, aber niemand hätte sie als alte Frau bezeichnet. Ihre Augen – schwarz und groß, wie der Prophet es als Ideal forderte – waren von Kälte und Triumph zugleich erfüllt, als ihre Rivalin vor ihr stehenblieb. Sie hat gewußt, daß wir hier sind, dachte das Kind. Langsam setzte die Fürstin sich auf.

Laylas Mutter machte eine kurze anerkennende Geste mit der Hand. »Meinen Glückwunsch, Sejidah«, sagte sie, »zu der Hochzeit Eures Sohnes ... und seiner Rückkehr.«

Aischa zog die Brauen hoch. »Das scheint überraschend für Euch zu kommen«, erwiderte sie honigsüß. »Hat mein Gemahl Euch noch nichts von unseren Plänen erzählt?«

Isabel ließ Layla los und verschränkte beide Hände hinter ihrem Kopf, eine Bewegung, deren sinnliche Herausforderung Layla erst später klar wurde. Sie dehnte sich ein wenig, fuhr mit den Fingern durch ihr langes Haar und sagte mit gutgelaunter, träger Stimme: »Ach, wißt Ihr, er hat es wahrscheinlich vergessen ... wir hatten so viele andere Dinge ... zu bereden.«

Dann drehte sie sich um, nahm Layla wieder bei der Hand und verließ das Bad, während alle anwesenden Konkubinen, Sklavinnen und Aischa empört hinter ihr herstarrten.

Isabel schickte Layla fort, als sie sich wieder in ihren Gemächern befanden, und das Mädchen machte sich auf die Suche nach Tariq. Sie brauchte nicht lange, um ihn zu finden. Er stand auf der Nordmauer und schaute zur Sabikah hinüber, dem Übungsplatz der jungen Krieger.

»Wir haben Aischa im Bad getroffen«, sagte Layla und schlüpfte neben ihn.

Tariq schauderte unwillkürlich ein wenig, dann grinste er. »Hat sie versprochen, dich bei lebendigem Leib zu fressen?« fragte er. »Sie mag fettes Fleisch lieber«, entgegnete seine Schwester und wich einem Rippenstoß aus. »Du, sie hat erzählt, daß Muhammad zurückkommt.« Sie schwiegen beide.

Die Zwillinge kannten Muhammad nicht. Vor zwei Jahren war er nach Fez aufgebrochen, angeblich, um seine Erziehung zu vervollkommnen. Aber die Diener erzählten etwas von einem heftigen Streit zwischen Muhammad und seinem Vater; einige behaupteten sogar, der Streit habe zwischen Muhammad und ihrer Mutter stattgefunden. In jedem Fall waren die Zwillinge noch zu jung, um sich an die Zeit vor zwei Jahren erinnern zu können. Doch die anderen Kinder hatten genug von Muhammad erzählt, um ihn wie einen Helden aus dem Märchen erscheinen zu lassen: wie fabelhaft er ritt, wie er jedes Turnier gewann, wie belesen und gelehrt er schon als kleiner Junge gewesen war. Und er war Aischas Sohn.

Und Aischa haßte ihre Mutter.

»Ich habe eine Idee«, verkündete Tariq plötzlich. »Wir bereiten ein Willkommensgeschenk für Muhammad vor. Dann wird er unser Freund, und Aischa kann nicht länger böse auf uns sein. Vielleicht werden sogar Mutter und Aischa Freundinnen.«

Insgeheim zweifelte Layla daran. Doch Tariqs Begeisterung übertrug sich auf sie; die Vorstellung, ganz allein den Familienzwist zu beenden und so selbst zu Helden zu werden, erschien auch ihr unwiderstehlich.

Während die Zwillinge ihren Willkommensplänen nachhingen, schmiedete Isabel ihre eigenen Pläne. Muhammads Heirat mit der Tochter des mächtigsten Adligen von Granada, eines Verbündeten der Banu Sarraj, würde seine Position ungeheuer stärken, wie Isabel sehr genau wußte. Zornige Erbitterung fraß an ihr, aber sie ließ sich nichts davon anmerken, als Ali am Abend zu ihr kam. Sie begrüßte ihn liebevoll, servierte ihm Speisen, die er schätzte, und erst später, als sie beide zufrieden zwischen den seidenen Kissen ruhten, sagte sie beiläufig:

»Du hast mir noch gar nichts von der Rückkehr deines Sohnes erzählt. Und von seiner Heirat.«

Ali strich über ihr dunkles Haar. »Es sind jetzt zwei Jahre, Zoraya. Und wahrhaftig, eine Verbindung mit Ali al Atar könnte die Banu Sarraj zu Verbündeten machen.«

»Zu Verbündeten für Muhammad«, sagte sie schärfer, als sie beabsichtigt hatte, und fügte deshalb mit sanfterer Stimme hinzu: »Ich mache mir Sorgen um dich, mein Geliebter. Muhammad ist jetzt ein Mann, kein Junge mehr, und Männer sind ehrgeizig.«

»Er ist mein Sohn«, erwiderte Ali und ließ sie los. Sie rührte sich nicht. In der Dunkelheit war ihre körperlose Stimme zärtlich wie eine Umarmung: »Wie viele Söhne, Vettern, Brüder deiner Familie sind gewaltsam auf den Thron gekommen, mein Gebieter? Ich glaube, ich kann mich nur an zwei Emire Granadas erinnern, die nicht von ihren Verwandten entthront wurden.«

Ali antwortete nicht. Er starrte in die Nacht, mit weit geöffneten Augen, und fand noch lange keinen Schlaf.

Der sechste Geburtstag der Zwillinge kam und ging. Das Jahr näherte sich seinem Ende, als Abu Abdallah Muhammad, Kronprinz von Granada, zurückkehrte. Die Zwillinge hatten, vom Fieber der Erwartung gepackt, kaum geschlafen und waren schon sehr früh auf die äußeren Mauern geklettert, um die Ankunft ihres Halbbruders nicht zu verpassen. Zu ihrer Überraschung hatte ihre Mutter sie kommentarlos begleitet. Layla drückte sich zwischen zwei Zinnen und starrte auf die weißwürflige Stadt, die sich an die Alhambra schmiegte, hinab. Sie schaute zur Kuppel der großen Moschee, denn aus dieser Richtung drangen die Jubelrufe des Volkes, das Muhammad begrüßte.

»Wie ein Triumphzug«, stieß Isabel zwischen den Zähnen hervor. Tariq hörte sie nicht, und auch Layla ignorierte zum erstenmal in ihrem Leben ihre Mutter völlig; die Zwillinge beobachteten beide gebannt Muhammad. Alle drei schwiegen, bis der Kronprinz das erste Tor der roten Festung passiert hatte.

Fatima hat nicht gelogen, dachte Layla, er sieht aus wie ein Held aus dem Märchen. Mit dem Bewußtsein, selbst nicht schön zu sein, war in ihr eine Verehrung für Schönheit gewachsen, und wenn ihre Mutter für sie das Inbild der weiblichen Schönheit war, so erblickte sie jetzt in ihrem unbekannten Bruder den Inbegriff männlicher Schönheit. Er trug eine helle Zihara, und der gelbe Tailasan, der um seinen Kopf geschlungen war, ließ sein Gesicht völlig frei – ein Gesicht mit regelmäßigen, edlen Zügen, das fast zu vollkommen für einen Mann war. Er schaute zum Palast hoch, und es schien Layla, daß er ihr zulächelte. Sie hätte um ein Haar gewinkt wie die Leute dort unten, aber auf die Entfernung hätte er es nicht sehen können. Außerdem erinnerte sie sich wieder, daß ihre Mutter neben ihr stand.

»Hast du sein Schwert gesehen?« fragte Tariq aufgeregt. »Das ist aus Damaskus, ganz bestimmt! Vielleicht hat er noch mehr dabei. Glaubst du, er gibt mir ...«

Layla stieß ihn ärgerlich in die Seite. Noch galt es, den Versöhnungsplan vor ihrer Mutter geheimzuhalten. Vorsichtig blickte sie zu Isabel auf und erkannte, daß diese nichts bemerkt hatte. Sie beachtete die Zwillinge nicht; auch sie beobachtete unausgesetzt Muhammad.

Die Zwillinge nahmen nicht an dem Begrüßungsfest teil, was auf eine taktvolle Entscheidung ihres Vaters zurückging. Tariq war enttäuscht, nicht nur Muhammads wegen. Auch al Zaghal würde auf dem Fest sein, und al Zaghal war das kriegerische Idol des ganzen Reiches, ohne besonderen Wert darauf zu legen. Seine barsche Art sorgte dafür, daß er Anhänger hatte, aber keine Freunde. Nur mit seinem Bruder verband ihn eine enge Beziehung.

Doch um al Zaghal zu sehen, würde es noch andere Gelegenheiten geben. Was Muhammad anging, so beschlossen die Zwillinge, ihn abzufangen, wenn er das Fest verließ; eine Begegnung zu dritt wäre ohnehin günstiger für ihr Geheimnis. Es fiel ihnen nicht weiter schwer, Fatima zu täuschen; darin hatten sie Übung. Isabel befand sich auf dem Fest, denn ihre Abwesenheit hätte wie eine Niederlage gewirkt.

Die Zwillinge richteten sich darauf ein, eine Ewigkeit warten zu müssen, aber Muhammad kam schon sehr bald aus der Halle. Er ging sehr zielgerichtet, und sie folgten ihm leise. Bald merkten sie, daß er nicht zu seinen oder Aischas Räumen wollte, sondern zum Falkenhaus. Das war noch besser, als sie gehofft hatten, denn dort befand sich um diese Zeit mit Sicherheit niemand mehr. Sie folgten ihm so geräuschlos wie möglich. Als sie das Falkenhaus betraten, verwirrte sie das Schweigen der Vögel etwas: Fatima hatte erzählt, daß die Vögel in der Nacht, wenn kein Mensch sie hören konnte, miteinander sprachen.

Sie kannten sich dort nicht so gut aus, und das Licht war bereits gelöscht, aber Muhammad wies ihnen selbst den Weg. Sie hörten ihn mit einem der Falken sprechen.

»Zuleima ... Zuleima ... erkennst du mich, Schöne?«

Layla glitt auf dem Stroh aus und stürzte. Muhammad wirbelte herum. »Wer ist da?«

»Wir sind's nur«, sagte Tariq schnell, half seiner Schwester auf und zerrte sie etwas unsanft vorwärts, »wir haben ein Willkommensgeschenk für dich, aber sie haben uns schon ins Bett geschickt, also geben wir's dir heimlich.«

Muhammad hatte sich inzwischen an die Dunkelheit gewöhnt und konnte die Kinder, die vor ihm standen, recht gut sehen. Er lächelte. »Das ist nett von euch.« Ein wenig bitter fügte er hinzu: »Ich hätte nicht gedacht, daß mich hier jemand erkennt. Mein Hund hat mich vergessen und mein Lieblingsfalke auch, scheint es.«

»Vielleicht sind sie einfach alt«, sagte Layla schüchtern, »für Tiere, meine ich.«

Muhammad lachte. »Das wird es sein. Aber gehen wir lieber nach draußen, ich bin neugierig auf euer Geschenk.«

Später fragte sich Layla, für wen er sie wohl gehalten hatte – für Sklavenkinder, für Sprößlinge einer der Konkubinen, für die Kinder eines Gastes?

Sie verließen das Falkenhaus mit ihm. Der Generalife war nicht weit, und ohne nachzudenken, schlugen alle drei diese Richtung ein. Tariq fragte Muhammad nach seiner Reise, und dieser erzählte von riesigen Wellen, von Sandstürmen und der goldenen Stadt Fez. Wie ein guter Märchenerzähler alter Tradition übertrieb er etwas, und die Zwillinge waren gebührend begeistert.

»Und hast du auch welche von den Dschinn gesehen? Einen Ifrit?« Muhammad schüttelte den Kopf. Aus der Nähe betrachtet sah er, fand Layla, nicht so vollkommen aus, dafür aber menschlicher, wärmer. Er hatte den Tailasan längst abgenommen und griff sich manchmal unbewußt ans Ohr, eine Angewohnheit, die auch ihr Vater hatte. Seine Haare waren etwas zerzaust, obwohl kein Wind in dieser lauen Spätherbstnacht wehte.

»Nein, aber ich sah die Stelle bei Mekka, wo der Prophet den Dschinn begegnet ist.«

»Mekka«, sagte Tariq tief beeindruckt. Ehrfürchtig fragte Layla: »Dann hast du die heilige Pilgerfahrt gemacht, den Hadsch?« Muhammad blieb stehen und schaute über den Generalife hinweg auf die Berge, die im Vollmond klar zu erkennen waren; das Mondlicht ließ ihre schneebedeckten Spitzen aufleuchten wie die Dächer des Albaicin, des alten Stadtviertels, das sich tief unter ihnen befand.

»Ja. Aber die ganze Zeit wußte ich, daß das Paradies sich hier befindet. Und daß es zum Sterben verurteilt ist.«

»Was?« fragte Tariq verunsichert. Muhammad zuckte die Achseln und ließ sich auf dem Rand eines Springbrunnens nieder. Er hob die Zwillinge nacheinander hoch, damit sie neben ihm sitzen konnten.

»Vergiß es, ich rede nur dummes Zeug. Wo ist nun das versprochene Geschenk, ihr zwei?«

Tariq holte aus seinem Burnus das Pergament hervor. Es handelte sich um ein Schutzamulett, das er und Layla mit einer Sure aus dem Koran beschrieben hatten, sehr sorgfältig, um nichts falsch zu machen, abwechselnd, jeder einen Vers. Solche Schutzamulette waren eigentlich nur dann wertvoll, wenn sie von einem Iman gesegnet wurden, aber die Zwillinge hatten sich darauf geeinigt, daß Muhammad es selbst segnen lassen würde, wenn es ihm gefiel.

Sie hatten eine kleine Ansprache über die Versöhnung zwischen ihren Müttern vorbereitet, doch Tariq war so nervös, daß er Muhammad das Schutzamulett einfach nur in die Hand drückte.

»Wir haben es selbst geschrieben«, sagte Layla hastig.

»Dann ist es um so wertvoller.«

Muhammad lächelte die Kinder an und las laut vor:

»Oh, du beruhigte Seele,
Kehre zurück zu deinem Herren zufrieden, befriedigt,
Und tritt ein unter meine Diener,
Und tritt ein in mein Paradies.«

Er schwieg einen Augenblick und senkte den Kopf. Dann sagte er: »Ihr beschämt mich. Ihr macht mir dieses Geschenk, und ich kann mich nicht mehr an eure Namen erinnern, so sehr ich es auch versuche, die ganze Zeit schon.«

»Das macht nichts«, meinte Tariq großzügig, »du warst ja zwei Jahre weg. Ich bin Tariq, und das ist Layla.«

»Weißt du«, unterbrach Layla ihn, weil ihr die vorbereitete Rede wieder eingefallen war und Tariq sie offensichtlich nicht halten würde, »wo wir doch jetzt Freunde sind – wir haben gedacht – deine Mutter und unsere Mutter – wir könnten die beiden auch versöhnen – und dann ist alles wieder in Ordnung.«

Es war nicht ganz der sorgfältig ausgearbeitete Vortrag, den sie geplant hatten; Layla geriet ins Stocken, weil Muhammad sie von Sekunde zu Sekunde immer seltsamer ansah. Er blickte zu Tariq, dann wieder zu ihr.

»Ihr seid«, sagte er schließlich mit fremder Stimme, »ihr seid – *ihre* Kinder?«

Unwillkürlich rückte Layla ein wenig von ihm ab und wäre dabei beinahe in den Brunnen gefallen. Er hielt sie fest, aber der Griff war hart, als wollte er ihr Schmerz zufügen.

»Ihre Kinder?« wiederholte er. Tariq streckte die Hand nach ihm aus, berührte ihn an der Schulter. »Wir haben gedacht . . .«, begann er. Muhammad ließ das Mädchen los und schlug Tariqs Hand weg. Er sprang auf und starrte die Zwillinge an. Dann ließ er das Schutzamulett auf den Boden fallen, absichtlich, ließ es langsam aus der Hand gleiten. Er drehte sich um und ging fort, zuerst im Laufschritt, aber bald rannte er.

Die Zwillinge konnten sich lange Zeit nicht bewegen. Dann rutschte Tariq vom Rand des Springbrunnens herunter auf den Boden und trat auf das Amulett, trampelte darauf herum, erst stumm, dann keuchend, und Layla bemerkte, daß er weinte. Ihr fehlten die Tränen, aber sie hatte ebenfalls das Bedürfnis, etwas zu zertreten, also sprang sie. Sie stürzte auf die Knie. Es schmerzte, ein kurzes heftiges Brennen; sie schlug mit ihren Fäusten auf den Boden, bis Tariq ihre aufgeschürften Fingerknöchel festhielt.

»Weine nicht«, flüsterte Layla.

»Ich weine nicht«, sagte Tariq. »Ich überlege, wie ich es Muhammad heimzahlen kann.«

Das Echo eines Gelächters drang durch den Garten, wie Blätterrauschen. Layla blickte sich um, aber sie konnte niemanden sehen, und nach einer Weile dachte sie, sie hätte es sich nur eingebildet.

Abul Hassan Ali hatte seinen Bruder gebeten, mit ihm einen Spaziergang über die Wälle zu machen. Sie verließen das Fest getrennt und nacheinander. Als al Zaghal am Bab al Sharirah, dem Tor der Gerechtigkeit, ankam, fand er Ali wartend vor. Ali sah müde und besorgt aus; sein grauer Bart schien weiß im Mondlicht.

»Was ist mit dir?« fragte al Zaghal brüsk. »Und warum diese Heimlichtuerei? Du bist der Emir!«

Ali verzog das Gesicht. »Auch Emire müssen sich mit Spionen abfinden. Du solltest das wissen, Bruder. Es gibt schlechte Neuigkeiten, und ich möchte vermeiden, daß man sie jetzt schon erfährt.«

»Schlechte Neuigkeiten verbreiten sich schneller als Heuschrecken«, kommentierte al Zaghal. Wortlos schritten sie über die Wälle; es war eine alte Gewohnheit, aufgenommen, als sie noch Knaben waren. Bei einem solchen Spaziergang hatte sich Ali zu dem Entschluß durchgerungen, ihren Vater Said zu entmachten und selbst Regent zu werden. Said war im doppelten Sinn blind geworden; an seiner Augenkrankheit ließ sich nichts ändern, doch er hatte begonnen, Fehler über Fehler zu machen, den Christen nicht nur Tribute, sondern auch Landstriche zuzugestehen, aus Furcht vor einem zerstörerischen Krieg. Al Zaghal hatte Ali seiner unbedingten Loyalität versichert, und gemeinsam hatten sie den alten Mann entmachtet und ans Meer geschickt, nach Almunecar, wo er für den Rest seines Lebens dahindämmerte.

Als erriet er al Zaghals Gedanken – was er häufig tat –, sagte Ali, während sie in harmonischer Übereinstimmung nebeneinanderher schritten: »Erinnerst du dich, Muhammad, wie unser Vater immer wieder darauf beharrte, selbst ein demütigender Friede sei besser als Krieg mit den Christen?«

»Er war alt«, versetzte al Zaghal kurz.

»Alt.« Ali seufzte. »Ich werde auch langsam alt, Bruder. Ich glaube nicht wie er, daß Frieden um jeden Preis die Sache wert ist, aber ich fürchte ... ich weiß nicht. Unsere guten Zeiten sind vorbei, Muhammad. Die Königin von Kastilien steht kurz vor einem Friedensschluß mit den Portugiesen, zu ihren Bedingungen, und wenn ihre Nichte die Unterstützung Portugals verliert, dann ist dort auch der Bürgerkrieg zu Ende.«

Al Zaghal blieb stehen. »Bist du sicher?«

»Ich bezahle genügend, um sicher zu sein«, erwiderte Ali knapp. »Sie wird Frieden schließen, aber leider ist das noch nicht alles. Der König von Aragon liegt im Sterben. Ist dir klar, was das bedeutet?«

Sein Bruder nickte. »Fernando kommt auf den Thron.

Und damit haben Aragon und Kastilien dieselben Herrscher.«

Sie schwiegen eine Zeitlang. Unter ihnen lag die Alhambra, wie ein Schiff, das zwischen der Ebene und den Bergen vor Anker gegangen war, eine riesige dunkle Galeere zwischen zahllosen kleinen, hellen Fregatten. Die rote Farbe der Außenmauern, die auf Neuankömmlinge so verstörend wirkte, weil sie an Blut erinnerte, gab den Brüdern ein Gefühl der Sicherheit. Rot war die Wappenfarbe der Banu Nasr, und solange die rote Feste stand, würden auch ihre Herrscher bestehen. Al Zaghal atmete die linde Nachtluft ein und ballte die Hände.

»Aber die Christen in Kastilien und die in Aragon hassen einander, Ali. Allah hat in seiner Gnade schon seit Ewigkeiten Zwietracht unter ihnen gesät.«

Ali schüttelte den Kopf. »Du weißt so gut wie ich, daß es ganz gleichgültig ist, wie sehr sie einander verabscheuen, wenn der König und die Königin eine Armee zur Verfügung haben, die sich nicht mehr mit den Portugiesen beschäftigen muß. Bald haben wir ihre Gesandten wieder hier. Und ihre Tributforderungen.«

»Und wennschon«, entgegnete al Zaghal stürmisch. »Bruder, in den letzten Jahren hatten wir keinen Krieg. Unsere Einkünfte wurden uns nicht mehr weggenommen. Granada ist wieder reich an Geld und an Menschen. Wir können es uns leisten, nicht nachzugeben. Sie sollen nur kommen! Ich sage dir, meine Leute werden sie...«

Ali hob beschwichtigend die Hand. »Ich weiß, ich weiß. Ich zweifle nicht daran, daß wir sie aufhalten können. Vor vier Jahren hätte ich noch gesagt, tun wir es. Wir sind stark genug.«

»Und was hat sich verändert?«

»Damals hatte ich keinen erwachsenen Sohn, der von den Banu Sarraj hofiert wird«, sagt Ali knapp.

Stille senkte sich zwischen sie. Al Zaghal musterte das vertraute Gesicht seines Bruders, die Falten um Augen und Mund, die tiefen Linien in der Stirn, die jedes Jahr mehr wurden, und fragte: »So schlimm steht es?«

Der Emir hob die Schultern. »Du hast seine Ankunft erlebt.« Aischa al Hurra und Zoraya waren normalerweise ein Thema, über das die Brüder nicht sprachen, aber jetzt konnte al Zaghal sich nicht mehr zurückhalten.

»Du kennst meine Meinung: Weiber sind fürs Bett gut, und nur dafür. Du hättest Aischa damals nie soviel Einfluß geben dürfen, und was die Chri... deine zweite Frau betrifft, ich habe nie verstanden, warum du sie unbedingt heiraten mußtest. Was haben wir nun davon? Du mußt dich fragen, ob dein ältester Sohn nicht besser in Fez geblieben wäre. Aber ich glaube, du irrst dich. Muhammad ist ein guter Junge. Er liebt dich.«

Heftige Gefühlsausbrüche waren nie Alis Sache gewesen – er hatte einmal gescherzt, seinen Anteil hätte er al Zaghal überlassen –, aber jetzt entgegnete er mit unverhüllter Verbitterung: »Das mag so gewesen sein – vor vielen Jahren. Aber ich verstehe ihn durchaus. Erinnerst du dich, was wir für unseren Vater empfanden, mein Bruder?«

Al Zaghal blickte zur Seite. »Das war etwas anderes.«

»Das ist es immer.«

Ali al Atars Tochter Morayma, Muhammads Braut, besaß alle Eigenschaften, die der Koran von einer Frau forderte – Sanftmut, Bescheidenheit, Demut. Sie war gottesfürchtig und respektvoll gegenüber allen Älteren, und Aischa, die wie die meisten Fürstinnen von Granada keine dieser Eigenschaften hatte und das auch nicht für notwendig hielt, war zunächst entzückt von ihr und teilte dies Ali al Atar, mit dem sie über den Brautpreis verhandelte, sofort mit. Muhammad dagegen erblickte seine zukünftige Gattin erst, als sie im Dar al Aruhsa, dem Haus der Braut, ihren Schleier ablegte, um vor ihrem Gemahl und ihrer neuen Familie ihr Gesicht zu enthüllen. Diesmal hatten die Zwillinge darum gebeten, nicht anwesend sein zu müssen, doch ihre Mutter hatte darauf bestanden. Isabel wollte nicht, daß Aischa ihre Abwesenheit als eifersüchtige Schwäche interpretierte. Während Muhammad seine Braut, die in der Tat jenen *»züchtig blickenden, großäugigen Mädchen gleich einem versteckten Ei«*, die der Prophet den Gläubigen im Paradies versprach, glich, spürte Layla einmal mehr all ihre Mängel. »Wie eine verhungerte Katze«, dachte sie.

Sie haßte jeden Augenblick der Feier, doch sie fand einen gewissen Trost darin, daß all ihre Geschwister anwesend waren, so daß sie und Tariq in der Menge untertauchen konnten. Sie hatte sich hinter dem breiten Rükken von Raschid postiert, einem Bruder, der fast so alt war wie Muhammad, um möglichst von niemandem gesehen zu werden, aber schließlich siegte ihre Neugier, und sie drängte sich an ihm vorbei, um einen Blick auf Morayma zu werfen, als Ali ihre und Muhammads Hände ineinanderlegte. Der Emir sprach einen Vers aus der dreißigsten Sure, und seine Stimme war die eines geübten Rezitators, was Layla an Ibn Faisal, ihren Lehrer, erinnerte.

Ibn Faisal hatte den Zwillingen erklärt, daß es eine hohe Kunst sei, den geheiligten Koran richtig zu rezitieren, und Sünde, das Wort Gottes an den Propheten durch stümperhaftes Lesen zu verunzieren. Bisher hatte er ihnen noch nicht gestattet zu zitieren, sondern sie an Gedichten üben lassen.

Abul Hassan Alis Aussprache war jedoch makellos und offenbarte die Schönheit der Verse, die Layla mit der Schärfe eines Schwertes trafen. *»Und zu seinen Zeichen gehört, daß er euch von euch selbst Gattinnen erschuf, auf daß ihr ihnen beiwohnet, und er hat zwischen euch Liebe und Barmherzigkeit gesetzt. Siehe, hierin sind wahrlich Zeichen für nachdenkende Leute.«*

Muhammad löste Moraymas Schleier zur Gänze. Layla starrte zu Boden. Tariq hatte sie inzwischen wiedergefunden und ergriff ihre Hand. In der wortlosen Verständigung von Zwillingen schauten sie einander an, hielten einander fest, und so gelang es ihnen, den Tag in aller Selbstbeherrschung zu überstehen.

Am nächsten Tag gingen die Feierlichkeiten weiter, aber sie brauchten nicht mehr daran teilzunehmen. Also wanderten sie ungewohnt ziellos durch die Alhambra und beschäftigten sich damit, ihre Lesekünste an den zahllosen Gedichten und Suren zu erproben, die überall an den Wänden geschrieben standen. Gewöhnlich fand Layla das recht unterhaltsam, doch weder sie noch Tariq waren mit den Gedanken ganz bei der Sache.

»Ich heirate nie«, sagte sie und starrte auf die sechs Sternenreihen an der Kuppel, die sich über ihnen wölbte, so fein und gebrochen wie ein gewaltiges Netz, das über der Alhambra lag.

»Unsinn«, erwiderte Tariq. »Alle Mädchen heiraten.«

»Ich will aber nicht, und im übrigen kann ich auch gar nicht, so wie ich aussehe.«

Tariq zog an ihrem Haar. »Das ist in Ordnung«, sagte er großzügig. »Mach dir keine Sorgen. Niemand wird es wagen, die Schwester des Emirs von Granada abzulehnen. Ich mache das schon, ich verheirate dich.«

Sie waren leider nicht allein, sonst hätte Layla sich dieser Gönnerhaftigkeit wegen auf ihn gestürzt; also mußte sie sich damit begnügen, ihn in den Arm zu kneifen. »Wie kommst du darauf, daß du Emir wirst, du kleines Nichts?« In diesem Jahr war sie ein wenig größer als er, und sie machte sich diesen Umstand oft zunutze.

Tariq wollte sich auf sie stürzen, doch seine Schwester wich ihm aus. Sie rannte los, und einige der Sklaven, die mit der Art Verfolgungsjagd vertraut waren, die sich nun im Saal der Botschafter entwickelte, und damit beschäftigt waren, den Boden zu säubern, warfen den Kindern indignierte Blicke zu. Schließlich verfing sich Laylas Fuß in einem Teppich; sie stürzte und zog Tariq, der sie eben erreicht hatte, mit sich. Beide landeten prustend auf dem weichen Gewebe.

»Natürlich werde ich Emir«, keuchte Tariq, »Mutter hat es mir versprochen.«

»Aber du hast ihr doch nichts von ...«

»Nein«, unterbrach er seine Schwester wütend. »Sie hat es mir gestern gesagt, als ich nicht bei der Hochzeit dabeisein wollte.«

Layla hatte keine Lust, über die Hochzeit zu sprechen, oder darüber, wer Emir werden würde. Also widmete sie sich wieder dem Studium der Wände. Plötzlich fiel ihr etwas auf. Sie legte den Kopf schief, runzelte die Stirn.

Die Zwillinge waren selbstverständlich noch zu jung, um den Koran zur Gänze zu lesen, aber durch die Gebete und die Zitate, die ihr Lehrer im Unterricht verwendete, erkannten sie mittlerweile bestimmte Suren wieder, ganz abgesehen davon, daß jeder gläubige Moslem oft und gerne Zitate im Munde führte.

»Tariq«, sagte Layla verwirrt, »das ist die Schutzsure.«

Er starrte auf die Schriftzeichen. »Und?«

»Warum steht sie hier?«

Vor ihnen an der Wand war die Sure zu lesen, die Schutz vor den Mächten der Dunkelheit gewährte, verbunden mit dem Namen des ersten Emirs aus dem Geschlecht der Banu Nasr, Muhammad Ibn al Ahmar.

»Im Namen Allahs, des Erbarmers, des Barmherzigen! Möge Allah unseren Herren Muhammad und sein Gefolge segnen und ihm das Seelenheil gewähren. Sprich: Ich suche Zuflucht beim Herrn des Morgengrauens, vor dem Übel dessen, was er erschaffen, vor dem Übel der Nacht, wenn sie naht, vor dem Übel der Zauberinnen, die auf Knoten blasen, vor dem Übel des Neiders, wenn er neidet.«

Die Schutzsure wurde gewöhnlich benutzt, um böse Geister fernzuhalten, meistens auf nächtlichen Reisen, in Wochenbetten oder bei Krankheiten. Sie stand auch manchmal an Türen. Was sie im Herzen der Alhambra zu suchen hatte, konnte sich Layla beim besten Willen nicht erklären. Sie berührte vorsichtig die Schriftzeichen, fuhr die kunstvollen Verschlingungen mit der Hand nach und runzelte die Stirn. Der Stein erschien ihr ungewohnt kalt.

Plötzlich schrak sie zusammen. Tariq, der ebenfalls über der Sure gegrübelt hatte, fragte verblüfft:

»Was hast du?«

»Hast du nichts gehört?«

Sein verwunderter Gesichtsausdruck war ihr Antwort genug. Layla, die nicht wollte, daß er sie wegen ihrer Schreckhaftigkeit neckte, meinte ablenkend:

»Laß uns Ibn Faisal nach der Sure fragen.« Und sie zog ihn fort. Nur mit Mühe widerstand sie dem Drang, sich noch einmal umzudrehen. Ihr war, als hätte sie wieder das Lachen vernommen, das Lachen aus dem Garten.

Der ehrwürdige Ibn Faisal war an diesem Tag nicht zu finden. Möglicherweise, mutmaßten die Zwillinge, hatte er die Feierlichkeit zu einem Ausflug in die Stadt genutzt. Vielleicht hätten sie ihre Frage rasch vergessen, doch sie brauchten etwas, das sie von der Zurückweisung durch Muhammad ablenkte, und das Geheimnis um die Sure bot sich dazu an.

Also wurde der gelehrte Ibn Faisal am nächsten Tag von zwei ungeduldigen Kindern überfallen, die ihn mit der Frage bestürmten, warum Muhammad Ibn al Ahmar, der erste Bauherr der Alhambra, es für nötig befunden hatte, die Schutzsure inmitten des Palastes unterzubringen. Man konnte sofort erkennen, daß ihm dieses Thema unangenehm war.

»Euer Vorfahre war ein großer Krieger und weiser Mann«, äußerte er unbehaglich. »Er wird seine Gründe gehabt haben.«

Layla war enttäuscht. Eine derartige Auskunft hätten sie auch von Fatima bekommen. Oder vielleicht auch nicht. Fatima war eine Klatschbase, die voller Geschichten steckte, und insofern wohl die geeignetere Auskunftsquelle. Also beschränkte Layla sich darauf, ehrfurchtsvoll dem Vortrag Ibn Faisals über die Bedeutung von *ilm*, Wissen, zu lauschen, und zog mit Tariq anschließend zu Fatima.

Ihre Amme klatschte in die Hände, ein weiteres Mittel, um die Geister abzuwehren. »Es wird wegen des Fluches sein«, flüsterte sie geheimnisvoll. Die Zwillinge blickten sich entzückt an; das klang besser, als sie gehofft hatten. »Was für ein Fluch?« fragte Layla.

Fatima zog die Stirn in Falten, wie sie es immer tat, wenn sie ihre Zuhörer tief beeindrucken wollte. »Es heißt, daß der gesegnete Muhammad nicht der erste war, der auf dem roten Hügel baute. Vor ihm herrschten die verdammten Berber, die Banu Ziri, und einer von ihnen, Badis, vergaß sich so sehr, daß er nacheinander einen Juden und dessen Sohn zu Wesiren machte.«

Natürlich hatten die Zwillinge schon von Samuel ha Levi gehört oder Ismail Ibn Nagralla, wie sein arabischer Name gelautet hatte, dem berühmten jüdischen Wesir von Granada. Der Nagid, wie ihn seine Zeitgenossen und die Geschichtsschreiber bezeichnet hatten, war auch als Dichter und Gelehrter berühmt gewesen, und Ibn Faisal hatte seine jungen Schüler bereits mehrere Gedichte Samuels rezitieren lassen. Doch Samuel ha Levi war, soweit sie wußten, friedlich in seinem Bett gestorben, und keine Geschichte brachte ihn mit irgendwelchen Flüchen in Verbindung.

»Ich weiß schon«, sagte Tariq und sprach Laylas Gedanken aus, »Ismail Ibn Nagralla. Aber was hat der mit Flüchen zu tun?«

»Nicht er«, verkündete Fatima in ihrer tiefsten Stimmlage, »sein Sohn, Jusuf. Jusuf war voller Stolz und Hochmut und führte gotteslästerliche Reden. Er ließ seine Glaubensgenossen sogar Waffen tragen und wagte es, einen Palast errichten zu lassen, der prächtiger wurde als der seines Herrn, des Emirs. Da war das Maß voll, und die Berberfürsten, die Sinhadja, stürmten gemeinsam mit dem Volk die Residenz des Juden... Sie kreuzigten ihn am Stadttor und schlugen vor seinen Augen Tausende seines Volkes tot. Es heißt aber, daß Jusuf, bevor er starb, Volk und Herrscher von Granada verfluchte und prophezeite, sein Geist würde nicht ruhen, bis auch der letzte Araber aus Granada vertrieben und die Juden gerächt wären.«

Das war die schaurigste Geschichte, die Fatima den Zwillingen je erzählt hatte, und sie waren gebührend beeindruckt. Außerdem erwies es sich als kluger Schachzug, Ibn Faisal davon zu berichten, denn nun fühlte er sich in seiner Ehre getroffen. Er rückte seinen grünen Gelehrtenturban zurecht und schnaubte verächtlich:

»Abergläubisches Geschwätz! Es war eine unglückselige Geschichte, das ist alles. Wir hatten in al Andalus nie Schwierigkeiten mit den Juden, nicht vorher und nicht nachher. Niemals haben wir sie oder die Christen gezwungen, sich zum wahren Glauben zu bekennen, nicht zu Zeiten des gesegneten Kalifats und nicht in den Zeiten der *taifa*, der Stadtstaaten. Ismail Ibn Nagralla war ein großer Wesir. Aber die Juden Waffen tragen zu lassen, das ging zu weit, und da kam es eben zu Gewalttätigkeiten. Eine bedauerliche Entgleisung in der glorreichen Geschichte von al Andalus. Doch das braucht euch nicht zu kümmern, schließlich herrschten damals die Sindhadja, nicht die

Banu Nasr, und von den Berbern war nie Gutes zu erwarten.«

»Aber dieser Palast, den Jusuf da baute...«, begann Layla zögernd, und Tariq fuhr eifrig fort: »War das die Alhambra?«

»Unsinn!« sagte Ibn Faisal scharf. »Ihr wißt doch alle beide genau, wer die Alhambra gebaut hat. Muhammad Ibn al Ahmar und seine Nachfolger bis zu Muhammad ben Jusuf, der sie vollendete. Die ganze Geschichte ist heillos übertrieben, und jetzt will ich nichts mehr davon hören.«

Die Zwillinge sahen sich an. Es gab Zeiten, wo sie Ibn Faisal so lange bedrängen konnten, bis er um des lieben Friedens willen nachgab, aber heute war dies nicht der Fall. Sie gehorchten und übten ihre Schreibkünste, statt weiter von der Vergangenheit zu sprechen. Später saßen sie an einem der künstlichen Bäche und versuchten, Steine springen zu lassen.

»Glaubst du, es sind wirklich Tausende Juden gestorben?« fragte Layla und griff nach einem neuen Kiesel.

Tariq biß sich auf die Lippen und antwortete nicht. Er warf seinen eigenen Stein, der fünfmal auf der Wasseroberfläche tanzte, bevor er versank.

»Der Koran sagt«, fuhr das Mädchen fort, »wir müssen die Juden beschützen, weil sie das Volk der Schrift sind, selbst wenn sie sie verfälschen. Warum...«

»Vielleicht war er einfach ein böser Mann, Jusuf, meine ich.«

»Tariq ben Ali«, sagte Layla und versuchte, den Tonfall ihrer Mutter nachzuahmen, wenn sie ihn tadelte – was sie selten tat –, »sei doch nicht so einfältig.«

Das führte zu einer weiteren Streiterei und zu einer weiteren Versöhnung, und die Zwillinge dachten nicht mehr an die Geschichte von Jusuf dem Juden und seinem Fluch. Es war eine Geschichte von vielen, nur bemerkenswert, weil Ibn Faisal sich so gesträubt hatte, sie zu erzählen.

Bald danach kamen sie auf den Einfall, sich von ihrer Mutter Kastilisch beibringen zu lassen. Sie hatte es bisher vermieden, aus offensichtlichen Gründen, aber früher oder später würden die Zwillinge es ohnehin lernen müssen – warum also nicht von ihr?

Erst zu diesem Zeitpunkt wurde es Layla bewußt, daß ihre Mutter nie über ihre Vergangenheit sprach. Niemals. Sie begann nie einen Satz mit »Als ich ein Kind war«, erzählte nie von ihrer Familie oder ihrer Heimat. Ihren christlichen Namen kannten die Kinder nur deshalb, weil Aischa ihn benutzte; sie weigerte sich, Isabel de Solis »Zoraya« zu nennen. Die Zwillinge hatten sie auch nie nach ihrer Zeit als Christin gefragt, zum einen, weil sie keine andere Vergangenheit zu haben schien als ebendie, sie beide geboren zu haben, zum anderen, weil sie von allen anderen ständig an ihre Abstammung erinnert wurden und sie lieber vergessen hätten.

Isabel brachte den Zwillingen Kastilisch bei. Doch ihre Vergangenheit blieb weiterhin ein Geheimnis, und sie ermahnte ihre Kinder, die Sprache nie vor anderen zu verwenden. Tariq und Layla trösteten sich damit, daß die anderen Kinder früher oder später ebenfalls anfangen würden, die kastilische Mundart zu erlernen, und dann würden sie ihnen meilenweit voraus sein.

Das nächste Jahr brachte all die Veränderungen mit sich, die Ali befürchtet hatte: Isabella von Kastilien wurde von den Portugiesen anerkannt, der König von Portugal ließ seine Ehe mit ihrer Nichte Juana annullieren und verpflichtete sich, das Mädchen ins Kloster zu schicken, und Isabellas Gemahl Fernando wurde König von Aragon. Neue Gesandte kamen, um den Tribut zu fordern; Abul Hassan Ali weigerte sich, ihn zu entrichten. Die Lage wurde immer gespannter, und es war sehr klug von der Favoritin Zoraya, nie in der Öffentlichkeit mit ihren Kindern in ihrer Sprache zu reden, denn die Gerüchte, wonach sie beschuldigt wurde, eine heimliche Spionin zu sein, flammten wieder auf.

»Bei Allah dem Barmherzigen«, sagte Ali einmal ärgerlich, als sogar eine Gesandtschaft seiner Verbündeten in Fez auf die Bedenklichkeit einer kastilischen Gemahlin zu sprechen kam, »selbst der Prophet, gepriesen sei sein Name, hatte einmal eine Sklavin christlicher Herkunft.«

Damit hatte er recht, doch war dieser Hinweis ein zweischneidiges Schwert; die Gemahlinnen des Propheten hatten den Monat, den er mit der Sklavin Maria verbrachte, so übel aufgenommen, daß der Prophet in seine nächste Offenbarung als Vergeltung einen Tadel an seine Frauen einschloß: *»Vielleicht gibt ihm sein Herr, wenn er sich von euch scheidet, bessere Gattinnen als euch zum Tausch, moslemische, gläubige, demütige, reuevolle, anbetende, fastende, nicht mehr jungfräuliche und Jungfrauen.«*

Doch niemand hätte gewagt, die Eheschwierigkeiten des Propheten mit denen des Emirs zu vergleichen. Im übrigen verlagerte sich die Aufmerksamkeit der Öffentlichkeit mehr und mehr von Aischa auf Muhammad. Er vertrat offen die Meinung, die Tributzahlungen sollten wiederaufgenommen werden, um einen Krieg abzuwehren, und die Auseinandersetzungen zwischen ihm und seinem Vater wurden immer häufiger.

Bezeichnend für die Verquertheit der Lage war, daß Aischa al Hurra von ihrer Einstellung her eigentlich an der Seite ihres Mannes – wenn nicht gar an der des viel radikaleren al Zaghal – stand, aber durch die ganze Entwicklung nicht anders konnte, als lauthals die Ansicht ihres Sohnes zu unterstützen.

Je älter die Zwillinge wurden, desto mehr graute es Layla vor ihrem zehnten Geburtstag. Sie wußte inzwischen, daß der kleine Sieg damals, der ihr außer Tariqs Gesellschaft noch Ibn Faisals reichen und fruchtbaren Unterricht eingebracht hatte, nur ein Aufschub auf Zeit gewesen war; wenn sie das elfte Lebensjahr erreichten, würde man sie und Tariq tatsächlich und endgültig trennen. Man würde sie auf das Leben einer guten Ehefrau vorbereiten, und Layla schauderte, wenn sie daran dachte, Morayma vor Augen. Moraymas süße Scheu und Nachgiebigkeit hatten angefangen, jedermann außer Muhammad zu langweilen, und sogar Aischa sollte, wenn man den Haremsgerüchten glauben durfte, den Wunsch geäußert haben, ihre Schwiegertochter möge doch nur gelegentlich etwas von dem Geist ihres kriegerischen Vaters Ali al Atar zeigen. Aber Morayma war bestrebt, jedermann alle Wünsche von den Augen abzulesen, ganz besonders Aischa, und das machte es unmöglich, ihr auf Dauer etwas übelzunehmen. Es machte sie allerdings auch für Layla zum Schreckensbild einer möglichen Zukunft.

Laylas geheime Heldin war Wallada, die Tochter eines Kalifen, die in Cordoba gelebt und gewirkt hatte. Wallada zählte zu den größten Dichterinnen – und Dichtern – nicht nur von al Andalus, sondern der arabischen Sprache überhaupt. Statt zu heiraten, hatte sie sich ihre Liebhaber ausgesucht, und ihre heftige Affäre mit dem Dichter Ibn Zaydun – eine Beziehung, die sie und nicht er später abbrach – gehörte einschließlich der Gedichte, welche die beiden aneinander gerichtet hatten, zu den populärsten Liebeslegenden. Es war Walladas Wahlspruch gewesen, der Laylas Aufmerksamkeit ursprünglich auf sie gelenkt hatte, als Ibn Faisal ihn zitierte (selbstverständlich nur, um ein Beispiel für Walladas bevorzugtes Versmaß zu geben):

»Ich bin, weiß Gott, der edlen Dinge fähig
und schreite stolz dahin.
Meinem Liebhaber gebe ich das Recht,
die Wange mir zu streicheln,
meinen Kuß gebe ich jedem, den ich will.«

Wenn es für Wallada möglich gewesen war, so zu leben, dachte Layla, müßte es für sie auch möglich sein. Allerdings rechnete sie nicht damit, je in die Verlegenheit zu kommen, einen Liebhaber wählen zu müssen. Die wundersame Verwandlung in eine Schönheit, die Fatima ihr immer wieder prophezeite, ließ weiterhin auf sich warten, und Layla fand, daß sie noch immer einer verhungerten Katze glich.

Tariq hatte mehr Glück: Er verlor die Pummeligkeit,

die er als kleines Kind gehabt hatte, wenn auch nicht sein so unarabisches Gesicht. Mit zehn würde er an den Übungen der Männer in der Sabika teilnehmen dürfen und einen neuen Lehrer bekommen, der ihm die *adab*, die umfassende Erziehung eines Moslems, vermitteln würde. Layla gab ihren Empfindungen bei dieser Perspektive keinen Ausdruck, bis die Zwillinge eines Tages auf der Südmauer standen und die Sabika beobachteten. Muhammad war dort und veranstaltete gerade ein Wettrennen mit Raschid. Tariq kniff die Augen zusammen.

»Er ist wirklich gut«, sagte er widerwillig, »aber ich werde besser sein.«

Plötzlich war Layla so wütend, daß sie ihn hätte schlagen können. In ein paar Wochen würde der Unterricht für sie vorbei sein, und sie würde den meisten Teil ihrer Zeit in den Frauengemächern verbringen müssen, während er durch die Gegend jagen konnte, solange er wollte. Und alles, woran er dachte, war, daß er Muhammad in irgendwelchen Wettkämpfen besiegen wollte.

»Viel Spaß dabei«, preßte sie hervor und umklammerte mit beiden Händen die Mauer, damit sie ihn nicht ohrfeigte. Tariq musterte seine Schwester verdutzt. Unerklärliche Äußerungen waren bei den Zwillingen selten und verwirrten ihn, wenn sie einmal vorkamen, um so mehr.

»Was hast du denn?« fragte er so arglos, daß sich ihre Gereiztheit noch steigerte.

»Oh, nichts, gar nichts! Nur erwarte bitte bei deinem glorreichen Sieg nicht, daß ich dir dabei zusehe. Hier auf der Mauer ist es kalt, und die Sabika darf ich nicht betreten, wie du weißt. Und erwarte auch kein Glückwunschgeschenk, weil ich dann nämlich nicht mehr in die Stadt darf, um dir eines zu kaufen.«

»Du bist verrückt«, stellte Tariq fest. »Wir dürfen doch schon jetzt nicht allein in die Stadt. Schick eine Sklavin.«

»Allah, gib mir Geduld«, murmelte Layla. Tariq grinste. »Wieso? Willst du freiwillig auf Moraymas Kind aufpassen?«

»Nein«, gab seine Zwillingsschwester zurück, »du bist als Säugling schon anstrengend genug.« Aber Layla konnte nicht länger zornig sein; ihre gute Laune war wiederhergestellt. »Außerdem«, fügte sie hinzu, »glaubst du, Aischa würde mich auch nur in die Nähe ihres kostbaren Enkels lassen?«

»Eher übergibt sie ihn einer Löwin«, sagte Tariq todernst, und die Zwillinge kicherten.

Aber die Vorstellung, bald vor dem Ende ihres Lebens, so wie sie es gekannt hatte, zu stehen, ließ Layla nicht mehr los. Ibn Faisals Zukunft war gesichert – ihre Mutter hatte versprochen, dafür zu sorgen, daß er als geehrter Gast bleiben konnte –, so daß ihn in diesen Wochen weniger das Ende seiner Tätigkeit als Laylas ständige Fragen plagten.

»Wenn, wie Ibn Hazm sagt, in den Augen Allahs niemand größer ist als der Gelehrte, der anderen sein Wissen vermittelt, wieso beugt sich der Gelehrte dann vor dem Fürsten?«

»Weil Gelehrte den Platz von Fürsten kennen, aber Fürsten nicht den Platz von Gelehrten. Erinnert euch immer daran, es gibt keinen größeren Schatz als *ilm*, Wissen.«

»Aber wieso hat dann Ibn Hazm eine Streitschrift

gegen Ismail Ibn Nagralla geschrieben, wo er ihn doch selbst als den gelehrtesten Mann bezeichnet hat, der ihm je begegnet sei? Das heißt doch, daß Ismail Ibn Nagralla in den Augen Allahs ...«

Ibn Faisal seufzte. »Ibn Hazm«, erläuterte er und fragte sich, ob das immer wieder aufflammende Interesse dieses Mädchens für die beiden jüdischen Wesire von Granada nicht ein schlechtes Zeichen war, »verfaßte diese Streitschrift nicht gegen den Gelehrten Ismail Ibn Nagralla, sondern gegen den Privatmann Samuel ha Levi, der es vorher tatsächlich gewagt hatte, eine Abhandlung über Widersprüche im Koran zu verfassen. Kein Wunder, daß sein Sohn es später schaffte, die gesamte Sinhadja mit seinen gotteslästerlichen Sprüchen zu beleidigen.«

»Besitzt unsere Bibliothek ein Exemplar?« erkundigte sich Layla mit einer so lebhaften Neugier, daß sich Ibn Faisal zu einem ernsthaften Tadel veranlaßt sah.

»Wenn dem so sein sollte, dann wäre eine derartige Schrift keine Lektüre für junge Mädchen – oder überhaupt für unreife Köpfe«, fügte der Lehrer hastig hinzu, als er sah, wie Tariq den Mund öffnete.

Layla fragte nicht weiter, doch sie vergaß kein einziges Wort. Zum erstenmal in ihrem Leben empfand sie etwas wie Eifersucht auf ihren Zwillingsbruder, ihr anderes Selbst, und das Gefühl erschreckte sie zutiefst. Es legte nahe, daß sie und Tariq nicht länger gleich waren, daß es eine Kluft zwischen ihnen gab, und das konnte sie nicht akzeptieren.

Daher stand sie, als Tariq zum erstenmal zur Sabika ging, auf der Mauer und schaute ihm gemeinsam mit ihrer Mutter nach, fest entschlossen zu beweisen, daß es so etwas wie Eifersucht für sie nicht gab. Ihr Vater war an diesem Tag nicht in Granada; die Bauern an der Grenze hatten sich beklagt, daß die Raubzüge der Kastilier diesmal das erträgliche Maß überstiegen, und er wollte sich selbst ein Bild davon machen. Es war seit ein paar Jahren sowohl von granadischer als auch von kastilischer Seite üblich, etwa dreitägige Ausflüge über die Grenze zu unternehmen, dabei einige Felder zu verwüsten und soviel Beute wie möglich einzusacken. Wer damit angefangen hatte, spielte keine Rolle mehr; wichtig war, daß auf jeden Zug der einen Seite einer der anderen erfolgte, wobei beide das nicht als offizielle Kriegserklärung auffaßten.

Der Emir war also fort, und damit war Muhammad der Ranghöchste auf der Sabika. Während Layla und ihre Mutter außerhalb der Hörweite im Wind standen und die jungen Männer beobachteten, teilte Muhammad Tariq sein Pferd zu. Tariq warf einen ungläubigen Blick auf die sanfte, braune Stute, die er gut kannte; damit wurde den Kindern innerhalb der Zitadelle das Reiten beigebracht. Er lehnte ab und forderte ein anderes Tier.

»Du bist noch zu jung, um ein anderes zu reiten«, sagte Muhammad ruhig. »Bin ich nicht!« protestierte Tariq aufgebracht. Von der Mauer aus bemerkte Layla nur, daß er sehr aufgeregt war. »Ich kann ein echtes Rennpferd reiten, sogar ... sogar deines!«

Die Umstehenden schwiegen mittlerweile alle und hielten den Atem an. Niemand außer Muhammad hatte es bisher fertiggebracht, den feurigen Tadsch-al-Muluk zu zähmen, ein Geschenk des Herrschers von Fez, ein Pferd, das die unbarmherzige Wüste noch in sich trug.

»Du bist nicht nur jung, sondern auch dumm«, entgegnete Muhammad langsam. »Er würde dir die Knochen brechen.«

Tariq reckte sich ein wenig. »Warum sagst du nicht die Wahrheit«, gab er herausfordernd zurück. »Du hast Angst, daß ich es schaffen könnte, weil du eifersüchtig auf mich bist. Genau wie deine Mutter.«

Einige Sekunden lang stand Muhammad still da. Dann sagte er tonlos: »Also gut, versuch es.«

Ein anderer seiner Halbbrüder, Raschid, näherte sich Muhammad und flüsterte: »Das kann doch nicht dein Ernst sein . . .«

»Laß ihn nur«, sagte Muhammad. »Vielleicht lehrt es ihn eine Lektion über Manieren.«

Unterdessen war Tariq zu Tadsch-al-Muluk gegangen. Er stand vor ihm, legte vorsichtig eine Hand an seinen muskulösen Hals, sprach leise auf ihn ein, um ihn zu beruhigen, wie er es gelernt hatte. Der Hengst war in bester Verfassung, sein Fell glänzte wie Seide. Bei Tariqs Berührung schüttelte er sich und schnappte nach ihm. Muhammad trat zu Tadsch-al-Muluk und hielt ihn fest, damit Tariq aufsteigen konnte. Als er im Sattel saß, sagte Tariq kühl: »Danke, aber ich brauche keinen . . .«

Weiter kam er nicht. Muhammad ließ los. Und Tadsch-al-Muluk brach aus.

Er keilte nach hinten aus, versuchte, Tariq über seinen Kopf zu werfen; er tänzelte, bäumte sich auf, raste über den ganzen Platz. Alle anderen Anwesenden waren längst zurückgewichen; Layla und ihre Mutter standen in stummem Entsetzen auf der Mauer. Da Tariq nicht sofort abgeworfen wurde, hoffte Layla verzweifelt, daß es ihm gelingen würde, Tadsch-al-Muluk tatsächlich in seine Gewalt zu bringen.

Aber er war erst zehn Jahre alt und kein ebenbürtiger Gegner für diesen Hengst. Als das Pferd ein weiteres Mal nach hinten auskeilte, stürzte Tariq und flog über seinen Kopf hinweg auf den Platz. Dort blieb er liegen und rührte sich nicht. Layla hielt es nicht länger auf ihrem Beobachterposten. Sie stürzte die nächste Treppe hinunter und rannte zum nächst gelegenen Tor. Bis sie bei der Sabika angelangt war, ging es Tariq wieder so gut, daß er sich aufsetzen konnte. Er hatte sich, so stellte sich später heraus, das linke Bein gebrochen, war aber ansonsten unverletzt.

»Das war eine der größten Dummheiten, die du je gemacht hast«, sagte Layla streng zu ihm, dann fiel sie ihm um den Hals.

»Nein«, erwiderte Tariq, immer noch ein wenig atemlos, »das war die allergrößte.«

»Das war Mord«, sagte eine Stimme hinter ihnen. Layla drehte sich um und erblickte ihre Mutter. Nur Isabels eiskalte Augen waren zu sehen; der Rest ihres Gesichtes war verhüllt, was Layla sofort daran erinnerte, daß sie vergessen hatte, sich ebenfalls zu verschleiern. Sie war jetzt zehn, und es waren nicht nur Familienmitglieder anwesend.

Isabel ging auf Muhammad zu, bis sie nur noch etwa eine Armlänge von ihm entfernt war. Dann rief sie laut, daß man sie noch in der Zitadelle hören konnte:

»Abu Abdallah Muhammad, Ihr habt das mit Absicht getan. Ich klage Euch des Mordversuchs an meinem Sohn an. Für dieses Verbrechen werdet Ihr bezahlen!«

Muhammad sagte leise etwas zu ihr, aber keiner der Zwillinge, die ihre Mutter in ihrem Zorn kaum wiedererkannten, konnte es verstehen, denn nach einer Schrecksekunde hallte der ganze Platz vom erregten Protest der jungen Männer wider. Einige allerdings äußerten Zweifel. Die Feindseligkeit, die in der Luft lag, war für alle Anwesenden spürbar.

Isabel bedeutete Layla, Tariq beim Aufstehen zu helfen und ihn zu stützen. Dann zog sie sich mit den Zwillingen zurück, bis in ihre Gemächer, und verbarrikadierte sich dort, da sie, wie sie erklärte, Aischa und ihrem Sohn einen weiteren Anschlag zutraute. Das war die Lage in der Alhambra, als Abul Hassan Ali mit al Zaghal und der Nachricht zurückkehrte, daß der Krieg nun unmittelbar bevorstünde.

Abul Hassan Ali hatte bei seinem Zug zur Grenze festgestellt, daß die Kastilier diesmal nicht nur eines, sondern gleich mehrere Dörfer überfallen und sich nicht auf das Ausplündern beschränkt, sondern alle Häuser in Brand gesteckt und die Einwohner niedergemetzelt hatten.

Das erforderte einen Gegenschlag, der diesen an Härte übertraf und den Bauern in Zukunft die Sicherheit verschaffte, die sie brauchten, zumal im Winter.

Also entschied sich Ali, kein Bauerndorf, sondern die kastilische Grenzfestung Zahara, von der die Soldaten gekommen waren, zu überfallen. Da nun schon seit Jahren Feindseligkeiten hin und her gingen, waren die Christen selbstverständlich auf der Hut, aber sie rechneten nicht damit, daß der Emir ausgerechnet während eines Schneesturms und mitten in der Nacht angreifen würde.

Als der Tag anbrach, war Zahara in Alis Hand. Er ließ einen Teil seiner Soldaten zurück, um die Festung zu halten, und schickte nach al Zaghal mit der Bitte um Verstärkung. Al Zaghal handelte rasch, und so kam es, daß die beiden Brüder mit einer Reihe christlicher Gefangener in der Hauptstadt einzogen, in dem Bewußtsein, daß der lange verzögerte Krieg nun begonnen hatte.

»Es war Absicht«, sagte die zweite Gemahlin des Emirs kalt, ohne die geringste Erregung, »er wollte Tariq umbringen. Er hat die ganze Angelegenheit geplant, genau zum richtigen Zeitpunkt, und wenn nicht er, dann sie.«

Ali schüttelte den Kopf. »Ich kann es nicht glauben. Muhammad schwört, daß es ein Zufall war. Es mag sein, daß er dich und deine Kinder haßt, Zoraya, aber du bist meine Gemahlin, und sie sind seine Geschwister. Er würde ihnen niemals ein Leid zufügen.«

Jetzt stieg Farbe in ihre blassen Wangen. »Du bist blind«, erklärte sie leidenschaftlich, »völlig blind. Ich wußte schon immer, falls wir das Glück haben sollten, bis zu deinem Tod zu überleben, dann wird Aischa mich und meine Kinder noch in derselben Stunde ebenfalls sterben lassen, sie wird keine Rivalen für ihren Sohn dulden, und Muhammad ist ihr williges Werkzeug. Das war er immer.«

Sie fiel vor ihm auf die Knie. »Ich weiß, daß du alle deine Söhne liebst, Geliebter, und deshalb habe ich geschwiegen, bis jetzt. Aber was Tariq geschehen ist, zeigt mir, daß ich nicht länger schweigen darf. Du mußt eine Entscheidung treffen. Wenn du Aischa und Muhammad leben läßt, verurteilst du uns zum Tode. Dann laß uns gleich sterben, alle zusammen, aber laß mich nicht Tag für Tag darauf warten, daß ich meine Kinder ermordet sehe.«

Zuerst war Alis Gesicht weicher geworden, nachgiebiger, und sie hatte Hoffnung geschöpft. Aber nun verhärtete es sich wieder.

»Isabel«, sagte er sehr ernst und gebrauchte ihren alten Namen, »was du von mir verlangst, ist unmöglich. Ich kann nicht zwischen meinen Kindern wählen und eines davon umbringen lassen. Aber sei versichert, ich werde dafür sorgen, daß keinem von euch etwas geschieht.«

»Wie?« Sie hatte geglaubt, sie könne nicht mehr weinen – es war so viele Jahre her –, doch sie hatte sich geirrt. Es stand zuviel auf dem Spiel. Den Blick starr auf Ali geheftet, liefen ihr die Tränen über die Wangen, und er war erschüttert.

»Ich werde Muhammad unter Arrest stellen«, sagte der Emir, »bis diese Angelegenheit geklärt ist.«

Don Rodrigo Ponce de Leon, Marquis von Cadiz, blickte aus den Bergen von Loja auf die Stadt Alhama herab. Der winterliche Halbmond ließ sie wie eine reife Frucht erscheinen, die darauf wartete, gepflückt zu werden, und er zweifelte nicht daran, daß seinem Unternehmen Erfolg beschieden sein würde.

Es war ein waghalsiger Plan, und wäre es nach dem vorsichtigen Fernando gegangen, hätte der Marquis von Cadiz nie die Truppen bekommen, die er brauchte. Aber er war Kastilier und hatte sich an die Königin gewandt. Isabella hatte sowohl den Mut als auch die Phantasie, um eine kleine Armee auf den Vorschlag eines Mannes hin, der noch vor ein paar Jahren ihre Rivalin Juana unterstützt und sie bekriegt hatte, zu riskieren. Sie war nicht nachtragend, sie wußte, wie man Talente benutzte, und vor allem wußte sie, was sie wollte. Und sie wollte Granada.

Eigentlich, dachte Don Rodrigo und strich sich über seinen rötlichen Bart, hatten sie sich nur den Einfall des verfluchten Abul Hassan Ali zu eigen gemacht. Ein nächtlicher Überfall, im Winter. Er war mit seinen Leuten immer nur in der Nacht marschiert, trotz der Kälte, trotz des Murrens der Männer, und bis jetzt hatte diese Taktik scheinbar auch Erfolg gehabt. Die Mauren erwarteten einen Angriff an der Grenze, nicht inmitten von Granada. Alhama lag nur einige Meilen von der Hauptstadt entfernt.

Der Marquis winkte einige seiner Leute zu sich. Bis auf etwa hundert Soldaten sollten die Truppen versteckt bleiben, bis diese Männer die Wächter von Alhama unschädlich gemacht und die Tore geöffnet hatten. Nervös fuhr sich Don Rodrigo mit der Zunge über die Lippen. Es hing alles davon ab, ob es seinen Männern gelang, ihre Leitern im Schatten der Türme ungesehen aufzustellen und in die Festung einzudringen. Wenn sie frühzeitig entdeckt wurden ...

Er wartete. Es schien Stunden zu dauern, und die Kälte der Winternacht wurde mit jeder Minute unerbittlicher. Die Männer hatten Order, die maurischen Soldaten, die sie vorfanden, ausnahmslos umzubringen, und zwar so geräuschlos wie möglich. Niemandem durfte Gelegenheit gegeben werden, Alarm zu schlagen. Deswegen hatte er nur die erfahrenen Kämpfer losgeschickt, keine von den Grünschnäbeln, die am Ende Skrupel bekommen könnten, jemanden im Schlaf zu töten. Aber jetzt gaukelte ihm seine Phantasie ebendies vor: Seine Leute zögerten, die Mauren wachten auf, sein Plan zerfiel in Trümmer... Seine Augen verengten sich. Er sah nochmals hin. Es handelte sich tatsächlich um das vereinbarte Fackelsignal.

»Die Mauren?« erkundigte sich Don Rodrigo. »Erledigt«, erwiderte sein Hauptmann knapp. Die Torflügel öffneten sich, geräuschvoll knarrend, und für den Marquis war es fast eine Erleichterung, als Stimmen laut wurden, Geschrei sich erhob. Bei Tagesanbruch war die Burg in christlicher Hand. Don Rodrigo indessen gönnte sich noch keine Zeit für Triumphgefühle. Es blieb immer noch die Stadt. Die Bewohner waren hauptsächlich Kaufleute, aber es stand nicht zu erwarten, daß sie sich einfach in ihr Schicksal fügen würden. Er gab Ortega gerade Order, einen Vorstoß zu formieren, als er durch laute weibliche Schreie in unmittelbarer Nähe abgelenkt wurde.

Don Rodrigo war nicht zimperlich, und er wußte, daß es keine Kriege ohne Vergewaltigungen gab. Aber er hatte sie nicht gerne in unmittelbarer Nähe, zumal es ihn bei der weiteren Planung störte. Also betrat er den anliegenden Raum, der der Ausstattung nach dem Alkayden der Garnison gehört haben mußte. Dort hatten seine Männer inzwischen eine ganze Reihe von Frauen zusammengetrieben. Don Rodrigo gebot ärgerlich Einhalt. Eine der Frauen warf sich ihm vor die Füße und flehte um Gnade. Er verzog den Mund, das ganze Schauspiel war nicht nach seinem Geschmack, aber dies war seine große

Stunde, und er würde sie sich nicht von ein paar ungehobelten Soldaten zunichte machen lassen.

»Steht auf«, sagte er in seiner eigenen Sprache zu der Frau, da er das Arabische nicht gut beherrschte. »Wir führen Krieg gegen Männer, nicht gegen wehrlose Frauen.«

Sie erhob sich langsam, und er konnte nur annehmen, daß sie ihn nicht richtig verstanden hatte, denn sie blickte ihn an und begann, hysterisch zu lachen.

»Don Ortega, sorgt dafür, daß die Männer sich zurückhalten. Wir haben noch eine Stadt zu erobern.«

Damit wandte er sich ab und verließ den Raum, während Ortegas Stimme Befehle brüllte. Inzwischen war die Sonne aufgegangen, was ärgerlicherweise auch dazu geführt hatte, daß sich jeder einzelne Bewohner von Alhama der Eroberer bewußt war. Ein Soldat meldete atemlos, daß die Bürger die Straßen, die zur Burg führten, verbarrikadiert hatten und diese Sperren mit Steinen und Pfeilen verteidigten.

Der Marquis war ungehalten. Er hatte gehofft, auch die Bürgerschaft überrumpeln zu können. Die Eroberung durfte sich nicht zu lange hinziehen, sonst erfuhr die Hauptstadt davon und schickte Hilfstruppen, bevor Alhama völlig in seinen Händen war. Einer seiner Hauptleute schlug zögernd vor, sich vorerst auf die Burg zu beschränken.

»Unsinn! Das da draußen sind keine Krieger, nur Krämer, und Ihr laßt Euch von ihnen ins Bockshorn jagen?«

Der Offizier trat verlegen von einem Bein aufs andere. »Ihr habt den Männern die Plünderung versprochen. Jetzt, wo wir die Burg und die...«

»Die Frauen haben«, vollendete Don Rodrigo verächtlich. »Wenn es nach Euch ginge, lägen wir alle mit den Heidinnen im Bett, während Ali kommt und uns in aller Ruhe abschlachtet. Bei der Heiligen Jungfrau, hat denn keiner hier Verstand? Wir müssen die Stadt in unsere Gewalt bringen. Danach kann geplündert werden. Ist das klar?«

»Jawohl«, murmelte der Mann eingeschüchtert.

Den ganzen Tag lang wehrte sich die Bevölkerung von Alhama. Schließlich war nur noch die Moschee nicht in christlicher Hand, und als der Abend anbrach, zogen sich die meisten Bürger mit ihren Familien dorthin zurück.

»Verdammt«, kommentierte Ortega. »Das Ding kann ewig lange verteidigt werden. Morgen haben wir den Emir da, und dann sind Mauren hinter unseren Linien. Was sollen wir tun, Don Rodrigo?«

»Steckt die Moschee in Brand«, sagte der Marquis.

Einer der jüngeren Hauptleute wandte überrascht ein: »Aber da sind Frauen und Kinder drin, und Ihr habt doch heute morgen gesagt...«

Don Rodrigo seufzte entsagungsvoll. Leider kam man ohne derartige Frischlinge nicht aus, und gerade junge Leute ließen sich am meisten für die heilige Sache begeistern, aber manchmal sah er den jüngeren Teil seines Offiziersstabs als schwere Geduldsprüfung an. Er ignorierte den Mann.

»Verbrennt sie«, sagte er zu Ortega. »Wer sich sofort ergibt, wird verschont, der Rest...« Ortega nickte. »Ich habe verstanden, Don Rodrigo.«

Das war das Ende von Alhama.

Layla saß im Zimmer ihrer Mutter, hinter einen Diwan gekauert, und versuchte sich in der Kunst des Stickens. Um sie herum war nicht nur die Alhambra, sondern die ganze Stadt in Aufruhr. Ihre Mutter hielt es für klug, sich jetzt nicht außerhalb ihrer Räume blicken zu lassen. Tariq hatte nun ein eigenes Zimmer, in dem er lag und sein gebrochenes Bein auskurierte, während die Soldaten des Emirs aus der Stadt zogen.

Laylas Mutter und Fatima waren mit einem Brettspiel beschäftigt, aber keine von beiden konnte sich wirklich konzentrieren, und sie schoben ziemlich lustlos ihre Figuren hin und her.

»Ich erinnere mich an Don Rodrigo«, sagte ihre Mutter plötzlich, und hinter dem Diwan schrak Layla zusammen. Isabel sprach sonst nie von ihrer Vergangenheit, und daß sie es in einem solchen Augenblick tat, zeigte, wie sehr sie aus dem Gleichgewicht war.

Fatima kam nicht dazu, darauf zu reagieren, denn der Eunuch Malik stürzte herein und meldete den erhabenen Abu Abdallah Muhammad al Zaghal an. Isabel erhob sich erstaunt, und Fatima hielt den Atem an. Wenn al Zaghal in den letzten zehn Jahren auch nur mehr als fünf Sätze mit der zweiten Gemahlin seines Bruders gewechselt hatte, dann war das schon eine großzügige Schätzung. Layla, die sich hütete, irgend jemanden auf ihre Gegenwart aufmerksam zu machen, konnte sich nicht vorstellen, was ihn jetzt hierherführte.

Ihre Neugier sollte bald befriedigt werden. Al Zaghal hielt sich nie gerne mit langen Umschweifen auf, auch wenn die meisten anderen Leute es taten und es sogar zur zivilisierten Kunst des Gespräches gehörte.

»Schickt Eure Dienerin weg«, sagte er. »Ich habe mit Euch zu reden, Sejidah.«

Isabel kam seiner Aufforderung nach. Sie erwähnte nicht, daß Layla sich ebenfalls im Raum befand; das Mädchen fragte sich, ob ihre Mutter sie vergessen hatte oder aus Mißtrauen gegen al Zaghal so handelte. Sie kauerte sich zusammen und versuchte, so flach wie möglich zu atmen.

»Nun, Sejid«, sagte ihre Mutter ein wenig spöttisch, »wir sind allein. Was verschafft mir die Ehre Eures hohen Besuches?«

»Muhammad«, entgegnete al Zaghal schroff. »Mein Bruder wird in der nächsten Zeit damit beschäftigt sein, die Ungläubigen aus Alhama zu vertreiben, und er hat mir während seiner Abwesenheit den Befehl übergeben. Wollt Ihr Muhammad immer noch tot sehen?«

»Ich verstehe nicht«, sagte Laylas Mutter vorsichtig, »wie Ihr das meint.«

»Bei Iblis und allen Dschinn, Weib, stellt Euch doch nicht dümmer an, als Ihr seid! Ihr habt Euch nach Kräften bemüht, dafür zu sorgen, daß nur Muhammads Tod eine Lösung für das sein kann, was Ihr mit Euch brachtet. Aber Ihr habt einen Fehler gemacht. Mein Bruder wird Muhammad nie hinrichten lassen, er wird nie den Befehl dazu geben. Doch ich werde es. Wenn Ihr ...«

Isabel lachte, ein hoher, zerbrechlicher Klang. »Und das soll ich glauben? Ihr haßt mich, Sejid, Ihr habt mich immer gehaßt, und ich weiß, daß Ihr Euren Neffen zumindest gern habt. Weswegen solltet Ihr mir helfen und ihn töten?«

»Weil«, sagte al Zaghal gefährlich leise, »wir Krieg mit

Euren Landsleuten haben. Weil wir uns keine weiteren Fehden mehr leisten können, sondern einig und stark sein müssen. Weil ein Emir von Granada es sich nicht erlauben kann, seinen Sohn zum Rivalen zu haben, und Ihr habt dafür gesorgt, daß die beiden sich nie wieder versöhnen werden, nicht wahr . . . Zoraya?«

Laylas Hände zitterten, und erst jetzt merkte sie, daß sie noch immer ihre Stickerei festhielt. Die Fäden kratzten an ihrer Haut. Sie konnte jede Kleinigkeit wahrnehmen; den Stoff, die kühle Luft, das Parfüm ihrer Mutter.

»Warum bringt Ihr dann nicht mich um?« erkundigte Isabel sich sachlich. »Das würde Eure Schwierigkeiten ebenfalls lösen.«

»Nein«, sagte al Zaghal hart, »sonst hätte ich es schon getan. Ali würde für den Rest seines Lebens alle die hassen, die er für schuldig an Eurem Tod hält, und wir wären schlimmer dran als zuvor. Ihr habt ihm ein Gift eingeflößt, das er nicht mehr loswerden kann, und deswegen komme ich zu Euch. Ich werde für Muhammads Tod sorgen, heimlich, nicht öffentlich, sonst haben wir hier einen Volksaufstand. Wenn Ihr versprecht, daß Ihr mir danach bei Ali den Rücken stärkt.«

Beide schwiegen, aber Layla kam es vor, als hörte sie ein ständiges Pochen, das immer lauter wurde, bis sie begriff, daß es ihr eigenes Herz war.

»Gut«, sagte ihre Mutter schließlich, nichts weiter. Al Zaghal hielt die Unterredung damit für beendet und schickte sich an, den Raum zu verlassen, als Isabel ihm einen Pfeil hinterhersandte.

»Werdet Ihr die edle Tat selbst vollbringen, oder laßt Ihr das durch einen Eurer Handlanger erledigen?«

Al Zaghals Schritte kamen abrupt zum Stillstand. Zum erstenmal hörte Layla aus seiner Stimme etwas mehr als Verachtung oder Ungeduld heraus.

»Ich werde es selbst tun«, sagte er würdevoll. »Glaubt Ihr, ich würde zulassen, daß irgendein Bauer Hand an meinen Neffen legt? Er verdient den Tod, den er sich wünscht. Zumindest das werde ich ihm geben können.«

»Gut«, antwortete Isabel seidig. »Ich weiß ja, wie vertraut Ihr mit dem Tod seid.«

Wieder erklangen Schritte. Diesmal entfernten sie sich endgültig.

Layla hatte sich noch nie zuvor in Aischas Gemächern aufgehalten, obwohl sie wußte, wo diese sich befanden. Später konnte sie sich dennoch nie erinnern, wie sie dort hingekommen war; ihr Gedächtnis setzte erst wieder ein, als sie steif vor Aischa al Hurra stand und ungehalten gefragt wurde: »Was *tust* du hier?«

Das war ihr selbst nicht klar. Sie war gerade dabei, ihre Mutter an deren schlimmste Feindin zu verraten, und das alles vielleicht nur einer schmerzhaften Erinnerung wegen – an die kurze Zeit zwischen dem Falkenhaus und den Gärten, in der Muhammad wahrhaftig ein Bruder gewesen war. Ihre Gedanken verwirrten sich wie die Fäden eines sich auflösenden Stoffes; sie konnte nur einen dieser Fäden ergreifen und festhalten – sie wollte Muhammad nicht tot sehen. Aber es auszusprechen fiel schwer, so schwer. Aischa winkte bereits einer Sklavin, als Layla mit ihrem Verrat herausplatzte.

»Ihr müßt dafür sorgen, daß Muhammad so bald wie möglich flieht, sonst wird er sterben!«

Aischas Hand verharrte in der Luft. Dann sammelte sie sich wieder und meinte verächtlich: »Soll das ein Versuch sein, mich und meinen Sohn noch mehr in Verruf zu bringen? Denkt deine Mutter, ich weiß nicht, daß eine Flucht wie ein Eingeständnis ihrer törichten Anschuldigungen wäre? So einfach werde ich es ihr nicht machen, das kannst du ihr ausrichten.«

Layla schüttelte verzweifelt den Kopf. »Nein, nein, man wird ihn töten, bitte, Ihr müßt mir glauben, Sejidah, man wird ihn töten.«

Irgend etwas im Ton des Mädchens ließ Aischa unsicher werden. »Sie würde es nicht wagen, den Sohn des Emirs umbringen zu lassen ... selbst sie nicht ...«, murmelte sie, als sei Layla nicht vorhanden, als spräche sie mit der Wand.

»Nicht meine Mutter«, sagte Layla tonlos. »Al Zaghal.«

Das wirkte wie eine Ohrfeige auf Aischa. Sie zuckte zusammen, und mit einemmal spürte Layla, daß die Fürstin ihr glaubte.

»Al Zaghal«, zischte sie. »Ich hätte es wissen müssen. Ich habe es immer geahnt! Dieser Sohn von Iblis will selbst den Thron erben!«

Sie packte das Mädchen an den Schultern. »Wann? Wie? Was weißt du noch?«

Noch nie in ihrem Leben war Layla so sehr danach gewesen, in Tränen auszubrechen, und sie verabscheute sich dafür. Ihre Unterlippe zitterte, und Aischa ließ sie los. »Das spielt ohnehin keine Rolle mehr«, sagte sie kurz.

In den nächsten Stunden achtete Aischa darauf, Layla

an ihrer Seite zu behalten, während sie die Rettung ihres Sohnes in Gang setzte, weniger aus Dankbarkeit als aus tiefem Mißtrauen und dem Verdacht heraus, es könnte sich vielleicht doch um eine List der verhaßten Zoraya – oder al Zaghals – handeln.

Muhammad stand unter Arrest; dank seines Standes waren die Umstände seiner Haft jedoch mehr als komfortabel. Man hatte vor seinen Gemächern einfach einige Wachen aufgestellt. Als die Abenddämmerung hereinbrach, stattete Aischa mit all ihren Frauen und der Tochter ihrer Rivalin im Schlepptau ihrem Sohn einen Besuch ab. Die Wache ließ die Sejidah anstandslos durch und machte sich auch nicht die Mühe, die Frauen zu zählen oder gar näher anzusehen.

Als die Frauen das Gemach betraten, stand Muhammad am Fenster und blickte zu den Bergen empor. Er hatte nicht die Zeit, seiner Verwunderung über den zahlreichen Besuch Ausdruck zu verleihen; während Aischa ihm fieberhaft und im Flüsterton alles erklärte, wurde er bleich, doch seine Miene veränderte sich kaum.

»Ich habe alles geregelt«, endete seine Mutter. »Draußen wartet ein Kaufmannszug auf dich; sie werden dich in ein sicheres Versteck bringen.«

»Und Morayma?« fragte er.

»Ich habe ihr nichts erzählt. Ihr wird nichts geschehen, und deinem Sohn ebensowenig. Nur du bist in Gefahr.«

Moraymas unausweichliche laute Klagen hätten alles ruiniert, und das wußte er. Er nickte nur. Als Aischa ihm die Frauenkleidung in die Hand drückte, zögerte er kurz. Dann zog er Layla aus dem Kreis der Frauen hervor, löste ihren Schleier und blickte ihr in die Augen. »Ich danke dir, Layla«, sagte er so leise, daß nur sie es hören konnte.

Einen Moment lang erschien er ihr wieder wie der Held aus Fatimas Märchen, der in Granada eingezogen war. »Du hast Tariq doch nicht absichtlich dazu gebracht, auf dem Pferd zu reiten, oder?« wisperte sie.

»Das genügt«, unterbrach Aischa scharf. »Jede Sekunde ist kostbar.«

Muhammad berührte kurz Laylas Wange, dann wandte er sich ab und ging in das kleine Nebenzimmer, um die Kleidung zu wechseln. Er hatte ihre Frage nicht beantwortet.

Die größte von Aischas Frauen hatte den Befehl, an seiner Statt in Muhammads Gemächern zu bleiben, bis sie entdeckt wurde. Er selbst war kein Riese, was Aischas Plänen entgegenkam. Nach einer Weile verließen Aischa und ihr Gefolge die Räume, und wieder machte die Wache keine Anstalten, sie zu durchsuchen oder aufzuhalten. Die Wachposten, fand Layla, sahen eher gelangweilt drein und wünschten sich wahrscheinlich, an dem Feldzug gegen die Christen teilnehmen zu können; die Inhaftierung des Kronprinzen hielten sie wohl ohnehin für ungerecht und überflüssig.

Muhammad verließ die Alhambra mit einigen von Aischas Dienerinnen ohne jede Schwierigkeiten, doch Aischa behielt Layla noch eine weitere Stunde lang bei sich, um sicher zu sein, daß ihr das Mädchen nicht in den Rücken fiel. Sie sprachen nicht miteinander. Als man Layla endlich gehen ließ, war es bereits Nacht. Seit dem späten Vormittag hatte sie Aischa nicht mehr verlassen.

Nun, da alles vorbei war, fragte sie sich, ob ihre Mutter sie vermißt hatte. Hatte man sie suchen lassen? Ahnte Isabel, was ihre Tochter getan hatte? Sie wird mir nie verzeihen, dachte Layla. Das taube Gefühl des Unglücklichseins, das sie den ganzen Tag umhüllt hatte, veränderte sich und wurde zu einem Brennen. Sie flüchtete zu Tariq.

Da man ihn zwang, im Bett zu liegen, war Tariq hellwach. Er setzte sich auf, als er seine Schwester sah.

»Wo warst du so lange?« fragte er. »Wir wollten doch Schach spielen. Du hast ja keine Ahnung, wie öde es mit einem gebrochenen Bein ist.«

Layla setzte sich auf sein Bett; der mühsam errichtete Damm ihrer Selbstbeherrschung stürzte endlich zusammen, und sie brach in Tränen aus. Tariq wußte nicht, was er tun sollte. Also umarmte er sie, die sich an ihm festklammerte und immer heftiger weinte, weil es zum erstenmal in ihrem Leben etwas gab, das sie ihm nicht erzählen konnte. Schließlich besann er sich auf seine männliche Würde und rückte ein wenig von Layla ab. Er wußte nicht, was geschehen war, und das beunruhigte ihn; gewöhnlich hatte er keine Schwierigkeiten, zu erkennen, was Layla verärgert oder bestürzt hatte. Außerdem hatte sie seit Jahren nicht mehr geweint; es paßte nicht zu ihr, und um diesen rätselhaften Zustand schnellstmöglich zu beenden, zerbrach er sich den Kopf nach einer Ablenkung. Schließlich kam ihm eine Idee.

»Itimad war vorhin hier, mit Süßigkeiten«, sagte er und hob die Schale vom Boden auf. »Ich mag keine Schokolade mehr. Da, nimm schon. Du bist ohnehin zu dünn.«

Layla mußte unter Tränen lachen. »Und du bist so ein

schlechter Lügner, Tariq ben Ali«, sagte sie. Sie griff nach einer gezuckerten Frucht, und die Süße begann den Salzgeschmack aus ihrem Mund zu vertreiben.

Die Zwillinge erzählten ihrer Mutter später, Layla sei verbotenerweise in der Stadt gewesen und habe dann Tariq besucht. Isabel äußerte sich nicht dazu, und der Gedanke, daß ihre Mutter ahnte, was geschehen war, ließ Layla nicht mehr los, ebensowenig wie der Alptraum, der sie in der Nacht nach Muhammads Flucht heimsuchte.

Sie träumte, sie ginge in den Gärten spazieren, mit Morayma, die ihr Kind bei sich hatte. Plötzlich warf Muhammads Gemahlin ihren Sohn in die Luft, und er verwandelte sich in eine Taube, die davonflatterte. Layla starrte Morayma verwundert an. »Aber ich bin doch eine christliche Spionin«, sagte ihre Schwägerin. »Weißt du das nicht?«

Dann war sie verschwunden. Layla stand allein inmitten von Pflanzen aller Art, die immer näher rückten. Jemand lachte, und sie wußte, dieses Lachen hatte sie schon einmal gehört; sie konnte sich nur nicht erinnern, wo und wann. Das Lachen ging in ein Flüstern über, das sie zunächst nicht verstand, bis sie begriff, daß es ihr Name war, immer wieder: »Layla Layla Layla Layla ...«

Sie war froh, als der langgezogene Ruf der Muezzins sie weckte. Obwohl sie sich scheute, irgend jemandem von ihren Träumen zu erzählen, fragte sie Fatima, woran man einen Zauber erkenne, der auf einem liege. »Nun, da gibt es mehrere Anzeichen«, erwiderte die Amme und begann bereitwillig, sie alle aufzuzählen, bis Layla, die keines davon an sich wiederfand, sie unterbrach.

»Und wer verhängt solche Zauber?«

»Oh, von Iblis angefangen bis zum niedersten Dschinn gibt es jede Menge böser Geister, die bestrebt sind, einen Menschen zu unterjochen. Aber du brauchst dich nicht zu fürchten. Wer Allah um Hilfe bittet, dem kann nichts geschehen. Und im übrigen müßtest du erst so unachtsam sein, einen Geist zu beschwören, also hüte dich nur vor Anrufen und Knotenblasen, und ...«

»*Ich* fürchte mich überhaupt nicht«, schnitt Layla ihr unwillig das Wort ab. Fatimas Gerede erschien ihr inzwischen nicht nur weitschweifig, sondern auch töricht. Sie hätte sich gerne bei Ibn Faisal erkundigt, aber sie wußte, daß er Zauberei grundsätzlich für Aberglauben hielt. Er würde sich Sorgen um ihren Verstand machen, und er mochte recht damit haben. Sie entschied sich, ihre Träume künftig zu ignorieren; es gab genügend andere Dinge, die sie beschäftigten.

Abul Hassan Ali und Don Rodrigo Ponce de Leon hatten bereits in ihrer Jugend gegeneinander gekämpft; als Heerführer seines Vaters Said hatte Ali den jungen Rodrigo bei Estepa besiegt, aber einen Monat später hinnehmen müssen, daß dieser den Jabal Tariq, den die Christen Gibraltar nannten, eroberte. Infolgedessen kannte er die Fähigkeiten Don Rodrigos und wußte, daß dieser kein Gegner war, den man unterschätzen durfte.

Der Kastilier hatte die Leichen der gefallenen Stadt- und Burgbewohner sorgfältig um die Stadtmauern verteilen lassen. Alle möglichen Aasfresser hatten sich bereits eingefunden, und für Alis Armee war dieses Bild bei ihrer Ankunft ein unerträglicher Anblick. Sie warteten seinen

Befehl nicht ab, sondern stürmten wutentbrannt auf die Stadtmauern los, und Abul Hassan Ali blieb nichts anderes übrig, als ihnen zu folgen.

Damit verlor er den Vorteil eines geplanten, organisierten Angriffs, während der Marquis von Cadiz immer noch Herr der Lage war. Überdies war Alhama – wenn die Verteidiger nicht gerade schliefen – eine hervorragend angelegte Festung, die nur sehr schwer erobert werden konnte. Die Attacken der Granader wurden wieder und wieder abgewehrt, und am späten Nachmittag hatte sich die Lage immer noch nicht verändert.

Doch Abul Hassan Ali hatte seine Männer inzwischen wieder völlig im Griff und befahl das Ende der Angriffe. Er hatte die Zeit genutzt und einen neuen Plan entwikkelt. Während sie sich ausruhten und frische Kräfte sammelten, wandte er sich an Ali al Atar, Muhammads Schwiegervater und einen der erfahrensten Soldaten im Land.

»Sag den Leuten«, begann er mit gedämpfter Stimme, »sie sollen sich darauf vorbereiten, einen Damm zu bauen. Und sondere genügend Truppen ab, die sicherstellen, daß sie niemand daran hindert.«

»Einen Damm?« wiederholte Ali al Atar verblüfft. Dann verstand er. Alhama hatte keine Quellen und wenige Zisternen; es bezog das nötige Wasser ausschließlich aus dem Fluß, der an den Stadtmauern vorbeifloß.

»Wir werden sehen«, sagte sein Fürst, »wie lange die Christen es ohne Wasser und ohne Nahrungsnachschub aushalten.«

Don Rodrigo Ponce de Leon stand auf den Zinnen der Burg, die er erobert hatte, und starrte auf das feindliche Feldlager unter sich. Neben ihm standen zwei seiner Hauptleute. Ihre Rüstungen und selbst die Tuniken darunter waren durchtränkt von Blut, Dreck und Wasser – das Ergebnis des fruchtlosen Versuches, die Mauren von ihrem Dammbau abzuhalten. Als Don Rodrigo begriff, was Abul Hassan Ali vorhatte, konnte er sich nicht länger auf den reinen Abwehrkampf beschränken. Er hatte einen Ausfall befohlen und ihn selbst angeführt. Doch außerhalb der Mauern waren die Moslems in der Überzahl, und Ali hatte die Gelegenheit erhalten, die christlichen Streitkräfte um ein gehöriges Maß zu dezimieren. Was, so vermutete Don Rodrigo, auch einer der Gründe für den Dammbau gewesen war. Er kniff die Augen zusammen.

»Von jetzt an«, sagte er barsch, »bleiben wir in der Stadt. Sie dürfen uns nicht noch einmal herauslocken, ist das klar?«

»Aber das Wasser...«, begann Ortega de Prado. Don Rodrigo deutete auf den Fluß. »Seht Ihr das? Dieser heidnische Bastard war nicht damit zufrieden, den Fluß zu stauen, umzuleiten und seine Truppen dort zu postieren, nein, er hat auch noch dafür gesorgt, daß unsere Leichen das Wasser vergiften. Selbst wenn wir die Mauren auch nur eine Stunde lang genügend zurückdrängen könnten, um uns neues Wasser zu holen, würde es nichts nützen.« Ortegas Gesicht sah grau aus. Er leckte sich die Lippen. »Und – was machen wir nun?«

Don Rodrigo zog langsam einen seiner Kettenhandschuhe aus und blickte zum Himmel. Es war wenigstens nicht Sommer. Aber die ersten Sterne waren deutlich zu erkennen, es gab keine Wolken; die Zeit der Stürme war offensichtlich vorüber.

»Wir warten auf unsere Verstärkung«, sagte der Marquis. »Und sparen jeden Tropfen Wasser, der sich finden läßt. Wasser gibt es nur noch für die Soldaten und die Pferde. Es tut mir leid um die Verwundeten, aber die kampffähigen Männer kommen zuerst. Für die Gefangenen gibt es überhaupt nichts. Haben wir uns verstanden?«

Den Mienen seiner Hauptleute nach zu schließen, hatten sie ihn in der Tat verstanden.

Während die Belagerung ihren Lauf nahm, beunruhigte den Emir mehr und mehr das Ausbleiben jeglicher Informationen aus Granada. Er hatte al Zaghal gebeten, ihn über weitere Bewegungen an der Grenze auf dem laufenden zu halten, denn er konnte sich nicht vorstellen, daß ein erfahrener Kommandant tief ins Innere eines feindlichen Landes marschierte, wo er von jedem Nachschub abgeschnitten sein würde, ohne mit Verstärkung irgendeiner Art rechnen zu können. Unter anderen Umständen wäre er, Ali, zweifellos im Vorteil gewesen, denn er konnte beliebig lange vor Alhama ausharren; aber der Marquis von Cadiz war kein Dummkopf. Etwas würde geschehen.

Er verspürte widerwillige Achtung vor seinem christlichen Feind; er konnte sich vorstellen, wie es mittlerweile in Alhama aussah. Dennoch zeigten sich jeden Tag die Soldaten in ihren Rüstungen, welche die Sonne widerspiegelten, auf den Mauern.

Schließlich entschied Ali, nicht länger zu warten. Die Christen mußten mittlerweile zu geschwächt sein, um einem erneuten Sturmangriff zu widerstehen. Er hatte sich entschlossen, eine Seite aus Don Rodrigos eigenem Lehrbuch zu verwenden. Während er die scheinbare Hauptattacke anführte und so alle Aufmerksamkeit auf sich lenkte, würden ausgewählte Männer versuchen, heimlich die andere Seite der Mauer, die wegen ihres steilen, felsigen Untergrunds als unzugänglich galt, zu erklimmen, in die Stadt einzudringen und die Tore zu öffnen.

Sie kamen etwa bis zur Stadtmitte. Dann schlossen die Truppen, die der vorausschauende Marquis für einen solchen Fall bereitgestellt hatte, sie ein, verzweifelte, ausgehungerte und von brennendem Durst gequälte Männer, die um ihr blankes Überleben kämpften und jetzt eine kleine Gruppe der Leute vor sich sahen, die für ihren Zustand verantwortlich waren.

Als die Anzahl der Verteidiger auf den Wällen geringer wurde, ahnte Abul Hassan Ali, daß sein Plan erfolglos geblieben war. Er setzte den Angriff trotzdem unter Einsatz seiner gesamten Reserven fort; doch kurze Zeit später traf einer der Kundschafter ein, die er selbst losgeschickt hatte, um die Grenzgegend zu beobachten, und meldete, daß eine große christliche Armee unter dem Befehl des Herzogs von Medina Sidonia auf dem Weg nach Alhama war.

Zwischen zwei christliche Streitkräfte gestellt, selbst wenn eine davon halb verdurstet war, wäre sein eigenes Heer zu einem aussichtslosen Kampf verurteilt. Voller Ingrimm und Trauer und mit einem bitteren Geschmack im Mund befahl Ali den Rückzug nach Granada.

Stadt und Palast hallten vom Wehklagen der Bevölkerung wider, als der Emir zurückkehrte, doch die Alhambra erlebte außerdem noch den ersten heftigen Streit zwischen Abul Hassan Ali und seinem Bruder al Zaghal.

»Warum hast du mich nicht rechtzeitig benachrichtigt? Hast du dir überhaupt die Mühe gemacht, die Grenze beobachten zu lassen, oder warst du zu sehr damit beschäftigt, hier den Herrscher zu spielen?« fragte Ali eisig.

Al Zaghal war nicht daran gewöhnt, im Unrecht zu sein und sich verteidigen zu müssen. Er hatte keine Übung darin, und er tat es sehr schlecht.

»Die Armee der Ungläubigen wurde von Medina Sidonia geführt, und jeder weiß doch, daß er diesen Rodrigo haßt wie die Pest!« In der Tat ging der Streit zwischen dem Herzog von Medina Sidonia und dem Marquis von Cadiz über Jahrzehnte zurück bis auf die Eroberung des Jabal Tariq, als der Herzog darauf bestanden hatte, daß die arabische Garnison sich ihm als dem Ranghöheren ergab, obwohl es Don Rodrigo gewesen war, der die militärische Leistung vollbracht hatte.

»Ich dachte, er würde sich deswegen Zeit lassen, um derjenige zu sein, der Alhama wieder von dir zurückerobert, nachdem sein Feind gescheitert ist. Ich dachte, ich hätte noch Zeit, um Muhammad zu finden und wieder einzufangen. Wir wären dann immer noch rechtzeitig genug gekommen, um dir beistehen zu können, und du hättest nie etwas von der ganzen unerfreulichen Geschichte hier zu erfahren brauchen.«

»Alles, was ich weiß«, entgegnete Ali immer noch zornig, »ist, daß du, der du dich den größten Krieger unseres Reiches nennst, versagt hast, als ich dich brauchte. Und daß mein Sohn verschwunden ist, Allah weiß, wohin, obwohl er hier unter Arrest stand. Ich danke dir, Bruder, für diese Wohltaten.«

Niemand sonst hätte es wagen dürfen, so mit al Zaghal zu reden. Er biß die Zähne zusammen und schwieg, nur seine Kinnmuskeln arbeiteten.

»Bruder«, sagte Ali, mit einemmal müde, »Aischa schwört, daß du den Befehl gegeben hast, Muhammad in meiner Abwesenheit umzubringen. Ist das wahr?«

In ihrer Kindheit hatten die beiden gerne ein gefährliches Spiel gespielt, um ihren Mut zu beweisen. Sie gingen in die Berge und suchten sich eine gefährliche Klippe aus. Einer der beiden legte sich dann auf den Klippenrand, der andere ergriff seine Hände und ließ sich über den Abgrund hängen. Jedesmal etwas länger. Es war ein ständiger Wettbewerb zwischen zwei Rivalen, die sich gleichzeitig ihr Leben anvertrauten. Daran erinnerte sich al Zaghal, als er um eine Antwort rang. Es war dasselbe Gefühl. Zwischen Himmel und Abgrund, und nur Alis Hände hielten ihn fest, aber Ali konnte jeden Augenblick loslassen.

Er hatte eigentlich vorgehabt, Ali sein Vorgehen zu erklären. Sicher würde sein Bruder einsehen, daß es in der Tat die einzige Lösung war, daß al Zaghal ihm nur eine Last abgenommen hätte, die ihm schon längst wie ein Mühlstein am Hals hing. Ali, hatte al Zaghal gedacht, wäre eine Weile sicherlich erzürnt, aber letztendlich würde er verstehen.

Was er nicht eingeplant hatte, war die Katastrophe von Alhama und die Gemütsverfassung, in der Ali sich befand, nachdem er von dort zurückgekommen war. Al

Zaghal war ein rücksichtsloser Mann, und wäre er nicht als Prinz geboren, hätte er als Seeräuber ebenso glücklich werden können. Aber einige Dinge gab es, die ihm am Herzen lagen. Unter anderem das Königreich Granada und sein Bruder. Er setzte alles auf einen Wurf.

»Aischa lügt«, sagte er gelassen und souverän. »Sie hat Muhammad zur Flucht verholfen, und, so leid es mir tut, diese Flucht kann nur eines bedeuten. Er will nicht länger darauf warten, deinen Thron zu besteigen.«

Die beiden Männer, einander so ähnlich, schauten sich an, und das Vertrauen einer ganzen Lebenszeit hing in der Schwebe. Dann seufzte Ali und wandte sich ab. »Ich wollte es nicht wahrhaben, aber in meinem Herzen wußte ich, es ist so.«

Al Zaghal legte ihm mitfühlend eine Hand auf die Schulter. Nach einer Weile fuhr Ali fort: »Das macht es uns natürlich unmöglich, sofort wieder gegen die Christen zu ziehen. Er ist sehr beliebt, und wenn ich seine Verbannung verkünde, so bald nach Alhama, wird das Volk murren. Und ich kann es mir nicht leisten, mit einer Armee zu kämpfen, die nicht zuverlässig ist.«

»Wir werden sie vertreiben«, sagte al Zaghal. »In ein paar Monaten. Es steht geschrieben, daß Allah uns Prüfungen sendet, damit der Sieg um so glänzender werde.«

Als man ihr mitteilte, daß ihr Vater sie in Aischas Gemächern zu sehen wünsche, wußte Layla, was sie erwartete. Doch dank der Zeit, die inzwischen verstrichen war, betrat sie diesen Teil der Alhambra beim zweitenmal wesentlich gefaßter, als es beim erstenmal der Fall gewesen war.

Während sie sich verneigte, bemerkte sie entsetzt, wie sehr ihr Vater in den letzten Wochen gealtert war. Das Grau hatte sich bei ihm zum größten Teil in Weiß verwandelt, seine dunklen Augen lagen tief in den Höhlen, und sie konnte sich auch nicht erinnern, ihn je so erschöpft erlebt zu haben.

Ihre Erscheinung schien ihn ebenfalls zu verwundern, denn als sie sich aufrichtete, sagte er: »Aber Layla, du bist... hm... groß für dein Alter.« Sie war nicht größer als vor ein paar Wochen, also verstand sie nicht, was er meinte. Er räusperte sich.

»Hast du«, fragte er streng, »Aischa erzählt, du hättest al Zaghal Muhammads Tod planen hören?«

Das Mädchen hatte es bisher erfolgreich vermieden, Aischa anzusehen. Sie hatte diese Frage erwartet, aber diesmal ausreichend Zeit gehabt, um über ihre Handlungen nachzudenken, und sie hatte sich entschieden. Also schaute sie auf und blickte Aischa, die in einiger Entfernung von ihrem Vater stand, voll ins Gesicht.

»Nein«, sagte Layla, mit einem Hauch Verwunderung und Vorwurf in der Stimme.

Aischa zuckte zusammen, und einen Moment lang war sie fassungslos. Dann bestanden ihre Augen nur noch aus glühendem Haß. Layla kam sich vor wie eine Seele, die von Iblis gefangen wurde. Aischa war bis zu diesem Zeitpunkt der furchteinflößendste Mensch in ihrer Welt gewesen, aber während sie dem Blick der Fürstin standhielt, entdeckte sie, daß Aischa nur eine verzweifelte Frau in einer ausweglosen Lage war und daß es schlimmere Dinge gab: ihrer Mutter gegenüberzutreten, nachdem sie sie des Mordversuchs bezichtigt hatte, beispielsweise.

Muhammad das Leben zu retten, war eine Sache; ihre Mutter zu verraten, eine andere. Mit dieser Unterscheidung hatte sie ihr Gewissen inzwischen beschwichtigt.

»Sie lügt«, stieß Aischa hervor. Wenn sie nichts hinzugefügt hätte, wäre sie vielleicht überzeugender gewesen, doch sie sprach weiter, immer hastiger, als liefe sie vor jemandem davon: »Sie lügt! Das war alles von Anfang an geplant! Deine christliche Hexe steckt dahinter! Verflucht sei der Tag, der sie nach Granada brachte, verflucht seien sie und alle ihre Nachkommen! Möge Dschehannam sie verschlingen, sie ist unser aller Verderben, ich habe es dir...«

»Das genügt«, unterbrach Ali sie kalt. »Wenn überhaupt etwas, dann ist deine Eifersucht unser aller Verderben. Du kannst gehen, Layla.«

Während Layla sich erneut verbeugte, wunderte sie sich darüber, daß Aischa tatsächlich schwieg. Sie ahnte nicht, daß an diesem Tag das letzte dünne Band, das Aischa noch mit ihrem Gatten verknüpfte, zerrissen war.

Wie der Emir es prophezeit hatte, rief die öffentliche Verbannung seines Sohnes heftigen Protest hervor; doch er erstarb überraschend schnell, innerhalb weniger Wochen, wie auch das Gerede über seine Niederlage bei Alhama. Al Zaghal kehrte nach Malaga zurück, und Abul Hassan Ali beschloß, eine Woche allein in Alexares zu verbringen, um sich von den Katastrophen der letzten Zeit zu erholen, wie er offiziell verlauten ließ. Alexares war ein kleiner Landsitz in der Nähe der Hauptstadt, nicht geeignet, einen großen Hofstaat mitzunehmen; doch die Entscheidung des Emirs, wirklich allein dorthinzugehen, auch ohne eine seiner Frauen, offenbarte zwar seine Stimmung mehr als deutlich, hatte jedoch noch einen anderen Grund. Spione am Hof der christlichen Könige waren selten und zu kostbar, um ihre Entlarvung zu riskieren. Ali, der alle seine Verbindungen genutzt hatte, wartete dringend auf eine Botschaft, die ihm das Ziel des nächsten christlichen Angriffs verriet.

Zur Verwunderung der Zwillinge wirkte ihre Mutter entspannter und fröhlicher, als die Geschwister sie in den letzten Jahren je erlebt hatten. Layla fürchtete sich immer noch vor dem Moment, an dem ihre Mutter sie nach Muhammads Flucht fragen würde, aber Isabel schien die Unterredung mit al Zaghal vergessen zu haben. Sie umarmte ihre Kinder und sagte überschwenglich: »Jetzt beginnen für uns die guten Jahre!«

»Aber Mutter«, protestierte Tariq, »jetzt hat doch der Krieg angefangen, mit den Christen in Alhama und ...«

Er stockte. Christen waren etwas, worüber die Zwillinge nicht mit ihrer Mutter sprachen, weil sie selbst dieses Thema aus ihren Gesprächen verbannt hatte. Isabel bemerkte seine Verlegenheit nicht und sagte abwesend: »Es hat immer Krieg gegeben. Den gibt es schon seit Hunderten von Jahren. Ich meine, jetzt beginnen die guten Zeiten für *uns*! Du wirst Emir, mein Sohn, und wir leben glücklich bis ans Ende unserer Tage.«

Ihr entging, daß sich ihre Freude nicht auf die Kinder übertrug. Die Zwillinge blickten sich an. Sie hatten inzwischen die schaurigen Einzelheiten aus Alhama erfahren. Mit einer Schüssel Pistazienkerne bewaffnet, flüchteten sie in eines ihrer Gartenverstecke. Was sie nicht selbst aßen, verfütterten sie an die Vögel.

»Bei lebendigem Leib in der Moschee zu verbrennen«, sagte Layla niedergedrückt. »Stell dir das vor. Und der Rest ist vor Durst wahnsinnig geworden.«

»Vater wird die Stadt wieder zurückerobern«, meinte Tariq zuversichtlich.

Layla steckte sich einen Kern in den Mund. »Aber die Leute sind dann doch trotzdem noch tot.«

»Schon, aber man hat sie gerächt. Ich wünschte, mein Bein würde endlich wieder heil. Ich will fechten lernen. Eines Tages werde ich ein großer Krieger, du wirst schon sehen. Noch berühmter als al Zaghal.«

Tariq humpelte immer noch, und als er das sagte, war seine Schwester unsinnig froh darüber. Ruhmreich in der Schlacht zu sterben, mochte ein erstrebenswerter Tod sein. Doch Layla entdeckte, daß sie Ruhm dieser Art nicht für ihren Zwillingsbruder wollte. Impulsiv küßte sie ihn auf die Wange.

Nach dem Abendgebet, als sie ins Bett ging, stellte sie fest, daß er ihr einen Dornenzweig hineingelegt hatte, und ihre schwesterliche Zuneigung sank um ein Beträchtliches. Sie nahm sich vor, sich am Morgen grausam zu rächen, und zerbrach sich den Kopf nach dem geeignetsten Mittel. Darüber schlief sie ein, und als sie erwachte, war ihre Kindheit zu Ende.

Es war noch Nacht, soviel konnte Layla durch das Fenster erkennen, aber das Lärmen und die Schritte, die sie aufgeweckt hatten, zeigten an, daß etwas nicht stimmte. Sie war noch dabei, sich in aller Hast anzukleiden, als ihre Mutter in das Zimmer trat, das zu ihren eigenen Gemächern gehörte. Seit Tariqs Unfall hatte Layla Isabel nicht mehr so erlebt. Sie half ihrer Tochter wortlos; als Fatima mit Tariq kam, seufzte sie erleichtert auf.

Inzwischen hatte Layla ihre Stimme wiedergefunden. »Was ist geschehen?«

»Ich glaube, der Palast wird überfallen«, sagte Tariq aufgeregt. »Unsinn«, erwiderte seine Mutter scharf. »Keine Armee kommt auch nur in die Nähe der Stadt, ohne daß Alarm geschlagen wird, geschweige denn in die Zitadelle.«

Layla schauderte, als sie an das Schicksal der Bewohner von Alhama dachte, und rückte etwas näher an ihre Mutter heran. Fatima schüttelte den Kopf. Die gewöhnlich ausufernde Herzlichkeit der Amme hatte sich in angsterfüllte Präzision verwandelt.

»Es sind die Banu Sarraj«, sagte sie. »Ich habe ein paar von ihnen erkannt, auf dem Weg hierher. Es sind die Banu Sarraj, Sejidah.«

»Aber sie könnten doch nicht in den Palast, ohne...« Isabel erstarrte plötzlich. Dann befahl sie Fatima, so schnell wie möglich alles Notwendige für eine längere Reise zu packen. Sie musterte ihre Kinder und runzelte die Stirn.

»Dein Schleier«, sagte sie zu Layla. »Tariq, leg diesen Tailasan ab. Er ist zu auffällig.«

»Was ist denn...«, begann ihre Tochter, und sie wirbelte herum. »Himmel«, sagte sie auf kastilisch, »habt ihr denn noch immer nicht begriffen, Kinder? Das sind nicht nur die Banu Sarraj. Das sind Muhammad und seine Mutter und bestimmt die halbe Stadt!«

»Wie ich sehe«, kommentierte die gelassene Stimme von Aischa al Hurra, »habt Ihr Euch bereits reisefertig gemacht. Ich kann das nur begrüßen. Allerdings reist Ihr nicht weit. Die Gefängnisse liegen nur ein paar Stockwerke tiefer.«

Aischa stand am Eingang, neben ihr Ali al Atar, einer der Banu Sarraj und Muhammad, der die Stirn runzelte, als er Aischas letzte Worte hörte.

»Das ist nicht nötig, Mutter«, sagte er, dann wandte er sich an Isabel. Sie schauten einander an; Layla versuchte, etwas zu Muhammad zu sagen, doch die Worte blieben ihr in der Kehle stecken, und sie erkannte, daß für ihn und ihre Mutter kein anderer Mensch im Raum zu existieren schien.

»Ihr habt es gehört«, sagte Muhammad endlich kalt. »Haltet Euch bereit. Sobald sich alles beruhigt hat, könnt Ihr Granada verlassen. Ich werde Euch eine Eskorte geben, die Euch aus der Stadt bringt.«

Aischa öffnete den Mund, Ali al Atar desgleichen, doch es war Isabel, die als nächste sprach. »Wie großzügig«, antwortete sie lächelnd. »Wie ehrenhaft. Wann wird der kleine Reitunfall stattfinden?«

Muhammad wurde weiß im Gesicht. Er hob die Hand, und einen Moment lang glaubten die Zwillinge, er würde ihre Mutter schlagen, und traten instinktiv einen Schritt vor, um sie zu beschützen. Doch er tat es nicht. Statt dessen wandte er sich ab. »Haltet Euch bereit«, warf er ihr über die Schulter zu.

Ali al Atar war offenbar nicht gesonnen, das hinzunehmen. »Muhammad!« protestierte er. »Du kannst dieses Weib und ihre Bälger doch nicht gehen lassen! Hier haben wir die Gelegenheit, das Unheil von Granada ein für allemal zu vernichten!«

»Das Unheil von Granada«, sagte Tariq verächtlich, machte sich von der Hand seiner Mutter los und ging auf Ali al Atar zu, »sind Verräter wie Ihr. Und ich werde dafür sorgen, daß Ihr alle Euren Kopf verliert!«

Layla nahm sich vor, ihn später ausgiebig mit Verwünschungen zu überhäufen. Das war genau der richtige Augenblick, um den Helden zu spielen!

Ali al Atars Hand fuhr an seinen Säbel. Aischa sagte langsam: »Wir sollten sie wahrhaftig gefangenhalten, mein Sohn.« Aus der Art, wie sie »gefangenhalten« aussprach, ließ sich schließen, daß sie etwas ganz anderes meinte. Muhammad schüttelte den Kopf.

»Nein. Sie ist die Gemahlin meines Vaters, und das sind seine Kinder.«

Aischas Miene zeigte Ungeduld. Ali al Atar fragte höhnisch: »Wie können wir da sicher sein?« Dann stöhnte er auf und starrte überrascht nach unten. Tariq hatte ihn mangels einer anderen Waffe mit der Faust in den Bauch geschlagen.

»Du kleiner Bastard«, flüsterte der mächtige Krieger leise, »das sollst du mir büßen.«

Immer noch kühl und gelassen, sagte Aischa: »Bring ihn um.«

Layla hörte den fassungslosen, unmenschlichen Aufschrei ihrer Mutter, sie sah Muhammads unwillkürlichen Schritt nach vorne, Ali al Atars blitzschnellen Schlag mit dem Säbel, bevor sie begriff, was Aischa gesagt hatte.

Tariq hatte noch nicht einmal Zeit, zu schreien.

Seine Mutter fiel auf die Knie. Layla selbst war schon längst auf dem Boden, rutschte zu Tariqs leblosem Körper. Der Kopf lag säuberlich abgetrennt daneben. Sein

Mund war leicht geöffnet, die Augen verwundert aufgerissen. Sie starrte auf Tariqs Kopf, versuchte, ihn wieder an den Hals zu pressen, ohne auf die schrillen, monotonen Schreie ihrer Mutter zu achten. Dann erkannte Layla, was sie tat, und löste mühsam ihre Hände aus Tariqs wirrem Haar. Ihre Zähne schlugen aufeinander, aber sie konnte immer noch nicht schreien.

Langsam hob sie den Kopf und sah Muhammad vor sich stehen. Wie betäubt registrierte sie, daß er nichts tat. Überhaupt nichts. Sie hörte Aischas Stimme durch die Schreie ihrer Mutter dringen. »Es war notwendig, mein Sohn. Ali al Atar hätte es in jedem Fall getan. Auf diese Weise wird niemand mehr dein Recht auf den Thron in Frage stellen können, und auch die Christin wird nie wieder eine Gefahr sein. Sieh sie dir doch an.«

Isabel hörte auf zu schreien. Sie kroch zu ihren Kindern, doch sie berührte weder Tariq noch Layla. Ali al Atar steckte seinen Säbel wieder ein, und dieses Geräusch war es, das etwas in Layla einrasten ließ und sie endlich in die Lage versetzte, den Mund zu öffnen. Als sie den Klang ihrer eigenen Stimme hörte, bemerkte sie verwundert, daß sie nicht schrie, sondern flüsterte.

»Vernichten. Euch alle. Vernichten.«

Jemand legte seinen Arm um sie; Fatima. Layla schüttelte sie ab. »Das arme Kind«, sagte die Amme weinend. Ali al Atar starrte mit einem gewissen Ekel auf Layla herab, Aischa drehte sich um und ging. Während sie auf ihre Mutter starrte, die neben ihr kniete, erkannte Layla, daß sie nichts empfand. Keinen Schmerz, kein Mitleid mit ihrer Mutter, kein Entsetzen. Sie hüllte sich in diese selige Empfindungslosigkeit, die sie in die Lage versetzte, alles zu beobachten und sich einzuprägen, denn nichts davon war wirklich. Sie wollte das ihrer Mutter mitteilen, doch sie entdeckte, daß sie vergessen hatte, wie man Sätze formulierte. Dann bemerkte sie, daß ihre Hände klebrig waren. Layla hob sie an ihr Gesicht und starrte sie verwundert an. Es ist natürlich Blut, dachte sie, und dann überhaupt nichts mehr; sie ließ sich fallen, bis nur noch Schwärze sie umgab.

II

Kastilien

»Der König und die Königin waren sich zusammen mit dem Kronrat darüber einig, daß der Zwiespalt zwischen den beiden maurischen Königen die Eroberung Granadas bedingte (...).«

Isabella und Fernando
in einem Erlaß

Es war überraschend leicht, Granada zu verlassen. Die Stadt befand sich inzwischen völlig in der Gewalt Muhammads und der Banu Sarraj, und obwohl einige die verhaßte Favoritin des alten Emirs erkannten und ihr Flüche nachriefen, sorgte die Eskorte, die Muhammad Isabel und ihrer Tochter mitgegeben hatte, dafür, daß man sie passieren ließ, ohne sie anzurühren.

Layla registrierte weder die gelegentlichen Verwünschungen noch das Eingreifen der Eskorte; sie empfand auch nicht den Abschied von der einzigen Heimat, die sie je gekannt hatte. Ihr allmählich wiedererwachendes Wahrnehmungsvermögen beschäftigte sich mit dem Zustand ihrer Mutter, um nicht ständig an Tariq denken zu müssen. Die völlige Apathie, in die Isabel versunken war, hätte ihre Tochter unter anderen Umständen verstört; so hatte Layla nur festgestellt, daß man Isabel das Haar kämmen, sie ankleiden, sie führen mußte. Sogar um sie auf ihr Pferd zu heben, war ein Mann aus der Eskorte notwendig gewesen.

Sich um eine Mutter zu kümmern, die so unselbständig wie ein Kleinkind geworden zu sein schien, zog Layla in jedem Fall dem tückischen Kreis vor, in dem sich ihre

Gedanken wieder und wieder drehten: Es war alles ihre Schuld. Hätten ihre Mutter und al Zaghal Erfolg gehabt, dann wäre Tariq nicht gestorben. Hätte sie selbst nicht einer völlig lächerlichen Schwäche nachgegeben, dann lebte Tariq noch.

Sie würgte, als sie an Tariqs fassungslosen Blick, an seinen aufgerissenen Mund dachte, und erkannte entsetzt, daß die schützende Taubheit sie nun verlassen hatte. Verzweifelt heftete sie den Blick auf ihre Mutter.

Die Eskorte, die Muhammad ihnen mitgegeben hatte, verließ sie, sobald die Stadt außer Sichtweite war, was Layla nicht weiter wunderte. Keiner von ihnen hatte wohl den Mut, ihrem Vater gegenüberzutreten.

»Wir sind bestimmt bald in Alexares«, sagte sie zu ihrer Mutter, obwohl sie keine Antwort erwartete; es kam ihr nur darauf an, die Stille zu durchbrechen. Doch Isabels Kopf fuhr hoch, und sie starrte ihre Tochter an wie eine Schlafwandlerin, die man aufgeweckt hatte.

»Wir reiten nicht nach Alexares«, entgegnete sie hart.

Fatima bemühte sich, ihren Maulesel im Zaum zu halten, und hörte sie nicht; Layla war sich nicht sicher, was sie selbst gehört hatte. Mit einemmal entdeckte sie, daß es doch noch etwas zu fürchten gab: Ihre Mutter könnte den Verstand verloren haben.

»Aber Mutter«, sagte Layla in einem beschwichtigenden Tonfall, »Vater ist in Alexares. Und sobald er ...«

Isabel saß sehr aufrecht auf ihrer Stute, und ihr Mund verzog sich in tiefster Verachtung und bitterem Haß. »Wir gehen nicht zu deinem Vater«, antwortete sie. »Ich will weder ihn noch den Rest dieser Mörder jemals wiedersehen.«

Layla hatte gedacht, sobald sie die Stadt hinter sich gelassen hätten, würde es besser, aber sie fühlte sich immer noch in einem Albtraum gefangen. Nun war sie es selbst, die reglos auf dem Pferd saß und sich nicht rühren konnte, während ihre Mutter weitersprach, weder an Layla noch an Fatima gewandt.

»Wir sind also sicher, Ali? Du wirst dafür sorgen, daß mir und meinen Kindern nie etwas geschieht? Oh, und Muhammad würde doch nie etwas Gewalttätiges tun? Die Feuer der Hölle sind noch zu gut für dich.«

Sie beschleunigte ihren Ritt ein wenig, bis sie merkte, daß ihre Tochter zurückblieb. »Layla, beeile dich«, rief sie ihr ungeduldig zu.

»Aber wohin reiten wir?«

Der Wind verwehte Isabels Stimme bereits. »Nach Hause. Nach Kastilien.«

Fatima war die einzige, die daran gedacht hatte, etwas Geld mitzunehmen, aber mit einer Reise über die Grenze hatte sie nicht gerechnet. In der nächsten Ortschaft verkaufte Isabel ihre Ringe. Nachdem sie sich mit Proviant ausgerüstet hatten, befahl sie Fatima, in diesem Dorf zu bleiben. Und Fatima, die Geschichten über die Ungläubigen vor Augen, gehorchte nicht ungern. Sie weinte etwas, als sie sich von Isabel und Layla verabschiedete, aber Layla machten ihre Tränen eher zornig, und als sie einen Blick auf ihre Mutter warf, erkannte sie, daß es dieser genauso erging.

Keine von ihnen beiden hatte bisher um Tariq weinen können.

Doch Layla begriff bald, daß ihre Mutter etwas gefunden hatte, was ihrem Leben einen neuen Sinn gab. Es war nicht nur das Offensichtliche, der Haß, der sich in ihrem Fall auf die gesamte Familie der Banu Nasr ausdehnte, einschließlich Abul Hassan Alis. Wenn sie darüber nachdachte, was sich nicht vermeiden ließ, war Layla außerdem sicher, daß sie ebenfalls von ihrer Mutter gehaßt wurde. Es war nur gerecht. Sie haßte sich selbst.

Was Isabel jedoch außer dem Haß in sich gefunden hatte, kam für ihre Tochter völlig überraschend. Sie weigerte sich, mit Layla arabisch zu sprechen, und setzte ihre ganze ungeheure Willenskraft daran, das Mädchen in eine Kastilierin zu verwandeln. Für Layla blieb es ein Rätsel, ob dieser Entschluß ihrer Mutter auch als Strafe für die Banu Nasr gedacht war, oder ob Isabel an ihr ihr eigenes Leben wiederholen und umkehren wollte.

Sobald sie die Grenze überquert hatten, tauschte Isabel in einem Dorf ihre Gewänder gegen einige Bauernkleider. Der Schmutz und die Abgenutztheit waren ihr gleichgültig; sie wollte nicht, daß sie und ihre Tochter irgend etwas aus Granada am Leib trugen. Für Layla jedoch waren der Dreck und die unbequeme Enge dieser Kleider furchtbar, aber das fiel ihr erst nach einiger Zeit wirklich auf, denn das Leben schien nur noch aus endlosen, zermürbenden Ritten und unerbittlichen Nächten voller Erinnerungen zu bestehen. Dennoch war sie geistesgegenwärtig genug gewesen, ein Stück aus Granada zu verstecken und bei sich zu behalten: den kleinen Silberring, den sie zu ihrem letzten Geburtstag bekommen hatte.

Als kleines Kind hatte sie sich immer gefragt, was jenseits der Berge wohl wartete; es wunderte Layla nicht weiter, daß es eine Landschaft geschaffen aus Alpträumen war, um so quälender, weil sie Granada so sehr ähnelte. Doch erst als sie vor dem Kastell der de Solis stand, wurde ihr die Ungeheuerlichkeit der ganzen Reise bewußt. Wie hatte ihre Mutter es fertiggebracht, diesen Ort wiederzufinden, den sie doch in ihrer Kindheit verlassen hatte? Und was tat sie, Layla, eigentlich hier, in diesem Land voller schmutziger und halbverhungerter Menschen?

Ich sollte in Alexares sein, dachte Layla verwirrt. Etwas von ihrer Eigenwilligkeit kehrte zurück, wurde aber rasch wieder unterdrückt, denn mittlerweile war sie soweit gekommen, alles, was nach Tariqs Tod geschah, als Buße anzusehen. Erst als sie vor den alten Mann geführt wurden, der anscheinend der Vater ihrer Mutter war, ließ sich die rebellische Flamme nicht mehr ersticken.

Die Wachen hatten Isabel selbstverständlich zuerst nicht geglaubt, aber sie hatte die Männer überredet, ihr wenigstens die Gelegenheit zu geben, den Don zu sehen. Layla, die sich ihrer früheren Neugier auf die Vergangenheit ihrer Mutter besann, fand den großen, hageren Mann, der auf sie wartete, hochmütiger als Iblis. Als er sie erblickte, überzog Ekel seine Miene. Aber es war deutlich, daß er ihre Mutter erkannte.

»Ja«, sagte er mit rauher Stimme. »Das ist meine Tochter Isabel.« Die Wachen zogen sich zurück und ließen ihren Herrn mit seinen Gästen allein. Layla, die der alte Mann nach seiner ersten Reaktion keines Blickes mehr würdigte, stellte fest, daß die Halle nach ungelüfteten Kleidern und den Abfällen roch, die man hier anscheinend den allgegenwärtigen Hunden vorwarf. Sie schaute sich um, und der Eindruck, hier in ein kaum aufgeputztes Schlachthaus geraten zu sein, verstärkte sich. Überall waren Fettspritzer, und die Fackeln, die in den Haltern an den Wänden steckten, um den Raum zu erleuchten, qualmten. Sie hatte das Bedürfnis, zu husten, unterdrückte es jedoch und konzentrierte sich darauf, ihre Mutter und den alten Mann zu beobachten, die sich unverwandt musterten, ohne sich zu rühren.

»Du bist also wieder da«, sagte er nach einer Weile. »Ich hätte nicht gedacht, daß ich dich je wiedersehen würde.«

Layla wartete vergeblich auf ein Zeichen von Wärme, darauf, daß er ihre Mutter umarmte; immerhin handelte es sich um seine einzige, lange verlorene Tochter. Stattdessen goß Don Sancho de Solis sich noch etwas von dem Getränk ein, das in dem irdenen Krug neben ihm stand. Es wurde Layla bewußt, daß es sich wahrscheinlich um Wein handelte, und sie wäre beinahe zusammengezuckt, bis ihr einfiel, daß die Christen das Verbot von berauschenden Getränken genau wie die übrigen Mahnungen des Propheten ignorierten.

Die Christen.

Sie erinnerte sich an die Verwünschungen der Granader. *Christin, Christenbalg*. Ihr ganzes Leben lang hatte man sie zu diesen Menschen, die ihr jetzt so fremd erschienen, gerechnet.

»Hat der Maure dich fortgeschickt?« fragte Don Sancho unterdessen.

»Nein«, erwiderte Isabel in dem gleichen hochmütigen Ton. »Ich bin gegangen.«

»Es war eine entsetzliche Schande, als ich hörte, daß

meine Tochter die Lieblingskonkubine eines Heiden ist«, entgegnete er und nickte dabei mit dem Kopf.

»Ihr habt es offenbar überlebt«, gab sie zurück. »Genau wie ich. Nicht dank Eurer Hilfe. Und jetzt erwarte ich, daß Ihr mir das gebt, was Ihr mir seit Jahren schuldet.«

Er trank noch etwas von seinem Wein. »Also gut«, sagte er schließlich. »Du kannst hier wohnen. Und wer ist *das*?«

Sie legte eine Hand auf die Schulter ihrer Tochter. »Eure Enkelin. Layla.«

»Kein anständiger Christenmensch hat so einen Namen«, meinte er mißbilligend und schaute erneut auf das Mädchen. »Du mußt dafür sorgen, daß sie einen christlichen Namen bekommt.«

Layla konnte sich nicht länger zurückhalten. »Es ist *mein* Name«, stieß sie wütend hervor, »und wenn er Euch nicht gefällt, dann ist das Euer Pech, alter Mann!«

So sprach man nicht mit einem Älteren, das wußte sie, weder bei Moslems noch bei Christen, doch er ignorierte es. Er wandte sich wieder ihrer Mutter zu. »Sie hat einen furchtbaren heidnischen Akzent, Isabel«, sagte er kopfschüttelnd.

In den folgenden Tagen, die sich entsetzlich langsam zu Wochen dehnten, fand Layla heraus, daß sie Kastilien und ganz besonders die Burg verabscheute. Es war nicht nur der allgegenwärtige Dreck und der entsetzliche Gestank, es waren die Blicke der Bediensteten und Soldaten, das Getuschel über ihre Mutter und sie, das schlimmer war als in Granada, denn hier hatte sie noch nicht einmal einen Schleier, um sich vor den neugierigen Augen zu schützen. Mit unbedecktem Haar und Gesicht vor feindseligen Fremden herumzulaufen, gab ihr ein Gefühl der Wehrlosigkeit, das sie haßte. Aber am entsetzlichsten war der Katechismusunterricht und der neue Name: der Zwang, eine Christin zu werden.

Ein einziges Mal versuchte sie, in den Schutzpanzer einzudringen, mit dem sich ihre Mutter seit Tariqs Tod umgab. Sie nahm ihren ganzen Mut zusammen und sprach mit Isabel.

»Mutter«, platzte das Mädchen heraus, »es ist furchtbar hier! Bitte laß uns zurückkehren, bitte!«

Isabel sah fremd aus in den seltsam geschnittenen Kleidern, die sie jetzt trug, aber noch fremder – obwohl mittlerweile schon fast vertraut – war ihr steinerner Gesichtsausdruck. Layla geriet ins Stottern.

»Bitte, ich will keinen christlichen Namen, ich will keine ... keine Christin werden!«

Ihre Mutter sagte noch immer nichts.

»Ich will nach Hause«, flüsterte Layla schließlich. Isabel beugte sich vor, packte sie an den Schultern und schüttelte sie. »Jetzt höre genau zu«, sagte sie kalt und präzise. »Das war niemals dein Heim und wird es nie wieder sein. Was deinen Vater betrifft, glaubst du wirklich, ihm liegt etwas an dir? An einer Tochter? Ihm hat noch nicht einmal an seinem Sohn etwas gelegen.«

Das ist nicht wahr, wollte Layla sagen, aber sie brachte keinen Ton heraus. Ihre Mutter sprach weiter, und zum erstenmal zeigte sie Trauer.

»Oh, ich verstehe dich, glaub mir, ich weiß, wie furchtbar es für dich ist, deinen Namen und deine Vergangenheit aufzugeben. Aber du wirst es überleben. Und denk immer daran, das bin nicht ich, die dir das antut. Sie sind es. Alle.«

Layla schaute sie an. Die Zwillinge hatten Isabel beinahe vergöttert, und das war kein Wunder gewesen, denn sie war für ihre Kinder die beste aller vorstellbaren Mütter gewesen. Und Laylas Haß auf Aischa, Ali al Atar und Muhammad wurde noch größer, denn das Wesen, das sie aus ihrer Mutter gemacht hatten, konnte sie kaum mehr ertragen.

Es war noch keinen Monat her, da hatte sie noch nicht einmal gewußt, was Einsamkeit bedeutete. Doch auf der Burg der de Solis nahe bei Sevilla hatte Layla ausgiebig Gelegenheit dazu, sie kennenzulernen. Tariq war fort, unwiderruflich fort, auch wenn sie jeden Morgen aufwachte und es nicht glauben konnte. All ihre Streitereien, all ihre Geheimnisse und Abenteuer und alles, was sie ihm nicht gesagt hatte, summierte sich schließlich zu einem einzigen Satz: Sie war am Leben, und Tariq war tot.

Und das war unerträglich.

Was die Taufe anging, gestaltete sich ihre Abwehr nicht so verzweifelt, wie sie hätte sein können, denn sie wußte, daß Gott ihr nicht helfen würde, so wenig, wie er Tariq geholfen hatte.

Gleichgültig, wessen Gott.

Außerdem war der Priester, der Layla unterrichtete, der einzige, der sich die Mühe machte, ihr etwas von der Welt außerhalb der Burg zu erzählen. Durch ihn erfuhr sie, daß Granada nun geteilt war zwischen Muhammad, der die Hauptstadt beherrschte, und ihrem Vater, der jetzt bei al Zaghal in Malaga residierte. Nach einer vergeblichen Attacke auf die Hauptstadt hatte er sich entschieden, die Alhambra vorläufig Muhammad zu überlassen und all seine Kräfte auf den Krieg gegen die Christen zu konzentrieren.

Der König von Aragon, Fernando, hoffte, soviel entnahm Layla Pater Alvaros Berichten, den Erfolg von Alhama wiederholen zu können, und marschierte gegen Loja, aber diesmal war Abul Hassan Ali vorbereitet; es gelang ihrem Vater, die Stadt zu verteidigen und Fernando zum Rückzug zu zwingen.

»Es scheint«, fügte Pater Alvaro mit leichtem Groll hinzu, obwohl er sich sonst hütete, bei seinen Bekehrungsversuchen ausfällig zu werden, »daß die Mauren, so zerstritten sie auch sind, sich einigen können, wenn es gegen die Sache der Christenheit geht. Man berichtet, daß der Kommandant von Loja der Schwiegervater des jungen Emirs und ein erbitterter Feind des alten Emirs sein soll, und dennoch eilte der Fürst, dein Vater, ihm zu Hilfe.«

Laylas Mund war plötzlich trocken. »Der Kommandant von Loja war Ali al Atar?« Pater Alvaros Miene erhellte sich. »So lautete der Name, richtig. Du mußt mir vergeben, meine Tochter, aber all diese maurischen Namen fallen meiner Zunge ein wenig schwer.«

Inzwischen war es Sommer geworden, und die schweren, unbequemen Gewänder klebten an ihr und kratzten sie, als sie in den Raum eilte, den der alte Mann ihr zur Verfügung gestellt hatte. Sie stolperte ein paarmal und schlug sich das Knie auf, ohne es zu spüren. Was Layla antrieb, war der brennende Wunsch, endlich jemanden für alles bezahlen zu lassen, was sie verloren hatte. Und offenbar war sie die einzige, die Tariqs Tod an den Schuldigen rächen wollte; ihr Vater rettete Tariqs Mörder, und ihre Mutter rächte sich auf eine unbegreifliche Weise an Layla.

In den letzten Wochen hatte sich in Layla eine Idee geformt, erst vage, dann immer deutlicher; es war ein Strohhalm, völlig verrückt noch dazu, aber mittlerweile war sie so verzweifelt, daß sie *irgend etwas* tun mußte, und sei es auch etwas Wahnsinniges.

Sie schlug die schwere Tür zu und drehte den Schlüssel um. Ein Teil von ihr empfand flüchtig Dankbarkeit für die vielen Türen in christlichen Burgen, die einem das Alleinsein sicherten. Doch der Gedanke verflog sofort; alles in ihr war auf die Verwirklichung ihres Planes gerichtet.

Vorsichtig legte sie ihren Ring, das einzige, das sie noch aus der Alhambra besaß, auf den Boden und zeichnete ein Pentagramm um den Reif, wie Salomon, den Allah zum Herrn über die Dschinn gemacht hatte, es in den Legenden getan hatte. Danach schnitt sie sich mit dem Messer, das sie seit ihrer Ankunft in der Burg immer bei sich trug, eine Haarsträhne ab und schlang sie zu einem Knoten.

Das Übel der Nacht... Zauberinnen, die auf Knoten blasen...

Glaubst du noch an Märchen? konnte sie in sich eine höhnische Stimme wispern hören. Glaubst du noch daran?

Sie verdrängte die Stimme. Verbissen versuchte sie, sich an den Wortlaut aus den Geschichten zu erinnern.

Als sie sprach, gelang es ihr nur mit Mühe, nicht zu schreien. »Im Namen Allahs, der alle Geister erschaffen hat, im Namen Salomons, der sie beherrscht – komm und hilf mir!«

Und sie blies.

Etwas schien den Atem aus ihr hervorzusaugen, immer stärker, immer stärker, etwas trieb ihr Staub in die Augen und brachte sie zum Tränen, etwas schüttelte sie, bis sie zu Boden sank, ein rauschendes Pochen in ihren Ohren.

»Gut«, sagte eine Stimme ein wenig spöttisch, aber freundlich. »Noch ein paar Monate, und du wärst zu alt dafür gewesen, Layla.«

Die Stimme kam ihr bekannt vor. Mühsam hob sie den Kopf. Vor ihr stand ein großer dunkelhaariger Mann, der arabische Kleidung trug, aber weder den Tailasan noch den Bart, zu dem ihn sein Alter von etwa dreißig Jahren eigentlich verpflichtet hätte. Er beobachtete sie belustigt.

Layla rutschte an die Wand und richtete sich langsam auf. »Im Namen Salomons...«, begann sie wieder mit zitternder Stimme. Er lachte.

»Ich ehre Salomons Namen, aber ich bin kein Dschinn, Layla. Du hast nicht nach einem Dschinn gerufen. Ich denke, du weißt, wer ich bin.«

Sein Lachen war ihr vertraut. Sie hatte es in einem Traum gehört, in der Halle der Botschafter und in einem Garten, vor so langer Zeit, daß es in einem anderen Leben gewesen zu sein schien. Sie ballte ihre Hände zu Fäusten, um das Beben zu unterdrücken und die Beherrschung wiederzufinden. Es war ihr gelungen. Es war ihr tatsächlich gelungen. Einige Geschichten entsprachen also doch der Wahrheit. Warum dann diese unsinnige Angst? Schließlich war sie jenseits aller Furcht.

»Jusuf ben Ismail«, flüsterte sie schließlich.

»Josef ha Levi«, erwiderte er. »Ich trug beide Namen. Wie deine Mutter oder du. Deswegen konnte ich zu dir kommen . . . Lucia.«

Diesen Namen hatten sie ihr für die Taufe ausgesucht. »Das ist nicht mein Name«, preßte sie hervor. Er achtete nicht darauf. Er hob seine Arme, starrte seine Hände verwundert an. Dann warf er den Kopf zurück und lachte wiederum.

»Ein Körper«, rief er und schüttelte sein Haar, das zu lang für das eines Arabers war. »Nach vierhundert Jahren wieder ein Körper!«

»Vierhundert Jahre?« wiederholte Layla.

»Vierhundertachtundzwanzig Jahre und sieben Monate. Seit ich menschlich war.«

Er näherte sich ihr, und sie zwang sich, nicht zurückzuweichen. Einen Schritt von ihr entfernt blieb er stehen. Sie hätte seinen Atem spüren müssen, aber er atmete nicht. Erst da verstand sie, daß er wirklich war und nicht etwa ein Soldat oder ein Diener, der sie belauscht hatte und sich einen Scherz mit ihr erlaubte.

»Und so ist es ein kleines Halbblut«, sagte er amüsiert, »das mich zurückbringt.«

Die gönnerhafte Art, in der er mit ihr sprach, begann Layla an den alten Mann zu erinnern, der jetzt wahrscheinlich vor einem der rußigen Kamine Wein trank, und, Geist oder nicht, Fluch oder nicht, sie war nicht gewillt, sich das gefallen zu lassen.

»Jusuf ben Ismail«, sagte sie und benutzte absichtlich seinen arabischen Namen, »mir ist gleichgültig, ob du einen Körper hast. Kannst du mir bei meiner Rache helfen, oder übersteigt das deine Kräfte?«

Einen Moment lang wirkte er verblüfft. Er musterte sie, als hätte *sie* sich in einen Dschinn verwandelt. Dabei fiel ihr auf, daß seine Augen von einem unglaublichen hellen Grau waren. Ihr war kalt, und ihre Haare sträubten sich, aber sie erwiderte seinen Blick, ohne die Lider zu senken. »Ein Handel«, sagte er plötzlich. »Ich schlage dir einen Handel vor, kleines Mädchen.«

»Ich bin kein kleines Mädchen mehr.«

Er schüttelte lächelnd den Kopf. »Ich werde dir helfen.«

Ihr alter Freund, die Furcht, begann sich allmählich wieder bei Layla zu melden. In den Märchen befahl man Geistern einfach im Namen Salomons, und sie gehorchten. Aber man verhandelte nicht mit ihnen. Zumindest nicht in den arabischen Geschichten. In den Monaten ihres Exils hatte sie Gelegenheit gehabt, andere Geschichten zu hören.

»Was willst du dafür von mir?« fragte sie mißtrauisch. Sein Lächeln vertiefte sich.

»Nicht mehr, als du mir schon gegeben hast, Layla. All die Jahre konnte ich euch sehen und hören, ich war überall und nirgends, aber ich hatte keinen Körper, ich konnte nicht mit den Sterblichen sprechen, nichts tun. Es ist deine Lebenskraft, die mir diese Gestalt verliehen hat. Gib mir davon, wann immer ich sie brauche, und ich werde tun, was du dir wünschst.«

Er hatte »Lebenskraft« gesagt, nicht »Seele«. Aber

selbst wenn es anders gewesen wäre, was machte das schon? Wofür sonst sollte sie wohl ihre Seele geben?

Sie räusperte sich. »Ich bin einverstanden.«

Er berührte ihre Hand. Seine war kalt, eiskalt, doch sie hielt der Berührung stand. Dann klopfte es, und er war verschwunden. Einfach so, von einem Wimpernschlag auf den nächsten, und Layla fragte sich, ob nicht ihre Mutter, sondern sie selbst den Verstand verloren hatte.

Don Sancho de Solis hatte beschlossen, Layla eine Dueña zu besorgen, die sie erziehen und ihr den nötigen Schliff geben sollte. Daß er nicht etwa aus großväterlicher Fürsorge handelte, machte er mehr als deutlich. »Je eher ich sie bei Hof vorstellen und verheiraten kann, desto besser«, sagte er über die mit Fett- und Weinflecken verunzierte Tafel hinweg, während seine Enkelin ihn feindselig anstarrte. »Aber niemand nimmt ein Halbblut, das häßlich ist *und* keine Manieren hat.«

»Meine Manieren«, entgegnete Layla aufgebracht, »sind die einer Sejidah vom Geschlecht der Banu Nasr, und sie sind noch viel zu gut für diesen ... Froschtümpel!«

Der alte Mann nickte einem seiner Freunde zu, der an diesem Abend bei ihm speiste. »Siehst du, was ich meine, Carlos? Unmöglich.«

Insgeheim gestand Layla sich ein, daß sie sich längst nicht mehr wie eine Sejidah vom Geschlecht der Banu Nasr benahm; die Zurückhaltung, die sanfte Sprechweise, die Ehrfurcht gegenüber Älteren, die all ihre Erzieher ihr versucht hatten beizubringen, waren wohl endgültig verloren, falls sie je vorhanden gewesen waren.

Doch sie tröstete sich damit, daß es die Schuld dieses gräßlichen alten Mannes war. Sie lag auf der Strohmatratze, die er als Bett bezeichnete, starrte in die Dunkelheit und stellte sich vor, wie Don Sancho Ximenes de Solis samt seiner Burg und dem ganzen restlichen Kastilien in einem göttlichen Feuerregen unterging wie Sodom und Gomorrha.

»Wenn du nicht so fest entschlossen wärst, das ganze Land zu hassen«, sagte Jusuf ben Ismail, »dann könntest du hier Dinge finden, die dir gefallen, kleine Katze.«

Falls er sie hatte erschrecken wollen, dann war ihm das gelungen. Entschlossen, sich das nicht anmerken zu lassen, setzte Layla sich auf, zum erstenmal dankbar für das leinene Nachtgewand, das sie von Kopf bis Fuß bedeckte. Er saß mit gekreuzten Armen auf einem Schemel. Sein Äußeres hatte sich nicht verändert.

»Was gibt es hier schon?« fragte sie mürrisch. »Noch nicht einmal Bäder. Wenn ich mir nicht jeden Morgen kaltes Wasser vom Fluß besorgen würde, müßte ich im Dreck ersticken.«

Ein guter Christ, hatte man ihr mitgeteilt, als sie das erstemal nach einem Bad fragte, brauche sich in der Regel nur dreimal im Leben zu waschen – bei der Taufe, vor seiner Hochzeit und vor seiner Beerdigung. Alles weitere sei Luxus, und Don Sancho halte nichts von Luxus. Seither ging Layla täglich mehrmals mit zusammengebissenen Zähnen und zwei Eimern zum Fluß.

»Eine Welt«, entgegnete Jusuf in einem belehrenden Tonfall, den sie aufreizend fand, »hat mehr zu bieten als nur Bäder. Warte, bis du Sevilla siehst. Es ist eine wunderschöne Stadt.«

»Natürlich. Sie wurde zum größten Teil von Arabern gebaut«, gab sie zurück. Das brachte ihn zum Lachen.

»Ah, Lucia, Lucia, du würdest eine wunderbare Christin abgeben. Du bist genauso stur und engstirnig. Deswegen war ich froh, ein Jude zu sein. Wir mußten seit Jahrhunderten mit euch zusammenleben und hatten Übung darin, immer beide Seiten einer Münze zu sehen.«

Layla fiel auf, daß er von sich immer in der Vergangenheit sprach. »Bist du kein Jude mehr?« erkundigte sie sich neugierig.

»Ich bin kein Mensch mehr. Bei meinem Tod hatte ich eine Wahl. Ich entschied mich zu bleiben und wurde ... etwas anderes.«

Sie versuchte, ihn in der Dunkelheit deutlicher zu erkennen. »Was?«

Seine Stimme klang trotz ihrer Sanftheit bedrohlich. »Ich glaube nicht, daß du das wirklich wissen willst, kleines Mädchen.«

Diesmal protestierte sie nicht gegen die Anrede. Aber er sollte nicht glauben, er hätte sie eingeschüchtert.

»Hast du inzwischen etwas gegen ... *sie* unternommen?« fragte sie streng. Er stand von seinem Schemel auf und setzte sich ohne weiteres zu ihr auf die Bettkante.

»Du hast mir noch nicht mitgeteilt, welche Art von Rache du dir wünschst, Layla.«

Sie hatte ausreichend Zeit gehabt, sich das zu überlegen. »Ich möchte Ali al Atar tot sehen«, sagte Layla mit mühsam beherrschter Stimme, »und ich möchte, daß Aischa erlebt, wie Muhammad jede Hoffnung auf den Thron von Granada verliert. Das wird für sie schlimmer als der Tod sein.«

»Ich verstehe«, sagte der Mann, der selbst seit vierhundert Jahren tot war, ruhig. »Und Muhammad?«

»Er soll in der Verbannung sterben, weit weg von Granada, ohne Familie und Freunde. Allein.«

»Hmmmm.« Seine Hand streifte ihr Haar. Sie rührte sich nicht. »Kannst du das bewerkstelligen, Jusuf?«

Lachen, wie ein Windhauch, und wieder eisige Kälte. »Es ist nicht so einfach, wie du es dir vorstellst, mein Kind. Mir sind Grenzen gesetzt. Beispielsweise kann ich Ali al Atar nur dann töten, wenn er sich selbst in Todesgefahr begibt. Aber das wird er. Warte nur ab. Warte es ab.«

Er war wieder fort. Layla legte sich auf ihren Strohsack, zog die flohverseuchte Decke über sich und versuchte, ein wenig Wärme zu finden. Möglich, daß sie sich alles nur einbildete, daß sie die Grenze zum Wahnsinn endgültig überschritten hatte, aber das war ihr gleichgültig.

Laylas Dueña, eine von Don Sanchos ärmeren Verwandten, die weder einen Gemahl noch ein Kloster gefunden hatte, das sie ohne Mitgift aufnahm, traf bald darauf ein. Layla war darauf vorbereitet, auch sie zu hassen, bis sie bemerkte, wie der Don sie behandelte. Nachdem er sie über ihre Pflichten belehrt hatte, sprach er genauso über ihren Kopf hinweg, wie er es bei Layla tat, und machte sich noch nicht einmal die Mühe, ihr von einem Bediensteten das Zimmer zeigen zu lassen, in dem sie nun gemeinsam schlafen würden, eine Aussicht, welche die Abneigung des Mädchens noch gefestigt hatte. Doch als sie die taubengraue, erschöpfte Frau mit ihren schäbigen

Kleidern in der Halle stehen sah, hatte Layla Mitleid mit ihr.

Sie lief die Treppe hinunter, auf der sie sich versteckt hatte, und begrüßte den Neuankömmling. »Doña Maria, ich bin Eure Schülerin. Gestattet mir, Euch zu unserer Kammer zu führen.«

Kammer, dachte Layla insgeheim, war das richtige Wort. In der Alhambra waren die Falken großzügiger untergebracht, und mit zwei Bewohnern würde es noch enger werden. Als sie Doña Maria jedoch aus der Nähe sah, zuckte sie zusammen. Die Dueña hatte die gleiche Stupsnase und die Grübchen, die Tariq gehabt hatte. Ihre Haare konnte Layla nicht sehen, da sie wie bei allen Frauen über zwanzig von einer Haube bedeckt waren. Doña Maria lächelte ein wenig verwirrt.

»Ich danke Euch, mein Kind.«

Wie sich herausstellte, hatte Laylas Großvater ihr noch nicht einmal ein Gehalt versprochen, nur die Gnade, unter seinem Dach wohnen zu dürfen. Sie erkundigte sich schüchtern nach Isabel.

»Sie ist krank«, sagte Layla kurz, während sie gemeinsam Doña Marias wenige Habseligkeiten in die Kammer schafften.

In Wahrheit hatte sich Isabel seit der Taufe ihrer Tochter mehr und mehr in einen Zustand wortloser Starre zurückgezogen, wie sie es schon unmittelbar nach Tariqs Tod getan hatte. Sie verließ ihr Gemach kaum mehr und sprach zu niemandem. Einmal am Tag besuchte Layla sie, wusch sie, da die neue Zofe für solche einfachen Notwendigkeiten nicht mehr Sinn hatte als der Rest der Christen, bürstete ihre Haare und redete ein wenig mit ihr. Sie wußte nicht, ob ihre Mutter ihr so lieber war denn als die Fremde, mit der sie hierhergekommen war.

Doña Maria nahm ihre Aufgabe, Layla für eine Vorstellung bei Hofe und eine mögliche Heirat präsentabel zu machen, sehr ernst. Sie war entsetzt über viele der Angewohnheiten ihres Zöglings, und nachdem sie mit Überredung nicht weiterkam, versuchte sie es mit Strenge.

»Derartiges mag bei den Mauren in Ordnung gewesen sein, mein Kind, aber nicht hier. Wenn Euer Großvater einen Gemahl für Euch finden soll...«

»Vielleicht will ich gar nicht heiraten«, sagte Layla brüsk. »Und ganz bestimmt nicht jemanden, den *er* mir aussucht.«

»Das ist Unsinn«, entgegnete Doña Maria sachlich. »Jedes Mädchen muß heiraten, wenn es den Älteren gefällt.« Sie hätte normalerweise das Wort »Vater« verwandt, doch Doña Maria war taktvoll. Layla widersprach ihr.

»Aber eure eigene Königin sollte doch nach dem Wunsch ihres Bruders den König von Portugal heiraten, und statt dessen entschied sie sich für Don Fernando.«

»Die Königin ist die Königin«, sagte Doña Maria knapp.

»Nun«, erwiderte Layla, »ich bin eine Prinzessin.«

»Nicht hier«, gab Maria in gleichbleibendem Tonfall zurück, »hier seid Ihr eine de Solis.«

Sie meinte es nicht böse, aber es versetzte ihrer Schülerin einen Stich. Mutmaßlich, das wußte Layla, hätte sie auch in Granada heiraten müssen, wenn ihr Vater darauf bestanden hätte, trotz ihres heimlichen Vorsatzes, Wallada in allem nachzueifern. Doch wenn es Freier gegeben hätte, wären sie zur Alhambra gekommen, und nicht sie wäre irgendwohin geschickt worden, um sich wie auf dem Markt feilzubieten. Wahrscheinlicher jedoch war, daß sie in Ermangelung von Freiern und ohne eigenen Heiratswunsch für den Rest ihres Lebens in der Alhambra geblieben wäre, nicht als ausgenützte Arbeitskraft wie Doña Maria, sondern als geehrte Verwandte; so bestimmte es der Koran. Die Unterhaltung mit Tariq zu diesem Thema fiel ihr ein, und hastig lenkte sie das Gespräch auf etwas anderes.

»Was mich an Eurer Sprache immer verwirrt hat«, sagte sie offen, »sind die vielen erklärenden Wörter, die notwendig sind, um etwas auszudrücken, was im Arabischen selbstverständlich ist. Zum Beispiel brauche ich das Wort ›sein‹, um ›Allahu karim‹ zu übersetzen. ›Gott *ist* freigebig.‹ In Arabisch genügt es, ›freigebig‹ mit ›Gott‹ zu verbinden – es gibt gar keine andere Möglichkeit. Und um ›la ilaha illa Lha‹ zu übersetzen...«

»Ich verstehe«, unterbrach Doña Maria sie hastig und setzte zu einem Exkurs über die Schönheit der kastilischen Sprache und deren Korruption in Ländern wie Aragon oder Navarra an. Layla unterdrückte ein Lächeln. Sie wußte, warum die Dueña sie unterbrochen hatte. Selbst diejenigen Christen, die nie in Granada gewesen waren, wußten, daß »Es gibt keinen Gott außer Gott« der Grundsatz des Islam war.

Doña Maria verhalf Layla, sehr zur Befriedigung Don Sanchos, zu einem makellosen kastilischen Akzent. Sie brachte ihr auch bei, sich in den steifen Kleidern mit der richtigen Haltung zu bewegen, richtig zu grüßen, sich auf die richtige Art zu verbeugen. Es war für die Dueña zwar nicht ganz verständlich, warum das Mädchen nicht glücklich war, einer barbarischen Welt entkommen zu sein, doch sie bemühte sich, Layla die Vorzüge der christlichen Zivilisation vor Augen zu führen. Daher erwirkte sie die Erlaubnis, das Mädchen zu einem Ausflug nach Sevilla mitnehmen zu dürfen. Es galt, beim Tuchweber und auf dem Markt einiges zu besorgen. Letzteres erledigte der Verwalter, welcher die Damen begleitete, und Doña Maria konnte so ihrem Schützling die Stadt zeigen, denn daß Don Sancho Ximenes de Solis und sein Kastell kein anziehendes Beispiel boten, wußte sie selber.

Der Alcazar von Sevilla stammte noch aus der Zeit des Kalifats, doch er war erst vor etwa hundert Jahren von granadischen Künstlern fast zur Gänze neu gestaltet worden; Layla entdeckte, daß sie erleichtert darüber war, es nur von außen sehen zu müssen. Sie wollte nicht mehr durch nutzlose kleine Blitze in der Düsternis, die sie umgab, an ihre verlorene Heimat erinnert werden.

Zu ihrer Überraschung beeindruckte sie die Kathedrale, in die Doña Maria sie führte, zutiefst. Sie hatte nie zuvor eine christliche Kirche in dieser Größe gesehen, und die erhabene Strenge der Formen, die Pfeiler, die riesigen Spitzbögen, die Fenster mit ihrem bunten Glas waren unbestreitbar schön. Das erste Kruzifix, das sie dort erblickte, rief in ihr ein gewisses Schuldbewußtsein wach; sie wußte sehr wohl, daß ihre Taufe, auch wenn sie unfreiwillig erfolgt war, in den Augen jedes rechtgläubigen Moslems ein Akt der Schande war.

Doch die Weisungen des Propheten zu befolgen, so gut

sie es eben konnten, hatte keinem der Zwillinge geholfen – Tariq war tot und sie im Exil. Das brachte Layla zwar nicht dazu, zu glauben, daß der Prophet Isa ben Miriam der Sohn Gottes gewesen war, doch mittlerweile war sie bereit, zuzugeben, daß nicht alles im christlichen Teil von al Andalus verabscheuenswert war.

Sie folgte Doña Maria nicht unfreiwillig auf den Markt, wo der Verwalter auf sie wartete, und stellte für sich fest, daß sich die feilschenden Händler nicht allzusehr von ihren Genossen in Granada unterschieden. Vor zwei Männern, die in ihren Händen Holzkreuze mit Fäden hielten, an denen merkwürdige Gliederfiguren hingen, blieb sie stehen.

»Was ist das?« fragte sie ihre Dueña neugierig.

»Aber Doña Lucia, habt Ihr noch nie Puppenspieler gesehen?« gab Doña Maria überrascht zurück. Eine Schar von Kindern hatte sich um die Schausteller versammelt, zu denen ein dritter Mann gehörte, der soeben an einem Instrument zupfte, das der *qitar* nicht unähnlich war, wie Layla fand. Stumm schüttelte sie den Kopf und schaute fasziniert auf die seltsamen Gestalten. Eine der Puppen trug etwas, das einer der Rüstungen glich, die sie auf ihren Erkundungsgängen durch die Burg des alten Mannes gesehen hatte, die andere war in vielfarbigen, grellbunten Flitter gekleidet und schwarz angemalt. Der Instrumentenspieler begann nun zu singen, und die Puppen verbeugten sich.

»Hört die Ballade vom Cid Campeador, des Ritters ohne Furcht und Tadel, unbesiegt im Kampf, siegreich in der Liebe, treu seinem König in allen Gefahren, Retter der Unschuldigen ...«

Doña Maria beobachtete Layla, die sich zu den Kindern gesellt hatte, und stellte für sich fest, daß die ernste, frühreife Art des Mädchens sie ganz hatte vergessen lassen, wie jung es doch eigentlich noch war. Wie jung... wie alt war Lucia eigentlich? Erschrocken erkannte die Dueña, daß sie es nicht wußte. Sie versuchte, sich auf das Jahr zu besinnen, in dem Isabel entführt worden war, und kam zu dem Ergebnis, daß Isabels Tochter nicht älter als elf oder zwölf Jahre sein konnte. Wahrscheinlich jünger, überlegte Doña Maria, während sie das Mädchen beobachtete, das zum erstenmal wie ein Kind unter Kindern wirkte, die gebannt den graziösen Bewegungen der Puppen und dem Lied des Sängers folgten.

Dieser war dazu übergegangen, den Kampf des Cid gegen den schurkischen König der Mauren zu schildern, und Doña Maria erwartete beunruhigt, daß ihr Schützling sich nun von dem Spiel abwenden würde. Doch Layla schaute den Puppen, die aufeinander einschlugen, weiter aufmerksam zu, und die Dueña atmete auf. Das Mädchen hatte noch nie so entspannt oder glücklich gewirkt. Konnte es sein, daß sie allmählich ihre bedauerliche Vergangenheit vergaß?

Doña Maria hegte diese Hoffnung, bis das Spiel zu Ende war und Layla wieder zu ihr kam. Munter meinte sie: »Das war sehr lustig.«

»Lustig?« fragte Doña Maria irritiert. Sie selbst hatte die Abenteuer des Cid als kleines Mädchen immer atemberaubend und gelegentlich furchteinflößend gefunden.

»Weil es so unsinnig war«, erläuterte Layla bereitwillig. »Der Sejid Rodrigo de Bivar ist auch bei uns eine Legende, und er war bestimmt ein tapferer Mann, aber so viele *taifa*-Fürsten kann er gar nicht besiegt haben. Schließlich hat er jahrelang für einige von ihnen gekämpft.«

»Niemals«, erklärte Doña Maria entrüstet und ohne ihren gewohnten Takt, denn hier ging es um den größten Helden ihres Volkes, »hat der Cid für Heidenfürsten gekämpft!«

Das Mädchen warf ihr einen verdutzten und gleichzeitig belustigten Blick zu. »Gewiß tat er das. Er stand im Dienst des Emirs von Saragossa, al Mutamin Ibn Hud, und besiegte für ihn die Könige von Lerida und Aragon und den Grafen von Barcelona. Und weil al Mutamin ihm zu wenig bezahlte, stritt er danach für dessen Feind, den Emir al Quadir von Valencia, bis er sich wieder mit dem König von Kastilien versöhnte und zurück zu den Christen ging. Die Zeit der Al Murabitun war Ibn Faisals Leidenschaft«, fügte sie erklärend hinzu, als sie Doña Marias entgeisterte Miene sah, »daher weiß ich darüber einiges.«

»Wenn Euch das Spiel gefallen hat, Doña Lucia«, sagte die Dueña, sich innerlich mahnend, daß man mit einem Kind nicht stritt, »solltet Ihr die Schausteller belohnen. So ist es üblich. Hier sind einige Münzen.«

Layla, die ihren ersten Tag in Freiheit von der Burg nicht verderben wollte, gehorchte widerspruchslos und brachte Doña Maria dazu, mit ihr noch durch den Markt zu schlendern, obwohl der Verwalter etwas ungehalten darauf hinwies, daß alle Einkäufe erledigt waren und er Order hatte, so bald wie möglich zu seinem Herrn zurückzukehren. Da an einem Stand Feigen angeboten wurden, kaufte Doña Maria ihr einige; während die

Dueña noch dabei war, die Früchte zu bezahlen, entdeckte Layla den Musiker, der die Puppenspieler begleitet hatte und nun an den Brunnen inmitten des Platzes gelehnt stand. Ihr kam ein Gedanke, und sie lief zu ihm.

»Ihr reist gewiß viel«, sagte sie ein wenig atemlos. »Könnt Ihr mir sagen, wie es um den Krieg in Granada steht?«

Sie erfuhr, daß ihr Vater den Verlust von Alhama wieder wettgemacht hatte, indem er seinerseits in christliches Gebiet eingefallen war. Er war von Malaga aus nach Medina Sidonia gesegelt und hatte dort Algeziras, die Festung, die Gibraltar direkt gegenüberlag, erobert. Algeziras konnte vom Meer aus versorgt werden, anders als Alhama, so daß sich seine Position merklich verbessert hatte.

»Aber trotzdem hat Gott in seiner Gnade Zwist bei den Mauren gesät«, bemerkte der Spielmann. »Sie bekriegen sich noch immer gegenseitig.«

Laylas Gesichtsausdruck veränderte sich nicht, als sie sich erkundigte, ob es Neuigkeiten von der Familie des Emirs gab. Inzwischen hatte Doña Maria sie wiedergefunden und beendete ihr Gespräch mit dem Vagabunden, doch nicht ehe er ihr ein Gerücht erzählt hatte, das sie für den Rest des Tages verstummen ließ.

Als sie wieder in das Kastell zurückgekehrt waren, ging sie zu ihrer Mutter, in der vagen Hoffnung, diese Nachricht würde Isabel aus ihrer Starre erwecken.

»Die Leute sagen«, teilte sie ihr mit, während sie ihr Haar zu einem strengen Zopf flocht, »du hättest Abul Hassan Ali mit deinen Kindern verlassen, als das Glück sich gegen ihn wandte. Anscheinend hat es Aischa geschafft, Tariqs Tod geheimzuhalten. Was bedeuten würde, daß Vater es auch nicht weiß.«

Isabel antwortete nicht, sondern schaute nur weiter auf einen Punkt jenseits der Wand, den ihre Tochter nie finden konnte.

Es wurde Winter, traditionellerweise die Zeit für einen Waffenstillstand, da Feldzüge bei diesem Wetter ohnehin wenig Aussicht auf Erfolg hatten. Von Ausnahmen wie im letzten Jahr einmal abgesehen, bedeuteten sie endlose Schwierigkeiten mit der Versorgung, Karren, die im Schlamm steckenblieben, erfrorene Finger und Zehen beim Marsch über das Gebirge und dergleichen mehr. Don Sancho Ximenes de Solis verkündete, daß er nicht die Absicht habe, jetzt die Burg zu verlassen.

»Der Hof reist ständig hin und her«, sagte er, »und das bei dieser Kälte. Niemand kann von mir verlangen, daß ich dabei mitmache. Ich werde die kleine Kröte im Frühling vorstellen.«

Es war eine angenehme Überraschung für Doña Maria, zu entdecken, daß ihre Schülerin das Spiel der Laute und der *qitar* beherrschte. Sie selbst spielte ebenfalls; ohne Künstlerinnen zu sein, konnten sie und Layla sich mit den Instrumenten zerstreuen. Sie brachten einander neue Weisen bei, und es vertrieb ihnen die Zeit.

Layla spielte oft im Gemach ihrer Mutter; es war der wärmste Raum in der Burg, und vielleicht hörte Isabel zu. Sie dachte über den Tag in Sevilla nach und versuchte, die Ballade vom Cid Campeador zu spielen, die ihr Doña Maria mehrmals wiederholt hatte. *Immer treu war Don Rodrigo / Seinem König Don Alfonso / Und als dieser ihn verbannte / Ging er klaglos und mit Würde* ... Sie schaute auf und sah, daß Isabel die Augen geschlossen hatte.

»Sie schläft«, sagte Jusuf über ihre Schulter hinweg, »aber sei beruhigt, das liegt an mir und nicht an deinem Vortrag.«

»Ich dachte schon, ich hätte dich nur geträumt, Ifrit«, gab Layla, die ihm die Art, wie er sie jedesmal überraschte, übelnahm, ungnädig zurück. Er zuckte die Achseln.

»Vielleicht träumst du wirklich nur«, sagte er langsam. »Vielleicht bildest du dir Dinge ein. Vielleicht hast du die gleiche Krankheit wie deine Mutter dort.«

Layla schauderte unwillkürlich; er bemerkte es und lächelte. »Nein, du bist wirklich«, antwortete sie und drängte alle Furcht vor dem Wahnsinn zurück. »Aber es gefällt dir, den Leuten Angst einzuflößen. Langsam begreife ich, warum die Sinhadja dich so gehaßt haben. Kannst du noch etwas anderes?«

Als sie die Sinhadja erwähnte, blitzte Ärger in seinen blassen Augen auf, doch dann wurde seine Miene wieder gelassen. »Selbstverständlich. Ein neuer Ratgeber ist dabei, deinen Bruder Muhammad und Ali al Atar zu überzeugen, daß sie die Christen angreifen müssen. Die Erfolge Abul Hassan Alis haben die Bürger der Hauptstadt wieder mehr auf seine Seite gebracht, während Muhammad sich bisher auf Abwehr beschränkt hat. Er muß das wieder wettmachen.«

Layla warf einen hastigen Blick auf ihre Mutter. Sie schlief immer noch. Ein Ausdruck des Friedens lag auf ihrem Gesicht, der ihr sonst fremd war. Plötzlich wurde dem Mädchen klar, daß sie ihrer Mutter diesen Frieden verübelte. Isabel hatte sie hierhergebracht und dann im Stich gelassen, mehr verlassen, als es Tariq durch seinen Tod getan hatte, denn sie träumte immer noch von ihm, und in ihren Träumen erinnerte sie sich nie daran, daß er tot war.

»Sie wird nicht aufwachen«, sagte Jusuf, als lese er ihre Gedanken. »Sie träumt von der Vergangenheit. Möchtest du das auch?«

Kopfschüttelnd verneinte Layla. Der Schmerz beim Erwachen aus dieser Art von Träumen, wenn die Erinnerung wieder einsetzte, war ihr zu vertraut. Jusuf ergriff ihre Laute und spielte ein Lied, das sie nicht kannte; eine süße, einschmeichelnde Melodie. Mühsam riß sie sich von ihrem Zauber los. »Ich habe dir gesagt, ich will nicht schlafen. Wer hat das geschrieben?«

»Ibn Gabirol«, erwiderte Jusuf und spielte weiter. »Er dichtete und machte wie ich den Fehler, anzunehmen, er könnte gleichzeitig Jude und Araber sein. Besser, du singst es nicht, wenn du je nach Granada zurückkehrst. Es rühmt einen Löwenbrunnen und eine Sternenkuppel, wo doch jeder weiß, daß die Alhambra von den Banu Nasr erbaut wurde.«

»Hast du die Alhambra gebaut?« fragte Layla leise.

Er legte die Laute weg. »Ich habe damit begonnen, was ausgesprochen töricht von mir war. Badis hielt mich zwar für fast so nützlich wie meinen Vater, aber nicht für nützlich genug, um seine Eitelkeit von mir beleidigen zu lassen. Er gab seinen Edlen zu verstehen, sie könnten mit mir tun, was sie wollten. Aber bis die Banu Nasr kamen, wagte niemand, auf den Ruinen des roten Hügels weiterzubauen. Muhammad der Erste glaubte nicht an Flüche, doch er war ein vorsichtiger Mann. Daher die Schutzsure.«

Das Mädchen rückte etwas näher an das Feuer. »Wirken Flüche denn?« Jusuf ben Ismail trat in den Schatten zurück. »Aber Layla, meine Liebe – wäre ich sonst hier?«

Ihre Mutter stöhnte im Schlaf. Als Layla sich wieder den Schatten zuwandte, war Jusuf verschwunden. Sie dachte darüber nach. Tausende toter Juden in Granada. Badis hatte seinen jüdischen Wesir nicht lange überlebt, und sein Enkel und Erbe Abdallah endete im Kerker eines fremden Herrschers. Was die Banu Nasr anging ... Layla zerbrach sich den Kopf, wer von den neunzehn Emiren friedlich auf den Thron gekommen und auf natürliche Weise gestorben war. Muhammad der Erste. Sein Sohn. Dann keiner mehr.

Sobald der ärgste Winter vorbei war, nutzte Fernando von Aragon die Zerrissenheit des Reiches Granada, um einen Marsch auf Malaga zu befehlen. Malaga war die wichtigste Hafenstadt von Granada, und wenn sich an Malaga das Schicksal von Alhama wiederholen ließ, war der Krieg so gut wie gewonnen. Daher übergab er den Oberbefehl wiederum Don Rodrigo Ponce de Leon.

Der Marquis von Cadiz war alles andere als glücklich über diese Ehre. Alhama zu erobern war eine Sache; ganz Granada zu durchqueren, bis zur Küste, war eine andere. Er stand mit seinen Zweifeln jedoch weitgehend allein da. Diesmal hatte er weit mehr unerfahrene Freiwillige, als er gebrauchen konnte. Jeder sah sich bereits als Held von Malaga, und der Wohlstand der Hafenstadt tat ein übriges.

Befehl war Befehl, und Don Rodrigo machte sich auf den Weg nach Malaga. Er schickte Kundschafter voraus, die meldeten, daß der alte Emir mit seinem Krieg gegen den jungen Emir beschäftigt und Malaga offenbar noch völlig ahnungslos war; die Stadt machte keine Anstalten, Vorbereitungen für eine Belagerung zu treffen, und es war auch keine Armee in Sicht, um die Christen abzufangen. Als sie die kleine Bergkette von Malaga erreichten und immer noch nichts geschah, schien der Sieg sicher.

Don Rodrigo griff auf seine bewährte Taktik der nächtlichen Märsche zurück und befahl bei Anbruch der Dunkelheit den Aufbruch. Sie kamen nicht sehr weit. Von der Nachhut hörte man plötzlich erstickte Schreie, die bald von einem ungeheuren Getöse übertönt wurden. An den Hängen flammten überall Feuer auf, und in ihrem flackernden Licht sah der Marquis, daß hinter ihm eine Felslawine heruntergegangen war. Nicht zufällig, denn über ihm, vor ihm, neben ihm waren die Hänge übersät mit Mauren.

Er hatte die Armee der Könige von Aragon und Kastilien in eine Falle laufen lassen.

Später stellte sich heraus, daß al Zaghal die Gefahr auf sich genommen hatte, die Christen mit einer sehr kleinen Truppe abzufangen, um nicht vorzeitig entdeckt zu werden. Außerdem hatte er sich einige der Bauern aus den Bergdörfern zu Hilfe geholt, die dann die Felslawine auslösten, welche bereits einen Teil des Heeres außer Gefecht setzte. Danach befanden sich seine Leute zwar immer noch in der Minderheit, doch in dem engen Tal nutzte den Christen ihre zahlenmäßige Überlegenheit nicht das geringste. Noch ehe die Nacht vorbei war, führte al Zaghal zweihundertfünfzig Hidalgos und fünfhundertsiebzig einfache Soldaten mit sich als Gefangene nach Malaga. Der Hauptteil des Heeres war tot; einigen wenigen, wie dem Marquis von Cadiz, war die Flucht gelungen.

Die Gefallenen von Malaga sollten mit einer großen Messe in Cordoba geehrt werden, wo sich Fernando und Isabella zur Zeit aufhielten, und Don Sancho Ximenes de Solis war eingeladen.

»Ein nobler Gedanke von der Königin, die bedauernswerten Gefallenen so zu ehren«, kommentierte Pater Alvaro.

»Ach, Blödsinn«, knurrte Don Sancho, »die Toten haben das meiste Glück gehabt. Wenigstens mußten sie sich nicht maurischen Bauern ergeben!«

»Werdet Ihr gehen?« erkundigte sich der Priester vorsichtig.

»Ich muß ja«, erwiderte der alte Mann. »Mädchen, komm her. Wie alt bist du? Elf? Zwölf? Egal, allmählich kommst du ins heiratsfähige Alter, und je eher ich dich vom Hals habe, desto besser. Sag deiner Dueña, sie soll packen.«

Gewöhnlich mied Layla die Kapelle, aber es war im Moment niemand dort, und sie wollte allein sein. Sie sank auf eine der Bänke und versuchte, nicht das Kruzifix anzusehen.

Siehe, wer Allah Götter an die Seite stellt, dem hat Allah das Paradies verwehrt, und seine Behausung ist das Feuer; und die Ungerechten finden keine Helfer.

Ein leises Klirren ertönte, und sie wandte sich um. »Ich habe dir doch prophezeit, daß du eine vollkommene Christin wirst, Lucia«, sagte Jusuf. Diesmal trug er einen Brustpanzer und ein Schwert. »Worum betest du?«

»Um Geduld, damit ich Don Sancho nicht umbringe«, entgegnete das Mädchen. Er lachte leise. »Nicht Don Sancho. Einen anderen. Auf ihn hast du lange genug gewartet.«

Layla starrte ihn an und schluckte. »Meinst du ...«

Er nickte. »Während wir miteinander sprechen, Layla, wird bei Lucena eine große Schlacht geschlagen. Muhammad und Ali al Atar haben die Stadt angegriffen, aber man hat ihren Anmarsch zu früh bemerkt, und Don Diego de Cordoba, Graf von Cabra, ist mit seinen Truppen der Garnison von Lucena zu Hilfe gekommen.«

Er trat auf sie zu. »Gib mir jetzt, worum ich dich bat, und wir werden Ali al Atar gemeinsam erledigen.«

»Aber – wie? Wie willst du dorthinkommen? Und ich kann nicht kämpfen ...«

Mißbilligend schüttelte er den Kopf. »Was beschwörst du Geister, Layla, wenn du nicht an ihre Kräfte glaubst? Und was das Kämpfen angeht, so überlaß es mir. Was meinst du, warum die Sinhadja so aufgebracht waren? Es sei denn«, er sah sie scharf an, »du hast es dir anders überlegt.«

Layla schaute auf ihre Hände, sah wieder Tariqs Kopf vor sich. »Nein.«

In seinen Augen tanzte eine sehr ungeisterhafte Aufregung. Er nahm ihren linken Arm, schlug den Ärmel zurück und fuhr mit seinen Fingern sachte über ihr Handgelenk. Dann berührte er es mit seinen Lippen.

Layla spürte Kälte, einen kurzen, reißenden Schmerz, und dann befand sie sich nicht mehr in der Kapelle.

Sie stand auf einem Hügel. Um sich herum hörte sie Schreie, keuchenden Atem und das Geklirr von Schwertern. Sie sah an sich herab und bemerkte, daß sie selbst eine Klinge in der Hand hielt. Doch es war nicht ihre eigene Hand, noch war es ihr eigener Körper.

»Das wäre auch sehr unlogisch gewesen«, sagte Jusufs belustigte Stimme in ihrem Kopf, und sie begriff, daß es sein Körper war, der sich jetzt umwandte und auf das Flußufer blickte, wo, soweit man das durch den Nebel erkennen konnte, Christen und Moslems sich gegenseitig umbrachten.

»Mach dir keine Sorgen«, sagte Jusuf. »Du sitzt nach wie vor in der Kapelle. Ich hoffe nur, niemand kommt herein und spricht dich an. Jetzt sieh dort!«

Ein Araber, dessen Gesicht mit Blut und Schweiß so überkrustet war, daß sie es kaum erkannte, tauchte aus den Schwaden auf dem Hügel auf und schrie seinen Leuten zu, sie sollten sich vom Fluß zurückziehen.

»Der Emir! Der Emir ist umzingelt!«

Sie erkannte die Stimme. Deren Echo hallte jedesmal in ihrem Kopf wider, wenn sie aus ihren Träumen von Tariq erwachte. Ihr Arm hob das Schwert, ohne irgendein Gewicht zu spüren, und hieb auf Ali al Atar ein.

Er war nicht umsonst ein berühmter Krieger. Nach der ersten Überraschung wehrte er jeden der Schläge ab, doch das Wesen, in dessen Körper sie steckte, verfügte über mehr als menschliche Kräfte.

Noch nie im Leben hatte sie eine derartige Freude verspürt, einen derartigen Rausch. Ali al Atar auf den

Knien um Gnade flehen zu sehen, hätte ihr keine solche Befriedigung bereitet, wie ihn zu verwunden, mehr und mehr, bis sie ihn schließlich entwaffnet hatte und ihm die Klinge an die Kehle setzte.

Als er zu ihr aufschaute, schimmerte zum erstenmal Angst in seinen Augen. »Wer bist du?« flüsterte er. Sie spürte, wie Jusuf sich zurückzog. Sie war allein mit Ali al Atar. »Tariq!« antwortete sie und stieß zu.

Sein Blut bespritzte sie, und im selben Moment befand sich Layla wieder in der Kapelle, stoßweise atmend. Sie war erneut elf Jahre alt, am ganzen Körper grün und blau geschlagen und mit jeder einzelnen Wunde versehen, die Ali al Atar Jusuf zugefügt hatte.

»Du solltest dich so schnell wie möglich verbinden lassen«, sagte Jusuf gelassen. Die reine körperliche Erschöpfung machte Layla einen Augenblick lang benommen. Dann erinnerte sie sich wieder und begriff, was sie getan hatte. Sie fiel von der Kirchenbank und würgte.

»Menschen«, sagte Jusuf. »Du wolltest ihn töten, oder?«

Layla sah Ali al Atars aufgeschlitzte Kehle vor sich, dachte an das Gefühl, das sie dabei empfunden hatte, und erbrach sich. Jusuf seufzte, hob sie auf und half ihr aus der Kapelle heraus. Die klare Luft traf sie wie ein Schwall kalten Wassers. In Lucena war es neblig gewesen, dachte sie, und begann wieder zu würgen.

Jusuf betrachtete sie prüfend. »Es ist schwer beim erstenmal, aber man gewöhnt sich daran.«

»Ich nicht«, keuchte sie. »Nie wieder, ich will das nie wieder, hörst du?«

Irgendwo aus seinem Brustpanzer holte er ein Taschentuch hervor und säuberte damit ihr Gesicht. »Armes kleines Mädchen«, sagte er freundlich. »Und jetzt laß dich verarzten.«

Damit war er verschwunden. Layla hatte sich noch nicht weit von der Kapelle entfernt, als ihre Dueña sie fand. Doña Maria war entsetzt, doch statt in Ohnmacht zu fallen, brachte sie das Mädchen sofort in seine Kammer, holte Don Sanchos Barbier und verband Laylas Schnitte und Wunden. Beide fragten abwechselnd, was denn nur geschehen sei, aber Layla war nicht in der Lage, sich auch nur eine brauchbare Ausrede einfallen zu lassen. Die Stimmen drangen kaum zu ihr, während sie so stumm und unzugänglich wie ihre Mutter auf ihrem Bett lag.

Es war nicht so, daß sie Ali al Atar verziehen hatte oder daß er ihr leid tat. Doch sie hatte eben ein Leben beendet, ohne die geringsten Skrupel oder Schwierigkeiten, und sie war noch nicht einmal sicher, ob die Gefühle dabei ihre eigenen gewesen waren.

»Wer kann sie nur so zugerichtet haben?« fragte Doña Maria einmal mehr. »Schwertwunden«, erwiderte der Babier fachmännisch. »Außer diesem merkwürdigen Punkt am linken Handgelenk.«

Einen Tag später hatte Layla mehr oder weniger erfaßt, was geschehen war. Jusuf war ein Ifrit – oder so etwas Ähnliches –, und Ifrits konnten nicht verletzt werden. Er hatte also ihre »Lebenskraft« genommen und all die Begleiterscheinungen eines Kampfes – die Erschöpfung, die Gliederschmerzen, die Verwundungen – auf sie übertragen.

Sie lag verbunden auf ihrem Bett und hörte sich die Strafpredigt ihres Großvaters an, der sich zum erstenmal hierherbemüht hatte.

»Ich gebe dir Obdach, lasse dir eine christliche Erziehung angedeihen, und was tust du? Sowie wir bei Hof eingeladen sind, läßt du dich verstümmeln! Glaubst du, ich kann eine de Solis in Verbänden der Königin vorstellen? Ich gebe dir noch drei Tage, um dich zu erholen, Lucia, und dann sind wir auf dem Weg nach Cordoba, ganz gleich, wie es dir geht.«

»Euer armer Großvater«, meinte Doña Maria, als er wieder fort war. »Habt Ihr bemerkt, welche Sorgen er sich um Euch macht?«

Layla rümpfte nur verächtlich die Nase und drehte sich zur Wand.

Was ihr vom Tode Ali al Atars blieb, war nicht der Triumph, den sie erwartet hatte, sondern nur ein merkwürdig schales Gefühl der Befriedigung und ein geheimes Grauen vor sich selbst. Bevor sie abreisten, erzählte sie ihrer Mutter, daß Tariqs Mörder tot war. Isabel reagierte nicht. Als Layla nach einer Weile aufstehen wollte, griff die Mutter nach ihrer Hand und preßte sie fast schmerzhaft. Dann ließ sie wieder los und verfiel in ihre alte Starre.

Die große Neuigkeit, welche die Reisenden auf dem Weg nach Cordoba erreichte, war weniger der Tod Ali al Atars als vielmehr die Gefangennahme des jungen Emirs, Abu Abdallah Muhammad. Auch er, so wurde berichtet, befand sich auf dem Weg zum Hof. Da sie von Sevilla aus einige Teile der Strecke mit dem Schiff auf dem Guadalquivir, der gerade Hochwasser führte, zurücklegen konnten, kamen sie Tage vor ihm an.

Cordoba war einmal der Sitz der Kalifen von al Andalus gewesen. Damals waren von überall her Studenten und Gelehrte nach Cordoba gereist, um die riesige Bibliothek zu benutzen, um zu studieren und die besten Ärzte, Dichter und Musiker der islamischen Welt kennenzulernen. Layla konnte noch die Stimme von Ibn Faisal hören: »*Ilm* und *adab*, Wissen und Erziehung, trugen einmal nur einen einzigen Namen: Cordoba.«

In Granada befand sich noch ein Teil der Bibliothek von Cordoba, der Teil, den die Banu Nasr hatten erwerben und retten können. Der Rest war entweder über die ganze Welt verstreut oder vernichtet. Aus irgendeinem Grund fiel Layla beim Anblick der Stadt auch ein, daß Jusufs Vater, der berühmte Samuel ha Levi, Ismail Ibn Nagralla, ursprünglich aus Cordoba stammte.

Da Isabella und Fernando Könige zweier unabhängiger Staaten waren, hatten sie keine gemeinsame Hauptstadt, sondern wechselten ihren Regierungssitz ständig. Cordoba war groß genug, um den Hofstaat von Kastilien und Aragon aufzunehmen, und es gab genügend Unterkunftsmöglichkeiten für die Gäste. Don Sancho Ximenes de Solis, der zu den Granden gehörte, wurde direkt in der Zitadelle untergebracht, nicht in einem der Klöster wie die niederen Adligen. So hatte Layla noch an ihrem Ankunftsabend die Gelegenheit, die christlichen Könige beim allgemeinen Mahl zu sehen. Sie hätte es niemandem verraten, aber sie war neugierig, insbesondere auf die legendäre Isabella von Kastilien.

Isabella hatte gerade erst ihren zweiunddreißigsten

Geburtstag hinter sich. Als sie siebzehn war, hatte sie begonnen, um die Macht zu kämpfen, erst mit ihrem Bruder, dann mit seinen Edlen und ihrer Nichte, dann mit dem König von Portugal. Ihre Unabhängigkeitserklärung war die Heirat mit dem Thronfolger von Aragon gewesen, obwohl sie beide so arm waren, daß sie bei einem jüdischen Juristen das Geld für die Hochzeitskosten borgen mußten.

Jetzt war sie die unbestrittene Herrscherin Kastiliens und die Seele des Kreuzzugs gegen die letzten Moslems in den spanischen Landen, zu dem der Papst aufgerufen hatte. Fernando, ihr Gemahl, hielt die Eroberung von Granada um der Macht willen für notwendig, aber für Isabella war sie eine Herzensangelegenheit.

Da sie noch nie einen blonden Menschen gesehen hatte, fiel Layla zunächst das Haar auf, das Isabella – Privileg der Königinnen, während andere verheiratete Frauen auf eine Haube angewiesen waren – an diesem Tag offen trug. Die flachsfarbene Fülle, welche die Königin ihrer entfernten Verwandtschaft mit den Plantagenets verdankte, war das schönste an ihr, denn Layla dachte überrascht, daß die kleine, unscheinbare Gestalt ohne ihren erhöhten Sitz in der Menschenmenge, die sie umgab, völlig untergegangen wäre. Das Mädchen war etwas enttäuscht; sie hatte jemanden wie Aischa oder ihre Mutter erwartet. Doch als sie sich im Gefolge ihres Großvaters dem Thron näherte, spürte sie die Würde, die von Isabella ausging. Die Art, in der die Königin ihre Granden begrüßte, ließ Layla voll Erstaunen erkennen, daß Isabella über die Fähigkeiten verfügte, jedem einzelnen Gast das Gefühl zu geben, als habe sie nur auf ihn gewartet. Vielleicht war hier die Erklärung dafür zu suchen, wie sie es geschafft hatte, ihre in endlose Privatfehden verstrickten Edelleute so weit zu einigen, daß man sie und ihren Krieg allgemein unterstützte.

»Don Sancho«, rief sie, als der alte Mann vor ihr kniete, und streckte ihm ihre Hand entgegen, die er küßte. »Wie lange ist es her, daß wir Euch bei uns begrüßen konnten! Und doch haben wir Euch nicht halb so sehr vermißt wie unsere Armee einen ihrer tapfersten Ritter.«

Der Angesprochene errötete ein wenig vor Freude und strahlte. »Ich bin ein alter Mann, leider, Euer Hoheit«, sagte er. Isabella schüttelte lächelnd den Kopf. »Wenn wir, der König und ich, in Eurem Alter noch soviel Kraft und Geist haben, dann hat der Herr uns wahrhaft gesegnet.«

Don Sancho hätte, mutmaßte Layla, wahrscheinlich gerne noch mehr Schmeicheleien von der Königin gehört, doch er besann sich auf den Zweck seines Besuches. »Euer Hoheit«, sagte er zögernd, »gestattet mir, Euch meine Enkelin vorzustellen, Lucia de Solis, und Euch zu bitten, sie unter Eure Hofdamen aufzunehmen.«

Um Isabella herum verstummte das leise Geschwätz der Hidalgos und ihrer Damen. Sie wußten zweifellos alle, daß der alte Mann nur eine Tochter gehabt hatte und wer diese Tochter war, also, dachte das Mädchen, wußten sie auch über ihre Herkunft Bescheid. Noch nie hatte sich Layla so sehr einen Schleier gewünscht, doch das Gefühl der Peinlichkeit und Scham schlug schnell in Zorn um, der ihr Kraft gab. Wer waren sie schließlich, diese Christen? Sie stammte von den Banu Nasr ab, die mit dem Propheten bei Medina gekämpft und neunzehn Generationen von Emiren gestellt hatten, wohingegen Herkunft und Thronanspruch des derzeitigen Herrscherpaares von Kastilien und Aragon sehr umstritten waren. Das einzige, was sie bedauern mußte, war, daß sie als Lucia de Solis eingeführt wurde, nicht als die Sejidah Layla.

Also vollführte sie den vorgeschriebenen Knicks, dann richtete sie sich wieder auf und sah der Königin direkt in die Augen. Erst aus dieser Nähe wurde ihr die Hellhäutigkeit Isabellas bewußt; Layla hatte noch nie einen Menschen gesehen, dessen Gesicht so ausgesprochen bleich wirkte. Vielleicht lag es an dem blonden Haar oder den Brauen, die sich jetzt hoben; statt sich wie ein dunkler Pinselstrich über Isabellas Augen zu wölben, waren die feinen rötlichen Linien kaum zu erkennen.

»Aber Eure Enkelin ist noch ziemlich jung, Don Sancho. Wie alt seid Ihr, mein Kind?«

Bevor Layla antworten konnte, warf der alte Mann hastig ein: »Zwölf, bald dreizehn« – das war gelogen, aber das Mädchen bezweifelte, ob er das überhaupt wußte –, »nicht jünger als die königlichen Pagen, Euer Hoheit.«

Layla entdeckte kleine Schweißperlen auf seiner Stirn. Nach christlichen Maßstäben war sie unehelich, und er fragte sich jetzt wahrscheinlich, ob das Blut der de Solis edel genug war, um dennoch anerkannt zu werden.

»Nun«, sagte Isabella langsam, »wenn Ihr meint, daß sie alt genug ist, habe ich nichts dagegen.« Wie einen verspäteten Nachgedanken setzte sie hinzu: »Was meinst du, Lieber?«

Fernando von Aragon, den der Klatsch entweder einen großen Bewunderer weiblicher Schönheit oder weniger höflich einen Schürzenjäger nannte, hatte nach einem enttäuschten Blick auf Layla das Interesse für die ganze Angelegenheit verloren und sich im Geiste bereits anderen Dingen zugewandt.

»Was immer du willst, Isabella«, sagte er jetzt zerstreut. Offenbar hatte er sich unter der Tochter der berüchtigten Isabel de Solis etwas anderes vorgestellt.

Damit wäre die Einführung eigentlich beendet gewesen, und Layla machte bereits Anstalten, sich zurückzuziehen, als die Königin wieder das Wort an sie richtete.

»Und Eure Mutter, Doña Lucia? Warum begleitet sie Euch nicht?«

Der Blick des Königs wurde wieder aufmerksam. »Sie ist krank, Euer Hoheit«, erwiderte das Mädchen, und von einem Impuls getrieben, setzte sie hinzu: »Wir vermissen beide unsere Heimat, doch ihre Gesundheit ist anfälliger als meine. Wir sorgen uns um das, was dort geschieht.«

Ein Ächzen ging durch die Schar der Höflinge. Don Sancho starrte seine Enkelin an, als hätte sie sich in ein Ungeheuer verwandelt. Der Mund des Königs preßte sich zusammen, und seine Augen wurden kalt. Nur die Miene der Königin hatte sich nicht verändert.

»Dann werden unsere tapferen Hidalgos dafür sorgen müssen«, sagte sie lächelnd, »daß Ihr Eure Heimat bald wiederseht. Inzwischen jedoch wird es mich freuen, Euch unter meinen Hofdamen zu wissen, Doña Lucia.«

Damit war Layla entlassen. Dem Lärm nach zu urteilen, der einsetzte, stellte sie nicht ohne Befriedigung fest, hatte sie einen mittleren Skandal verursacht. Doña Maria flüsterte entsetzt: »Mein Kind, wie konntet Ihr nur?«

Der alte Mann war weniger zurückhaltend. Er zerrte

sie in eine Ecke und zischte: »Wenn wir hier nicht bei Hofe wären, würde ich dich grün und blau dafür schlagen, du elendes Balg. Was hast du dir dabei gedacht?«

Mindestens ebenso erbost wie er gab Layla zurück: »Ich schäme mich nicht meiner Herkunft, Don Sancho.« Sie hätte sich eher die Zunge abgebissen als ihn mit »Großvater« angeredet. Er ließ sie los, musterte sie und strich sich über den Schnurrbart.

»Hm. Hm. Nun ja, ist ja alles gutgegangen. Aber darüber sprechen wir noch.«

Doña Maria versetzte die Aussicht, zum Hofstaat zu gehören, in Ekstase, was Layla in Erinnerung an die Burg durchaus verstand. Nicht, dachte sie, daß die Waschgelegenheiten hier bedeutend besser waren. Obwohl sie vorerst noch bei ihrem Großvater untergebracht wurde, fand sie schon bald heraus, daß man die Hofdamen in möglichst wenige Kammern stopfte.

Hofdame zu sein, war ein unbesoldetes Ehrenamt oder, wie Layla sich gegenüber Doña Maria ausdrückte, eine rein christliche Variante der Sklaverei, denn die Hofdamen ersparten der Königin eine Menge Dienstmädchen. Als die Oberhofmeisterin, Doña Catalina, Layla über ihre Pflichten aufklärte, die in etwa denen Fatimas in der Alhambra entsprachen, brachte das Mädchen zunächst kein Wort heraus. Doña Catalina verwechselte das mit freudiger Überraschung.

»Ja, es ist wirklich eine große Ehre, mein Kind!«

Für die anderen Hofdamen war Lucia de Solis zunächst eine aufregende Neuerscheinung, und sie drängten sich um sie wie Motten um eine Kerzenflamme.

»Seid Ihr wirklich die Tochter des Maurenkönigs?«

»Stimmt es, daß bei den Mauren die Frauen den ganzen Tag eingesperrt sind und immer verschleiert gehen müsen?«

Die jüngsten unter ihnen waren immer noch drei Jahre älter als Layla, aber ihre Fragen kamen dem Mädchen so dumm wie die von Kleinkindern vor. Anfangs bemühte sie sich, sie zu beantworten, und teilte ihnen mit, daß sie die Bestimmungen des Propheten über die Frauen gerechter fand als das, was hier galt, wo Scheidungen eigentlich nur einflußreichen Fürsten möglich waren, die ihre ehemaligen Gattinnen dann in der Regel in ein Kloster verbannten, wie es Isabellas Nichte und Rivalin Juana geschehen war.

»Der Koran gestattet jedem die Scheidung. Ein Moslem, der sich von seiner Gemahlin scheiden läßt, ist verpflichtet, weiter für sie zu sorgen, hat aber nicht das Recht, noch länger über sie zu bestimmen«, erläuterte Layla und zitierte aus der vierten Sure: *»O ihr, die ihr glaubt, nicht ist euch erlaubt, Weiber wider ihren Willen zu beerben. Und hindert sie nicht an der Verheiratung mit einem anderen, um einen Teil von dem, was ihr ihnen gabt, ihnen zu nehmen. Verkehrt in Billigkeit mit ihnen; und so ihr Abscheu wider sie empfindet, empfindet ihr vielleicht Abscheu wider etwas, in das Allah reiches Gut gelegt hat.«*

Schweigen empfing sie, als sie endete. Diesmal schauten ihre Zuhörerinnen nicht entsetzt, sondern regelrecht abgestoßen drein. Doña Catalina meinte schließlich kühl: »Heidnische Unsitten. Es wundert mich, Doña Lucia, daß Ihr ihnen noch nachtrauert, aber Ihr seid noch sehr jung und in Eurem Glauben vielleicht noch nicht gefestigt genug. Laßt Euch am besten von einem der weisen Patres bei Hofe über die Heiligkeit der Ehe und andere Dinge unterweisen.«

Das war das Ende von Laylas Antworten zu Fragen über Granada und den Islam. Eine der jüngeren Hofdamen sagte später zu ihr: »Doña Catalina hat recht. Ihr solltet nicht derart über heidnische Dinge sprechen, es könnte... mißverstanden werden, besonders von Fray Tomas de Torquemada.«

»Und wer ist Fray Tomas de Torquemada?« erkundigte sich Layla schlechtgelaunt. Das Mädchen schaute sie verblüfft an. »Der neue Großinquisitor natürlich, meine Liebe. Er wurde erst im letzten Monat ernannt.«

Auf diese Weise erfuhr Layla, daß die Könige von Kastilien und Aragon beim Papst eine Sonderform der Inquisition durchgesetzt hatten. Über die Inquisition wußte sie einiges, weniger durch Pater Alvaro, der das Thema sorgfältig umgangen hatte, als von Ibn Faisal, der sie als Beispiel für die Methode anführte, welche die Christen offensichtlich nötig hatten, um ihre Anhänger zu behalten. Eigentlich wurde die Inquisition immer von päpstlichen Legaten durchgeführt und unterstand ausschließlich der Kirche; aber Isabella und Fernando hatten nach langen Verhandlungen das Privileg erhalten, selbst Inquisitoren zu ernennen, einschließlich eines Großinquisitors. Der Grund für die Einrichtung der Inquisition waren die *conversos*, »die Bekehrten«, sagte die junge Hofdame vieldeutig, »von denen man vermutet, daß sie insgeheim noch ihrem alten Glauben anhängen«.

Nach zwei Tagen in Cordoba war Layla sich nicht

mehr sicher, ob die Burg des alten Mannes nicht doch vorzuziehen gewesen wäre. Aber sie wollte unbedingt bleiben, und das hatte seinen Grund. Isabella und Fernando bereiteten sich nämlich auf den Empfang ihres fürstlichen Gefangenen vor. Inzwischen war die Nachricht nach Cordoba gelangt, daß Abul Hassan Ali die Stadt Granada zurückerobert hatte. Die Familie der Banu Sarraj zahlte einen grausamen Preis für ihre Unterstützung Muhammads; alle männlichen Mitglieder wurden ausnahmslos zum Tode verurteilt. Aischa hatte sich unbehelligt in die alte Festung der Stadt, die Alcazaba Cadima, in der die Herrscher von Granada vor dem Bau der Alhambra gelebt hatten, zurückgezogen. Die Cadima und der Stadtteil, in dem sie lag, das Albaicin, stellte damit den letzten Teil des Reiches dar, der Muhammad offen unterstützte; ansonsten hatte Granada wieder einen einzigen Herrscher.

Der Graf de Cabra, der Muhammad gefangengenommen hatte, hatte sich eigentlich einen Triumphzug erhofft, aber zu seiner und vieler anderer Enttäuschung wurde nichts daraus. Man brachte Muhammad in aller Stille, in der Nacht, nach Cordoba. Die große öffentliche Feier würde später kommen, hieß es.

Als Layla hörte, daß er in der Zitadelle war, nahm sie den kleinen Dolch, der sie in ihrem Exil immer begleitete, und ging zu ihm. Die Wachen machten ihr keine Schwierigkeiten, was wohl an ihrer Jugend oder an ihrem Geschlecht lag.

Man hatte ihn wieder einmal sehr großzügig – für einen Gefangenen – untergebracht, dachte Layla, als sie eintrat.

Er spielte gerade die *qitar*, und er spielte sie gut. Sie blieb stehen, bis er seine Weise beendet hatte und den Kopf hob. Er erkannte sie sofort, was sie nicht erwartet hatte, aber er erschrak nicht.

»Es scheint geschrieben zu stehen«, sagte er sachte, »daß wir uns nur unter ungünstigen Umständen sehen. Willkommen, meine Schwester.«

Layla rührte sich nicht. Ungünstige Umstände? Das war alles? Diese umständlichen, dichten Kleiderärmel hatten einen Vorteil. Die Damen benutzten sie meistens, um Fächer darin zu verbergen. Sie spürte den kalten Stahl des Dolches beruhigend auf ihrer Haut. Das Grauen, das sie nach dem Tod Ali al Atars gepackt hatte, war abgeklungen. Ich habe einmal getötet, dachte sie. Ich könnte es wieder tun. Vielleicht ist der Verlust von Granada nicht schlimm genug für ihn. Ungünstige Umstände!

»Warum bist du gekommen?« fragte Muhammad plötzlich in einem veränderten Tonfall. »Um dich an meiner Demütigung zu weiden? Nun, ich bin hier. Macht das Ali al Atars Tat ungeschehen?«

»Nicht in tausend Jahren«, entgegnete Layla leidenschaftlich und froh über die offene Kriegserklärung, »könntest du wiedergutmachen, was *du* getan hast. Nicht Ali al Atar. Du hast dabeigestanden und zugesehen. Du hast nichts getan, um es zu verhindern, nichts, um die Schuldigen zu bestrafen.«

»Ali al Atar war mein Schwiegervater«, begann er, »und er handelte auf Befehl meiner Mutter...«

»Ich habe *meine* Mutter verraten«, unterbrach das Mädchen ihn, »um dir das Leben zu retten.«

Das brachte ihn zum Schweigen. Er hatte zumindest

den Anstand, den Kopf zu senken. Langsam näherte Layla sich ihm. Als sie noch etwa drei Schritte entfernt war, schaute er wieder auf. Sie bemerkte, daß er in den letzten Monaten gealtert war. Er hatte etwas von dem Glanz des Märchenhelden, der das Volk von Granada – und sie selbst – einmal so bezaubert hatte, verloren, aber nicht alles.

»Warum bist du gekommen?« wiederholte er, diesmal nicht herausfordernd, sondern müde.

»Fragen«, erwiderte Layla. »Fragen, die ich dir schon lange stellen wollte, mein Bruder. Warum hast du Tariq und mich zurückgewiesen, als wir noch so jung und vertrauensvoll waren, daß wir dir kaum gefährlich werden konnten? Warum hast du Tariq dazu gebracht, auf deinem Pferd zu reiten? Wolltest du ihn unbedingt tot sehen?«

»Es war ein Unfall«, sagte er heftig, mit einer wütenden Aufrichtigkeit, die sie einen Moment lang irritierte, bevor sie sich wieder fing.

»Du lügst«, erklärte sie. »Du und deine Mutter, ihr habt meine Mutter von Anfang an gehaßt und hättet alles getan, um sie zu Fall zu bringen...«

»Nein.«

Daß er nur dieses eine Wort sagte, ließ Layla verstummen. Sie biß sich auf die Lippen.

»Nein«, sagte Muhammad noch einmal, »ich habe deine Mutter nicht von Anfang an gehaßt. Meine Mutter tat es, und mit Grund, aber ich nicht. Ich begriff durchaus, warum mein Vater sich in Zoraya verliebt hatte. Was hätte er anderes tun können? Ich liebte sie selbst von dem Augenblick an, als ich sie zum erstenmal sah.«

Layla wich zurück. Der Boden schien sich unter ihren Füßen aufzutun. »Das ist nicht wahr!«

Er griff nach ihren Händen und hielt sie fest, aber als er sprach, schaute er über sie hinweg. »Wir sind beide etwa im gleichen Alter, weißt du. Als sie in die Alhambra kam, wurde sie nicht sofort die Konkubine meines Vaters, er ließ sie sich noch nicht einmal vorführen. Er hatte nur ihr Alter erfahren und hielt sie noch für zu jung. Die anderen Frauen mochten sie nicht, und sie ging oft allein in den Gärten spazieren, wo wir uns begegneten, immer wieder. Ich versprach ihr, sie zu heiraten; ich wollte zu meinem Vater gehen und ihn bitten, sie freizulassen.«

Vergeblich versuchte Layla, sich loszumachen; sie wollte es nicht hören. Er hielt sie fest, fest genug, um ihr Schmerzen zuzufügen.

»Als ich dann tatsächlich zu meinem Vater ging, war er zuerst entsetzt. Schließlich war sie nur eine christliche Sklavin. Dann ließ er sie holen. Und er sah sie an und bemerkte, daß sie nicht mehr zu jung war.«

»Es ist nicht wahr, es ist nicht wahr, es ist nicht wahr!«

Muhammad ließ sie los. »Du hast mich gefragt«, sagte er.

Sie wollte fortlaufen, doch sie hatte sich geschworen, nie wieder vor etwas davonzurennen. Also blieb sie. Muhammad schob ihr einen Schemel zu, und sie setzte sich, ohne es wirklich zu bemerken. Geistesabwesend rieb sie die Druckstellen an ihren Handgelenken und beobachtete ihren Bruder, der zu dem Fenster ging, das minarettförmig war wie die Fenster in Granada.

»Weißt du, was ich sah, als ich hierherkam?« fragte er mit gedämpfter Stimme, ohne eine Antwort zu erwarten.

»Ich sah in Cordoba die Zukunft von Granada. Ich habe es schon lange geahnt, schon als ich aus Fez zurückkehrte. Damals mußten wir wegen eines Sturms in einem christlichen Hafen anlegen und einige Tage dort bleiben. Sie haben mehr und bessere Waffen, mehr Land und mehr Menschen. Jetzt, wo sich die Christen geeinigt haben, sind wir zum Untergang verurteilt.«

»Weswegen«, fragte Layla, um überhaupt etwas zu sagen und ihre wiedergewonnene Fassung zu demonstrieren, »kämpfst du dann um den Thron? Und gegen die Christen? Warum gehst du nicht einfach ins Exil?«

Er wandte sich ihr wieder zu. »Ich bin kein Feigling«, entgegnete er verbittert. »Ich werde das Schicksal meines Volkes teilen und versuchen, soviel wie möglich von unserer Welt zu retten.«

Plötzlich konnte sie dieses Gerede von Untergang und Hoffnungslosigkeit nicht mehr aushalten. »Ich glaube, du hast unrecht, Muhammad«, sagte Layla entschlossen. »Die Lage sieht doch so aus, daß du hier gefangen sitzt und Granada wiedervereint ist. Und die Christen sind nicht unbesiegbar. Al Zaghal und ... Abul Hassan Ali haben sie mehrmals geschlagen.«

Seine Mundwinkel zuckten. »Ich habe vergessen, daß du noch ein Kind bist. Layla, Fernando und Isabella sind gute Rechner. Was nützt ihnen ein junger Emir in Gefangenschaft, wenn der alte Emir dann sicher auf dem Thron von Granada sitzt? Wo es doch viel besser wäre, den jungen Emir wieder frei und Unruhe in Granada schüren zu lassen? Sie haben mir längst einen Handel angeboten. Das gesamte Reich Granada – als Lehen ihrer Krone.«

Fassungslos sagte das Mädchen: »Und du bist damit einverstanden?«

»Es ist vielleicht die einzige Möglichkeit, um Granada zu retten. Außerdem habe ich ein Recht auf den Thron. Ich bin der Erbe.«

Sie blickte ihn an, diesen Mann, der ihr Bruder und schuld am Tod ihres Bruders war. Er befand sich keine Armlänge mehr von ihr entfernt. Jetzt könnte ich es tun, dachte Layla. Dann stürbe Muhammad fern von Granada, Familie und Freunden, entthront, und mein Wunsch wäre erfüllt.

Er kam näher. Er legte sogar vorsichtig seine Arme um sie. Wie konnte ein Sohn von Aischa al Hurra nur so töricht sein und die Gefahr nicht spüren, in der er sich befand? »Es tut mir leid, Layla«, murmelte er.

Mit einem Ruck machte sie sich los. Und lief davon.

Sie war nicht einmal überrascht, Jusuf ben Ismail auf einer der endlosen Wendeltreppen des Kastells warten zu sehen. Er trug kastilische Kleidung, aber an sein Wams war ein roter Kreis genäht. »Hierzulande«, sagte er, ihrem Blick folgend, »sind die Juden verpflichtet, sich auf diese Weise kenntlich zu machen. Sonst verwechselt man sie noch mit *conversos*, und das ist kein angenehmes Schicksal. Warum hast du ihn nicht getötet? Wegen dieser rührenden kleinen Liebesgeschichte?«

Laylas Wangen flammten, und sie spürte, daß sie errötete. »Ich habe dir gesagt, Ifrit, daß ich nie wieder töten will«, fauchte sie. Jusuf schnalzte mißbilligend mit der Zunge. »Weswegen dann der Dolch im Gewand? Also wirklich ... Doña Lucia.«

Sie ließ sich neben ihm auf die Treppe sinken. Die Kälte, die er ausstrahlte, störte sie nicht, sie hatte sich mittlerweile daran gewöhnt. »Nenn mich nicht so«, flüsterte sie. »Ich wünschte, ich wäre in Granada, ich wünschte, ich hätte die Alhambra nie verlassen. Kannst du nicht die Zeit zurückdrehen, Jusuf?«

Es mußte doch eine Zeit gegeben haben, als alles gut gewesen war, als sie neun und Tariq noch am Leben gewesen war ...

»Ich fürchte«, sagte Jusuf ben Ismail höflich, »das liegt außerhalb meiner Möglichkeiten.«

Er sagte das so ernsthaft, daß es schon wieder komisch wirkte und sie zum Lachen brachte. »Gut«, meinte er. »Nun widme dich deinen Pflichten bei der Königin ... aber vergiß deinen Dolch nicht. Er wird dich nie im Stich lassen.«

Der offizielle Empfang von Muhammad wurde noch weiter hinausgezögert, und der Hof summte vor Gerüchten. Die einen behaupteten, es gebe Schwierigkeiten mit dem Zeremoniell, die anderen meinten, das Königspaar sei sich noch nicht sicher über das Schicksal ihres Gefangenen.

»Welches Zeremoniell?« erkundigte sich Layla bei Doña Maria, die alle Zeremonien kannte, die zu kennen sich lohnte.

»Nun, wenn Ihr recht habt und Euer Bruder den Vasalleneid leisten will, muß er niederknien und den Herrschern die Hand küssen, mein Kind.«

Das war für einen moslemischen Emir eine unerträgliche Demütigung, und Layla konnte sich nicht vorstellen, daß Muhammad darauf einging. Doch bald danach kamen Gesandte aus Granada und Cordoba an, und sie erkannte zu ihrer Verwunderung Ridwan, einen der Hauptleute ihres Vaters, und Omar, einen von Aischas Vertrauten. Zum erstenmal war sie froh, zur Menge der Hofdamen zu gehören und in ihr zu verschwinden. Wenn Ridwan sie so gesehen hätte, wie sie inzwischen war, wäre sie vor Scham im Boden versunken.

Es stellte sich heraus, daß es zwei verschiedene Botschaften gab. Sowohl Aischa als auch der Emir boten, jeder getrennt, eine beträchtliche Summe Lösegeldes für Muhammad.

»Aber Ihr werdet ihn doch nicht diesem grausamen alten Mann übergeben?« fragte Luisa de Castro, die sechzehn war und sehr für die Romanzen der Spielleute schwärmte, die Königin, als die Hofdamen ihr abends beim Auskleiden halfen.

Isabella schüttelte den Kopf. »Bestimmt nicht.« Leise und eigentlich nicht für die Ohren ihrer Zuhörerinnen bestimmt, setzte sie hinzu: »Doch es kann nicht schaden, wenn er das annimmt.«

Don Sancho Ximenes de Solis beschloß unterdessen, er könne nicht ewig in Cordoba verweilen, und reiste ab. »Nun, Mädchen, ich bin froh, daß die Königin so gnädig war, dich aufzunehmen. Falls dir irgend jemand einen Heiratsantrag machen sollte, der kein Jude und kein Bauer ist, dann laß es mich wissen, und wenn die Ehre der de Solis es gestattet, werde ich ihn annehmen. Also, leb wohl, und denk immer daran, daß du eine de Solis bist!«

Layla hütete ihre Zunge. Sonst hätte sie ihm höchstens zeigen können, wie sich ihr kastilischer Wortschatz erweitert hatte – »Fahr zur Hölle« war noch das Harmloseste, was ihr auf den Lippen lag.

Wenn der alte Mann noch drei Tage länger geblieben wäre, hätte er erleben können, wie die Majestäten von Aragon und Kastilien einen arabischen Fürsten empfingen. Die Calatrava-Ritter, der Orden von Santiago, alles erschien in blank polierten Rüstungen und mit vollem Gefolge. Die Mönche in ihren unscheinbaren schwarzen und braunen Kutten waren in so großer Zahl anwesend, um allein auf diese Weise zu beeindrucken. Die Königin trug ein reichbesticktes blaues Gewand, der König hatte sich an Rot gehalten. Unmittelbar an ihrer Seite standen die Infanten, die älteste Tochter und der Sohn des Paares, außerdem noch drei Männer, von denen zwei wie Mönche aussahen und der dritte, dem roten Kreuz auf seinem weißen Wams nach zu schließen, ebenfalls Geistlicher war.

»Das ist Kardinal Mendoza«, erklärte Doña Catalina Layla auf ihre Nachfrage hin ehrfürchtig. Mendoza war gekleidet wie ein kastilischer Hidalgo, was nur der Realität entsprach. Layla hatte viele Geschichten über ihn gehört, sowohl in Granada – wo er der berühmteste Christ nach dem Marquis von Cadiz war – als auch hier. Don Pedro de Gonzales de Mendoza war der jüngste Sohn einer der bedeutendsten kastilischen Familien und auf dem Schlachtfeld ebenso zu Hause wie in der Kirche. Er hatte im Krieg gegen Portugal für Isabella gekämpft und durch sein Draufgängertum fast allein die Schlacht von Pelegonzalo entschieden. Außerdem, wie sie nun von den klatschfreudigen Hofdamen erfuhr, hatte er mindestens drei uneheliche Söhne.

»Wißt Ihr, wie er sie der Königin vorgestellt hat?« wisperte Luisa. »Er sagte: ›Hier sind meine hübschen Sünden.‹«

»Oh«, sagte Doña Maria.

Die beiden Mönche neben ihm sahen eher wie Asketen denn Ritter aus. »Der Beichtvater der Königin«, erläuterte Doña Luisa hilfreich. »Fray Hernando de Talavera. Talavera ist die Stadt, aus der er kommt, aber niemand kennt seine Eltern, man weiß nur, daß sie *conversos* sein sollen. Denkt nur! Der Beichtvater der Königin – ein Jude!«

»Ihr redet zuviel, Doña Luisa«, mischte sich Doña Catalina tadelnd ein. »Fray Hernando de Talavera wird von der Königin hoch geschätzt.«

Eine andere Hofdame lenkte ihre Aufmerksamkeit ab, und Luisa sah sich in der Lage, weiterzuklatschen. »Natürlich schätzt ihn die Königin. Wißt Ihr, er hat damals die Kirchenschätze pfänden lassen, um ihr Geld für den Krieg gegen Portugal zu beschaffen. Aber als sie ihn zu ihrem Beichtvater machte und er sich hinknien sollte, stellt Euch vor, was er da gesagt hat! ›Ihr seid hier vor dem Gericht Gottes‹, sagte er zu Ihrer Majestät, ›was bedeutet, ich sitze, und Ihr werdet knien.‹«

»Wie hat die Königin geantwortet?« fragte Layla neugierig.

»Sie lachte und meinte, er sei genau der Mann, den sie brauche. Und sie kniete sich hin.«

Das brachte Laylas Gedanken wieder auf Muhammad. Um sich abzulenken, erkundigte sie sich nach dem dritten Geistlichen, der so nahe bei der königlichen Familie stand. Diesmal hatten weder Luisa noch die anderen Damen viel zu erzählen.

»Fray Tomas de Torquemada«, sagte Luisa kurz. »Der Großinquisitor.«

Trompeten erklangen, und Layla wandte ihre Augen von den dreien ab. Der Ausrufer kündigte Boabdil an, den Emir von Granada. Ein bitterer Geschmack erfüllte ihren Mund. Sie hatte schon länger bemerkt, daß die Kastilier und Aragonier Schwierigkeiten mit den arabischen Namen hatten und dazu neigten, sie zu verkürzen oder ihrer Sprache anzupassen – aus Ibn Sina wurde Avicenna, aus Ibn Ruschd Averroes, Abu Abdallah Muhammad ben Ali wurde zu Boabdil, und Abul Hassan Ali wurde Mulay Hassan –, aber daß sie sich noch nicht einmal hier bei Hof Mühe gaben, die Namen richtig auszusprechen, war ein Zeichen dafür, wie sehr sie sich schon als die Sieger sahen.

Und Muhammad, dachte seine Schwester, spielte ihnen in die Hände, ließ sich von ihnen Granada als Lehen verleihen.

Wahrscheinlich hatte ihn Aischas Gesandter mit neuer Kleidung versorgt, jedenfalls erschien er kaum weniger prächtig als die Könige. Aber sein Gesichtsausdruck war maskenhaft, und er schritt sehr steif auf Fernando und Isabella zu. Kurz vor ihnen blieb er stehen. Die Königin neigte den Kopf.

»Wir begrüßen«, sagte sie mit heller, die ganze Halle erfüllender Stimme, »unseren neuen Lehnsmann, den Fürsten von Granada.«

Alles wartete. Langsam kniete Muhammad nieder und küßte ihre Hand. Dann streckte auch Fernando seine Hand aus. Muhammad blieb reglos.

»Er wird es nicht wagen!« flüsterte jemand hinter

Layla schockiert. Fernandos Rücken wurde sehr gerade, aber er hielt seine Hand weiter ausgestreckt. Muhammad beugte sein Haupt, und ein allgemeines Aufseufzen ging durch die Halle. Doch kurz bevor er tatsächlich die Hand des Königs berührte, zog Fernando sie wieder zurück.

»Das ist nicht nötig«, sagte er, freundlich wie ein Geier, der sich schon satt gefressen hat. »Erhebt Euch, Boabdil. Ich vertraue auch so auf Eure Vasallentreue und Eure Freundschaft.«

Die Hofdamen flatterten um Isabella wie aufgeregte Motten.

»Oh, der König war so großmütig heute!«

»Und das einem Ungläubigen gegenüber, einem Mauren!« Die Königin von Kastilien überraschte ihre Damen, indem sie sich an die jüngste unter ihnen wandte. Layla hatte sich in die hinterste Ecke des Gemachs zurückgezogen und gehofft, so schnell wie möglich verschwinden zu können.

»Ihr schweigt, Doña Lucia«, sagte die Königin, und schon die Tatsache, daß sie das Mädchen ansprach, machte aus der Feststellung eine Frage. Ihre dunklen Augen fixierten Layla unverwandt.

»Es war«, entgegnete diese, um eine ebenmäßige Tonlage bemüht, »in jeder Beziehung die Tat eines christlichen Ritters und übertraf sicher alle vorherigen Taten christlicher Ritter.«

Isabellas Miene wurde hart, und ihr kräftiges Kinn trat deutlicher hervor. Unwillkürlich fuhr Layla mit der Hand an ihr eigenes. Aus irgendeinem Grund schien diese Geste die Königin zu besänftigen. »Ihr seid noch sehr jung, Doña Lucia«, sagte sie und wandte sich ab. Aber durch den Spiegel, der vor ihr stand, konnte sie das Mädchen noch weiter beobachten. Layla verbeugte sich und wollte gehen, als Isabella, den Blick in den Spiegel gerichtet, hinzufügte: »Ihr habt meine Erlaubnis, Euren Bruder so oft zu besuchen, wie Ihr wollt. Er wird unsere Gastfreundschaft noch länger genießen, so lange, bis sein Sohn als Geisel eintrifft und ihn an unserem Hof ersetzt.«

Die riesige Palastanlage von Cordoba, Medinat-az-Zahra, die einmal so berühmt gewesen war wie die Alhambra – in der Tat noch berühmter, denn die Kalifen hatten sie zu einem Juwel von al Andalus gemacht –, war völlig zerstört worden, und nur noch Trümmer waren von der ehemaligen Pracht geblieben. Die derzeitige Residenz der Könige, die Alcazaba, war eigentlich nur die Festung für Kriegszeiten gewesen, doch immer noch prächtiger als die meisten christlichen Burgen, obwohl ein Jahrhundert kastilischer Umbauten die ursprüngliche Harmonie der Formen empfindlich beeinträchtigt hatte.

Nur die Gärten waren noch so, wie sie die Augen der Kalifen und ihrer Wesire erblickt hatten. Dorthin ging Layla, als am nächsten Tag das Fest für den Grafen de Cabra und seine Männer stattfand, um sie für die Gefangennahme Muhammads zu ehren. Sie hatte das neue Wappen gesehen, das der Graf auf königlichen Beschluß hin nun führen durfte – ein gekrönter Araberkopf, um den Hals eine goldene Kette.

»Aber ist es nicht das, was du dir gewünscht hast?« fragte Jusuf, der mit einemmal neben ihr ging. Sie schüttelte nur stumm den Kopf, obwohl er recht hatte. Es war nicht Muhammads, teilte sie sich selbst mit, es war die Demütigung Granadas, die sie so traf.

Die Bäume warfen kühlende Schatten auf ihren Weg, und der betäubende Duft des Oleanders hüllte sie ein.

»Glaubst du«, sagte Layla plötzlich, »er hat die Wahrheit gesagt – über meine Mutter?«

Jusuf gestattete sich ein Achselzucken. »Das macht keinen Unterschied ... Lucia«, erwiderte er.

»Aber«, die Worte drangen fast wie gegen ihren Willen aus ihr, »es hätte alles anders kommen können – wenn er sie geheiratet hätte, und nicht ...«

»Du bist ein Kind«, sagte Jusuf mißbilligend. »Aischa hätte nie zugelassen, daß ihr Sohn eine christliche Sklavin zu seiner Gemahlin nimmt. Nur spielt es wirklich keine Rolle. Schau ihn dir an, Layla, dann erkennst du den Grund, warum dieses Volk, das einmal al Andalus erobert hat, jetzt gegen die Christen verliert. Ihr seid zu weit von der Wüste entfernt, und er am allermeisten. Er hat nichts mehr von ihrer brennenden Unerbittlichkeit. Und die Kastilier sind Kreuzfahrer.«

»Noch«, sagte Layla scharf, »ist es überhaupt nicht sein Reich. Mein Vater regiert, und er und al Zaghal haben bewiesen, daß sie herrschen und kämpfen können. Die Könige müssen in Schwierigkeiten sein, sonst hätten sie es doch nicht nötig, ein Kleinkind als Geisel zu verlangen.«

Jusuf legte die Hand auf die Brust und verbeugte sich spöttisch. »Wie Ihr meint, Sejidah.«

Sie waren am Rand der Gärten angekommen, und man konnte die große Brücke sehen, die sich mit der ehemaligen Moschee verband wie ein Zweig mit dem Baum.

Unter ihnen schimmerte der Guadalquivir unruhig im Mondlicht.

»Wo die Milchstraße als schäumender Flußbogen, dessen Schwert aus der Scheide des Laubwerks gezogen, sich mit der Stadt vermählt«, rezitierte Layla in Erinnerung. »So heißt es über Cordoba. Kannst du, der du tot bist, mir sagen, welcher Glaube der richtige ist?«

Mit einer eiskalten Hand hob er ihr Kinn. Sie starrte in die weißgrauen, unmenschlichen Augen. »Zweifel, Lucia? Da kann ich dir nicht helfen, denn keiner meiner Antworten könntest du trauen. Ich könnte aus Eigennutz das Judentum nennen oder aus Bosheit das Christentum, oder den Islam, nur um dir einen Gefallen zu erweisen.«

Sie stand sehr still. »Warum kommst du noch zu mir, Ifrit? Jetzt, wo alles vorbei ist?«

Seine Hand glitt langsam ihre Kehle hinab, dann trat er zurück und lachte sein unirdisches, leises Lachen.

»Aber es ist noch nicht vorbei, kleines Mädchen, und ich habe dir von Anfang an gesagt, was ich von dir will. Ein kleiner Teil genügt nicht. Ein Handel bleibt ein Handel.«

Er war verschwunden. Layla blickte auf ihr linkes Handgelenk. Alle anderen Schnitte waren verheilt, aber die punktförmige, tiefe Wunde dort blieb ständig frisch verkrustet. Manchmal kratzte sie sie selbst auf, aus Nervosität, aber meistens dachte sie gar nicht daran. Das war das Seltsamste – sie spürte sie überhaupt nicht.

Die Königin verbrachte ihren Vormittag zumeist mit Staatsgeschäften, empfing Botschaften, Bittgesuche, die Abgeordneten der *Cortes*, der Ständeversammlung, und dergleichen mehr. In dieser Zeit brauchte sie ihre Hofdamen nicht, es sei denn, um kleine Gänge und Aufträge zu erledigen.

Auf diese Weise begegnete Layla einmal Isabellas Beichtvater, Fray Hernando de Talavera. Er verließ gerade die königlichen Gemächer, offenbar im Geiste sehr mit etwas beschäftigt, denn mit gerunzelter Stirn überrannte er sie und den Wasserkrug, den sie trug – Isabella trank keinen Wein – beinahe.

Sie prallten aneinander, und Layla ließ den Krug fallen. Wasser bespritzte sie beide, und er entschuldigte sich als erster. »Verzeih mir, mein Kind, ich war in Gedanken.«

Layla murmelte ebenfalls eine Entschuldigung und machte sich daran, die Scherben aufzulesen, als sie überrascht feststellte, daß er neben ihr niederkniete, um ihr zu helfen.

Dabei musterte er sie nachdenklich. »Du kommst mir bekannt vor. Oh – verzeiht – seid Ihr nicht die Enkeltochter von Sancho de Solis?« Widerwillig bestätigte Layla seine Vermutung. »Ich habe Euch noch nicht bei der Beichte gesehen«, sagte Fray Hernando de Talavera.

Eigentlich hatten die Damen der Königin das Privileg, bei ihrem Beichtvater zu beichten, aber, wie Luisa Layla versichert hatte, taten die meisten es nur einmal, der Form halber.

»Er ist so streng! Auch der König geht nur sehr ungern zu ihm. Als er König von Aragon wurde, soll Talavera ihm eine Liste von Mahnungen geschickt haben – mehr innere Demut, mehr äußere Autorität, mehr Treue zur Königin. Mein Vetter ist Staatssekretär, und er hat mir erzählt, der König wäre beinahe erstickt, als er diese Liste...«

»Ihr geht auch nicht oft zur Messe, glaube ich«, unterbrach der Beichtvater der Königin Laylas Gedanken. Er sagte das durchaus nicht unfreundlich. Sie schaute zu ihm auf. Sein Gesicht war das eines strengen Asketen, aber um Augen und Mund hatten sich Lachfalten eingegraben, und auch jetzt lag ein leichtes Zwinkern in seinen Augenwinkeln.

»Meine neuen Pflichten nehmen, hm, viel Zeit in Anspruch, und es ist alles so überwältigend für mich«, entgegnete sie lahm. Auf keinen Fall hätte sie ihm den wahren Grund genannt, nämlich, daß sie keine weitere Messe in der Kathedrale von Cordoba ertragen konnte. Man hatte die große Moschee der Kalifen gewaltsam in eine Kirche umgewandelt, mitten in die leichte Anmut der Pfeiler und Bögen, die so kunstvoll übereinander strebten, daß sich der Eindruck einer Oase von Palmen in der Wüste ergab, einen wuchtigen, düsteren Kapellenbau gesetzt. Als sie während ihrer ersten Messe in Cordoba sehen mußte, wie auf die gefächerten Gewölbe, die an die geöffneten Zweige einer Palme erinnerten, krude Gemälde von christlichen Heiligen gemalt worden waren, hatte sich Layla an Muhammads Prophezeiung erinnert, in Cordoba spiegele sich das künftige Schicksal Granadas, und Grauen hatte sie erfaßt. Doch obwohl Talavera nicht unfreundlich erschien, war ein derartiges Gefühl nichts, was man einem christlichen Priester anvertraute.

»Zweifellos«, sagte Fray Hernando. Dann legte er die Tonscherben, die er aufgesammelt hatte, in Laylas geöffnete Handflächen und segnete sie. »Jetzt lauft, mein Kind. Ich will Euch nicht weiter von Euren Pflichten abhalten.«

Er senkte die Stimme und flüsterte, so schnell, daß sie sich später fragte, ob sie es sich nur eingebildet hatte: »Nichts aus der Vergangenheit verliert man für immer.«

Erst da fiel ihr wieder ein, daß Talavera dem Hofgeschwätz zufolge selbst ein *converso* war.

Der andere Mönch am Hof, Fray Tomas de Torquemada, der Großinquisitor, blieb nicht lange, sondern brach bald nach Toledo auf, zur Erleichterung der Königin. Obwohl sie Torquemada gerade wegen seiner Kompromißlosigkeit als Großinquisitor gewählt hatte, machte ihn diese Eigenschaft immer öfter zu einem Hindernis für den täglichen Ablauf der Geschäfte des Hofes.

»Niemand wäre besser für seine Aufgabe geeignet als Fray Tomas«, sagte sie seufzend, »aber wenn er hier ist, gerät er ständig in Streit mit Abraham Seneor, und das kann ich nicht gebrauchen.«

Abraham Seneor war oberster Richter und oberster Rabbi der jüdischen Gemeinden des Königreiches, außerdem der oberste Steuereintreiber und der Schatzkanzler der Hermandad. Das machte ihn unter den christlichen Höflingen nicht gerade beliebt, aber Isabella kannte ihn schon seit ihrer Kindheit; er hatte sie Fernando von Aragon vorgestellt. So war er in seinen Ämtern ziemlich sicher und der natürliche Feind des Großinquisitors, der offen die Meinung vertrat, die nicht bekehrten Juden sollten vertrieben werden.

Was die *conversos* anging – daß einem Bekehrten, der

heimlich weiter seinem alten Glauben anhing, der Scheiterhaufen drohte, war jedem bekannt.

Layla, die einen solchen Scheiterhaufen noch nie hatte brennen sehen, fühlte sich selbst nicht davon betroffen, so wenig, daß sie, als sie sich überwunden hatte, Muhammad tatsächlich wieder zu besuchen, die abendliche Gebetszeit wählte. Sie war nicht sicher, ob sie noch als Moslemin gelten konnte – nicht nur wegen der Taufe, sondern auch wegen der verbotenen Zauberei –, aber sie sehnte sich danach, noch einmal die vertrauten Silben der *salat* zu hören, eine Sehnsucht, die bei dem Gedanken an die ehemalige große Moschee von Cordoba vehement zum Ausbruch kam.

Muhammad schien ihren Wunsch zu erahnen. Es war das erstemal, daß sich ein Gefühl der Gemeinschaft zwischen ihnen erhob. Natürlich hatte Layla ihm nicht verziehen, und außerdem nahm sie ihm sein Bündnis mit den Christen übel, wohl wissend, wie paradox das angesichts ihrer eigenen Lage war, und sie ahnte nicht, was er über sie dachte. Doch an diesem Abend waren die Kinder von Aischa al Hurra und Isabel de Solis nur zwei Verbannte, die ihre Verbannung teilten.

Layla hatte sich so weit entkleidet, um die vorgeschriebenen Waschungen an Füßen und Armen vollführen zu können, während Muhammad den Teppich entrollte, den ihm Aischa geschenkt hatte. Es gab keinen Muezzin, der zum Gebet rief, also richteten sie sich nach ihrem eigenen Zeitempfinden.

Muhammad sprach die *niyya*, die Aufforderung an die Gläubigen zum Gebet. Dann brachten sie die *rakah* hinter sich, das Aufstehen und Niederwerfen vor Allah, der allein groß war. Das Abendgebet forderte zwei *rakah*, und während sich Layla verneigte, senkte sich zum ersten Mal seit Tariqs Tod Frieden in ihr Herz.

Sie wollte diesen Frieden nicht ziehen lassen, als das Gebet zu Ende war, und schwieg, bis Muhammad aus dem Koran zitierte.

»Was bei euch ist, vergeht, und was bei Allah ist, besteht; und wahrlich, belohnen werden wir die Standhaften mit ihrem Lohn für ihre besten Werke.«

Sie kannte die Sure, hatte sie oft gehört, das wußte sie genau, aber einen Augenblick lang fielen ihr die folgenden Verse nicht ein, und ein blinder Schrecken erfaßte sie. Dann erinnerte sie sich wieder und sprach, wie man es sie gelehrt hatte: *»Wer das Rechte tut, sei es Mann oder Weib, wenn er gläubig ist, den wollen wir lebendig machen zu einem guten Leben und wollen ihn belohnen für seine besten Werke.«*

Es gab keine Unterhaltung an diesem Abend; sie gingen stumm auseinander, und es sollte das einzige Mal bleiben, wo sie in Frieden aufeinandertrafen.

Im August erreichte die Gesandtschaft mit Muhammads kleinem Sohn und dem Lösegeld den Hof. Es war sein und Moraymas einziges Kind, ein Junge von fünf Jahren, den sie Suleiman genannt hatten. Selbstverständlich gab es auch für diese Gelegenheit eine große Zeremonie. Wieder war der gesamte Hof versammelt, als Aischas Gesandter das Kind zu seinem Vater führte. Muhammad kniete nieder und umarmte den Jungen, aber er sagte kein Wort, und auch Suleiman blieb still.

Bevor das Schweigen unbehaglich werden konnte,

machte Isabella von Kastilien eine der öffentlichen Gesten, für die sie berühmt war und bei denen man nie wußte, ob es sich um Berechnung oder echtes Mitgefühl oder beides handelte. Sie erhob sich und ging zu Muhammad.

»Fürst«, sagte sie, »Euer Sohn hat eine lange Reise hinter sich. Er muß erschöpft sein. Warum bringt Ihr ihn nicht in Eure Gemächer und kommt dann wieder? Der König und ich würden uns freuen, wenn Ihr heute abend mit uns speisen würdet.«

Muhammad verbeugte sich und murmelte: »Ich danke Euch, meine Königin.«

Durch die Schar der Höflinge lief ein enttäuschtes Raunen, als er mit dem Kind die Halle verließ. Mit einer Handbewegung signalisierte Fernando, daß der Empfang beendet war.

An der abendlichen Tafel saßen zwar immer noch die Granden und die Damen der Königin, aber es waren sehr viel weniger als bei einem offiziellen Empfang. Sowohl Isabella als auch Fernando taten ihr möglichstes, um Muhammad wie einen geehrten Gast zu behandeln.

Dennoch gelang es der Königin, alle Anwesenden – außer ihrem Gemahl – zum zweitenmal an diesem Tag zu überraschen, als sie sich mit strahlender Miene erneut an ihren Vasallen wandte und meinte: »Glaubt mir, ich bin selbst Mutter und weiß, wie sehr es Euch schmerzen muß, Euren Sohn in der Fremde erzogen zu sehen. Doch ich denke, ich habe eine Lösung gefunden, die Euch den Abschied ein wenig leichter macht. Gottes unerforschlicher Wille hat es gefügt, daß ein weiteres Mitglied Eures Hauses an unserem Hof weilt. Wir werden Eure Schwester mit der Erziehung Eures Sohnes betrauen, bis er zu alt für weibliche Aufsicht ist.«

Menschlichkeit oder Strategie? fragte sich Layla. Dank des alten Mannes hielt Isabella sie für älter, als sie tatsächlich war, sonst hätte die Königin wohl eher vorgeschlagen, sie gemeinsam mit Suleiman erziehen zu lassen. Doch der erste Gedanke, der ihr gekommen war, noch ehe die Königin zu Ende gesprochen hatte, war ein anderer gewesen. Der Wille Gottes mußte wahrlich unergründlich sein, wenn er sie zwang, sich um Aischas und Ali al Atars Enkelkind zu kümmern.

Der Myrtenhof in der Alhambra war von Säulen aus Jaspis und Alabaster umgeben, die wie Perlen den langen, als perfektes Rechteck gestalteten Teich umrahmten. Abul Hassan Ali stand an eine Säule gelehnt und betrachtete das in Marmor gefaßte Wasser, als er hinter sich Schritte widerhallen hörte. Er drehte sich nicht um, denn diese Schritte waren ihm von Kindheit an vertraut.

»Erinnerst du dich«, sagte er abwesend zu seinem Bruder, »an die Geschichte über die Entstehung der Alhambra?«

Al Zaghal brannte vor Ungeduld, er hatte wichtige Neuigkeiten, doch er zwang sich zur Selbstbeherrschung. Seit die Christin fort war und Granada sich im Bürgerkrieg befand, alterte Ali immer schneller. Grübeleien wie diese waren nichts Ungewöhnliches mehr bei ihm.

»Die Verdurstenden in der Wüste sollen kurz vor ihrem Tod die schönsten Träume haben. Und Muhammad Ibn al Ahmar wollte einen solchen Traum in Stein.«

Ali löste sich von der Säule. »Genauso fühle ich mich jetzt, Bruder. Wie ein Verdurstender in der Wüste. Ich weiß schon, was du mir erzählen willst. Der Marquis von Cadiz, Allah verdamme ihn, hat Zahara zurückerobert. Und unsere Armee bei Lopera geschlagen.«

»Er ist wahrhaft ein Sohn von Iblis«, stimmte al Zaghal zu, »aber wir wurden schon vorher geschlagen, und wir haben uns wieder erholt. Nein, ich wollte aus einem anderen Grund mit dir sprechen. Wir müssen endlich etwas gegen Muhammad unternehmen.«

»Ich habe Aischa und ihre Anhänger aus der Stadt vertrieben«, sagte Ali langsam, »obwohl das gegen unsere Gesetze verstößt, da sie noch immer meine Gemahlin ist. Sie und Muhammad residieren jetzt in Almeria. Was soll ich deiner Meinung nach noch tun? Almeria angreifen, damit die Christen inzwischen in aller Ruhe ihren Krieg fortführen können, während wir uns selbst zerfleischen?«

Al Zaghal schüttelte den Kopf. »Solange wir gegeneinander kämpfen, sind wir nicht stark genug, um die Christen zu besiegen, da stimme ich dir zu. Aber jetzt, wo Muhammad sich mit ihnen verbündet hat, verliert er mehr und mehr seiner Anhänger. Jetzt sollten wir zuschlagen. Ihn ein für allemal erledigen, damit die Christen nicht ständig einen Dolch haben, den sie uns in den Rücken stoßen können.«

Abul Hassan Ali schlug mit der Faust gegen eine der Alabastersäulen. »Nein! Du bist der Oberbefehlshaber meiner Streitkräfte und mein wichtigster Ratgeber, und glaube mir, Bruder, ich schätze deinen Rat über alles. Aber diesmal hast du unrecht. Die Christen sind die größere Gefahr. Erst die Christen, und dann Muhammad.«

Während das dritte Kriegsjahr anbrach, dachte Layla oft, daß in einem der Märchen, an die sie früher einmal geglaubt hatte, Suleiman ein anbetungswürdiges kleines Kind gewesen wäre, das sie mit allem versöhnt und ihr endgültig alle Rachewünsche ausgetrieben hätte.

Suleiman erinnerte sie schnell wieder daran, daß sie in der Wirklichkeit lebte.

Die Königin hatte natürlich nicht im Sinn gehabt, ihr die alleinige Verantwortung für die kostbare Geisel zu übertragen; der Mann, der dafür zu sorgen hatte, daß Abu Abdallahs Sohn sich ständig in allen Ehren bei Hofe aufhielt, war Don Martin de Alarcon. Aber Layla war diejenige, die ihn tagsüber beaufsichtigen sollte, seine Sachen packen, wenn der Regierungssitz wieder einmal gewechselt wurde, und was dergleichen mehr anfiel.

Der einzige Vorteil gegenüber dem Dasein als Hofdame war, daß sie dadurch eine eigene Kammer erhielt, direkt nebem dem wohlbewachten Gemach ihres Neffen.

Auch wenn es sich nicht ausgerechnet um Suleiman gehandelt hätte, wäre Layla nicht sehr begeistert von ihrer Aufgabe gewesen; sie war noch zu jung, um in Kleinkinder vernarrt zu sein, wie Doña Maria es beispielsweise war. Layla hatte Don Sancho Ximenes de Solis brieflich gedroht, die Ehre der Familie durch offene Bettelei zu beflecken, was dazu führte, daß Doña Maria und sie monatlich eine kleine Summe Geldes erhielten; so konnte die Dueña bei ihr bleiben. In Momenten der Schwäche fühlte sich Layla versucht, Suleiman ganz auf Doña Maria abzuwälzen; aber sie hatte das bohrende Gefühl, es sei ihre Pflicht, wenigstens dafür zu sorgen, daß er seine Heimat nicht ganz vergaß.

Das Vergessen war ihre eigene geheime Furcht. Als Suleiman sich lautstark über die christliche Kleidung und den Gestank überall beschwerte, stellte Layla erschrokken fest, wie sehr sie sich selbst schon daran gewöhnt hatte. Es machte ihr auch nichts mehr aus, die Messe zu besuchen, seit der Hof Cordoba verlassen hatte, und sie faßte nicht mehr unwillkürlich nach einem Schleier, wenn sie einem Fremden begegnete.

Daher war sie zuerst froh, mit Suleiman arabisch sprechen und über die Alhambra reden zu können. Der Anfang war bereits nicht sehr vielversprechend.

»Ich weiß, wer du bist«, verkündete er. »Du bist die Tochter der christlichen Hexe.«

Morayma, demütig und sanft, wie der Prophet es forderte, hatte seine Erziehung bisher der beherrschenden Aischa überlassen. Daher verabscheute der kleine Junge nicht nur den christlichen Hof, sondern auch Layla, und nachdem sie ein paar Tage lang die Sachen, die er zerbrach, aufgelesen hatte, ihm durch die ganze Zitadelle hinterhergerannt war und mehrere seiner Wutanfälle über sich hatte ergehen lassen müssen, erwiderte sie seine Gefühle vollauf und schrie zurück. Da sie sich darauf verließ, daß niemand in Hörweite arabisch verstand, bediente sie sich all der prächtigen Verfluchungen, die ihr diese Sprache zur Verfügung stellte, und endete schließlich befriedigt: »Und wenn du Sohn eines fünfbeinigen räudigen Esels im Laufe deines Lebens auch nur ein Hundertstel der Klugheit eines Kamels erlangen solltest, dann hat Allah wahrhaft ein Wunder vollbracht!«

Er starrte sie mit großen Augen an, und seine Lippen zitterten; und dann setzte sich das verabscheute Balg zu Laylas Entsetzen auf den Fußboden und begann, lauthals zu weinen.

Hinter ihr räusperte sich jemand. »Ich weiß nicht, ob das eine so gute Idee von der Königin war«, meinte Fray Hernando de Talavera zweifelnd. Das Blut stieg Layla in die Wangen, aber sie war noch immer aufgebracht genug, um Suleiman am Arm zu packen und hochzuziehen.

»Die Königin war sehr gütig«, stieß sie mit zusammengebissenen Zähnen hervor. »Mein Neffe und ich verstehen uns hervorragend.« Dabei drehte sie Suleimans Arm auf den Rücken, etwas, das ihr Tariq beigebracht hatte und das Suleiman sehr schnell zum Verstummen brachte. Dank ihrer bauschigen Röcke konnte der Beichtvater der Königin diesen Gewaltakt nicht sehen; er musterte sie nur skeptisch und lächelte dann.

»Es wird sie freuen«, sagte er, »das zu hören. Doch Ihr solltet dem Kleinen unsere Sprache beibringen, Doña Lucia. Sonst wird er sich hier so einsam fühlen wie ... ein Kamel in den Bergen.« Nach diesem Abschiedsgruß hastete er in seiner Kutte weiter. Layla blieb in tiefster Verlegenheit zurück und klammerte sich an die vage Möglichkeit, daß das mit dem Kamel Zufall gewesen war.

Wie auch immer, Suleiman ließ sich nicht gerne etwas beibringen, doch sie entdeckte bald, daß er für Süßigkeiten so empfänglich war wie einst Tariq. Also versuchte sie es mit Bestechung und erzielte langsame Fortschritte.

Auf dieses gräßliche Kind aufzupassen, nahm sie so in Anspruch, daß sie eine Zeitlang kaum mehr auf die Kriegsneuigkeiten achtete. Sie waren weder ermutigend noch niederschmetternd. Ihr Vater versuchte zweimal vergeblich, Alhama zurückzuerobern; al Zaghal und sein Unterführer, Hamid al Zegri, lieferten sich regelmäßige Gefechte mit dem Marquis von Cadiz, bei denen einmal der eine, dann wieder der andere gewann. Als die lange versprochenen Kanonen und Feuerwaffen aus Italien für die kastilische Armee eintrafen, gelang es Don Rodrigo, zwei Festungen hintereinander zu erobern, Alora und Setenil.

»Aber es würde alles sehr viel schneller gehen«, äußerte er unzufrieden, als man ihm zu seinen Erfolgen gratulierte, »wenn dieser Schwächling in Almeria endlich anfangen würde, um sein Lehen zu kämpfen. Zumindest würde das seinen elenden Onkel ablenken.«

Abends war Layla meistens zu erschöpft, um irgendwelche Feste oder Menschen zu besuchen – sie hatte ohnehin keine Freunde bei Hof –, was Doña Maria einmal zu einem stirnrunzelnden Kommentar veranlaßte.

»Ihr solltet mehr unter Leute gehen, Lucia. Es ist nicht gut für ein Mädchen in Eurem Alter, immer nur in Gesellschaft von Kindern und älteren Frauen zu sein. Schließlich seid Ihr selbst kein Kind mehr.«

Layla entgegnete ihr, sie sei viel zu beschäftigt, und das auf Wunsch der Königin, aber im Winter, als ihr dreizehntes Lebensjahr begann, erinnerte sie sich wieder an die Worte der Dueña. Sie hatte niemandem von ihrem Geburtstag erzählt; Suleiman hatte von Don Martin seine erste Reitstunde erhalten und schlief daher gnädigerweise schnell ein; Doña Maria war für ein paar Wochen nach Sevilla zurückgekehrt, also hatte Layla ihre Kammer und ihre Zeit für sich.

Suleiman als königliche Geisel hatte Anspruch auf Bequemlichkeit, was Layla von Anfang an dazu benutzt hatte, ständig einen Waschbottich zur Verfügung zu haben. Es war nicht das gleiche wie ein echtes Bad, aber es stellte sie einigermaßen zufrieden. Sie entfachte ein Feuer in dem winzigen Kamin, neben den sie den Bottich gerückt hatte, verriegelte die Tür, zog sich aus und stieg in das inzwischen lauwarme Wasser. Es war ein angenehmes Gefühl, und sie ließ sich so tief wie möglich hineingleiten. Dabei stellte sie fest, daß sie noch etwas gewachsen sein mußte, denn Bottiche verkleinerten sich nicht von selbst, und ihre Knie und Brüste schauten noch hervor, selbst wenn sie sich zusammenkauerte. Vor einem Jahr hatte sie höchstens andeutungsweise einen Busen gehabt. Sie blickte an sich herab und dachte verstört: Doña Maria hat recht, ich bin kein Kind mehr.

Noch immer war sie zu dünn, gemessen an allen Maßstäben, die sie kannte, aber niemand würde sie mehr mit einem Jungen verwechseln.

Die Wasseroberfläche hatte sich inzwischen beruhigt und zeigte Layla ihr Gesicht. Nase und Mund hatten ihre unglückselige Form behalten und würden es wohl immer tun, und ihr Kinn war immer noch spitz, aber die Wangenlinie hatte sich etwas gerundet und ließ es nicht mehr so sehr hervortreten, weicher aussehen.

Ach was, dachte sie. Ich will nicht heiraten und Kinder haben, die ich eines Tages verliere. Sie schloß die Augen und überließ sich dem Wasser.

Als sie wieder aufschaute, waren ihre Sachen von dem Schemel, auf den Layla sie gelegt hatte, verschwunden. Statt dessen lag dort ein weißgoldenes Kleid, das sie noch nie zuvor gesehen hatte. Es war mit winzigen Perlen und Goldfäden übersät, die in dem flackernden Licht des Feuers glitzerten wie Spinnweben im Tau.

Die Tür war verriegelt. Es gab also nur eine Erklärung, wie das merkwürdige Kleid hierhergekommen war.

»Ifrit«, rief Layla ärgerlich, »bist du das? Bist du hier?«

Sie erhielt keine Antwort. Er hatte sie in diesem Jahr öfter besucht, und sie hatte sich dabei ertappt, manchmal sehnsüchtig darauf zu warten, denn erstens war er der einzige, mit dem sie offen sprechen konnte, der einzige, der alles über sie wußte, und zweitens war er so etwas wie ihr Fenster in die Welt. Er wußte, wie es ihrer Mutter ging, daß ihr Vater immer öfter ans Bett gefesselt war, daß Aischa Muhammad regelmäßig und vergeblich bestürmte, doch endlich Granada selbst anzugreifen, und er kannte alle möglichen und unmöglichen Geschichten über das Königspaar und den Hofstaat. Allerdings erzählte er ihr nicht immer, was sie wirklich wissen wollte, und hatte sie schon öfter mit einer unwahrscheinlichen Geschichte hinters Licht geführt, um sich anschließend über ihre Leichtgläubigkeit lustig zu machen. Sie hatte den Verdacht, daß er gerne mit ihr stritt; manchmal gestand sie sich ein, daß sie ihn vermissen würde, wenn er nicht mehr käme, und war zornig darüber.

Aber er war noch nie aufgetaucht, während sie badete. Layla erhob sich langsam aus dem Wasser, um ihm zu zeigen, daß sie keine Angst hatte, falls er tatsächlich hier war. Es rührte sich nichts, und sie griff nach dem bereitgelegten Tuch, um sich abzutrocknen. Dann sah sie sich das Kleid an.

Es war aus Seide und schön wie eine der verzierten Alabastersäulen in der Alhambra. Vor zwei Jahren hätte sie nicht geglaubt, daß sie etwas Christliches einmal schön finden könnte, aber sie tat es. Als Layla es aufhob, klirrte etwas, und sie bemerkte, daß zwei Kämme aus Silber dabeilagen, um ihr Haar aufzustecken. Bisher hatte sie es noch nicht getan – es war nur für heiratsfähige Mädchen und Frauen üblich –, doch Doña Maria hatte ihr die nötigen Handgriffe beigebracht.

Sie konnte nicht widerstehen. Ob das nun ein Scherz sein sollte oder nicht, sie zog das Kleid an und versuchte dann, mit Hilfe des kleinen Bronzespiegels ihr Haar zu richten. Neben den Augen war ihr Haar das einzige an ihr, das man ihrer Meinung nach als ansehnlich bezeichnen konnte; schwarz und üppig wie das einer echten Araberin.

Wahrscheinlich war nicht alles völlig korrekt, aber als sie den Spiegel ein letztes Mal hob, war Layla zufrieden. Dann tauchte im Spiegelbild die Gestalt von Jusuf ben Ismail auf.

»Also warst du doch da«, sagte sie anklagend und drehte sich um. Er trug Schwarz, nur Schwarz, doch selbst der anspruchsvollste Hidalgo hätte für einen königlichen Empfang nicht besser gekleidet sein können.

»Natürlich«, erwiderte er. »Es ist dein Geburtstag, Layla, und das ist mein Geschenk für dich.« Mit zusammengezogenen Brauen blickte er sich um. »Aber es ist reichlich eng hier.«

Er reichte ihr seinen Arm, und wie Doña Maria es sie

gelehrt hatte, legte sie ihre Hand darauf. Dann öffnete er die Tür, und sie verließen das Zimmer. Erst als sie auch Suleimans Gemach – und seine Wachen – schweigend hinter sich gelassen hatten, blieb Layla stehen.

»Jusuf«, sagte sie bedauernd, »ich kann dieses Gewand nicht tragen. Jeder weiß doch, daß es nicht mir gehört, sie werden glauben, ich hätte es gestohlen.«

»Ich habe es gestohlen«, erwiderte er gleichgültig. »Es ist das neue Kleid der Infantin.«

Vor Empörung und ein wenig auch vor gekränkter Eitelkeit – sie hatte angenommen, er hätte es für sie herbeigezaubert – war Layla sprachlos. Er lächelte.

»Sie hat es nicht gebraucht, aber ich. Nun, kleines Mädchen, erinnerst du dich an unseren Handel? Es ist an der Zeit, daß du wieder an mich bezahlst.«

Layla bedeckte unwillkürlich ihr linkes Handgelenk. Sein Lächeln vertiefte sich. Sie fröstelte, aber sie schluckte ihr Unbehagen herunter und fragte: »Was geschieht eigentlich, wenn du meine Lebenskraft nimmst?«

Jusuf hob eine Augenbraue. »Das verkürzt selbstverständlich dein Leben, Layla. Ist dir nicht aufgefallen, daß du im letzten Jahr ziemlich schnell gewachsen bist? Was mich angeht, mir gibt es die Kraft, Gestalt zu bleiben, deine Wünsche zu erfüllen ... und meine.«

Von dem Gang aus, in dem sie standen, konnte man die Spielleute hören, die gerade eine Sarabande anstimmten – oder bildete sie sich das nur ein? »Was für Wünsche«, fragte Layla in der festen Absicht, sich nicht einschüchtern zu lassen, »deinen Fluch?«

Sein Gesicht lag im Schatten, nur die gläsernen Augen spiegelten das schwache, widerspenstige Licht der Fakkeln wider, die überall an den Wänden staken. »Im Moment«, sagte er mit seiner melodischen Stimme, »habe ich nur einen Wunsch. Tanz mit mir.«

Unter seinem Blick fand sie es plötzlich schwer, zu sprechen. »Ich kann nicht tanzen«, sagte sie leise; das war nicht ganz richtig, Doña Maria hatte ihr ein paar Grundschritte beigebracht, aber nicht viel mehr. Bei den Moslems tanzten Mann und Frau nicht miteinander, also hatte sie keinen ernsthaften Versuch gemacht, es zu lernen.

Er legte eine Hand auf ihren Mund und zog sie mit der anderen näher. Plötzlich war sie überzeugt, daß sie es konnte. Sie raffte ihr Kleid und begann zögernd die ersten Schritte, etwas sicherer die nächsten. Es gab keine anderen Paare, zu denen sie hätten wechseln können, aber die Schatten um sie herum schienen lebendig zu werden, und wenn es an der Zeit war, sich zu trennen, wirbelte Layla zwischen ihnen mit einem berauschenden Gefühl der Freiheit, das sie hätte warnen sollen. Es erinnerte sie an etwas, doch sie wollte gar nicht wissen, woran.

Das Tanzen machte ihr Spaß, beflügelte sie, ließ sie nicht mehr ungeschickt sein, und sie hätte ewig weitermachen können, wenn die Musik nicht aufgehört hätte. Die Schatten kamen zum Stillstand, bis auf den dunkelsten von ihnen, Jusuf, der sie festhielt.

Er hatte beide Arme um sie gelegt und zog sie langsam immer dichter an sich heran, bis sie seinen Herzschlag hätte spüren müssen. Aber da war kein Herzschlag.

»Es ist zu Ende«, murmelte Layla unsicher.

»Ich glaube nicht«, entgegnete er. Und seine eisigen Lippen legten sich auf ihren Mund.

Al Zaghal hatte ein ungutes Gefühl, als er in Almeria einritt. Ursprünglich hatte er einen Überraschungsangriff geplant, einen Blitzschlag aus heiterem Himmel. Aber die Stadt leistete keinen Widerstand; die Tore waren für ihn und seine Armee geöffnet, und die Leute auf der Straße jubelten ihm zu. Er wußte, daß er seit dem Sieg bei Malaga als die große Hoffnung des Reiches galt, doch daß die Leute selbst in Muhammads Residenz auf seiner Seite standen, war mehr, als er erwartet hatte.

Wenn es sich nicht um eine Falle handelte.

Er wies einen Teil seiner Männer an, vor der Stadt zu lagern, und befahl den Soldaten, die er mitnahm, bei ihm zu bleiben und auf keinen Fall in ihrer Kampfbereitschaft nachzulassen. Man gehorchte ihm widerspruchslos. Al Zaghal lächelte und winkte nicht, als er durch Almeria zog, und er sprach zu seinen Soldaten nicht freundlicher als zu jedem anderen. Es war nicht die Begeisterung für einen Märchenhelden, die er hervorrief, auch nicht die Loyalität, die sein Bruder in seinen besten Zeiten erzeugen konnte. Was die Leute veranlaßte, den grimmigen, unerbittlichen al Zaghal durch ihre Schreie anzufeuern, war die Gewißheit, daß er sich nur durch den Tod von seinem Ziel würde abbringen lassen.

Die Zitadelle, der Alcazar, empfing ihn ähnlich, und al Zaghal entspannte sich etwas. Vielleicht handelte es sich wirklich nicht um einen besonders fein ausgeklügelten Hinterhalt Muhammads. Der Junge war nie sehr gut in Listen gewesen. Andererseits erschien es ihm unwahrscheinlich, daß sein Neffe sich einfach so ergab.

Er verteilte seine Soldaten über die gesamte Festung, befahl ihnen, alles nach Muhammad abzusuchen. Keine weiteren Verkleidungen dieses Mal. Aischa zu finden, bereitete ihm keine Schwierigkeiten. Sie wartete mit ihren Frauen und Raschid, Alis Sohn von einer Konkubine, der sich auf Muhammads Seite gestellt hatte, auf ihn.

Al Zaghal verschwendete keine Zeit. »Wo ist dein verräterischer Sohn?« fragte er sie barsch. Aischa lachte verächtlich. »Hier gibt es nur einen Verräter«, antwortete sie höhnisch, »und das bist du.« Al Zaghal sagte nichts, und Raschid fühlte sich dadurch ermutigt, noch etwas Öl ins Feuer zu gießen.

»Muhammad ist der rechtmäßige Emir«, sagte er herausfordernd. Al Zaghals Soldaten bewunderten einmal mehr die Schnelligkeit ihres Anführers, als er Raschid packte, ihm die Arme umdrehte und in die Knie zwang.

»Muhammad ist nichts weiter«, sagte al Zaghal, während Raschid der Angstschweiß ausbrach, »als ein Sohn, der gegen seinen Vater rebelliert und sich obendrein noch den Christen verkauft hat. Immerhin, er hatte gewisse Gründe, also kann ich es bei ihm verstehen. Aber nicht bei dir.«

Er ließ ihn los und trat einen Schritt zurück. »Schlagt diesem Verräter den Kopf ab«, sagte er kalt zu den drei Männern, die ihn begleiteten. Raschid fing an zu schreien, und al Zaghals Lippen kräuselten sich verächtlich.

»Das kannst du nicht machen, das kannst du doch nicht tun!« brüllte Raschid.

»Frag mich das in der nächsten Stunde«, erwiderte al Zaghal, »und du fragst als Geist. Es sei denn, du erzählst mir, wo Muhammad sich aufhält.«

Bis jetzt hatte Aischa das Schauspiel stumm verfolgt,

hatte mit keinem Wort und keiner Bewegung gegen das Schicksal ihres Stiefsohns protestiert. Das änderte sich nun schlagartig.

»Du hast nicht das Recht«, begann sie erregt, »einen Sprößling der Banu Nasr ...«

»Nein?« fragte al Zaghal. Er wandte sich wieder an Raschid.

»Also?« Die Augen des jungen Mannes wanderten zwischen al Zaghal und Aischa hin und her. Er fuhr sich mit der Zunge über die Lippen. Schließlich senkte er den Kopf und wich Aischas Blick aus. »Eure Armee war zu groß für uns, also ist er geflohen, kurz ehe Ihr kamt. Nach Baza.«

»Möge Dschehannam dich verschlingen, du Verräter«, wisperte Aischa. Al Zaghal nickte. »Da hast du recht. Ich werde dafür sorgen. Männer, köpft diesen doppelten Verräter.«

Während seine Soldaten den aufheulenden Raschid hinausschleppten, starrte Aischa ihren Schwager an. »Ali wird nicht zulassen, daß du Muhammad tötest.«

Al Zaghal war bereits dabei, zu gehen. Er drehte sich noch einmal um und sagte hart: »Nein? Nach drei Jahren Rebellion, Bürgerkrieg und Verrat an die Christen?«

Aischa hatte nichts mehr zu verlieren, und sie entgegnete erbittert: »Du ... du Heuchler. Es ist dir doch gleichgültig, was Muhammad oder Raschid meinem Gemahl angetan haben, Hauptsache, du landest am Ende selbst auf dem Thron. Ohne dich wäre mein Sohn noch in Granada und der Thronerbe.«

Seine Augen verengten sich. »Wenn wir schon von Heuchelei anfangen, wie steht es da mit dir, Aischa? Du und die Christin, euch war Granada nicht mehr als ein Spielzeug für eure Söhne, das jede von euch unbedingt haben wollte, ganz gleich, was inzwischen aus dem Spielzeug wird. Weiber!«

Damit ging er, und Aischa betete zu Allah, daß Muhammad auch in Baza rechtzeitig gewarnt würde. Doch sie fürchtete für ihn. Die Gunst des Volkes war wechselhaft wie der Wind und neigte sich mehr und mehr al Zaghal zu. Es konnte sein, daß Muhammad nichts anderes übrigblieb, als die Christen um Waffenhilfe zu bitten. Aischa war zu klug, um nicht vorauszusehen, welche Wirkung das auf das Volk von Granada haben würde. Ihr Mund verhärtete sich. Das mußte man in Kauf nehmen. Später, wenn Muhammad erst sicher in der Alhambra residierte, gab es genügend Gelegenheit, die christlichen Hunde auf ihren Platz zu verweisen.

Eine weitere Befürchtung plagte sie, die sie sich nur widerwillig eingestand. Muhammad hatte bisher nur sehr zögernd und ungern Krieg gegen seinen Vater geführt, und was das Töten überhaupt anging, da hatte er unmännliche Skrupel, die sie vergeblich auszumerzen getrachtet hatte. Vielleicht war es sogar ein Segen, wenn al Zaghal es wagte, sich zum Emir zu machen. Al Zaghal mit seiner unerbittlichen Härte zum Gegner zu haben, würde Muhammad zwingen, ebenfalls hart zu werden.

Layla spürte als erstes den kalten Steinboden unter ihrem Kopf, dann die Schläge, die auf ihr Gesicht niedergingen. Verwirrt öffnete sie die Augen. Die Ohrfeigen hörten auf. Über ihr schwebte das besorgt wirkende Antlitz von Fray Hernando de Talavera.

»Ihr seid in Ohnmacht gefallen, mein Kind«, sagte er. Das Mädchen blinzelte und versuchte, sich zu erinnern. Tanzen, und dann das Gefühl von Erregung und Furcht, und dann nichts mehr, nur eine Art feurige Dunkelheit.

Sie setzte sich auf. Der Beichtvater der Königin half ihr dabei, und plötzlich mußte sie kichern. »Ent... entschuldigt, Pater«, keuchte sie, als sie sich wieder einigermaßen gefangen hatte, »aber Ihr trefft mich immer in den unmöglichsten Situationen an.«

Talavera lächelte. »Ihr wart wohl auf dem Fest, und Euch ist vom Tanzen schwindlig geworden.«

Ihr lag schon eine Verneinung auf der Zunge, als sie an sich herabblickte und ihr auffiel, daß sie noch immer das Kleid der Infantin trug. Die Lage war noch unmöglicher, als sie gedacht hatte. Mit etwas Glück achtete Talavera nicht auf so weltliche Dinge wie Kleider.

»Ja«, stimmte Layla langsam zu. »So ist es.« Sie stand auf; die Luft flimmerte vor ihren Augen, und der Pater mußte sie erneut stützen.

»Besser, ich bringe Euch in Eure Kammer«, sagte er sachlich. »Ihr jungen Leute solltet nicht so wild sein. Doña Lucia, Ihr müßt Euch den Mund aufgeschlagen haben, als Ihr gestürzt seid. Ihr blutet.«

Talaveras Freundlichkeit machte es ihr schwer, genügend Gegenargumente zu finden, als er ein paar Tage später in Begleitung des Kardinals Mendoza Suleiman aufsuchte. Glücklicherweise geschah diesmal nichts Peinliches. Erst eine Viertelstunde vorher hatte Suleiman sie getreten, und sie hatte ihm eine Ohrfeige verpaßt, aber nun saßen die beiden Sprößlinge der Banu Nasr friedlich bei einem

Brettspiel. Nicht Schach – Schach, hatte Layla entschieden, war noch zu schwer für Suleiman –, sondern das Spiel, das die Kastilier »Dame« nannten.

Sie wußte, daß sie vor einem Kardinal niederknien und seinen Ring küssen sollte, aber sie brachte es einfach nicht fertig. Statt dessen knickste sie tief, als er mit Talavera eintrat, und sagte, sie und ihr Neffe seien tief geehrt durch seinen Besuch. Der unglückselige Suleiman verstand inzwischen genügend Kastilisch, um lauthals zu fragen: »Wieso? Er ist ein Ungläubiger, und ich bin der nächste Emir von Granada!«

»Du bist das nächste Futter für die Hunde, wenn du nicht den Mund hältst«, zischte Layla auf arabisch und entschuldigte sich bei Don Pedro Gonzales de Mendoza, Kardinal von Spanien. Doch was sie befürchtet hatte, trat ein. Der Kardinal fixierte sie streng.

»Ich hatte geglaubt, meine Tochter, Ihr würdet Eurem kleinen Verwandten den Irrtum Eurer alten Lehren aufzeigen und ihn auf den Weg leiten, den Ihr vorangegangen seid. Jedoch scheint mir...« Ihr war schon länger der Verdacht gekommen, daß die christlichen Könige mehr als nur eine Fessel für Muhammad im Sinn gehabt hatten, als sie seinen Sohn als Geisel forderten.

»Euer Eminenz«, erwiderte Layla, bevor sie sich zurückhalten konnte, »Granada würde einen christlichen Emir niemals akzeptieren.« Er runzelte die Stirn, und sie fügte hastig hinzu: »Überdies bin ich nur eine Frau und selbst neu im Glauben und daher ungeeignet, einen anderen Menschen zu unterweisen.«

Seine Mundwinkel zuckten. »Soviel Bescheidenheit ehrt Euch, meine Tochter, aber immer wenn ich eine

Frau sagen höre, sie sei nur eine Frau, warte ich bereits auf den Angriff von hinten.«

Layla erinnerte sich an die drei unehelichen Kinder des Kardinals und schwieg. Unter anderem, weil ihr nicht einfiel, wie sie darauf antworten sollte. Der Kardinal verschränkte die Arme und fuhr fort, sie zu mustern, von oben bis unten. Fray Hernando de Talavera schien die Zeit zum Eingreifen gekommen.

»Niemand«, sagte er begütigend, »will eine Taufe dieses Kindes erzwingen. Erzwungene Bekenntnisse sind ein großes Übel vor dem Herrn, auch wenn einige meiner Brüder bedauerlicherweise ... aber lassen wir das. Doch Ihr müßt verstehen, Doña Lucia, daß wir alle die Hoffnung hegen, das Kind durch Erziehung zum wahren Glauben zu bekehren. Wie auch das ganze Reich Granada.«

»Fray Hernando«, sagte Kardinal Mendoza mit schwachem Lächeln, »ist ein Idealist. Ich bin dafür, Granada zu erobern, er ist der Letzte von uns, der noch den Geist der Apostel in sich trägt. Er will es bekehren.«

Wenn Layla nicht so sehr darauf geachtet hätte, diesmal ihre Beherrschung zu bewahren, wäre ihr der Mund offen geblieben. Bekehren? Wie, um alles in der Welt, stellte sich der Beichtvater der Königin das vor?

»Die Bekehrung scheint mir immer noch die christlichste Möglichkeit zu sein, den Islam von unseren Gestaden zu vertreiben«, gab Talavera zurück, und Layla hatte den Eindruck, die beiden führten ein freundschaftliches Streitgespräch, das ihnen sehr vertraut war. Mendoza zog eine Grimasse.

»Einigen wir uns darauf, zuerst zu erobern und dann

zu bekehren ... ohne Zwang, ganz wie Ihr wollt, Fray Hernando.«

Dem Mädchen wurde bewußt, von welcher Eroberung sie eigentlich sprachen, und Ärger stieg in ihr auf. Sie waren sich ihrer Sache so sicher. Suleiman hatte bei weitem nicht alles verstanden, was gesagt worden war, aber er konnte es nicht ertragen, wenn allzulange über seinen Kopf hinweg geredet wurde, und ihre Drohung hatte inzwischen ihre Wirkung verloren. Er setzte sich in Positur und rief lauthals: *»U la ghalib ila Allah!«*

Der Kardinal und der Mönch tauschten vielsagende Blicke. Soviel Arabisch verstand jeder Kastilier, denn es war seit Jahrhunderten der Schlachtruf aller Moslems: Es gibt keinen Sieg außer Allah.

Layla kniff Suleiman heimlich, aber heftig in sein empfindliches Sitzfleisch. Prompt protestierte er laut und deutlich, und sie lächelte die beiden Kirchenmänner an.

»Ihr seht, ehrwürdige Väter, das Kind ist aufgeregt. Besser, ich bringe es zu Bett, damit es sich etwas ausruht.«

»Ich bin nicht müde«, zeterte Suleiman und fing an zu brüllen, als sie ihn unsanft in den nächsten Raum beförderte. Angesichts dieses Lärms sagte der Beichtvater der Königin hastig: »O ja, das ist sicher das beste. Bringt ihn ins Bett.«

»Du bist gemein«, sagte Suleiman schluchzend in seinem Schlafgemach, »du bist so gemein, daß du bestimmt nach Dschehannam kommst.«

»Hör zu«, entgegnete Layla leise und drohend, »ich versuche gerade, dich vor der Taufe und Dschehannam zu retten, du blödes Balg, also halt endlich den Mund und sei still!«

Sie wußte nicht, ob er das verstand, aber er hörte auf jeden Fall den Schlüssel, mit dem sie hinter sich absperrte.

»Ein reizendes Kind«, sagte der Kardinal. »Aber ein wenig erregbar.«

»O ja«, stimmte Layla demütig zu, »wirklich reizend.«

Zu ihrer Erleichterung blieben die beiden Priester nicht mehr lange. Talavera ermahnte sie, über seine Worte nachzudenken, was sie inbrünstig versprach. Obwohl die Versuchung groß war, Suleiman für den Rest des Tages in seinem Schlafgemach zu lassen, sperrte sie wieder auf, als die Kastilier fort waren. Suleimans Gesicht war tränenverschmiert, und Layla schämte sich ein wenig. Vielleicht war sie doch zu barsch mit ihm umgesprungen. Schließlich war er nur ein kleines Kind, das man in ein Land voller Feinde als Geisel geschickt hatte.

»Suleiman«, sagte sie so sanft wie möglich, »es tut mir leid, daß ich dich gekniffen habe, aber wenn ich dir sage, du sollst still sein, dann mußt du mir gehorchen. Ich tue das nicht ohne Grund. Die Christen wollen dich zu einem der ihren machen, und dann ist es unwahrscheinlich, daß du je wieder nach Hause kommst. Glaub mir, ich weiß es.«

Bei den letzten Worten hatte sich Sehnsucht in ihre Stimme geschlichen, die sie hastig unterdrückte. An Heimkehr zu denken, hatte für sie jetzt keinen Sinn. Suleiman schaute sie zweifelnd an.

»Ich träume von zu Hause«, sagte er zögernd. »Ich komme nur nie hin, wenn ich träume. Und dann träume ich auch ganz schlimme Sachen, und ich habe Angst.«

Er schluckte. »Bleibst du heute nacht bei mir? Mutter hat gesagt, Erwachsene haben einen Schutz gegen böse Träume.«

Es mußte, dachte Layla, sie wohl gerührt haben, als Erwachsene eingestuft zu werden, denn zu ihrer eigenen Verblüffung willigte sie ein. Es dauerte lange, bis sie es fertigbrachte, neben einem unruhigen kleinen Kind einzuschlafen, und als die Erschöpfung sie schließlich einholte, hatte sie ihre eigenen Albträume.

Nicht von Tariq oder Ali al Atar, was öfter vorkam. Nein, von etwas, an das sie sich nicht richtig erinnern konnte und das nicht nur Furcht in ihr auslöste.

Am nächsten Tag erfuhr sie, wen Talavera gemeint hatte, als er von »einigen seiner Brüder« gesprochen hatte. Fray Tomas de Torquemada befand sich wieder am Hof, und mit sich hatte er ein Inquisitionsgericht gebracht. Seit Layla Mitglied von Isabellas Hofstaat geworden war, hatte sie bereits von mehreren Verbrennungen gehört, doch man hatte sie bisher nicht aufgefordert, diesen beizuwohnen. Sie wußte auch, daß in Toledo ein außergewöhnlicher Prozeß unter dem Vorsitz von Torquemada stattgefunden hatte. »Da das heilige Offizium in Aragon noch Schwierigkeiten hat«, so hatte Doña Catalina Doña Maria, mit der sie sich recht gut verstand, bei einem Besuch berichtet, ehe die Dueña nach Sevilla abreiste, »hat Fray Tomas in Saragossa von seinen Stellvertretern nur einen symbolischen Prozeß durchführen lassen und den wirklichen dann selbst hier in Kastilien geführt. Die Stadt bereitet sich schon seit Wochen auf die Hinrichtung vor.«

Layla hatte bereits beschlossen, diesen Tag ganz in

Suleimans Räumen zuzubringen. Diesmal jedoch teilte ihr Luisa de Castro aufgeregt mit, es sei der ausdrückliche Wunsch der Königin, daß Doña Lucia de Solis und die Geisel Suleiman bei dem Autodafé des rückfälligen *converso* Alfonso da Gama und seiner Familie anwesend wären.

»Schaut nicht so entgeistert drein, Doña Lucia«, schloß die junge Hofdame. »Ich gebe ja zu, Autodafés sind ein wenig schaurig, aber furchtbar aufregend, und die von Toledo rühmt man überall. Ihr werdet mit uns auf der königlichen Tribüne stehen und alles gut sehen können.«

Es war Layla bisher entgangen, daß man die Verbrennung von Ketzern als eine Art Volksfest ansah. Sie hatte angefangen, sich an ihre Umgebung zu gewöhnen, die meisten Kleriker, die sie bisher kennengelernt hatte, waren ihr sogar sympathisch, und sie empfand aufrichtige Bewunderung für Isabella von Kastilien, die Königin weniger dank ihres Blutes als dank ihres Verstandes und ihrer Fähigkeiten war und anscheinend Fehden zwischen den Granden und Beschwerden der *Cortes* ebenso souverän beilegen konnte wie Streitigkeiten unter ihren Hofdamen. Doch der Tag, an dem Isabella sie zwang, einem Autodafé beizuwohnen, verwandelte Layla wieder ganz und gar in die Tochter der Banu Nasr zurück.

Die Verbrennung des *converso* und seiner Familie fand nicht, wie sonst üblich, vor den Stadtmauern, sondern auf dem Hauptplatz von Toledo statt, wo man für die Herrscher und ihren Hof eine riesige Tribüne errichtet hatte.

»Layla«, flüsterte Suleiman, der immer noch nicht begriffen hatte, worum es eigentlich ging, »was wollen die vielen Leute hier? Gibt es ein Fest?«

Sie antwortete nicht. Statt dessen starrte sie auf die Einwohner von Toledo, die anscheinend alle gekommen waren, hörte ungläubig die Trompetenstöße, Paukenschläge und Zimbelklänge, die in der Tat an einen Jahrmarkt erinnerten. An der Spitze der Prozession, die sich dem Platz näherte, erkannte sie einige bunt herausgeputzte Handwerker.

»Die Kohlenbrenner«, erklärte Doña Luisa, die es sich zur Aufgabe gemacht hatte, die kleine Maurin mit den Einzelheiten des Festakts bekannt zu machen. »Weil sie die Ehre haben, das Holz für den Scheiterhaufen zu liefern, marschieren sie an der Spitze.«

Hinter den Kohlenbrennern ritten die Calatrava-Ritter, wie für ein Turnier gewappnet; einige trugen ein riesiges Kreuz, das mit grünen Zweigen umwunden war, andere eine goldene Monstranz, die von einem roten Baldachin geschützt war. Layla hörte Luisas Erläuterungen kaum zu. Sie hatte bereits zwischen den Reihen der Ritter die Verurteilten ausgemacht, die nach ihnen kamen.

Wieder zupfte Suleiman, der ihrem Blick gefolgt war, sie am Ärmel. »Was tragen die denn für Hemden? Und warum laufen sie barfuß?«

»Weil sie sterben werden«, entgegnete Layla tonlos. Die Familie, die in groben Hemden voller rot gestickter Zungen hinter den Rittern herstolperte, bestand aus Don Alfonso, seiner Frau, seinem Bruder und ihren vier halbwüchsigen Kindern. In Layla wuchs die Erkenntnis, daß sie selbst dort gehen könnte, den Strick um den Hals, begleitet von zahlreichen Dominikanern in ihren schwarzen und weißen Gewändern, die wie im Chor zur Buße aufriefen. Seit Tariqs Tod hatte sie sich nicht mehr so hilflos gefühlt, doch diesmal war sie entschlossen, nicht wieder einfach nur zuzusehen. Sie spürte das Kind neben sich und empfand nur den Wunsch, es zu beschützen, ganz gleich, wie sehr es ihr sonst auch lästig war.

Mit widerwilliger Faszination sah sie Tomas de Torquemada am Schluß der Prozession auf seinem schwarz verhängten Maultier reiten. Bei dem höfischen Empfang hatte er nichts Ungewöhnliches ausgestrahlt, doch jetzt war es selbst Kindern wie Suleiman, der ihn aufmerksam beobachtete, klar, daß er der Meister dieser ganzen Veranstaltung war. Er glühte förmlich vor Stolz, Überlegenheit und etwas, das wohl Glaubenseifer sein mußte. Layla wandte den Blick zu Isabella und fand bei der Königin den gleichen Gesichtsausdruck. Sie gab die vage Hoffnung auf, von Isabella die Erlaubnis zu bekommen, sich zu entfernen.

Wenn Fray Hernando de Talavera hiergewesen wäre, dann hätte sie sich schon längst an ihn gewandt, aber der Beichtvater der Königin konnte es sich anscheinend leisten, auch dem prächtigsten Autodafé fernzubleiben. Also konnte nur noch ihr Verstand sie retten.

Vorsichtig beugte sie sich zu Suleiman nieder und murmelte auf arabisch: »Tu so, als ob dir schlecht wird, schrei und brülle meinetwegen auch, aber tu es sofort.«

»Wieso?« gab Suleiman widerspenstig wie immer zurück. »Ich will das Fest sehen!«

Er hatte es immer noch nicht verstanden, und sie konnte es ihm jetzt nicht erklären. »Wenn du es nicht tust«, sagte Layla, »wirst du nie wieder nach Hause kommen. Sie werden dich hierbehalten und Sklavendienste bei dem gräßlichen Mann auf dem Maulesel verrichten lassen.« Torquemada war inzwischen an die Tribüne herangeritten und hatte begonnen, die Anklageliste zu verlesen. »Riechst du, wie er stinkt?« schloß sie hastig. »Du wirst ihn abwaschen müssen.«

Das hatte den erwünschten Erfolg. Suleiman begann, zu würgen und lauthals zu weinen. Seine nähere Umgebung gab indignierte Geräusche von sich. Schnell wandte sich Layla an Don Martin de Alarcon, der einigermaßen entsetzt und angeekelt auf die Geisel in seiner Obhut schaute, und sagte leise: »Ich glaube, es ist das beste, wenn wir ihn zurück in das Kastell bringen.«

Don Martin zögerte. »Ich möchte das Autodafé nicht...«

»Es genügt, wenn Ihr uns einen Soldaten abstellt«, versicherte ihm Layla, »ich kümmere mich schon um ihn.« Nach einem Blick auf den deklamierenden Torquemada und dann auf den würgenden Suleiman beschloß Don Martin, dem Vorschlag des Mädchens zu folgen. Er nickte, gab einem seiner Männer ein Signal und widmete sich wieder dem Spektakel.

Sie entfernten sich eben rückwärts von der Tribüne, als Layla ein Ziehen in ihrem Rücken spürte. Sie wandte sich um und erkannte, daß Isabella ihre Flucht bemerkt hatte und zu ihr herübersah. Layla rührte sich nicht, obwohl ihr der Moment endlos schien. Sie würde nicht zulassen, daß Suleiman erlebte, wie hier Menschen verbrannt wurden, und sie hatte auch nicht die Absicht, sich selbst an diesem christlichen Fest zu beteiligen. Es war ihr gleichgültig, ob die Königin sie dafür bestrafte. Außerdem ahnte sie, warum Isabella ihre Teilnahme befohlen hatte: Sie wollte ihr vor Augen führen, welches Schicksal rückfällige *conversos* erwartete, und sie daran erinnern, daß die Taufe in diesem Land für immer galt. Wenn das der Zweck der königlichen Anordnung gewesen war, so hatte er sich erfüllt, und es gab keinen Grund mehr, auf Laylas Anwesenheit zu bestehen.

Isabella drehte sich wieder zu den von Mönchen und Rittern umringten Verurteilten um, vor denen Torquemada noch immer predigte, und Layla, die Suleimans Hand nicht losgelassen hatte, suchte das Weite.

Dämmerung lag über der Alhambra, als al Zaghal am Krankenlager des alten Emirs eintraf. Einige seiner Töchter und Konkubinen waren dort versammelt, doch sie zogen sich beim Erscheinen des Oberbefehlshabers der Armee zurück.

Als er neben dem Bett seines Bruders niederkniete, erkannte al Zaghal schockiert, daß Ali an der gleichen Krankheit litt wie ihr Vater: Auch er war beinahe völlig blind. Seine Augen glitten orientierungslos durch den Raum, und al Zaghal räusperte sich, um sich bemerkbar zu machen.

»Ich bin hier«, sagte er und bemühte sich, so sachlich und knapp wie sonst zu klingen, »um dir endlich einen Erfolg zu melden. Wir konnten den Versorgungszug für Alhama abfangen und alles in unseren Besitz bringen. Also ...«

»Unsinn«, entgegnete Abul Hassan mit entschlossener, nicht im geringsten schwächlich wirkender Stimme. »Du bist hier, weil du der Meinung bist, die Herrschaft sollte an dich übergehen. Ich bin der gleichen Meinung. Du hast sie.«

Es war nicht leicht, Abu Abdallah Muhammad al Zaghal zu verblüffen, doch nun rang er nach Worten. »Bist du sicher?« fragte er schließlich rauh. Alis Züge zeigten ein etwas zynisches Lächeln. »Schau mich an, Muhammad. Glaubst du, ich weiß nicht, daß ich nicht mehr in der Lage bin, zu herrschen, glaubst du, mir ist nicht klar, wer in den letzten Monaten der wahre Herrscher von Granada war? Ich mag krank und blind sein, aber nicht dumm.«

Schweigen senkte sich über sie, so schwer, daß es beinahe greifbar war, bis al Zaghal es brach. »Ich will den Thron. Ich wollte ihn schon lange. Aber ich hätte dich nie gestürzt, mein Bruder.«

Es war ihm ungeheuer wichtig, daß Ali ihm glaubte; Ali war der einzige Mensch, der ihm je etwas bedeutet hatte. Die Hand seines Bruders tastete nach ihm, und al Zaghal ergriff sie. Glühende Erleichterung durchströmte ihn.

»Ich weiß«, sagte Ali einfach, und diesmal war die Stille zwischen ihnen die jahrelanger Vertrautheit, die Worte unnötig macht. Wieder sprach al Zaghal als erster.

»Da ist noch etwas, das du wissen solltest. Ich hatte damals die Absicht, Muhammad zu töten, als du ihn wegen der Sache mit dem Pferd eingesperrt hattest. Und ich bin auch nach Almeria geritten, um ihn zu töten. Raschid starb auf meinen Befehl.«

Der Druck von Alis Hand lockerte sich nicht. Der Emir seufzte. »Muhammad«, sagte er, und einen Moment lang war sich al Zaghal nicht sicher, ob Ali ihn mit dem alten Namen aus ihrer Kinderzeit ansprach oder von seinem Sohn redete.

»Er wäre nie fähig gewesen zu regieren. Deswegen ist es vielleicht sogar gut, daß alles so gekommen ist, Bruder. Du wirst ein guter Emir sein, du bist stark genug, um die Christen aufzuhalten. Ich wünschte nur …«

Der Kranke brach ab, dann schüttelte er den Kopf. »Es stand so geschrieben. Morgen werde ich zu deinen Gunsten abdanken, und dann gehe ich nach Almunecar.«

Almunecar war eine kleine Stadt, die nahe am Meer lag; in früheren Zeiten hatten sich die Emire von Granada dort gerne von der Hauptstadt erholt, und Said, ihr Vater, war dort gestorben. »Dein Hakim sagt, du seist nicht reisefähig«, wandte al Zaghal ein. Für eine Sekunde blitzte nochmals das Temperament der Banu Nasr in Ali auf.

»Iblis hole alle Ärzte! Ich bestimme, wann ich reise!« Dann wurde sein Tonfall träumerisch, als spreche er nicht mehr mit al Zaghal, sondern mit sich selbst. »Und weißt du, nach all den Jahren, in denen ich um die Macht gekämpft habe … ist es wunderbar … einfach weggehen zu können.«

III

Krieg

O du Prophet, feure die Gläubigen zum Kampfe an; sind auch nur zwanzig Standhafte unter euch, sie überwinden zweihundert, und so unter euch hundert sind, so überwinden sie tausend der Ungläubigen, dieweil sie ein Volk ohne Einsicht sind.

Der Koran, achte Sure

Der Machtwechsel in Granada, wenn er auch nicht völlig unerwartet kam, versetzte die Christenheit in helle Aufregung. Niemand glaubte, daß Abul Hassan Ali freiwillig zurückgetreten war. Als Layla durch die große Galerie des Palastes von Salamanca ging, hörte sie, wie ein paar Höflinge darüber diskutierten.

»Das kann unserer heiligen Sache nur recht sein«, sagte einer von ihnen spöttisch. »Drei Heidenfürsten statt einem. Meine Güte, was für eine Familie! Das kommt auch nur bei den Ungläubigen vor, so ein barbarisches Übereinanderherfallen in der eigenen Verwandtschaft.«

Layla blieb abrupt stehen. »Ihr würdet es nicht wagen«, sagte sie scharf, »so etwas von Eurer Königin zu behaupten, die in aller Öffentlichkeit ihren Bruder für zeugungsunfähig, ihre Nichte zum Bastard erklärt und dafür gesorgt hat, daß diese Nichte lebenslang im Kloster eingesperrt wird.«

Wenn al Zaghal selbst in ihrer Mitte aufgetaucht wäre, hätten die Höflinge nicht entgeisterter dreinschauen können, und Layla spürte einen Moment lang tiefe Befriedigung, bis ihr bewußt wurde, was sie da gesagt hatte. In Kastilien nannte man so etwas Hochverrat. Ach was, dachte sie und wich nicht vom Fleck. Sie hatte nichts mehr zu verlieren. Derartige Bemerkungen waren ihr nichts Neues, aber einmal, nur ein einziges Mal, sollten die *Hombres Ricos*, wie man die Mitglieder des alteingesessenen kastilischen Adels nannte, nicht so leicht über ihre Feinde herziehen können.

Der junge Mann, der gesprochen hatte, fing sich als erster wieder. Seinem reichbestickten Wams nach zu urteilen, stammte er aus einer der Familien, die sich nicht nur alter Abstammung, sondern auch eines Vermögens rühmen konnten, und das war selten. Erst kürzlich hatte Isabella von ihren Granden Zwangsanleihen für den Krieg gegen Granada eingezogen. Moderne Feuerwaffen waren kostspielig.

»Es wundert mich«, sagte er empört, »daß Ihr als eine Christin Partei für die Feinde Gottes nehmt und Seine auserwählten Herrscher beleidigt. Wärt Ihr ein Mann, würde ich Genugtuung verlangen.«

»Wäre ich ein Mann«, entgegnete Layla honigsüß, »würde ich mir so dummes Gerede wie das Eure auch nicht freiwillig anhören.«

Damit ließ sie die edlen Herren stehen und ging weiter. Fray Hernando de Talavera hatte sie durch einen Diener bitten lassen, zu ihm zu kommen, was sie beunruhigte – auf Dauer würde es kein glaubwürdiges Argument mehr gegen einen Katechismusunterricht für Suleiman geben –, aber der Wortwechsel mit dem Höfling hatte sie wieder in so gute Laune versetzt, daß sie sich dabei ertappte, wie sie vor sich hin summte. Es war eines der beliebtesten Trinklieder in Granada, von Ibn Quzman, den das Gebot des Propheten nicht davon abgehalten hatte, ausführlich die

Freuden des Weins zu verherrlichen; seine Gedichte und Lieder wurden bei jeder Gesellschaft gerne vorgetragen, natürlich nur im Interesse der Poesie. Nach einer Weile versuchte sie es auch mit dem Text, und bis sie in den Räumen, in denen der Beichtvater der Königin untergebracht war, ankam, sang sie zwar immer noch leise, aber so hingerissen von ihrer ungewohnt guten Laune, daß sie den Mann nicht bemerkte, der an einen Pfosten in der Ecke gelehnt stand.

»*Wär nicht der Wein, was fing ich an? Ich würde Theologe dann! Der, für den mein Herz entbrennt, hat Lippen, die ein Strichlein trennt, so haarfein wie die Schrift – es nennt den Duktus östlich jedermann. Das Küssen für das Trinken lohnt, ein Mond in meinen Armen thront* ... oh!«

Sie hatte ihn endlich bemerkt, leider zu spät. Er hatte ihr aufmerksam zugehört. »Seit meiner Ankunft hier«, sagte er schließlich, als Layla betreten schwieg, und verschränkte die Arme, »ist mir manches Seltsame widerfahren, aber ein kastilisches Mädchen, das ein arabisches Trinklied singt, übertrifft alles.«

Sie wurde scharlachrot. »Ihr ... versteht Arabisch?« war alles, was sie hervorbrachte.

»Ein wenig«, sagte er. Er sprach selbst mit einem leichten Akzent, nicht wie ein Aragonier oder Katalane, eher wie einer der flämischen oder italienischen Söldnerführer, die der König angeheuert hatte und die immer zahlreicher wurden. Je länger sie ihn betrachtete, desto rätselhafter wurde ihr der Fremde. Seinen abgewetzten Hosen nach zu urteilen, war er kein Adliger, und wie ein Diener oder Söldner wirkte er eigentlich auch nicht. Er hatte rote Haare, eine hervorspringende Adlernase und ein breites, energisches Kinn. Was machte er hier bei Talavera?

Offensichtlich fragte er sich dasselbe. »Falls Ihr hineinwollt«, sagte er und machte eine Kopfbewegung zur Tür hin, »man hat mir gesagt, der Beichtvater der Königin sei beschäftigt. Ich warte jedenfalls schon einige Zeit.«

»Dann wird es so sein«, entgegnete Layla achselzukkend. »Aber er hat mich rufen lassen, also könnte ich es versuchen. Soll ich ihm ausrichten, daß Ihr wartet?«

Anscheinend hatte sie das Falsche gesagt. »Es ist unerträglich!« stieß der Fremde hervor. »Genau wie in Portugal! Ich komme mit Plänen, die den Welthandel umwälzen werden, und die hohen Herren beschäftigen sich statt dessen mit...«

Den Rest seiner Rede verstand sie nicht mehr, denn er wechselte in eine andere Sprache über. Nach einem letzten *»assino«* hielt er inne und warf ihr einen reuigen Blick zu. »Verzeiht mir, meine Dame. Euer Anerbieten ist sehr freundlich. Es ist nur, daß man mir gesagt hat, ich solle mich hier als erstes an Fray Hernando de Talavera wenden, weil er das Ohr der Königin besitzt, und ich warte schon seit einer Stunde!«

»Dann muß er wirklich beschäftigt sein«, meinte Layla nachdenklich. »Ich kenne ihn, und er erschien mir immer als freundlich und höflich.«

Der rothaarige Mann hob die Augenbrauen. »Auch zu Leuten, die eine ganze Flotte von ihm wollen?«

Das Gespräch begann, ihr Spaß zu machen. »Wozu braucht Ihr eine Flotte?« erkundigte sie sich. Er war also Seefahrer; kein glücklicher Beruf in einer Zeit, in der sich die christlichen Könige daranmachten, alle ihre Mittel für einen Landkrieg zu verbrauchen. Layla schauderte unwillkürlich, als sie an die Feuerwaffen und Söldner dachte, die Fernando angeworben hatte. Wie sollte al Zaghal damit fertigwerden?

»Nun, ich... ach, was soll's. Es wird ohnehin bald allgemein bekannt sein, hoffe ich. Ich will den Westweg nach Indien finden.«

Er sagte das mit einer gewissen Herausforderung in der Stimme, als erwarte er, daß sie ihm widerspräche. »Ein guter Plan«, antwortete sie, »aber nicht neu. Ibn Alaiman hat das schon vor fünfundzwanzig Jahren dem Emir Said ben Ali vorgeschlagen, aber Granada hatte damals der Tribute wegen nicht das Geld, sich ein solches Unternehmen leisten zu können. Außerdem hielten die Gelehrten den Seeweg für viel zu weit. Wie wollt Ihr das mit dem Proviant lösen?«

Zum zweitenmal an diesem Tag starrte sie ein Mann fassungslos an, aber dieser hier bekam sich wesentlich schneller wieder in die Gewalt. »Ich hatte erwartet«, sagte er, spürbar um Fassung bemüht, »daß Ihr einwendet, die Erde sei flach, oder daß man über einen bestimmten Punkt nicht hinaussegeln kann, weil dann alles auf dem Kopf steht. Wie kommt es, daß ein Mädchen in Eurem Alter über derartige Dinge Bescheid weiß?«

Eigentlich hätte sie ihn gern noch etwas raten lassen, aber Suleiman befand sich in der Obhut der vielgeprüften Doña Maria, und Layla wollte ihre Gutmütigkeit nicht über Gebühr ausnutzen, also beschloß sie, es kurz zu machen.

»Der Emir Said war mein Großvater«, erwiderte sie,

und diesmal war sie es, die mit Ungläubigkeit rechnete, »und Ibn Alaimans Schiffsmodelle stehen noch in der Alhambra. Und jetzt sagt mir noch Euren Namen, damit ich Fray Hernando darauf aufmerksam machen kann, daß Ihr hier draußen wartet.«

Zu ihrer Überraschung erheiterte ihn ihre Eröffnung. »Die Erde ist voller Zeichen und Wunder, fürwahr«, meinte er mit zuckenden Mundwinkeln. »Also, Doña Morisca, mein Name ist Cristobal Colón, und ich werde Euch ewig segnen, wenn Ihr den Beichtvater der Königin dazu überredet, mich nicht länger warten zu lassen.«

Fray Hernando de Talavera saß hinter einem großen Tisch und studierte mit gerunzelter Stirn Dokumente, als sein Sekretär Layla einließ. Er schaute auf und lächelte.

»Ah, meine Tochter, es freut mich, daß Ihr gekommen seid. Wartet noch ein wenig, es dauert nicht lange.«

Layla erwähnte den Mann, der draußen wartete. Talavera seufzte und setzte sich ein Gestell auf die Nase, das sie noch nie zuvor gesehen hatte. Es glich einer Gabel mit zwei runden Gläsern; nach einigem Überlegen entschied sie, daß es sich um eine »Brille« handeln mußte. Daß geschliffene Gläser die Sicht verbessern können, war ihr bekannt; sie hatte auch schon von Brillen gehört, aber noch nie erlebt, daß jemand sie trug. Sowohl moslemische als auch kastilische Männer lehnten derartige Gestelle als würdelos und hinderlich im Kampf ab; die Frauen, soweit sie um die Existenz einer »Brille« wußten, empfanden sie als entstellend. Layla versuchte sich al Zaghal oder Don Sancho Ximenes de Solis mit einem Gestell auf der Nase vorzustellen und unterdrückte mit

Mühe ein Kichern. Ihre Belustigung verschwand allerdings völlig, als sie sich erinnerte, daß es hieß, ihr Vater sei so gut wie blind geworden.

»Ich weiß«, sagte Talavera und brachte ihre Gedanken wieder zu dem wartenden Seefahrer zurück, »dieser Genuese, Christoforo Colombo.«

»Ich dachte, sein Name sei Colón.«

»Er hat ihn kastilisiert, wie viele Fremde, die in den Dienst der Könige treten möchten. Ich habe hier die Dokumente vor mir, die er eingereicht hat. Der Mann kann überhaupt nicht rechnen, oder er hat einfach keine richtige Ausbildung. Die Entfernung zwischen den Kanarischen Inseln und Zipangu beträgt nie und nimmer nur zweitausendvierhundert Meilen. Schade, denn eine Westroute nach Indien würde den Handel zum Blühen bringen. Aber das braucht uns jetzt nicht zu kümmern, mein Kind.«

Sie ahnte, was kam, und versuchte, es noch etwas aufzuschieben. »Aber Ihr stimmt ihm doch zu, daß es eine Westroute geben muß, weil die Erde schließlich rund ist.«

»Selbstverständlich ist die Erde rund«, antwortete Talavera mit einer wegwerfenden Handbewegung, »jeder gebildete Mensch weiß das heutzutage, nur die Bauern nicht. Die Schwierigkeit liegt in der Größe. Ich kann den Majestäten nicht raten, jemanden zu unterstützen, der so widersprüchliche Zahlen liefert. Doch nun zu Euch.«

Layla schaute auf ihre sittsam gefalteten Hände, und ihr fiel auf, daß ihre rechte Hand die linke verdeckte, an der sie den Silberring trug. Die Wunde am Gelenk hatte sich längst geschlossen, aber zurückgeblieben war eine kreisförmige Narbe. Unwillkürlich zog sie ihre Stirn in Falten. Längst? Sie hatte sich im letzten Winter geschlossen. Nach ihrem Geburtstag.

»Vor siebzig Jahren«, sagte Talavera, »als der Großvater unserer Königin noch ein Kind war, wurde in Kastilien ein Gesetz über die Juden und Mauren erlassen. Ihnen wurde verboten, mit Christen zu handeln, für Christen als Handwerker zu arbeiten, den Arzt- oder Apothekerberuf zu erlernen, ihren Wohnort zu verändern. Daraufhin flohen die meisten Mauren, die noch in Kastilien lebten, nach Granada. Viele der Juden, die ihre Heimat nicht verlassen wollten, entschieden sich für den Übertritt zum christlichen Glauben. Sie wurden *conversos*, aber die meisten von ihnen behielten heimlich die mosaischen Gesetze bei.

Vor fünf Jahren beschloß die heilige Inquisition, streng gegen alle solche *conversos* vorzugehen. Seine Eminenz, der Kardinal, und ich waren der Meinung, ein *converso*, der unter solchen Umständen Christ geworden war, sei nicht wirklich der Ketzerei schuldig, da er nie die Gelegenheit hatte, den wahren Glauben durch Überzeugung kennenzulernen. Wir schlugen damals vor, in alle Gemeinden Prediger zu schicken, um die *conversos* zu unterweisen. Leider schloß sich der König der Meinung unseres geschätzten Mitbruders Torquemada an, der für Ketzerei, ganz gleich, aus welchen Gründen sie entsteht, nur das Feuer als Ausweg sieht.«

Er hielt inne; sie sagte nichts. Vor ihr stand das Bild der sieben Verurteilten in ihren rotbestickten Hemden, den Strick um den Hals und eine erloschene Kerze in der

Hand. Der Mönch winkte seinem Adlatus und flüsterte ihm leise etwas zu, worauf der Sekretär hinausging.

»Warum sagt Ihr mir das, Pater?« flüsterte Layla. »Ich meine, ich verstehe, *was* Ihr mir damit sagen wollt, aber warum mir? Warum widmet Ihr mir soviel Aufmerksamkeit?«

Talavera trommelte nervös mit seinen Fingern auf das Holz. »Weil Ihr mir Sorgen macht, Lucia. Da ist etwas an Euch – nicht nur Eure Herkunft –, ich weiß nicht. Ihr seid noch sehr jung, doch Ihr kommt mir vor wie jemand, der über einen schmalen Felsgrat wandert, und ich möchte vermeiden, daß Ihr stürzt.«

Plötzlich faltete sich sein Gelehrtengesicht in ein wohlwollendes Lächeln. »Wer weiß, vielleicht sehe ich in Euch auch das Symbol meiner zukünftigen Aufgabe. Die Königin hat mir das Bistum von Granada versprochen, und ich will die Mauren so bekehren, daß es später keine *conversos* gibt, welche von der Inquisition untersucht werden müssen.«

Er meinte es gut; wahrscheinlich war er sogar der einzige selbstlose Mensch, dem sie je begegnen würde. Aber alles, was sie im Moment spürte, war weißglühender Zorn über die Selbstverständlichkeit, mit der an diesem Hof bereits Granada verteilt wurde.

Sie wirbelte herum und stürmte hinaus, da sie sich nicht länger zutraute, ihr bißchen Selbstbeherrschung zu wahren.

In der darauffolgenden Woche kam ein Brief von Don Sancho Ximenes de Solis für sie an, was sie verblüffte. Der alte Mann hatte ihr nie geschrieben, ebensowenig, wie sie ihm schrieb; im letzten Jahr hatte sie lediglich einen Monat in seinem Krötentempel zugebracht, um ihre Mutter zu besuchen.

Er informierte sie mit dürren Worten, daß seine Tochter, ihre Mutter, aus ihrer Starre erwacht war, als sie von den Ereignissen in Granada hörte. Sie hatte ihm mitgeteilt, jetzt würde sie zu ihrem Gemahl gehen, und war kurzerhand abgereist. Das war alles. Er fügte noch hinzu, er sei um der Familienehre willen bereit, seine Enkelin weiter mit Geldmitteln zu unterstützen, aber er wünsche weder sie noch seine Tochter jemals wiederzusehen.

Also war es ihr noch einmal gelungen, sich zurückzuverwandeln, dachte Layla fassungslos, als sie mit dem Brief in der Hand in einer der Fensternischen kauerte; sie war von der Taubstummen wieder zu Isabel und von Isabel wieder zu Zoraya geworden, falls es Zoraya je gegeben hatte. Sie hatte die Gefahr auf sich genommen, durch ein kriegszerrissenes Land zu reisen, um Abul Hassan sterben zu sehen. Aus Liebe? Aus Mitleid? Aus Haß? Das spielte für Layla keine Rolle mehr, denn eines war überdeutlich: Isabel hatte nicht einen Gedanken daran verschwendet, ihre Tochter mit sich zu nehmen.

Sie hatte Layla in dieses Land gebracht und aus ihr eine Fremde gemacht, und anschließend hatte sie das Mädchen auf unüberbietbare Weise im Stich gelassen, gleich zweimal hintereinander; durch ihren freiwilligen Rückzug in ihre stumme Welt und durch ihre letzte Verwandlung.

Früher hatte Layla geglaubt, ihre Mutter hasse sie, und sich gewünscht, daß sie anstelle von Tariq gestorben wäre; das war schwer genug zu ertragen gewesen, doch jetzt gelangte sie zu der Überzeugung, daß sie Isabel schlicht und einfach gleichgültig war, außer als ein Werkzeug ihrer Rache.

Sie legte den Kopf auf die Knie und begann zu weinen. Um Tariq, um ihre verlorene Kindheit und schließlich auch um sich. Tränen, die sie so lange unterdrückt hatte, daß sie nur zögernd und stoßweise kamen. Sie halfen nicht das geringste; wenn überhaupt, dann machten sie alles noch schmerzhafter.

»Ich glaube, Ihr habt etwas verloren, Doña Lucia?« Jemand hielt ihr den Brief hin, den sie auf den Boden fallen gelassen haben mußte. Rasch fuhr sie sich mit dem Handrücken über die Augen und griff nach dem Schreiben.

»Ja, danke, ich ...«

Es war Jusuf ben Ismail.

»Ich mag mich irren«, sagte er beiläufig, »aber ich glaube, man hat mich schon herzlicher willkommen geheißen.«

»Was willst du, Ifrit?« fragte Layla kühl. Er grinste. »Lucia, frag das einen Mann besser nicht, wenn du nicht mehr Antworten hören möchtest, als du vertragen kannst. Um die Wahrheit zu sagen, ich wollte mich dafür entschuldigen, dich so abrupt zurückgelassen zu haben, noch dazu auf dem Boden, aber dieser taktlose Heilige tauchte auf, und mir blieb nichts anderes übrig, als zu verschwinden.«

»Du lügst wieder«, sagte Layla und fiel in die vertrauten Muster ihrer Gespräche mit Jusuf zurück. »Du kannst gar keine Angst vor Priestern haben. Sonst hättest du mir damals nicht in die Kapelle folgen ...« Ihre Worte versickerten, als sie sich erinnerte, was sie an jenem Tag getan hatte.

Er setzte sich ohne weiteres neben sie, achtete jedoch darauf, sie nicht zu berühren. »Ein kleines Geheimnis für dich, Layla: Es hängt alles mit dem Glauben zusammen, ganz besonders die Magie. Du hast nicht geglaubt, daß die Kapelle mich abhalten könnte, du glaubst auch nicht mehr an Schutzsuren. Und was noch wichtiger ist – du hattest das Bedürfnis nach Rache. Dein Freund Talavera dagegen glaubt wirklich, der arme Teufel, auch wenn er sich und dir etwas vorgemacht hat, als er von den *conversos* und der Inquisition erzählte. Tatsache ist, daß Isabella und Fernando Geld für ihre Feldzüge brauchen. Das holt man schon seit Ewigkeiten von den Juden, ob bekehrt oder nicht.«

Layla starrte ihn entsetzt an. »Das meinst du doch nicht ernst! Oh, ich weiß, sie sind rücksichtslos im Krieg, aber das ... daß sie die Inquisition nur als Mittel sehen, um Ketzervermögen einzusammeln ...«

Er zuckte die Achseln und ahmte Talaveras Tonfall nach: »Ihr seid noch sehr jung, mein Kind.«

»Aber als Don Alvaro Yanez des Mordes und Betruges überführt wurde und seinen Hals retten wollte, bot er vierzigtausend Goldstücke für den Krieg gegen Granada. Und Isabella lehnte ab. Nach seiner Hinrichtung hätte sie sein gesamtes Vermögen behalten können, doch sie erstattete es seinen Kindern, damit niemand glaubte, sie hätte aus Habgier das Urteil vollstrecken lassen. Die Geschichte ist berühmt!« protestierte sie fieberhaft. Es war schlimm genug, daß die Christen Menschen aus

Überzeugung verbrannten, doch all diese Opfer nur aus Gewinnsucht zu töten...

Jusuf lachte tonlos. »Und sie ist wahr. Übrigens, Don Alvaro Yanez war kein Jude. Ah, Isabella von Kastilien mit ihrer Kreuzfahrerseele. Ich habe nicht behauptet, daß sie nicht selbst glaubte, sie handle nur aus edlen Gründen, wenn sie der Inquisition freie Hand läßt. Wie ich dir schon sagte, Glauben ist etwas Magisches.«

»Aber... mehrere ihrer wichtigsten Beamten sind Juden, Abraham Seneor zum Beispiel, und sie beschützt sie«, hielt Layla dagegen, doch ihre Einwände klangen schon merklich schwächer. Der Ifrit wandte sich ab.

»Jeder Herrscher hat seine Lieblingsjuden, die er beschützt, solange es ihm genehm ist und sie nützlich für ihn sind«, sagte er mit einer Bitterkeit, die sie traf, weil er sonst nie anders als spöttisch war.

Sie hielt nicht lange an. Er gab sich einen Ruck und fuhr fort: »Wie auch immer. Es gibt unterhaltsamere Geschichten als die über Isabellas Edelmut. Soll ich dir erzählen, wie Fernando zu seinem Entsetzen entdeckte, daß die neueste Dame seiner Wahl gleichzeitig die... geistliche Beratung des Kardinals Mendoza genießt? Die Wetten können geschlossen werden: Wird die Dame den König an den Kardinal verraten, den Kardinal an den König, der Kardinal den König an die Königin oder der König den Kardinal an den Heiligen Stuhl oder die Dame den Kardinal...«

Er hatte sein Ziel erreicht: Gelächter stieg in ihr auf wie Luftblasen in einem See. Layla fing an zu lachen und konnte nicht mehr aufhören, bis sie sich verschluckte und er ihr beruhigend auf den Rücken klopfte.

Bei der Berührung seiner Hände wurde sie schlagartig wieder ernst.

»Du bist gekommen, weil ich geweint habe, nicht wahr?« fragte sie leise. Einen Moment lang flackerte etwas in seinen Augen, dann wurden sie wieder zu den undurchdringlichen eisgrauen Schilden, die sie kannte.

»Ich bin keine Amme, die sich um ein heulendes Gör kümmert«, erwiderte er kalt, »und ich habe nicht die Absicht, eine zu werden.«

»Nein«, gab Layla verletzt zurück, »du hast die Absicht, mich zu töten, Stückchen für Stückchen, jedesmal ein wenig mehr – ist es nicht so? Darauf läuft es doch hinaus, dein Gerede von der Lebenskraft!«

Die dunklen Augenbrauen hoben sich. »Aber gewiß doch. Verstehst du etwas von der Jagd, Layla? Ich werde dir einen kleinen Vorsprung geben. Von jetzt an«, mit seinen Fingerspitzen zeichnete er sehr sachte die Linien ihres Mundes nach, ohne daß sie sich rühren konnte, »werde ich nur noch kommen, wenn du mich rufst.«

Damit verschwand er.

Der Marquis von Cadiz zählte eigentlich nicht zu den Männern, die sich spektakulären Wutanfällen hingaben. Um so erstaunter war sein jüngerer Sohn Juan, als Don Rodrigo Ponce de Leon sofort nach der Rückkehr des Grafen de Cabra an den Hof zornentbrannt in seine Gemächer stürmte.

Juan folgte seinem Vater und zerbrach sich den Kopf, was geschehen sein könnte. Seit das Königspaar nach Vaena, nahe der granadischen Grenze, gekommen war, lag ein neuer Angriff in der Luft, und man munkelte, daß

Fernando es auf Moclin abgesehen hatte, »den Schild von Granada«, wie die Mauren ihre Festung nannten. Aber es war noch nicht soweit; noch hatten sich nicht alle neu angeworbenen Truppen in Vaena versammelt.

In der Abgeschiedenheit seiner Räume ließ der Marquis seinem Zorn freien Lauf. Juan lauschte ehrfurchtsvoll den recht farbigen Flüchen seines Vaters, merkte sich insgeheim einige für den eigenen Gebrauch und unterbrach ihn erst, als Don Rodrigo etwas von »diesem Hurenbock aus Cordoba« sagte.

»Wen meint Ihr? Doch nicht Don Alfonso?«

»Nein«, entgegnete sein Vater ätzend, »de Cabra, diese Mißgeburt! Sein neues Wappen ist ihm zu Kopf gestiegen, und er hält sich für den persönlichen Königsfänger von Kastilien. Er hatte den Befehl, mit seinen Truppen dafür zu sorgen, daß al Zaghal keine Verstärkung nach Moclin schicken kann. Einfach genug, sollte man meinen. Er brauchte sich nur vor der Stadt aufzustellen. Kein Heidenheer hätte die Möglichkeit gehabt, gegen die Kanonen anzukommen, die wir ihm mitgegeben hatten.«

Er verstummte kurz, um Atem zu holen. Juan fühlte sich bemüßigt, einen Kommentar abzugeben. »Das, äh, klingt einleuchtend, Vater.«

»Einleuchtend?« explodierte Don Rodrigo. »Ein Säugling hätte es verstanden, aber de Cabra nicht, nein, nicht unser Don Diego! Statt seinen Befehlen zu gehorchen, sich auf das Abfangen zu beschränken und auf den König mit dem Hauptheer zu warten – was tut er, als er hört, al Zaghal käme selbst, um Moclin zu unterstützen?

Er kann es gar nicht abwarten, einen weiteren Emir von Granada zu fangen, und läßt sich von al Zaghal in die Berge locken!«

Juan begann zu ahnen, worauf alles hinauslief. »O nein«, stöhnte er.

»O ja«, sagte Don Rodrigo erbittert. »Der einzige Ort, wo die Mauren im Vorteil sind, weil uns unsere Feuerwaffen dort kaum nützen, ist ein enges Tal in den Bergen, und nach Malaga weiß das jeder hier, nur der Graf de Cabra dachte wohl, für ihn gelte das nicht. Al Zaghal lockte ihn genau dahin, wo er ihn haben wollte, dann machte er ihn nieder und marschierte in aller Ruhe nach Moclin. Mit unseren neuen Waffen. Und das alles, weil de Cabra, dieser Narresnarr, beweisen wollte, wie gut er Emire einfangen kann. Ein paar Lorbeeren mehr für das gräfliche Haupt, und vielleicht noch eine goldene Kette auf dem Wappen. Gott verdamme seine Seele in die tiefste Hölle!«

»Er... lebt noch?« erkundigte sich Juan vorsichtig.

»Ja«, erklärte der Marquis mürrisch. »Er lebt noch. Sein Bruder und fast alle seine Männer sind tot, aber er lebt noch.«

Juan fand die letzte Bemerkung etwas ungerecht, denn auch Don Rodrigo hatte bei Malaga fast alle seine Leute an den Tod oder die Gefangenschaft verloren, aber er hütete sich, derartige Gedanken auszusprechen. Niemand, vermutete er, würde in der nächsten Zeit etwas zugunsten des Grafen de Cabra sagen wollen.

Die Königin verblüffte die meisten ihrer Untertanen und beschämte viele, als sie den zutiefst gedemütigten Grafen de Cabra huldvoll empfing und laut und deutlich sagte: »Euer Handeln war nicht rascher und unüberlegter als bei Lucena, Graf, und dort hattet Ihr Erfolg. Hättet Ihr den Onkel gefangengenommen, so wie Ihr Euch damals des Neffen bemächtigt habt, wer hier würde Euch nicht mit Lob überhäufen und als genialen Strategen bezeichnen?«

Danach unterblieben in ihrer Gegenwart alle Bemerkungen über den Grafen de Cabra. Aber er wurde den Spitznamen »Königsfänger« nicht mehr los, und die Tatsache, daß es sich einmal um einen ehrenvollen Beinamen gehandelt hatte, war für ihn nur Salz in der Wunde.

Was König Fernando über das Fiasko dachte, erfuhr niemand. Ohne die Geschütze mußte er vorläufig auf die Eroberung von Moclin verzichten, doch er lernte daraus. Fortan ließ sich seine Armee nur noch auf Belagerungen und Gefechte auf offener Ebene ein. Und in rascher Folge eroberte sie Cambil, Albahar und Zalea.

Almunecar, dachte al Zaghal, war noch immer ein Ort der Erquickung, wie in Friedenszeiten – wenn es denn je echten Frieden gegeben hatte. Doch er konnte die Anzeichen des Krieges auch hier erkennen. Die Basare auf den Straßen boten weniger Waren feil, die jungen Männer, die noch hier waren, waren zum größten Teil verwundet, und die Frauen und alten Leute waren bei weitem in der Überzahl. Trotzdem wäre es ein guter Ort zum Sterben für Ali gewesen. Wenn er anders gestorben wäre, nicht als verkrüppelter, vorzeitig gealterter Mann, in dem Bewußtsein, daß er sein Reich und seine Familie entzweigerissen hatte.

Al Zaghal war auf die Nachricht hin, daß sich für

seinen Bruder das Ende näherte, sofort gekommen, fand ihn aber nicht mehr lebend vor. Statt dessen traf er auf die Christin.

»Ihr!« sagte er nur. Sie schwieg. Seit er ihr das letztemal begegnet war, hatte sie ihre strahlende Jugend verloren, doch nicht ihre Schönheit. Außerdem war etwas an ihr anders, wenn er auch nicht sofort erklären konnte, was.

»Also war es kein bloßes Gerücht. Ich hätte nicht gedacht, daß ich Euch noch einmal sehen würde.«

»Noch ich Euch, Sejid.«

Er schaute zu seinem toten Bruder hinunter, dann wieder zu ihr. Obwohl er kein Freund des »Wenn nur«, mit dem so viele Männer ihre nutzlosen Träumereien begannen, war, stieg in ihm die Galle hoch. »Ich werde seine Schätze mit nach Granada nehmen«, sagte er barsch, »und Euch auch. Was mit Euch geschieht, weiß ich noch nicht. Aber rechnet lieber nicht mit Respekt der Witwe meines Bruders gegenüber, Weib.«

»Macht Euch darum keine Gedanken«, antwortete sie mit einem süßen Lächeln, und einen Augenblick lang sah er die herzzerbrechende Lieblichkeit, die seinen Bruder bezaubert hatte. Plötzlich wußte er, was anders an ihr war – zum erstenmal, seit er sie kannte, sah er Isabel de Solis, die auch den Namen Zoraya getragen hatte, in völligem Frieden mit sich selbst. Und ehe er es verhindern konnte, hatte sie sich mit einer Zielsicherheit, die er unwillkürlich bewunderte, den kleinen Dolch, den sie in der Hand versteckt gehalten hatte, ins Herz gestoßen.

Auch im Tod verließ ihr Lächeln sie nicht. Er wartete,

bis sie ihren letzten Atemzug ausgehaucht hatte. Bis zuletzt war er sich nicht sicher, ob es sich nicht nur um eine weitere ihrer Listen handelte.

Obwohl Abul Hassan Ali schon lange dahingesiecht war und jeder seinen Tod erwartet hatte, verbreitete sich sofort das Gerücht von einem Giftmord al Zaghals an seinem Bruder, dessen christlicher Gemahlin, die so verdächtig gestorben war, und den beiden Kindern, die überhaupt nicht mehr aufgetaucht waren.

Insgeheim hielt Fernando von Aragon dieses Gerücht für einen weiteren Beweis der Leichtgläubigkeit des Volkes. Warum sollte al Zaghal sich die Mühe machen, einen machtlosen, todkranken Mann umzubringen, was ihn nicht nur seine Beliebtheit bei der Bevölkerung kosten würde, sondern auch die Gültigkeit von Abul Hassan Alis Abdankung sehr zweifelhaft erscheinen ließe? Nur ein Narr würde so viel für so wenig riskieren, und al Zaghal war vieles, nur kein Narr.

Aber ein derartiges Gerücht ließ sich wunderbar ausnützen, um die Mauren weiter zu entzweien, und vielleicht, so äußerte der König dem Rat und seiner Königin gegenüber, ließ sich dann mit dem nutzlosen Boabdil, der im Exil des kastilischen Murcia eine Art Schattenregime führte, doch noch etwas anfangen.

Musa ben Abi Ghassan wünschte sich manchmal, nur hundert Jahre früher geboren zu sein, in der Regierung des vierten Muhammad, der, obwohl jung, ein großer Soldat gewesen war und den Jabal Tariq, Gibraltar, von den Christen zurückerobert hatte. Dieser Muhammad hatte, wie mancher seiner Vorgänger und auch seiner Nachfolger, nicht nur mit den Christen, sondern auch mit seinen Brüdern aus Afrika zu kämpfen, welche die Bitte um Unterstützung ein wenig zu wörtlich genommen hatten. Doch am Ende siegte er über beide.

Auch das war eine schwierige Zeit gewesen, bestimmt nicht schwieriger als unsere, dachte Musa ben Abi Ghassan, und doch waren wir mit Allahs Hilfe erfolgreich. Mögen wir es auch diesmal sein!

Er war im Schatten der Alhambra geboren und aufgewachsen und hatte einmal zu den Freunden des jetzigen Muhammad gezählt, bis dieser sich gegen seinen Vater erhoben hatte. Nicht, daß Musa ein glühender Anhänger des alten Emirs gewesen wäre. Abul Hassan Ali hatte es nicht verstanden, Frieden in seinem eigenen Haus zu schaffen, er hatte Aischa al Hurra, die das Blut des Propheten in sich trug, zugunsten einer christlichen Hure von sich gewiesen. Doch er war trotz all seiner Fehler der rechtmäßige Emir, und Musa hatte sich der Rebellion seines Jugendfreundes nicht angeschlossen.

Nach Abul Hassan Alis Tod standen die Dinge anders, waren schwieriger geworden. Ob die Abdankung des alten Emirs nun freiwillig oder unter Zwang erfolgt war, Muhammad war Alis ältester Sohn und damit der rechtmäßige Erbe. Andererseits respektierte Musa auch al Zaghal, sah in ihm die einzige Hoffnung, die sie noch gegen die Christen hatten. Deswegen hatte er sich zu der gefährlichen Mission bereit erklärt, die al Zaghal ihm vorgeschlagen hatte.

Unbemerkt von Fernandos Spionen nach Murcia zu kommen, war fast ein Ding der Unmöglichkeit, doch wenn er gefaßt oder auch nur beiläufig gefragt wurde, konnte er jederzeit vorgeben, ein neuer Anhänger von Muhammads Sache zu sein, der jetzt, nach dem Tod seines Vaters, zu ihm stieß. Wieder unbemerkt aus Murcia herauszukommen, würde seine große Aufgabe sein, wahrlich so schwierig wie alle Aufgaben des Dschinns, der Ala-ed-Din und seiner Lampe gedient hatte, zusammen.

Er hatte seinerzeit mit Muhammad zusammen die Sprache der Christen gelernt – ein weiterer Grund, warum al Zaghal ihn ausgewählt hatte – und plante, sich notfalls als Kastilier zu verkleiden. Allerdings setzte er nicht viel Vertrauen in den Erfolg einer derartigen Verkleidung; dazu beherrschte er die Sprache nicht annähernd gut genug, ganz zu schweigen von den Gebräuchen.

Auf dem Weg nach Murcia wurde er denn auch ein paarmal von mißtrauischen kastilischen Soldaten angehalten; er brachte seine vorbereitete Ausrede vor, und man glaubte ihm. Zumindest ließ man ihn gehen.

Musa ben Abi Ghassan erschrak, als er Muhammad wiedersah – nicht, weil Muhammad sich so sehr verändert hatte, nein, weil er sich fast überhaupt nicht verändert hatte. Wir sind alle schnell gealtert im Krieg, dachte Musa, und es zeigt sich; aber er, er sieht aus wie ein Gespenst aus unserer Jugend – der Prinz, der nicht begriffen hat, daß das Märchen vorbei ist.

Muhammad schien sich aufrichtig zu freuen, ihn zu sehen. Er fragte nach seiner Mutter, nach denjenigen seiner Geschwister, die noch immer in Granada waren, nach alten Freunden und Bekannten. Musa antwortete unbeschwert, als wäre nie etwas geschehen, und die Falschheit der ganzen Szene schnürte ihm die Kehle zu. Er fragte sich, ob er der einzige war, der es bemerkte, bis Muhammad ihm eine weitere Hammelkeule reichte und dabei schnell flüsterte: »Geh bald nach draußen, als sei dir schlecht. Ich folge dir dann.«

Musa zuckte nicht einmal zusammen, verriet mit keiner Geste, daß er verstanden hatte. Fünf Minuten später rülpste er und stand auf. »Ich fürchte, soviel auf einmal nach den mageren Zeiten ist mir nicht...«

Weiter kam er nicht; er begann zu würgen und stürzte aus dem Raum. In den Kreuzgängen, die mit ihren viereckigen Säulen und den klobigen, groben Steinen der Alhambra so unähnlich waren, mußte er nicht lange warten. Bald zeichnete sich Muhammads Gestalt vor dem hellen Licht, das aus dem Speisesaal drang, ab. Plötzlich war Musa um Worte verlegen. Schließlich fragte er: »War das wirklich nötig?«

»Du willst doch nicht«, antwortete Muhammad ausdruckslos, »daß die Botschaft meines Onkels von einem von Fernandos Spionen gehört wird. Jeder meiner Diener ist einer, und was meine Freunde angeht...« Er machte eine wegwerfende Handbewegung. »Wenn nur jeder zweite in Fernandos Sold steht, habe ich Glück. Soviel zu meinem teuren Verbündeten, dem König von Aragon und Prinzgemahl von Kastilien.«

»Wie kannst du so leben?« fragte Musa. »Und woher weißt du, daß ich eine Botschaft von al Zaghal habe?«

»Ich bin nicht dumm. Ich kenne dich und deine Ansichten. Nichts anderes brächte dich her, denn sonst«, Muhammad nickte in Richtung Speisesaal, »wärst du schon längst hiergewesen.«

Obwohl in seiner Stimme kein Vorwurf mitschwang,

hatte Musa merkwürdigerweise das Gefühl, sich verteidigen zu müssen. »Rebellion bleibt Rebellion«, sagte er erregt, »und danach ... Muhammad, du hättest dich nie mit den Christen einlassen dürfen!«

»Ist das die Botschaft meines Onkels?«

Musa zwang sich zur Zurückhaltung. »Nein. Er hat erfahren, daß Fernando beabsichtigt, als nächstes Loja anzugreifen.«

Er wartete. Loja lag sehr viel näher an Murcia als an der Hauptstadt Granada. Muhammads Schatten bewegte sich etwas. »Ich verstehe.«

»Ich glaube nicht, daß du das tust. Loja ist unsere letzte Grenzfestung, Muhammad!«

»Und der Mann, der meinen Thron beansprucht, bittet mich um meine freundliche Unterstützung.«

»Er bietet dir an«, sagte Musa müde, »Granada mit dir zu teilen. Oder was davon übrigbleibt, wenn der Krieg endlich vorbei ist.«

Diesmal hatte er Muhammad überrumpelt.

»Er will den Thron mit mir teilen? Al Zaghal? Das soll wohl ein Scherz sein!«

»Er meint es ernst, Muhammad. Er gibt dir sein Wort, gibt es dir schriftlich, wenn du willst.«

»Warum«, fragte Muhammad ungläubig, »sollte ich dem Wort eines Mannes trauen, der wiederholt versucht hat, mich umzubringen? Der meinen Bruder Raschid und vielleicht auch noch meinen Vater auf dem Gewissen hat?«

»Du weißt genau, daß das mit deinem Vater nicht stimmt«, sagte Musa hitzig. »Das übrige, ja. Al Zaghal wollte den Thron. Aber nicht nur aus reiner Machtgier.

Siehst du denn nicht, daß wir inzwischen um unser blankes Überleben kämpfen? Und das können wir nur, wenn wir einig sind – und dafür ist al Zaghal auch bereit, Opfer zu bringen.«

»Wie gnädig von ihm. Besonders, wo es mein Erbe ist, das er opfert.«

»Al Zaghal war zumindest nie ein Sklave der Christen.«

Ihre heftige Unterredung hatte im Flüsterton begonnen und war immer lauter geworden, bis Musa ben Abi Ghassan den letzten Satz beinahe herausschrie. Als er das Echo von den Wänden widerhallen hörte, zügelte er sich sofort wieder und verwünschte sein Temperament.

»Du kannst dich entscheiden, Muhammad. Zwischen einem Leben als Fernandos Puppenfürst, wenn er sich überhaupt erinnert, daß er eine Puppe hat, und einem Leben als Herrscher. Aber nicht beides«, sagte er ruhig.

»Dir ist klar, daß sie meinen Sohn als Geisel haben?«

Musa schöpfte erleichtert Luft, denn die Frage verriet bereits, daß Muhammad seine Meinung geändert hatte. »Sie werden einem Kind nichts antun. Selbst die Christen würden das nicht wagen.«

»Musa«, sagte sein ehemaliger Freund sarkastisch, »der ganze Sinn einer Geisel besteht in der Drohung, ihr etwas anzutun. Doch ich stimme dir zu. Ich glaube auch nicht, daß Fernando und Isabella meinen Sohn für meinen Verrat leiden lassen würden. Aber wenn ich mich mit al Zaghal versöhne, bedeutet das, daß ich Suleiman nie wiedersehen werde. Sie werden ihn niemals gehen lassen.«

Darauf konnte Musa nichts erwidern. Schweigend

kehrten sie zum Speisesaal zurück. Kurz bevor sie ihn betraten, blieb Muhammad stehen.

»Richte meinem Onkel aus, ich bin einverstanden. Aber laß es mich auf meine Weise versuchen. Ich werde Fernando schreiben, daß Loja sich mir ergeben hat und daß ich die Stadt jetzt als sein Vasall halte, als Lehen. Nach dem Gesetz der Christen darf er sie damit nicht mehr angreifen, und wir verhindern weiteres Blutvergießen.«

Musa nickte skeptisch; er zweifelte daran, daß die christlichen Könige sich an ihre eigenen Gesetze halten würden. Aber er sagte nichts, denn zum erstenmal an diesem Abend war Muhammads Lächeln echt, und Musa entschied sich, ihm die Freude an der Aussicht zu lassen, seinen demütigenden Vasalleneid gegen den wenden zu können, der ihn ihm aufgezwungen hatte.

Die Königin hatte im Dezember ein Kind zur Welt gebracht, ihre dritte Tochter; daher waren sie und der größte Teil des Hofstaats in Alcada de Henares geblieben, als der König mit Beginn des Frühlings den Krieg wiederaufnahm und gegen Loja zog.

Layla merkte, daß etwas nicht stimmte, als die Wachen vor Suleimans Räumen verstärkt wurden und Don Martin ihr mitteilte, der Junge dürfe bis auf weiteres seine Gemächer nicht mehr verlassen. Abgesehen von allem anderen, war die Aussicht, den ganzen Tag mit Suleiman auf nicht sehr großem Raum eingesperrt zu sein, nicht sehr erhebend. Er fing sofort an, lauthals zu protestieren, als sie ihm sagte, daß aus ihrem Spaziergang zu den Ställen nichts werden würde, und es dauerte eine Weile, bis sie ihn wieder beruhigt hatte. Layla und ihr Neffe standen nicht mehr ganz so sehr auf Kriegsfuß wie zu Beginn seiner Geiselzeit, aber sie waren noch weit von einem Friedensschluß entfernt. Es gab nur gelegentliche Waffenstillstände.

In diesen Tagen fehlte ihr allerdings die Energie, um sich mit Suleiman herumzustreiten. Sie hatte soviel Widersprüchliches über den Tod ihrer Eltern gehört – einige behaupteten, al Zaghal habe ihre Mutter verdächtig schnell in Almunecar begraben, andere wollten wissen, sie seien in Granada beerdigt worden, aber ohne gebührendes Zeremoniell, und beide Leichen hätten beim Anblick al Zaghals wieder zu bluten angefangen: das sichere Zeichen für einen Mörder, auch wenn Giftmord und Blut unvereinbar waren. Einigen wilden Gerüchten zufolge war ihre Mutter sogar noch am Leben und wurde von al Zaghal in der Alhambra gefangengehalten.

Es gab natürlich jemanden, den Layla hätte fragen können. Der ihr auch erklärt hätte, warum Suleimans Wachen verstärkt worden waren und wie genau der Krieg derzeit verlief. Aber sie hätte sich eher die Zunge abgebissen, als Jusuf zu rufen – nicht nur wegen der Todesdrohung, sondern auch, weil er so unglaublich sicher gewesen war, daß sie ihn wieder brauchen würde.

Also beschloß sie, sich an die Königin selbst zu wenden. Layla hatte selbstverständlich einen Verdacht, nur konnte sie sich nicht vorstellen, unter welchen Voraussetzungen sich Muhammad und al Zaghal verbünden würden.

Daß Don Martin sogar zögerte, sie gehen zu lassen,

wohin sie wollte, bestärkte ihre Ahnung nicht nur, es machte sie auch wütend. Sie teilte ihm mit, sie sei an diesem Hofe keine Gefangene, und wenn es ihr gefiele, die Königin aufzusuchen, dann täte sie das. Ob nun Don Martins Gutmütigkeit siegte oder der Name der Königin gemeinsam mit Laylas Auftreten einen gewissen Eindruck auf ihn machte, er entschied, das Mädchen passieren zu lassen.

In der großen Galerie traf sie neben einigen anderen Hofdamen auch Luisa de Castro an und bat diese, ihr eine Audienz zu verschaffen. Während Layla darauf wartete, räusperte sich neben ihr jemand.

»Doña Lucia? Ich ... nun ... ich wollte mich bei Euch entschuldigen. Ich wußte nicht, wer Ihr wart, als ich ... nun, bei unserer letzten Begegnung.«

Sie runzelte die Stirn und versuchte, sich daran zu erinnern, wer der blonde junge Mann war, der sie angesprochen hatte; dann erinnerte sie sich wieder. Es handelte sich um den Höfling, der sich über die maurischen Barbaren ausgelassen hatte. Ihr kam in den Sinn, daß es für ihr Anliegen besser war, wenn er der Königin nichts davon erzählte, und sie beschloß, nett zu ihm zu sein.

»Nun, dann seid Ihr jetzt mir gegenüber im Vorteil«, sagte Layla mit einem schwachen Lächeln, »denn ich weiß noch immer nicht, wer Ihr seid.«

Er warf sich in die Brust und verkündete mit sichtbarem Stolz: »Juan Ponce de Leon, der jüngste Sohn des Helden von Alhama.«

»Warum«, erkundigte sie sich spitz, »begleitet Ihr dann jetzt nicht den Helden von Alhama zu seinen nächsten Heldentaten?«

Eine helle Röte färbte das Gesicht des jungen Mannes, und Layla verwünschte sich selbst. Seit sie in Kastilien war, war sie immer scharfzüngiger geworden, und sie fragte sich plötzlich niedergeschlagen, ob sie überhaupt zu dem Leben einer gläubigen Moslemin zurückkehren wollte. Nicht, daß es eine Rolle gespielt hätte. Mit dem Tod ihrer Eltern – und tot waren sie zweifellos – war die letzte Brücke hochgezogen worden, über die sie noch nach Granada hätte kommen können.

»Mein Vater«, erwiderte Don Juan steif, »hat mir die Ehre erwiesen, mich der Leibgarde der Königin anzuvertrauen.« Dann grinste er plötzlich. »Außerdem sind alle meine Brüder und Vettern im Feld, und ich kann Euch versichern, Doña Lucia, gegen eine ganze Familie von Helden zu bestehen, wenn man selbst der jüngste und unbedeutendste ist ... nun, das fällt nicht immer leicht. Deswegen bin ich nicht unfroh, hier zu sein.«

Seine Offenheit war entwaffnend, und sie änderte ihre Einschätzung ein wenig. »Ich habe gehört«, sagte sie beiläufig, »bei der Belagerung von Loja gibt es Schwierigkeiten.« Es war ein Schuß ins Blaue, aber er traf.

»Dann wißt Ihr es schon?« meinte er erstaunt. »Dieser Möchtegernherrscher, Boabdil, besaß die Frechheit, zu behaupten, Loja hätte sich ihm ergeben und er halte es als Lehen, wo doch jeder weiß, daß Loja von al Zaghals Anhängern besetzt ist – was nur eines bedeuten kann: Der Heidenhund hat uns verraten.«

Ihrem steinernen Gesichtsausdruck entnahm er, daß etwas nicht stimmte. Erneut errötete er. »Oh ... verzeiht mir. Ich bin ein Tölpel. Ich hatte schon wieder vergessen, daß Ihr ... mit den beiden verwandt seid.«

»Ihr scheint mir ernsthafte Probleme mit Eurem Gedächtnis zu haben, Don Juan.«

Er schien entschlossen, ihre Feindseligkeit nicht zur Kenntnis zu nehmen. »Aber mein Fehler ist leicht zu erklären«, gab er zurück und lächelte sie an. »Ihr habt so gar nichts von einer Maurin an Euch, Doña Lucia.«

Layla blinzelte ungläubig. Sollte das ein fehlgeleitetes Kompliment sein? Bevor sie antworten konnte, kehrte Doña Luisa zurück und teilte ihr mit, die Königin wünsche sie jetzt zu sehen. Auf dem Weg in das königliche Gemach ergriff Luisa Laylas Arm und flüsterte aufgeregt: »Ich kann es kaum glauben, Lucia. Wißt Ihr, wer er ist? Natürlich ist er nur der jüngste Sohn, aber trotzdem – was für eine wunderbare Gelegenheit für Euch!«

Zuerst verstand Layla nicht, worauf die Hofdame hinauswollte; dann versteifte sie sich. »Er hat mir keineswegs einen Heiratsantrag gemacht, Luisa.«

Doña Luisa ließ sich in ihren Spekulationen nicht beeinträchtigen. »Nein, aber er könnte es tun, wenn Ihr Eure Karten geschickt ausspielt. Verzeiht mir, wenn ich das sage, Lucia, aber Ihr solltet nicht allzu wählerisch sein. Eure Herkunft ist zweifellos edel, aber ein wenig extravagant. Der jüngste Sohn des Marquis von Cadiz wäre eine so unglaublich günstige Partie...«

Mit einem Ruck machte Layla sich von ihr los. »Ich habe nicht die Absicht, zu heiraten«, sagte sie heftig, »weder diesen albernen Heldensohn noch sonst jemanden.«

»Darf man annehmen, daß Ihr dann ins Kloster gehen wollt, Doña Lucia?« fragte die kühle Stimme der Königin. Luisa und Layla versanken in einen tiefen Knicks.

»Nein, Euer Hoheit«, entgegnete Layla, auf den schwarzweiß gemusterten Boden schauend, »dazu fühle ich mich nicht berufen.« Dann hob sie den Kopf und blickte die Königin an.

Isabella hatte sich von der Geburt ihres letzten Kindes noch nicht richtig erholt. Sie sah bleich aus, besonders in der braunen Robe, die sie trug, und Ringe lagen unter ihren Augen.

»Aber Ihr habt auch nicht auf einen Ruf gewartet, um zu mir zu kommen. Was gibt es, Doña Lucia?«

Sei vorsichtig, schärfte Layla sich ein. Sei höflich, sei demütig. »Don Martin sagte mir heute, Euer Hoheit wünschten nicht, daß mein Neffe seine Gemächer verläßt. Gibt es einen besonderen Grund dafür, Euer Hoheit? Hat der Junge vielleicht etwas falsch gemacht?« fragte sie unschuldig.

»Geiseln«, erwiderte die Königin kalt, »stehen immer unter Aufsicht. Besonders, wenn ihre Väter Verrat planen.«

Layla machte ein angemessen entsetztes Gesicht. »Verrat, Euer Hoheit? Aber besagt der Vertrag meines Bruders mit der Krone nicht, daß er alle Teile Granadas, die er erobert, als Lehen halten kann?«

»Mir scheint, Ihr wißt sehr genau, worum es geht, Doña Lucia. Also will ich Euch nicht länger davon abhalten, Euren Pflichten bei Eurem Neffen nachzukommen.«

Muhammad hatte geglaubt, der Krieg sei ihm kein Unbekannter mehr, doch als er durch die zerstörten Straßen von Loja ritt, um Fernando von Aragon die Kapitulation der Stadt zu überbringen, erkannte er, daß er sich getäuscht hatte.

Krieg – das waren die zerschossenen Gebäude, die verbrannten Häuser, aus denen immer noch kalter Rauch aufstieg; Krieg – das waren die Leichen von Kindern, die achtlos auf der Straße lagen, wo es einmal undenkbar gewesen war, Fremde unbeerdigt zu lassen; Krieg – das war Fernando, der sich noch nicht einmal einen Tag durch seine Botschaft hatte aufhalten lassen.

Er war selbst mehrfach verwundet worden, sein Schwertarm war getroffen, doch er spürte es kaum, während er die Ansammlung aus Trümmern durchquerte, die einmal Loja gewesen war. Eine unheimliche Stille herrschte; nur hier und da erkannte einer der wenigen Einwohner, die sich blicken ließen, Muhammad und verfluchte ihn. Und ich bin schuldig, dachte Muhammad. Nicht, weil ich diese Stadt nicht verteidigen konnte; selbst Tariq der Eroberer hätte sie nicht gegen diese Armee halten können. Weil ich es trotzdem versucht habe, wider besseres Wissen; ich habe mir auf Kosten dieser Menschen beweisen wollen, daß die Christen nicht unbesiegbar sind, daß nicht nur al Zaghal ein großer Krieger ist.

Fernandos Armee hatte sich inzwischen im unteren Stadtbereich niedergelassen, aber das Zelt des Königs und seiner Unterfeldherren befand sich außerhalb der Stadt, und Muhammad mußte das gesamte christliche Heer durchqueren. Er beherrschte die Sprache der Sieger zu gut, um nicht jeden einzelnen ihrer Rufe zu verstehen. »Schattenkönig« war noch der freundlichste.

Fernando hatte es nicht nötig, Beschimpfungen von

sich zu geben. Er streckte nur seine Hand aus, und mit zusammengebissenen Zähnen sank Muhammad auf die Knie und küßte sie.

»Nun, Fürst«, sagte der Marquis von Cadiz, der die Belagerung und die Attacken organisiert hatte, »Seine Hoheit ist großzügig und wird den Bruch Eures Vasalleneids übersehen. Dafür ...«

Alles hatte seine Grenzen. Muhammad stand auf. »Ich bin mir keines Eidbruches bewußt. Ich hielt diese Stadt als ein Lehen der Krone, wie es vertraglich festgelegt wurde.«

Der Graf de Cabra, den es wurmte, daß ihm diesmal kein Teil des Heeres anvertraut worden war, sagte aufbrausend: »Ihr wagt es ...« Fernando hob die Hand, und Schweigen kehrte in das Zelt ein. Dann sprach der König zum erstenmal selbst.

»Wie Don Rodrigo schon sehr richtig sagte, Euer ... irrtümliches Bündnis mit dem Usurpator al Zaghal, über das wir Bescheid wissen, spielt keine Rolle. Wir werden Euch auch weiterhin als unseren Vasallen unterstützen, vorausgesetzt, Ihr erfüllt unsere Bedingungen.«

»Um welche Bedingungen handelt es sich?« fragte Muhammad tonlos. Mit dem Kinn wies Fernando auf den Marquis von Cadiz, der ein Dokument entrollte und laut vorlas.

»Abu Abdallah Muhammad ben Ali, auch genannt Boabdil, gibt hiermit endgültig jeden Anspruch auf ein Königreich Granada auf. Er verpflichtet sich, Ihre Majestäten bei der Eroberung des ehemaligen Königreiches Granada in jeder Weise zu unterstützen und seine Person für alle Unternehmungen, die Ihre Majestäten für dieses

Ziel in Gang setzen, zur Verfügung zu stellen. Nach Beendigung des Krieges wird er die Hauptstadt Granada an seine Lehnsherren übergeben. Dafür gewähren ihm die Könige von Kastilien und Aragon alle Teile des ehemaligen Königreiches Granada als Lehen, die innerhalb von sechs Monaten von dem Usurpator Abu Abdallah Muhammad ben Said, auch genannt al Zaghal, erobert werden können. Zusätzlich erhält Abu Abdallah Muhammad ben Ali, auch genannt Boabdil, den Titel eines Herzogs von Guadix.«

Muhammad wußte, was sein Onkel in dieser Lage getan hätte: Er hätte das Dokument zerrissen, dem Marquis und Fernando in den Hals gestopft und anschließend sein Leben so teuer wie möglich verkauft. Und danach wäre Granada zur spanischen Provinz geworden, unter kastilischen Gesetzen. Er dachte an Cordoba. Er dachte an das zerstörte Loja. Es gab nur einen Weg in eine Zukunft, in der er Granada noch Schutz vor der völligen Vereinnahmung gewähren konnte: auf Fernandos Bedingungen einzugehen. Solange er, Muhammad, Herrscher über Granada war, selbst als Vasall dieses Königs, würde es noch Granada bleiben können. Das glaubte er. Er mußte es glauben.

»Ich nehme an«, sagte er schließlich.

Fernando lächelte dünn. »Ich wußte, daß Ihr das tun würdet.«

Das ständige Gefühl des Eingesperrtseins auf engem Raum ließ Laylas Alpträume zurückkehren. Manchmal war es Ali al Atar, der Tariq enthauptete, manchmal war sie es, die Ali al Atar tötete, doch der schlimmste Traum war der, den sie eine Woche nach ihrer verunglückten Audienz bei Isabella hatte. In ihrem Traum war Tariq noch am Leben, und wieder wußte sie nicht, daß er je gestorben war. Die Zwillinge rannten durch den Löwenhof, hielten sich an den Säulen fest und versuchten, sich gegenseitig einzufangen, doch als sie Tariq schließlich packte, starrte er sie entsetzt an und fragte: »Wer bist du?«

Blinde Wut stieg in ihr auf, und mit einemmal hielt sie ein Schwert in der Hand und schlug zu, wie Ali al Atar zugeschlagen hatte. Tariqs Kopf rollte davon, aber seine Lippen bewegten sich noch, und er sagte: »Du hast mich umgebracht.«

Es gab auch Schutzsprüche gegen schlechte Träume, aber darin hatte Jusuf recht gehabt: Layla glaubte nicht mehr an Schutz.

Tagsüber war sie noch gereizter und kürzer angebunden als sonst.

»Aber ich will das nicht essen! Das ist eklig!«

Layla schaute auf den Jungen herab, der mittlerweile bald drei Jahre in Kastilien lebte, und mußte sich bemühen, ihn nicht zu ohrfeigen.

»Du hast es schon öfter gegessen, Suleiman. Und wenn du es jetzt nicht tust, dann bekommst du heute nichts mehr, so einfach ist das.«

Früher hätte ihn das gebührend eingeschüchtert, aber er war aus dem Alter herausgewachsen. »Ich glaube nicht, daß du das mit mir machen kannst«, verkündete er selbstzufrieden. »Ich habe Pater Gonzales gefragt. Ich bin ein Prinz, und du bist nur ein Bastard.«

Laylas Fingernägel bohrten sich in ihre Handflächen.

Sie würde ihn *nicht* schlagen. »Nach der christlichen Lehre«, sagte sie mit gepreßter Stimme, »sind wir alle beide Bastarde, weil sie die moslemische Art der Ehe nicht anerkennen. In Granada bist du ein Sejid und ich eine Sejidah, aber hier bist du ein lästiger kleiner Junge, der meiner Aufsicht unterstellt ist – begreifst du das?«

Seine Lippen zitterten, und er fing an zu weinen. »Ich will hier heraus«, schluchzte er. »Ich will hier nicht länger bleiben! Ich will nach Hause!«

Sie hatte den Verdacht, daß er sich schon nicht mehr genau an dieses Zuhause erinnern konnte.

»Ihr seid zu streng mit ihm, Lucia«, meinte Doña Maria, die eben den Raum betrat, tadelnd. »Er ist doch nur ein Kind.«

»Soll ich ihn nun erziehen oder nicht? Aber vielleicht will das Pater Gonzales ganz übernehmen. Bitte. Mit Freuden. Dann kann ich endlich tun, was ich will.«

Merkwürdigerweise lächelte Doña Maria. »Ihr seid auch noch ein Kind, Lucia.«

»Nein«, sagte Layla ablehnend, »das bin ich nicht. Schon lange nicht mehr.«

Seit Suleimans Bewegungsfreiheit eingeschränkt worden war, hatte man ihm auch einen Lehrer gegeben, der ihn binnen kürzester Zeit im christlichen Glauben unterweisen sollte. Die Epoche der schwebenden Duldung war offensichtlich vorüber. Layla hatte erwogen, ihren Stolz hinunterzuschlucken und zu Fray Hernando de Talavera zu gehen, aber erstens hatte sie sich bei seinem letzten Hilfsangebot sehr schlecht benommen, und zweitens glaubte sie nicht, daß er jetzt noch etwas ausrichten konnte oder wollte.

Aber er konnte die Königin darauf hinweisen, wie unsinnig ihre derzeitigen Vorsichtsmaßnahmen waren. Daß Muhammad jemanden schicken würde, der sich erfolgreich eines siebenjährigen Jungen bemächtigen und mit ihm durch ein kriegzerrissenes Land fliehen könnte, klang nicht nur unwahrscheinlich, sondern sogar närrisch. Daher hatte Layla Doña Maria gebeten, den Beichtvater der Königin aufzusuchen, um ihn in dieser Angelegenheit um seine Unterstützung zu bitten.

Wie sich herausstellte, brachte die Dueña mehr als eine Neuigkeit. Die Nachricht von Muhammads Kapitulation und ihren Bedingungen hatte den Hof inzwischen erreicht, und wohl daher hatte die Königin angeordnet, Suleiman – und seiner Betreuerin – wieder die gewohnte Bewegungsfreiheit zu geben.

Bald stellte Layla fest, daß die ungewohnte freie Zeit, die sie durch Pater Gonzales zur Verfügung hatte, an ihr zerrte. Sie wanderte ziellos durch die Gänge der jeweiligen Zitadelle, in der der Hof sich gerade aufhielt, dachte an die Zerstörung ihrer Heimat, an Muhammads Pakt mit dem Teufel und an all ihre Toten. Sie hatte sich schon lange Zeit nicht mehr so elend gefühlt; und ihre Stimmung besserte sich nicht gerade dadurch, daß sich der Sohn des Helden von Alhama aus irgendwelchen Gründen in den Kopf gesetzt hatte, sie zu verfolgen.

»Morgen findet eine Corrida statt, zur Feier unseres Sieges über Illora. Wollt Ihr nicht auch kommen, Doña Lucia?«

»Ich hasse Stierkämpfe.«

Doña Maria bemerkte ihn bald und war entzückt. Schließlich hatte Don Sancho Ximenes de Solis sie seinerzeit ausdrücklich in der Absicht angestellt, seine Enkelin für einen Ehemann präsentabel zu machen.

»Aber ich will ihn nicht heiraten, Doña Maria, und er mich bestimmt auch nicht. Warum sollte er?«

Die Dueña bestand darauf, daß das Verhalten des jungen Mannes nur einen Grund haben könne; insgeheim vermutete Layla, daß Doña Maria deswegen so sehr darauf beharrte, weil sie im Grunde nie mit einem Freier gerechnet hatte. Schließlich hielt das Mädchen es nicht mehr aus.

»Doña Lucia, kommt Ihr heute abend zu...«

»Warum verfolgt Ihr mich die ganze Zeit, Don Juan?«

Sein blondes Haar und seine helle Haut – viel heller als die ihre – ließen jeden Gefühlsumschwung deutlich erkennen. Er neigte entschieden zum Erröten, dachte Layla und schämte sich keineswegs ihres Frontalangriffs; er hatte es herausgefordert.

»Nun, ich... ich bewundere Euch«, stotterte Don Juan Ponce de Leon endlich. Layla blieb der Mund offen; dann begriff sie und schloß ihn sehr schnell. Natürlich, sie hätte es eher verstehen müssen.

»Das ist alles ein Scherz, nicht wahr? Ihr könnt Euren Freunden sagen, daß er völlig mißlungen ist. Ich bin nicht so dumm, darauf hereinzufallen.«

Sie wandte sich ab, aber der junge Mann ergriff unerwarteterweise ihren Ärmel und hielt sie daran fest. Sein Gesicht zeigte Verblüffung, die sich mit Empörung vermengte.

»Doña Lucia, nichts läge mir ferner, als mich über Euch lustig zu machen. Ihr beleidigt meine Ehre, wenn Ihr derartiges von mir annehmt.«

Er klang aufrichtig. Sie legte den Kopf ein wenig zur Seite. »Und wollt Ihr mich wieder zum Kampf herausfordern ... falls ich ein Mann wäre?«

Erleichtert lächelte er. »Nein ... denn jetzt kenne ich Euch. Mag sein, daß ich verlieren würde.«

Er hielt noch immer ihren Arm fest; sanft, aber nachdrücklich machte sie sich los. »Wie auch immer, Don Juan, ich habe jetzt keine Zeit.«

»Aber später? Heute abend? Ich habe Euch noch nie tanzen sehen, Doña Lucia. Sagt ja, bitte.«

Sie stimmte schließlich zögernd zu – nur um herauszufinden, was er an ihr Bewundernswertes sah.

Mittlerweile war sie alt genug, um einen durchsichtigen Schleier auf ihrem Haar festzustecken. Doña Maria war so aufgeregt über die ganze Angelegenheit, daß Layla sie schließlich aus ihrem Zimmer verscheuchte. Das Geld, das Don Sancho de Solis ihnen immer noch widerwillig zukommen ließ, hätte kaum für irgendwelche festlichen Roben genügt, doch Muhammad hatte ihr aus Murcia einigen Schmuck geschickt. Layla flocht ein paar der Perlenschnüre in ihr Haar und griff nach der Kette mit dem Rubin, um sie sich um den Nacken zu legen. Sie griff ins Leere.

Statt dessen spürte sie Kälte hinter sich. Sie brauchte sich nicht umzudrehen. »Du hast versprochen, daß du erst wieder kommst, wenn ich dich rufe«, sagte sie.

»Ich habe gelogen«, antwortete er ungerührt.

In Layla mischten sich Ärger, Beunruhigung und ein wenig Triumph. Sie hatte *nicht* gerufen; Jusuf war gekommen. »Und was«, fragte sie, ihm immer noch den

Rücken zuwendend, obwohl sie ihn ganz nahe bei sich spürte, »wenn es mir gleichgültig ist, ob du mich tötest? Wenn ich sogar viel lieber tot wäre?«

Die Goldkette mit dem Rubin legte sich um ihren Hals, und unwillkürlich zog sich ihre Haut bei der Berührung zusammen. »Oh, aber nicht heute abend. Heute abend mußt du noch mit diesem blonden Nichts tanzen. Außerdem hast du keine Lebenskraft zu vergeben, wenn du sterben willst, Layla.«

Sie drehte sich um, doch er war schon wieder fort.

Suleiman war in den letzten Jahren gewachsen. Als Layla nach ihm sah, bevor sie ging, fiel ihr auf, daß sein Bett schon wieder fast zu klein für ihn war. Er hatte auch die geschlechtslose Schönheit eines Kleinkindes verloren; seine großen Füße paßten nicht recht zu den kurzen Beinen, und der Kopf, der jetzt in seinen Armen vergraben lag, hätte eher einem Zehnjährigen gehören können.

Während sie ihn betrachtete, wurde in ihr das schlechte Gewissen wach. Sie war in letzter Zeit ziemlich barsch mit ihm umgesprungen; er konnte unerträglich sein, aber sie war auch keine besonders angenehme Gesellschaft. Aus einem Impuls heraus strich sie ihm sachte über das wirre Haar, was ihn so sehr erschreckte, daß er aufhörte, sich schlafend zu stellen, und sich jäh aufsetzte. Sie erschrak ebenfalls. Seit vier Jahren hatte sie niemandem gegenüber eine auch nur entfernt zärtliche Geste gemacht.

»Ich nehme heute abend am Tanz teil«, teilte Layla ihm hastig mit, um ihnen beiden über die Verlegenheit des Moments hinwegzuhelfen. »Aber Doña Maria bleibt hier, und du brauchst sie nur zu rufen, wenn . . .«

»Doña Maria kennt die Schutzsure gegen die Übel der Nacht nicht«, sagte Suleiman, »und du hast mir versprechen lassen, daß ich ihr nie davon erzähle. Aber du kannst ruhig gehen. Der nette Mann kennt sie.«

»Welcher nette Mann? Don Martin oder einer von den Wachen?«

»Nein, nein, der nette Mann ist aus Granada, so wie du und ich. Er kennt viel bessere Geschichten als du, und er ist nie so schlecht gelaunt«, schloß Suleiman angriffslustig. Als Layla nichts entgegnete, stutzte er und beschloß, seinen Vorteil auszunützen.

»Du darfst eigentlich gar nicht so schlecht gelaunt zu mir sein, Layla. Pater Gonzales hat gesagt, Frauen müssen Männern gegenüber gehorsam und demütig sein, und du bist eine Frau. Und im Koran steht dasselbe, das weiß ich noch ganz genau.«

»Aber du«, sagte Layla ohne ihre gewohnte Heftigkeit, »bist noch kein Mann. Und ich kann mich nicht erinnern, daß deine Großmutter Aischa je irgend jemandem gegenüber gehorsam und demütig gewesen wäre. Erinnerst du dich noch an sie?«

Sein Gesicht verdüsterte sich. »Ja, natürlich ... nein. Nein, Layla«, in seiner Stimme schwang plötzlich eine sehr unkindliche Verzweiflung mit, »ich erinnere mich kaum noch an Sachen aus Granada, nur an das, was du mir erzählst.«

Sie setzte sich zu ihm und ergriff seine Hand. »Du wirst dich erinnern. Glaub mir, du wirst dich wieder erinnern«, sagte sie fieberhaft, nicht nur zu ihm, sondern auch zu sich selbst.

»Layla«, klang es nach einer Weile, als sie sich gerade

wieder erheben wollte, aus der Dunkelheit, »bin ich wirklich lästig?«

Sie schluckte. Trotz ihrer ungewohnt weichen Stimmung ihm gegenüber und ihrer Beunruhigung über das, was er unbewußt ausgeplappert hatte, war sie nicht bereit, das zu tun, was Doña Maria zweifellos jetzt täte: ihn zu umarmen und ihm zu versichern, er sei das willkommenste Kind auf der Welt. Statt dessen löste sie ihre Hand aus der seinen und stand auf.

»Manchmal. Meistens nicht«, sagte sie knapp. Schließlich war er Aischas Enkelkind, um das sie sich wie eine Sklavin kümmern mußte. »Du bist auch nur manchmal wirklich gemein«, gab Suleiman zurück. Sie lachte und verließ sein Schlafgemach. Bald hatte sie auch die restlichen Räume, die ihm zugewiesen worden waren, hinter sich gelassen.

In einem kleinen Hof, den der Mondschein spärlich erhellte, blieb sie stehen und holte tief Luft. »In Ordnung, Ifrit«, rief sie. »Du hast gewonnen.« Niemand rührte sich. »Jusuf ben Ismail Ibn Nagralla, komm!«

Die Stille und das Echo ihrer eigenen Stimme schienen sie zu verspotten.

»Josef ben Samuel ha Levi, bitte!«

Nichts. Das war Absicht, und sie wußte es. Sie gab bestimmt ein sehr belustigendes Bild ab, wie sie im Mondlicht nach einem Wesen rief, das von Rechts wegen überhaupt nicht da sein durfte und von dem die meisten Leute behaupten würden, daß es nur in ihrer Einbildungskraft existierte. Aber nach dem, was sie soeben erfahren hatte, fürchtete sie nicht länger, wahnsinnig zu sein, und sie hatte auch nicht die Absicht, zum Amüsement eines Ifrit in der Nacht herumzulaufen. Zornig raffte sie ihre Röcke und machte sich auf den Weg zur großen Halle.

Dort waren nicht nur die Spielleute dabei, dem Hof die Zeit zu vertreiben. Einige Feuerschlucker führten ihre Kunststücke vor, und der Hofnarr der Königin wanderte durch die Gegend und brachte beinahe jeden durch seine gezielten spitzen Bemerkungen gegen sich auf. Layla nahm an, in dem Gedränge würde sie Don Juan nie finden, doch er sah sie als erster und schien aufrichtig erfreut zu sein.

»Doña Lucia! Ihr seid wirklich gekommen.«

Er stellte sie einigen seiner Freunde vor. Die Namen rauschten an ihr vorbei – de Mendoza, de Cordoba, de Vera et cetera –, aber sie bemerkte bei ihnen eine Mischung aus Neugier und Enttäuschung. Als Juan gerade nach einem weiteren Freund in der Menge Ausschau hielt, hörte sie, wie einer von ihnen seinem Nachbarn zuflüsterte: »Das ist die kleine Maurin? Ich dachte, diese Heidenmädchen wären allesamt Schönheiten!«

Layla zuckte nicht zusammen und ließ sich nicht anmerken, daß sie es gehört hatte, aber ihre Wangen brannten. *Unscheinbar und häßlich*. Aber warum sollte es ihr etwas ausmachen, was diese edlen Herren dachten?

»Caballeros«, sagte sie so liebenswürdig wie möglich, »ich bin erstaunt, Euch alle hier zu sehen. Findet nicht gerade ein heiliger Krieg statt, zu dem die Könige alle edlen Kämpen aufgerufen haben?«

Einige blickten betreten zu Boden; Juan sah definitiv schadenfroh drein, als hätte er nur darauf gewartet, daß sein Gast etwas Derartiges sagte. Einer der jungen Männer, der zur umfangreichen Familie der Mendoza gehörte – wenn er nicht gar einer der Söhne des Kardinals war –, entgegnete ärgerlich: »Derzeit kann man nur *el Chico* dabei helfen, Städte von seinem Onkel zu erobern, und das überlasse ich gerne Don Fadrique de Toledo. Welcher Ruhm liegt schon darin, einen Barbaren gegen einen anderen zu unterstützen?«

Juan trat ihm auf den Fuß, aber nicht sehr nachdrücklich, und Layla fragte: *»El Chico?«*

»Der kleine Heidenkönig, Ihr wißt schon«, antwortete der Abkömmling der Mendoza. »Boabdil.«

Alle beobachteten aufmerksam das Mädchen.

»Ich würde sehr gerne wissen«, sagte Layla langsam, »warum ihr Kastilier die Anhänger des Propheten als Heiden und Barbaren bezeichnet. Ist es heidnisch, an den einen einzigen Gott zu glauben? Und wenn es barbarisch ist, Krieg zu führen, dann trifft das auf Christen genauso zu.«

Bis sie den Krieg ins Spiel brachte, hatte sich Juan offenbar nicht getroffen gefühlt, doch jetzt griff er in das Gespräch ein. »Ihr müßt aber zugeben, Doña Lucia, daß ein großer Unterschied zwischen einem heiligen Krieg wie dem unseren besteht, bei dem wir nur jene Gebiete für den Glauben zurückerobern, die uns einst weggenommen wurden, und dem Feldzug der maurischen Horden, die damals ohne jeden Grund über unser Land herfielen.«

Vor siebenhundert Jahren, wollte sie sagen, und damals standen alle spanischen Reiche unter der Herrschaft der Goten. Aber das hätte nur zu einem endlosen Disput über Gebietsansprüche und Religion geführt, und sie hatte nicht vergessen, daß einer in dieser Runde ein Verwandter des Kardinals de Mendoza war. Fray Hernando de Talaveras Geschichte von den jüdischen *conversos* und das Autodafé, das sie um ein Haar miterlebt hätte, hatten Spuren in ihr hinterlassen. Dennoch warteten sie alle auf ihre Antwort, und Layla konnte nicht schweigen.

»Ich glaube nicht, daß es für die Toten einen Unterschied macht«, erwiderte sie leise. Einige sahen verwirrt drein, andere betreten. Don Juan Ponce de Leon hielt die Zeit für gekommen, das Gespräch abzubrechen. Er forderte sie zum Tanz auf.

»Es tut mir leid, falls ich Eure Freunde verärgert haben sollte«, sagte Layla steif, während sie sich voreinander verneigten und aufeinander zuschritten. Er strahlte.

»Aber ganz im Gegenteil! Sie sind noch nie jemandem wie Euch begegnet, und ich auch nicht. Deswegen habe ich Euch vorgestellt. Ich wünschte nur, mein Vater würde Euch kennenlernen.«

Bevor sie sich entscheiden konnte, ob er ihr ein Kompliment hatte machen wollen oder sie als eine Art menschliche Kuriosität, wie sie auf den Jahrmärkten gezeigt wurde, beschrieben hatte, wurden sie durch den Tanz getrennt. Layla wandte sich ihrem nächsten Partner zu und erstarrte.

»Was tust du hier?« fragte sie mit mühsam gesenkter Stimme und verneigte sich so tief wie möglich, um ihn nicht ansehen zu müssen. Sie hätte nicht geglaubt, daß allein schon sein Anblick sie so aus der Fassung bringen konnte.

»Du hast mich gerufen«, erwiderte Jusuf ben Ismail

lachend. »Nun komm schon, Layla, lächle. Du lächelst viel zu selten, und du hast so ein hübsches Lächeln.«

»Wenn du dich noch einmal bei Suleiman blicken läßt, Ifrit, dann sehe ich mich nach jemandem um, der dich in die tiefste Tiefe Dschehannams bannen kann – und wenn ich dazu vor dem Großinquisitor selbst in die Knie sinken müßte!«

Das schien ihn nur noch mehr zu erheitern. »Besorgt, Layla... oder eifersüchtig?« fragte er, während sie den vorgeschriebenen Kreis abschritten. Diese empörende Unterstellung gab den Ausschlag. Außerdem hatte sie es sich schon länger gewünscht. Sie hob den Arm, aber Jusuf fing ihn mit einer beleidigenden Leichtigkeit ab und hielt ihn fest. Sie hätte jetzt wieder zu Juan wechseln sollen, doch sie bewegte sich nicht. Statt dessen standen beide da und sahen sich an. Sie spürte die Kälte seiner Hand kaum mehr, denn ihr war plötzlich sehr, sehr warm, fast als hätte sie Fieber, als würde sie brennen.

Erst als die entrüstete Stimme Juans zwischen sie fuhr, merkte Layla, daß sie nur noch eine Handbreit von Jusuf entfernt war.

»Laßt sofort Doña Lucia los! Wer seid Ihr überhaupt, daß Ihr es wagt...«

Jusuf löste seine Hand von ihrem Arm und wandte sich langsam dem jungen Kastilier zu. Juan war nicht klein, doch Jusuf überragte ihn fast um einen halben Kopf, und er hatte den Körper eines erwachsenen, kampferfahrenen Mannes. Juan starrte ihn an.

»Oh«, sagte er überrascht und ein wenig abgestoßen, »Ihr seid ein Jude. Dann könnt Ihr mir gar keine Genugtuung geben. Wißt Ihr nicht, daß es für Euresgleichen verboten ist, an unseren Festen teilzunehmen?«

Jusuf musterte ihn wie ein Falke sein nächstes Opfer, und Layla trat hastig an Juans Seite. »Don Juan«, sagte sie schnell, »wollte Euch nicht beleidigen... mein Freund. Er konnte nicht wissen, daß Ihr ein Botschafter meines Bruders seid. Verzeiht ihm.«

Der jüngste Sohn des Marquis von Cadiz öffnete den Mund, um erregt zu protestieren. Sie erinnerte sich an seine eigene Geste seinem Freund Mendoza gegenüber und trat ihm auf den Fuß. Jusuf lächelte sardonisch. Inzwischen waren ein paar andere Leute auf die drei aufmerksam geworden.

»Aber gerne«, antwortete der Ifrit. »Bis bald... Doña Lucia.«

Er ergriff erneut ihre Hand und küßte sie, drehte sie aber im letzten Moment so um, daß seine Lippen die Handfläche berührten. Sie gab keinen Laut von sich. Er verbeugte sich vor Juan und verschwand in der Menge.

»Ein Botschafter Eures Bruders?« Juan schaute sie gekränkt an. »Aber er war ein Jude, er trug den roten Kreis. Ich dachte, er gehört vielleicht zu Abraham Seneors Familie.«

»In Granada«, erwiderte Layla abwesend, »gibt es mehrere Juden in Staatsdiensten... genau wie hier auch.«

»Er ging *sehr* vertraut mit Euch um«, sagte Juan anklagend.

Plötzlich war sie wütend. »Er kennt mich, seit ich ein kleines Kind war. Was man von Euch nicht behaupten kann, Don Juan, und Ihr behandelt mich wie ein Mittelding aus einem seltenen Papagei und einer Leibsklavin, die das Silber des Hauses gestohlen hat. Gehabt Euch wohl.«

Damit ließ sie ihn stehen und verließ die große Halle, halb hoffend, halb fürchtend, Jusuf würde ihr dabei begegnen, doch der Ifrit blieb verschwunden.

Al Zaghal hatte geglaubt, seine immer häufigeren Niederlagen gegen die christliche Armee, die sich nun nicht mehr aufsplittern oder in enge Schluchten locken ließ, seien an Bitterkeit nicht zu übertreffen. Er hatte sich getäuscht. Das Volk, das ihm zugejubelt hatte, als er noch der unbesiegbare Held und die Hoffnung von Granada gewesen war, begann sich von ihm abzuwenden. Und so geschah es, daß das Albaicin, das alte Stadtviertel von Granada mit der Alcazaba Cadima, in der schon Aischa zu Lebzeiten Abul Hassan Alis residiert hatte, seine Tore für Muhammad und die christliche Armee des Don Fadrique de Toledo öffnete.

Zwei Tage lang kämpften er und seine Anhänger erbittert um den Besitz der Hauptstadt. Einmal traf er dabei auch auf Muhammad selbst. Sein Neffe machte keine Anstalten, ihm auszuweichen, was al Zaghal nicht verwunderte. Muhammads Versagen betraf Feldzüge und Königreiche, jedoch keine Zweikämpfe, in denen er schon als Junge geglänzt hatte.

Al Zaghal hatte ihn damals eine Zeitlang selbst unterrichtet, und mit einem seltsamen Gefühl von Unwirklichkeit nahmen die beiden jetzt Aufstellung. Um sie herum achtete niemand mehr auf die Regeln, die ihnen früher in Fleisch und Blut übergegangen waren, aber al

Zaghal und sein Neffe fochten verbissen mit der Eleganz von zwei Turnierkämpfern.

Als Muhammad ihm tatsächlich eine Wunde beibrachte, kam al Zaghal zum erstenmal der Gedanke, daß er verlieren könnte. Er hatte ebenfalls lange nicht mehr nach Turnierregeln gekämpft – gegen die übermächtigen Waffen der Christen konnte man sich diese Art Ritterlichkeiten einfach nicht mehr leisten –, aber sein Stolz verlangte jetzt, Muhammad auf dessen eigenem Gebiet zu schlagen. In seiner Jugend hätte ihm das keine große Mühe bereitet, doch zu seiner tiefsten Demütigung begann al Zaghal, in allen Fasern seines Körpers die Erschöpfung zu spüren, die der zweitägige Kampf um die Hauptstadt als Tribut einforderte. Entschlossen, dieses erste Anzeichen von Schwäche zu ignorieren, verstärkte er seine Bemühungen. Als ihm Muhammad das Schwert aus der Hand schlug, spürte er keinen Schrecken, nur blanke Ungläubigkeit. Muhammad senkte schwer atmend seine eigene Waffe.

»Warum tötest du mich nicht?« hörte al Zaghal sich kalt fragen, obwohl er seine Niederlage noch nicht wirklich erfaßt hatte. »Mach endlich ein Ende.«

Muhammad schüttelte nur stumm den Kopf. Seine Stimme klang belegt, als er antwortete: »Ich kann nicht.«

Dann verschwand er, war im Gefecht bald nicht mehr von den anderen zu unterscheiden, und al Zaghal bemühte sich, mit der schmerzendsten Wunde fertig zu werden, die er je in einem Kampf erlitten hatte: von seinem Neffen geschlagen und verschont worden zu sein.

Danach wichen sie sich in stillschweigender Übereinstimmung aus, und keiner von beiden nahm mehr Rücksicht auf irgendwelche Regeln. Als die Stadt am zweiten Tag immer noch zwischen Alhambra und Albaicin geteilt war, wurde ein Waffenstillstand vereinbart, um beiden Parteien die Möglichkeit zu geben, ihre Verwundeten zu pflegen. Während dieses Waffenstillstands erhielt al Zaghal eine Botschaft, die ihn dazu veranlaßte, durch Musa ben Abi Ghassan ein neues Treffen mit Muhammad einzurichten.

Musa war zwischenzeitlich zu al Zaghals wichtigstem General aufgerückt, und er hatte sich selbst als Geisel angeboten, damit Muhammad ohne Sorge um sein Leben in die Alhambra kommen konnte. Selbst bei al Zaghals wohlverdientem Ruf der Skrupellosigkeit erschien es Muhammads Anhängern unwahrscheinlich, daß er seinen bedeutendsten Unterfeldherrn aufs Spiel setzen würde.

Muhammad kam also ohne Begleiter. Sein Onkel erwartete ihn im ersten Hof, vor der kleinen Moschee, welche die Beherrscher Granadas für sich und ihre Familien gebaut hatten. Beide waren, wie es vereinbart worden war, waffenlos.

»Ich habe bemerkt, daß du deinen christlichen Verbündeten davon abgeraten hast, sich in der Stadt selbst blicken zu lassen«, sagte al Zaghal kühl. »Sie stehen nur vor den Mauern mit ihren Waffen. Du hast doch mehr Sinn für Strategie, als ich dachte, Neffe.«

Muhammad ging nicht darauf ein. Er schaute sich in dem Palast um, der einmal seine Heimat gewesen war, und berührte kurz eine der Säulen. »Warum wolltet Ihr mich sprechen?«

»Weil«, erwiderte al Zaghal hart, »die Christen, während wir den Kampf bis in unsere Hauptstadt getragen haben, auf Malaga zumarschieren. Wußtest du das?«

Ein Schatten überzog das Gesicht seines Neffen. Muhammad preßte die Lippen zusammen, und für einen flüchtigen Moment fand al Zaghal, der sonst immer der Meinung gewesen war, Muhammad sehe Aischa ähnlich, auch Alis Züge in ihm.

»Fernando bespricht seine Pläne nicht mit mir«, sagte Muhammad tonlos. »Aber es war abzusehen.«

»Dann ist dir klar, was das bedeutet? Wir haben diese riesige Armee vor unserem wichtigsten Hafen! Wir können nicht überleben ohne Malaga!«

Muhammad schüttelte den Kopf. »Auf die Art, wie Ihr Euch das vorstellt, Onkel, können wir ohnehin nicht überleben. Allah weiß, es hat lange gedauert, aber ich habe vor einiger Zeit schon begriffen, daß al Andalus zum Untergang verurteilt ist.«

»Ich verstehe«, sagte al Zaghal verächtlich. »Nun, daß du deine Seele den Christen verkauft hast, ist deine Angelegenheit. Aber ich kann nicht zusehen, wie Granada endgültig vor die Hunde geht. Ich erneuere also das Angebot, das ich dir vor Loja gemacht habe. Die geteilte Herrschaft. Keine Sorge, du brauchst dich nicht noch einmal Fernando zu stellen. Bleib meinetwegen hier in Granada und halte die Stadt, während ich versuche, Malaga zu retten.«

Falls Muhammad die Verachtung etwas ausmachte, ließ er es sich nicht anmerken. Er schüttelte nur abermals den Kopf. »Nein.« Al Zaghal wünschte sich nichts mehr, als jetzt noch einmal ein Schwert in der Hand zu halten. Doch er kämpfte den Aufruhr, der in ihm tobte, mühsam nieder. Als er in der Lage war, zu sprechen, sagte er rauh: »Wenn wir hier noch weiter um den Thron streiten, gibt es bald kein Granada mehr, das einer von uns beherrschen kann. Jemand muß Malaga zu Hilfe eilen. Das, und nur das ist der Grund, warum ich ...«

Er fand es schwer, fortzufahren. Der Ehrgeiz eines ganzen Lebens lähmte ihm die Zunge. Er dachte an seinen sterbenden Bruder, wie ihr Vater machtlos und verkrüppelt in Almunecar, dachte an seine zahllosen Schlachten und an das gespaltene Granada. Wofür, dachte al Zaghal bitter, wofür?

»... warum ich bereit bin, völlig auf den Thron zu verzichten«, brachte er den Satz zu Ende. »Ich werde mich mit den Ämtern begnügen, die ich zu Alis Lebzeiten innehatte. Und sofort nach Malaga marschieren, unter ... unter deinem Banner.«

Er erwartete, daß Muhammad Unglauben zeigen, ihm sein Mißtrauen entgegenschleudern würde. Statt dessen schwieg der älteste Sohn seines Bruders. Stille dehnte sich endlos zwischen ihnen, und zum erstenmal während ihres Gespräches zeigte Muhammad ein Gefühl. Er sah al Zaghal voller Achtung an und mit einer Regung, die man Bewunderung nennen konnte. Doch gleichzeitig hatte al Zaghal den Eindruck, als stünden sie auf zwei Schiffen, die sich immer schneller voneinander entfernten.

»Als ich noch ein Kind war«, sagte Muhammad endlich, »wart Ihr bereits der berühmteste Krieger von Granada, der einzige, dessen bloßer Name zu einem Schlachtruf geworden war. Außerdem wart Ihr der einzige Mensch, dem mein Vater vertraute. Seither hat es Zeiten gegeben, in denen ich Euch haßte und verfluchte,

Onkel, wenn ich auch nie ganz meinen Respekt vor Euch verlor. Doch nie vor der heutigen Stunde erkannte ich, daß Ihr von uns dreien der Größte seid, denn Ihr allein seid zur Selbstlosigkeit fähig. Wenn ich könnte, dann würde ich nichts lieber tun, als Euch den Thron zu überlassen, denn Ihr habt ihn verdient. Aber Ihr begreift immer noch nicht, Onkel. Es ist zu spät. Das einzige, was Ihr für Malaga noch tun könnt, ist, Hamid al Zegri zu raten, daß er die Stadt sofort den Christen übergibt. Auf diese Art stirbt wenigstens kein Granader mehr bei diesem aussichtslosen Kampf gegen die Christen.«

Zuerst hatte al Zaghals Miene sich gelöst, war entspannter geworden. Dann war sie zu einer Maske erstarrt. »Also gut«, sagte er ausdruckslos, als Muhammad geendet hatte. »Es steht geschrieben: *Sind auch nur zwanzig Standhafte unter euch, sie überwinden zweihundert, und so unter euch hundert sind, so überwinden sie tausend der Ungläubigen.* Behalte Granada, behalte den Thron, Muhammad, was auch immer er noch wert ist. Ich werde nach Malaga gehen. Und solange noch etwas Atem in mir ist, werde ich kämpfen.«

Isabella von Kastilien stand am Fenster des Palastes von Cordoba, als der Kardinal von Spanien eintrat. Einen kurzen Moment, bevor sie sich umdrehte, widmete sich Don Pedro Gonzales de Mendoza der Erinnerung an das siebzehnjährige Mädchen, das ihm in aller Gelassenheit ihren Anspruch auf die Krone auseinandergesetzt und ihn dann gefragt hatte, ob sie auf die Unterstützung der Kirche und der Mendoza, der mächtigsten kastilischen Familie, zählen konnte. Viel Zeit war seither vergangen.

Aber Isabella hatte nichts von der Unbedingtheit ihres Willens verloren, als sie sich jetzt an ihn wandte. Daß sie nicht niederkniete, um seinen Ring zu küssen, nahm er ihr nicht weiter übel – er selbst empfand das zuweilen als recht lästig –, doch es zeigte, in welcher inneren Unruhe sie sich befinden mußte. Isabellas Wahrung der kirchlichen Formen war sonst makellos.

»Unser Spion bei al Zaghal hat sich ausgezahlt«, begann sie ohne Umschweife. »Die Armee des Usurpators verließ die Hauptstadt, und Don Fadrique ließ sich von den Versicherungen Boabdils, sein Onkel habe aufgegeben, in Sicherheit wiegen. Mit Don Fadrique müssen wir uns noch einmal beschäftigen, und mit *el Chico* auch. Es zeigt sich, was seine Vasallenschwüre wert sind. Doch worauf es ankommt, Euer Eminenz, ist dies: Al Zaghal hat vor, unserer Armee nach Malaga zu folgen und sie dann, wenn sie sich erst vor den Toren der Stadt niedergelassen hat, anzugreifen.«

»Santiago!« entfuhr es dem Kardinal. »Der einzige Grund, warum wir Boabdil unterstützten, war doch, daß er al Zaghal in Granada festhalten sollte.«

Isabella neigte flüchtig den Kopf. »Ich sagte schon, wir werden uns noch mit ihm beschäftigen. Aber ist Euch die Lage klar, Euer Eminenz?«

Kardinal Mendoza nickte langsam. »Der König darf auf keinen Fall zwischen zwei maurische Streitkräfte geraten.«

»Und Ihr seid der einzige Befehlshaber, der eine Armee führen kann und der noch zur Verfügung steht«, fügte die Königin hinzu. Eigentlich, überlegte Mendoza flüchtig, ziemte es sich für einen Kardinal nicht, ein derartig berauschendes Triumphgefühl bei der Aussicht auf Kampf zu empfinden. Doch wäre er nicht der jüngste Sohn und für die Kirche bestimmt gewesen, er hätte zweifellos jetzt als Feldherr einen Ruf, der dem des Marquis von Cadiz um nichts nachstünde. Er hatte das während des Erbfolgekrieges mehr als einmal bewiesen. Und er würde es wieder beweisen.

»Ich habe verstanden, Euer Hoheit«, sagte er lächelnd.

Zwei feine Falten zeigten sich auf der Stirn der Königin. »Ich hoffe nur«, meinte sie, »daß der Eilkurier, den ich an meinen Gemahl geschickt habe, auch durchkommt. Dann werden wir den Spieß umdrehen. Und al Zaghal zwischen zwei christlichen Armeen einschließen.«

Mendoza, in Gedanken schon bei der Zusammenstellung einer Truppe, wollte sich verabschieden, als die Königin ihm eine seltsame Frage stellte: »Beabsichtigt Ihr, selbst am Kampf teilzunehmen, Euer Eminenz?« Verwundert nickte er; er hielt es für selbstverständlich.

Isabella seufzte. »Es mag sein, daß mir als Frau die höhere Einsicht fehlt, doch ich halte es für unvernünftig, wenn unsere wichtigsten Anführer ständig ihr Leben aufs Spiel setzen. Es wäre mir lieber, Ihr würdet Euch wie der König auf die Planung beschränken, Euer Eminenz.«

»Aber Soldaten brauchen einen Anführer, dem sie folgen können«, protestierte der Kardinal überrascht. »Wenn sie nicht sehen, daß sich ihr Befehlshaber in die gleiche Gefahr wie sie selbst begibt, verlieren sie womöglich den Glauben an die heilige Sache.«

Vorhin hatte ihn die Königin wieder an ein Mädchen erinnert, jetzt erlebte er ein weiteres Mal die erstaunliche Wandlungsfähigkeit Isabellas von Kastilien. Statt Seufzen und Kopfschütteln zeigte sie nun ihre unnachgiebige Seite, wirkte kalt und unerbittlich wie eine Marmorstatue.

»Haltet al Zaghal auf. Es ist mir gleich, wie Ihr das erreicht. Aber falls Ihr dabei sterben werdet, die heilige Kirche ihres höchsten Fürsten und mich eines so wichtigen Ratgebers beraubt, werde ich nicht nur Messen für Euch lesen lassen. Ich werde auch sehr ungehalten sein, und ich glaube nicht, daß ich der Ernennung Eures Neffen zum Siegelbewahrer zustimmen würde.«

Es war die kunstvollste Mischung aus Drohung und Komplimenten, die er je erlebt hatte. So sprach man nicht mit einem Kardinal und auch nicht mit einem Mendoza, und er war ein wenig ungehalten, doch gleichzeitig konnte er nicht anders, als sich wegen des Wertes, den sie ihm zumaß , geschmeichelt zu fühlen.

»Ich werde mich bemühen, am Leben zu bleiben, Euer Hoheit«, versicherte Don Pedro Gonzales de Mendoza.

»Gut«, sagte Isabella von Kastilien und gestattete sich ein winziges Lächeln. »Ich hasse Verschwendung.«

Don Juan Ponce de Leon schaute sich mißbilligend um. »Ich werde mich nie in diesen maurischen Palästen zurechtfinden«, seufzte er. »Weiß der Himmel, warum die Königin so eine Vorliebe für Cordoba hat.«

»Wollt Ihr, daß ich Euch die moslemische Bauweise erkläre?« fragte Layla mit hochgezogenen Brauen. Er biß sich auf die Lippen. »Nein, Doña Lucia, ich wollte ... ich meine ... ich wollte mich bei Euch entschuldigen. Wir waren wohl beide etwas aufgeregt an jenem Abend, aber wenn der Jude Euch von Kindheit an kennt, wie Ihr sagt... es tut mir leid. Seht Ihr, ich verlasse Cordoba morgen mit dem Kardinal, und da wollte ich mich vorher mit Euch versöhnen.«

»Ich bin nicht nachtragend«, log sie, denn irgendwie tat er ihr leid. »Wohin reist Seine Eminenz denn?«

»Keine Reise«, protestierte Juan, »ein Feldzug! Wir werden den König vor der Heimtücke dieses Heidenhundes... ich meine, al Zaghals retten.«

»Wie schön für Euch«, sagte Layla leicht. Seine Miene wurde bekümmert. »O nein. Ich habe es schon wieder verdorben. Verzeiht mir, Doña Lucia, aber die Aussicht auf...«

»Ja, ich weiß. Den Dienst für die heilige Sache.«

Sie hoffte, er würde es dabei bewenden lassen. Seine ständigen Aufmerksamkeiten waren ihr unangenehm, weil sie diese beim besten Willen nicht verstand. Statt sich indessen zu verabschieden, trat er von einem Bein auf das andere.

»Stimmt etwas nicht?«

Er errötete wieder einmal. »Ich wollte Euch eigentlich um etwas bitten, Doña Lucia. Habt Ihr... habt Ihr vielleicht ein Taschentuch oder ein Haarband?«

Ihr lag schon auf der Zunge, sich nach dem Sinn dieser törichten Frage zu erkundigen, als sie begriff. Dunkel erinnerte sie sich an ein paar Geschichten von Doña Maria und an die Balladen. *Als der Cid zum Streit sich stellte / trug er fest bei sich am Herzen / der Jimena zartes Tuch*... Ein christlicher Ritter zog mit dem Pfand seiner Dame in den Kampf.

Sie starrte auf den Boden, und ihr fehlten die Worte. Konnte es denn wirklich sein, daß Luisa und Doña Maria im Recht waren, daß er in sie verliebt war? Aber warum nur, um alles in der Welt? Sie war nicht hübsch, wie sie nur allzugut wußte, und sie hatte sich noch bei jeder Begegnung mit ihm gestritten. Obendrein entdeckte sie nicht das geringste Anzeichen der Liebe bei sich selbst. Sie hatte nichts gegen ihn, manchmal mochte sie ihn sogar, aber meistens fand sie ihn recht albern und engstirnig.

Doch die Art, wie er da stand und auf ihre Antwort wartete, erinnerte sie plötzlich an Tariq und sich selbst, wie sie Muhammad ihr Geschenk anboten. Mit einemmal fand sie es schwer, ihn mit einer bissigen Bemerkung abzuweisen.

»Also . . .«, begann Layla. Sein Gesicht erhellte sich. Sie räusperte sich. »Also . . . ja, ich habe ein Band für Euch.«

Das grüne Band, nach dem sie griff, gehörte eigentlich Doña Maria, aber das konnte er nicht wissen. Er machte ein feierliches Gesicht, als sie es ihm übergab.

»Ich danke Euch, Doña Lucia. Ich werde es immer in Ehren halten.«

Er blickte sie an, als warte er auf etwas. Doch sie hatte noch nie ein Pfand überreicht und wußte nicht, was man danach tat.

»Paßt auf Euch auf«, sagte Layla zögernd. »Eine Schlacht ist kein Turnier.«

Nun hatte sie ihn beleidigt. »Ich weiß«, verkündete er würdevoll, »und ich verspreche Euch, tapfer zu kämpfen. Falls ich auf Euren Onkel treffe, werde ich ihn nur Euch zuliebe schonen, Doña Lucia.«

Das war es nicht, was sie gemeint hatte. Layla hoffte für ihn, daß er al Zaghal nicht begegnete. Aber diesmal wollte sie ihn nicht verletzen, also dankte sie ihm, und er ging endlich seiner Wege, nicht ohne beim Hinausgehen beinahe über Suleiman zu stolpern, der von seiner Stunde bei Pater Gonzales kam.

»Wer war das, Layla?« fragte Suleiman unheilverkündend. »Ich mag ihn nicht!«

Als die Botschaft der Königin eintraf, hatte der Marquis von Cadiz die Aufgabe erhalten, mit einem Teil der Armee zurückzubleiben, um al Zaghal auf alle Fälle abzufangen. Eingedenk seiner eigenen Niederlage bei Malaga gab es nichts, was er lieber tat.

Einigen seiner Späher gelang es sogar, al Zaghals eigenen Eilboten an die Garnison von Malaga gefangenzunehmen. Es dauerte etwas, bis man ihn zum Reden gebracht hatte, doch der Mann, welcher der gezielten Folter widerstand, mußte erst noch geboren werden. So erfuhr der Marquis den genauen Standort von al Zaghals Heer, und als sein alter Feind in der Bergkette vor Malaga eintraf, war er bereit für ihn.

Al Zaghal kämpfte mit dem Mut der Verzweiflung, und als die Truppen des Kardinals Mendoza ankamen, war er noch immer nicht besiegt. Danach wurde aus der Schlacht ein Gemetzel. Es gab kaum Gefangene; nur al Zaghal selbst und einer Handvoll seiner Getreuen gelang die Flucht, wie der Marquis von Cadiz später unbefriedigt feststellte. Doch der Flecken auf seiner Ehre, der seit seiner eigenen Flucht vor al Zaghal nach der verlorenen Schlacht in ebendieser Gegend bestand, war ausgelöscht, und das genoß er. Fast ebensosehr freute es ihn, daß sich unter Mendozas Männern auch einer seiner Söhne befand. Juan merkte man den Gewaltmarsch und das Erlebnis seiner ersten Schlacht deutlich an, aber er war nicht zusammengebrochen, und er hatte sich als würdiger Ponce de Leon erwiesen.

Die Nachricht von der vernichtenden Niederlage al Zaghals versetzte den Hof in Hochstimmung, die nur dadurch ein wenig getrübt wurde, daß sich Malaga anschließend nicht ergeben hatte.

Als einen Monat später noch immer kein Fortschritt erzielt worden war, weil der von al Zaghal ernannte Befehlshaber, Hamid al Zegri, sich störrisch weigerte, zu kapitulieren, und die Stadt weiterhin verteidigte, beschloß die Königin, sich mit dem Hof selbst nach Malaga zu begeben, um die Truppen durch ihre Anwesenheit zu ermutigen.

Don Martin und Suleiman sollten in Cordoba zurückbleiben, und damit auch Layla. Doch während sich der Hof reisefertig machte, hatte sie das zweifelhafte Vergnügen, Don Sancho Ximenes de Solis wiederzubegegnen.

Der alte Mann hatte sich nicht verändert. Er sah noch nicht einmal älter aus oder hinfälliger. Als erstes wies er Doña Maria brüsk an, ihn mit seiner Enkelin allein zu lassen. Dann fixierte er Layla mit zusammengekniffenen Augen und verkündete: »Mädchen, ich habe dir etwas zu sagen.«

»Das nehme ich an«, erwiderte Layla mühsam beherrscht. »Als ich das letztemal von Euch hörte, habt Ihr mich wissen lassen, Ihr wolltet mich nie wiedersehen. Welches bedauerliche Ereignis hat Euch dazu veranlaßt, Eure Meinung zu ändern?«

Er schaute sie an, als könne er sich nicht entscheiden, ob er sie nun ohrfeigen oder den Raum verlassen sollte. »Der Marquis von Cadiz«, sagte er schließlich in einem Tonfall, als werfe er ihr die Worte vor die Füße, »hat dir zu meiner großen Überraschung die Ehre erwiesen, mich für seinen Sohn um deine Hand zu bitten. Ich habe selbstverständlich angenommen.«

Layla rang um Atem. Er verwechselte das mit begeisterter Zustimmung und fuhr etwas besänftigt fort: »Weißt du, Mädchen, ich hätte nie geglaubt, daß du einmal einen so edlen Freier an Land ziehen könntest. Es scheint, ich habe dich unterschätzt.«

»Erstens«, sagte sie und spie jedes einzelne Wort aus, »habe ich es satt, von Euch mit ›Mädchen‹ angeredet zu werden, als sei ich eine Dienstmagd. Ihr könnt mich Lucia nennen, da Ihr mir diesen Namen nun einmal gegeben habt, aber nicht mehr ›Mädchen‹. Zweitens«, trotz bester Vorsätze hob sich ihre Stimme etwas, »habe ich nicht die geringste Absicht, den Sohn des Marquis von Cadiz zu heiraten, was Ihr sehr schnell hättet erfahren können, wenn Ihr mich vorher gefragt hättet.«

»Wer sagt, daß ich dich jetzt frage?« meinte der alte Mann überrascht. »Ich teile es dir mit, das ist alles. Der junge Mann trifft bald hier ein, er gehört zu der Eskorte, die die Königin nach Malaga begleitet. Dann wird er wohl selbst mit mir sprechen. Ich habe dem Marquis bereits geschrieben, daß ich dir eine kleine Mitgift geben werde, denn schließlich«, schloß er widerwillig, »bist du trotz allem eine de Solis.«

»Ihr müßt taub sein. Ich – werde – ihn – nicht – heiraten. Habt Ihr das verstanden?«

»Du machst, was gesagt wird«, gab der alte Mann kurz zurück und wandte ihr bereits den Rücken zu, als sie es nicht mehr aushielt. Statt der würdevollen Verachtung, die sie sich vorgenommen hatte, platzte all das heraus, was sich in den letzten Jahren in ihr angestaut hatte.

»Ich hasse Euch! Euch und Eure verdammte Ehre! Als meine Mutter entführt wurde, habt Ihr nicht den kleinsten Finger gerührt, um ihr zu helfen, Eure Ehre war beschmutzt, also war sie Euch gleichgültig! Und mich habt Ihr von Anfang an behandelt wie eine lästige Bettlerin! Und da glaubt Ihr, ich würde heiraten, nur weil Ihr es so wollt?«

Er unterbrach sie mit einer Handbewegung, als wische er eine lästige Fliege beiseite. »Du hast gar keine andere Wahl.«

Damit ging er, und sie schlug in ohnmächtiger Wut mit geballten Fäusten auf den nächstbesten Gegenstand ein. Unglücklicherweise handelte es sich um Doña Marias Laute, die dabei zu Bruch ging.

Als Doña Maria zurückkam, fand sie Layla tränenüberströmt auf dem Boden vor, wo das Mädchen versuchte, von der Laute noch zu retten, was zu retten war. Die freudige Miene der Dueña erstarb.

»Was habt Ihr denn, Lucia?«

»Es tut mir leid«, schluchzte Layla, »es tut mir leid. Ich werde Euch eine neue besorgen, bestimmt.«

»Oh, das … das meinte ich nicht.«

Sie kniete neben ihrem Schützling nieder und nahm Layla das Lautenüberbleibsel aus der Hand. »In all den Jahren«, sagte sie besorgt, »habe ich Euch noch nie weinen sehen, mein Kind. Was ist denn nur geschehen? Euer

Großvater hat mir eben die gute Neuigkeit erzählt, da verstehe ich nicht, wie...«

»Gute Neuigkeit?« Layla starrte sie fassungslos an. »Ich will ihn nicht heiraten!«

Doña Maria schien aufrichtig überrascht. »Aber Lucia«, erwiderte sie behutsam, »denkt doch einmal nach. Euer Bräutigam ist jung, edel, und Ihr kennt ihn sogar, was gewöhnlich kaum der Fall ist. Zudem scheint er wirklich in Euch verliebt zu sein. Was könnt Ihr Euch mehr erhoffen? Viele Frauen«, Bitterkeit schlich sich in ihre Stimme, »müssen ihr Leben beenden, ohne je das Glück der Ehe kennengelernt zu haben, sie bleiben lästige arme Verwandte.«

Layla umarmte sie. »Ihr seid keine lästige arme Verwandte, Doña Maria, nicht für mich. Aber versteht Ihr nicht – ich will nicht, daß Don Sancho mich verheiratet, nicht mit Don Juan, mit überhaupt niemandem.«

Das verstand die Dueña in der Tat nicht. Für sie war der Antrag des Don Juan Ponce de Leon ein solcher Glücksfall, daß sie es immer noch kaum faßte, und sie begriff nicht, wie Lucia mehr vom Leben erwarten konnte als einen jungen, aufmerksamen Edelmann. Fatima, dachte Layla, hätte es auch nicht anders gesehen, und einige moslemische Theologen hätten ihr da zugestimmt. Ibn Malik sagte: Für eine Frau gibt es nur die Heirat oder das Grab. Doch in Wirklichkeit hat es in al Andalus, und besonders in Granada, schon immer sehr viel mehr gegeben – wenn man den Mut hatte, es sich zu nehmen, wie Wallada es einst getan hatte.

Layla gab es bald auf, Doña Maria ihre Gründe zu erklären, und diese glaubte, sie habe sie überzeugt.

Nichts war weiter entfernt von der Wahrheit. Layla kannte die christliche Trauung. Und wenn man sie mit Gewalt vor den Altar schleifte, dachte sie, konnte sie immer noch nein sagen.

Suleiman erwies sich überraschenderweise als Bundesgenosse, wenn auch nicht als ein sehr hilfreicher. »Natürlich brauchst du diesen ekelhaften blonden Kerl nicht zu heiraten«, sagte er entrüstet. »Wie kommt dein Großvater überhaupt darauf, daß er es dir befehlen kann?«

»Weil er mein nächster männlicher Verwandter ist.«

»Ach so. Dann ist alles in Ordnung. *Ich* bin dein nächster männlicher Verwandter, und ich werde es ihm verbieten.«

Die Königin oder ihr Beichtvater wären als Helfer zwar sehr viel nützlicher gewesen, aber Layla wandte sich erst gar nicht an sie. Nach Doña Marias Reaktion konnte sie sich nicht vorstellen, daß einer von beiden verstand, warum sie dem alten Mann nicht gehorchen wollte. Das hieß, die Königin hätte es vielleicht verstanden – schließlich hatte sie ihrem Bruder auch nicht gehorcht –, aber dieses Verhalten in Laylas Fall kaum gebilligt.

Zwei Tage später traf dann tatsächlich der jüngste Sohn des Marquis von Cadiz ein. Layla hatte absichtlich ihr schwarzes Kleid angezogen und ihre Haare streng zu einem Zopf geflochten, doch das schien ihn nicht zu entmutigen.

»Doña Lucia!« rief er strahlend. »Ich bin so froh, Euch zu sehen. Ich habe Euch nämlich etwas zu sagen«, fügte er geheimnisvoll hinzu.

»Ihr könnt mir nichts sagen, was Euer Vater nicht

schon dem alten... meinem Großvater gesagt hätte«, erwiderte sie eisig.

Seine Lippen verloren ihr Lächeln.

»Das hat er getan? Oh – und ich wollte Euch zuerst fragen, Lucia, bitte, Ihr müßt mir das glauben. Das ruiniert ja alles. Aber das sieht Vater ähnlich. Er tut immer alles über unsere Köpfe hinweg, als seien wir kleine Kinder. Aber diesmal werde ich ihm darüber die Meinung sagen«, schloß er mit genügend Gift in der Stimme, um glaubhaft zu klingen. Layla schaute etwas weniger eisig drein, was ihn wieder in gute Laune versetzte.

»Tun wir doch einfach so«, sagte er vergnügt und zwinkerte ihr zu, »als wären die beiden nicht vorhanden, und fangen von vorne an. Ich habe lange darüber nachgedacht und es mir so vorgestellt. Doña Lucia, wollt Ihr meine Gemahlin werden?«

Sie fand es unerwartet schwer, ihm zu antworten, nicht, weil sie es sich anders überlegt hatte, sondern weil er sie schon wieder an Tariq als kleinen Jungen erinnerte. Doch alle Rührung hatte irgendwo eine Grenze. Sie versuchte, so taktvoll wie möglich zu sein.

»Don Juan, ich glaube nicht, daß Ihr Euch das genau überlegt habt. Ich bin überhaupt nicht geeignet für Euch. Die Mitgift, die Don Sancho mir geben wird, dürfte den Preis für ein gutes Pferd nicht übersteigen.«

»Aber ich will doch kein Pferd, ich will Euch.«

»Ich habe eine scharfe Zunge, wie Ihr schon bemerkt habt, und Ihr würdet tagtäglich darunter leiden. Eure Familie würde darunter leiden. Ich würde Euch bei Euren Freunden unmöglich machen. Ihr kennt mich kaum.«

»Gut genug«, versicherte Juan inbrünstig, »um Euch wunderbar zu finden.«

»Und ich bin nicht hübsch«, schloß sie mit einiger Verzweiflung. Erstaunt blickte er sie an. »Wer hat Euch denn das eingeredet?«

»Mein Spiegel«, sagte Layla ungeduldig. »Also, Ihr seht – wir passen überhaupt nicht zueinander.«

Sie hätte genausogut zu einer Wand sprechen können. Juan rückte ein wenig näher. »Lucia, Liebste, das sind doch alles nur Ausflüchte. Ihr seid nicht nur hübsch, Ihr seid so, daß die anderen Mädchen alle farblos werden, wenn Ihr im Raum seid. Ich weiß auch nicht, wie Ihr das macht. Ihr habt eine spitze Zunge, gewiß, aber das ist ja das Wunderbare an Euch. Es wird nie langweilig mit Euch sein, und Vater wird gerade Euer Widerspruchsgeist entzücken, glaubt mir. Und was die Mitgift angeht – genau damit habe ich Vater ja überzeugt, das hat mir seine Einwilligung gebracht.«

Layla entfernte sich etwas. »Wie bitte?«

»Er kennt Euch natürlich nicht«, meinte Juan entschuldigend, »sonst hätte er auch so eingewilligt. Aber seht Ihr, wenn der Krieg vorbei ist, wird er einen Großteil der neuen Lehen in Granada erhalten. Und wenn dann eine Angehörige des alten Fürstenhauses zu seiner Familie zählt – besser kann es doch gar nicht kommen. Die Menschen dort werden erfreut sein. Die Majestäten werden so zufrieden sein, daß sie seinen Lehensanteil vielleicht sogar noch vergrößern. Und wir werden in Eurer alten Heimat leben, Lucia! Glaubt mir, ich weiß, daß Ihr Heimweh habt. Aber es dauert ja nicht mehr lange.«

Er wartete, beunruhigt über ihr Schweigen. Sie bemerkte, daß sich ihre Hände in den Falten des Kleides verkrampft hatten. Langsam löste Layla sie.

»Was«, fragte sie betont ruhig, »soll das heißen – Euer Vater erhält große Lehen in Granada?«

»Nun ja, Granada wird nach dem Sieg verteilt, an die treuesten und besten...«

»Und was ist mit dem Vertrag, in dem Eure Könige Muhammad zugesichert haben, daß er Granada als ein Lehen der Krone halten kann, das ganze Granada?«

Inzwischen hatte selbst Juan bemerkt, daß etwas nicht stimmte. Bei ihrer letzten Äußerung erkannte er, was er falsch gemacht hatte, und lächelte beschwichtigend. »Aber dieser Vertrag wurde doch nur aus der Notwendigkeit heraus geschlossen, mit al Zaghal fertigzuwerden. Jeder weiß das. Doch das braucht uns nicht zu kümmern. Wenn wir erst verheiratet sind, werde ich Euch in Eure Heimat zurückbringen und...«

»Das werdet Ihr nicht.«

Er blickte sie verwundert an und öffnete den Mund.

»Das werdet Ihr nicht«, fuhr Layla fort, bevor er sprechen konnte, »weil ich Euch nicht heiraten werde. Es tut mir leid, Juan. Aber ich werde Euch auf keinen Fall heiraten.«

Wenn sie sich in einen geflügelten Drachen verwandelt hätte, er hätte nicht entgeisterter dreinschauen können.

»Aber warum nicht?«

»Aus zwei sehr einfachen Gründen. Ich liebe Euch nicht, und ich will nicht.«

Es war ihr Zimmer, aber wenn sie ihn gebeten hätte zu gehen, hätte das eine neue endlose Diskussion auslösen können. Außerdem lag Layla etwas daran, das letzte

Wort zu haben, und dieses konnte kaum verbessert werden. Also war sie es, die ging, mit hocherhobenem Kopf. Sowie sie allerdings erst einmal auf dem Gang war, begann sie, höchst würdelos zu rennen, denn sie fürchtete, er könnte sich rechtzeitig genug erholen, um ihr nachzueilen.

Hamid al Zegri starrte auf das trügerisch sanfte Meer, wo die kastilische Flotte, die in sicherer Entfernung von der Stadt vor Anker gegangen war, seine Hoffnungen zu verspotten schien. Malaga war sowohl zu Wasser als auch zu Lande eingeschlossen, und es gab keine Möglichkeit, zu erfahren, ob und inwieweit al Zaghal wieder ein Heer hatte aufstellen können, um ihnen zu Hilfe zu kommen. Das, dachte Hamid al Zegri, war das schlimmste: die völlige Abgeschiedenheit, in der sich die wichtigste Handelsstadt von Granada befand. Die einzige Nachricht, die sie jeden Tag hörten, war die allmorgendliche Aufforderung zur Kapitulation.

Anfangs war die ganze Stadt begeistert von seinem Aufruf gewesen, durch Standhaftigkeit die Retter von Granada zu sein. Mittlerweile sah das anders aus. Al Zaghal hatte schon vor einiger Zeit die islamischen Reiche auf der anderen Seite des Mittelmeers um Hilfe gebeten, doch diese waren selbst vom Bürgerkrieg geplagt, und die einzige Unterstützung, die bis jetzt aus diesen Ländern gekommen war, bestand in dem kleinen Trupp, mit dessen Hilfe Hamid al Zegri jetzt Malaga hielt.

Die Kaufleute der Stadt sahen nicht nur den Ruin ihres Handels, den die völlige Abschottung mit sich brachte. Mittlerweile erlebten sie auch Hunger und Durst, und

Hamid al Zegri wunderte es nicht, als am heutigen Morgen wieder eine Deputation erschien.

»Ich höre«, sagte er barsch; sie alle waren zwischenzeitlich jenseits der sorgfältigen Einleitungen und Umschreibungen, die ein zivilisiertes Gespräch eigentlich vorschrieb.

»Wir sind der Belagerung müde, Hamid al Zegri«, begann ihr Wortführer, einer der ehemals reichsten Kaufleute der Stadt; nun war niemand mehr reich in Malaga. »Wenn die Christen die Stadt erstürmen, bringen sie uns alle um. Wenn sie uns weiter aushungern, sterben wir ebenfalls. Und wofür? Damit die Chroniken einst Euren Namen verzeichnen?«

Früher wäre der Oberbefehlshaber aufgebraust, hätte den beleidigenden Kaufmann vielleicht sogar umgebracht; auch diese Art von Reaktionen lag weit hinter ihm. So antwortete er nur steinern: »Malaga ist die wichtigste Stadt nach der Hauptstadt. Also müssen wir Malaga halten. Wie oft soll ich Euch das noch sagen?«

»Aber für wen?« entgegnete einer der jüngeren Kaufleute hitzig. »Al Zaghal kann nach allem, was wir wissen, tot sein, und Abu Abdallah Muhammad ben Ali macht keine Anstalten, uns zu Hilfe zu kommen. Seht doch den Tatsachen ins Auge, Hamid al Zegri, es ist nur Euer Stolz, der uns daran hindert, Malaga den Christen zu übergeben.«

»Stolz?« Hamid al Zegri befeuchtete sich die aufgesprungenen Lippen. »Vielleicht. Stolz darauf, nicht wie ein Feigling zu enden. Glaubt Ihr Narren vielleicht, die Christen würden nur einfach die Garnison übernehmen und ansonsten würde sich nichts für Euch ändern? Fragt die Bürger von Alhama, wie es ihnen unter den christlichen Königen ergangen ist. Fragt die Bürger von Loja.«

Betretenes Schweigen kehrte ein. »Wir halten Malaga weiter. Und das ist mein letztes Wort«, sagte Hamid al Zegri, wandte sich von ihnen ab und starrte wieder auf die See hinaus. Malagas Lebensspender, der ihnen das Leben jetzt vorenthielt.

Don Juan Ponce de Leon war mit einer besonderen Art von Taubheit gesegnet: Er hörte nur, was er hören wollte. Daher verließ er Cordoba in der festen Überzeugung, bei Laylas Weigerung habe es sich nur um zeitweilige mädchenhafte Schüchternheit gehandelt, eine Meinung, in der ihn Don Sancho Ximenes de Solis bestärkte. Layla hatte es aufgegeben, mit einem von beiden zu sprechen. Statt dessen wartete sie, bis in Cordoba, wo außer Don Martin nur noch wenige Beamte, ihre Familien und leider auch Don Sancho zurückgeblieben waren, wieder der schläfrige Alltag einkehrte.

Dann zog sie sich in einen der vielen Räume zurück, die nun leer standen. An den Wänden waren noch Spuren der zahllosen Koranzitate zu erkennen, die auch die Alhambra zierten. *Es gibt keinen Sieg außer Allah.* Layla berührte den silbernen Ring, den sie mittlerweile an einer Kette um den Hals trug, und flüsterte: »Jusuf ben Ismail, bitte komm, wo immer du auch gerade bist.«

Es rührte sich nichts, und sie sagte ärgerlich und weit weniger leise: »Das ist nicht die Zeit für deine Scherze, Ifrit. Es ist dringend – ich brauche dich!«

»Nun, in diesem Fall...«

Er hatte entschieden eine Vorliebe dafür, hinter ihrem

Rücken aufzutauchen. Als sie sich umdrehte, sah sie, daß er wieder arabische Kleidung trug, wie damals, als sie ihm zum erstenmal begegnet war. Er verschränkte die Arme.

»Gehe ich recht in der Annahme, daß du diesen reizenden jungen Ritter nicht heiraten willst, der dir so hingebungsvoll den Hof gemacht hat?«

Er versuchte schon wieder, sie zu einem Temperamentsausbruch zu provozieren, aber diesmal war sie auf der Hut. Außerdem erinnerte sie sich noch gut an den Blick, mit dem er Juan gemustert hatte.

»Nicht nur das«, erwiderte Layla gelassen. »Ich möchte Kastilien verlassen. Ich möchte zurück«, sie konnte nicht verhindern, daß Sehnsucht in ihre Stimme kroch, »zurück nach Granada. Kannst du mir dabei helfen?«

Tatsächlich hatte sie sich schon selbst mehrere Fluchtpläne überlegt. Sie hätte sich verkleiden und versuchen können, mit Isabellas Troß zu reisen. Aber die Gefahr einer Entdeckung war zu groß, Juan in unmittelbarer Nähe, und außerdem war ihr der Gedanke zuwider, mit einem christlichen Heer nach Granada zu reisen. Eine andere Möglichkeit wäre, sich einfach ein Pferd zu besorgen und allein loszureiten. Doch dazu fehlte ihr nicht nur das Geld, sondern auch das Geschick, um eines zu stehlen. Und sie war vor Heimweh keineswegs närrisch geworden: Eine allein reisende Frau in einem mittlerweile völlig gesetzlosen, kriegzerrissenen Land hatte in etwa soviel Überlebensmöglichkeiten wie ein Fisch in der Wüste. Es war an sich schon töricht genug, überhaupt nach Granada zurückkehren zu wollen. Was erwartete sie schließlich dort? Doch in den letzten Tagen, als sie beobachtet hatte, wie die Königin und ihre Untergebenen sich beeilten, um nur nicht zu spät zum Fall von Malaga zu kommen, wie die Höflinge schon untereinander Granada verteilten, da konnte sie es nicht mehr ertragen. Eine lange unterdrückte Stimme in ihr wurde laut und fragte: Was tust du hier, Tochter von Abul Hassan Ali? Und das Bild der Alhambra mit ihren Springbrunnen, mit den Orangenbäumen und dem dunklen Laub der Myrten wurde einmal mehr in ihr lebendig, pochte so schmerzhaft wie das Blut einer Fiebernden.

»Ich will nach Hause«, sagte Layla zu dem Ifrit, der sie schweigend musterte, und bemerkte kaum, daß sie dabei nicht älter als Suleiman klang. »Ich will nach Hause.«

So schnell, daß sie die Berührung kaum spürte, griff Jusuf nach ihrem Kopf und löste den durchsichtigen Haarschleier. »Wenn du es wünschst«, sagte er zerstreut, während er den Schleier durch seine Finger gleiten ließ, »dann soll es geschehen. Ich weiß, wie du einigermaßen sicher nach Granada kommen könntest. Aber nicht umsonst, kleines Mädchen.«

»Ich weiß, daß du nichts umsonst tust«, gab sie wütend zurück. »Du bist der eigennützigste Geist, der mir je begegnet ist.«

»Der einzige Geist, der dir je begegnet ist«, korrigierte er, und wider Willen mußte sie lächeln.

Jusuf drehte den Schleier, bis er ein durchsichtiges Seil in der Hand hielt. »Ah, aber diesmal erfülle ich selbst eine alte Schuld. Meinetwegen starben Tausende von denen, die einmal mein Volk waren. Und nun sehe ich eine Möglichkeit, etwas davon wiedergutzumachen.«

Als spürte er, daß er sich ungewollt eine Blöße gegeben

hatte, änderte er jäh seinen Ton und verzog spöttisch den Mund. »Auf deine Kosten, Layla. Ich fürchte, du wirst mir deinen Körper zur Verfügung stellen müssen.«

»Was meinst du...«

»Wie in der Kapelle.« Sein Lächeln vertiefte sich. »Oder hast du geglaubt, ich hätte etwas anderes gemeint, Layla?«

Sie kämpfte siegreich gegen die Versuchung an, ihm die Pest an den Hals zu wünschen – was ohnehin nichts genutzt hätte –, und sagte ungnädig: »Nun ja, ich habe es damals überlebt, ich werde es auch jetzt überleben.«

»Überleben... sicher. Diesmal schon. Aber dein Leben wird kürzer. Jedesmal, wenn ich dich berühre, nehme ich mir ein paar Jahre.« Er näherte sich ihr, lautlos wie eine Katze. »Doch das weißt du... nicht wahr, Layla?«

Sie hielt dem Blick seiner unmenschlichen Augen stand. »Ja«, flüsterte sie. »Ich weiß.«

Und sie streckte ihm ihre Hand entgegen. Er schüttelte den Kopf. »Deswegen schätze ich dich so, Layla. Du bist der einzige Mensch, den ich kenne, der seinem Tod wissentlich die Hand gibt, ohne dabei verzweifelt zu sein, im Gegenteil, voller Mut. Aber die Ansprüche des Todes wachsen, mein Kind. Die Hand genügt nicht mehr.«

Der Schleier legte sich um ihren Hals. Aber diesmal wollte sie sich nicht einfach willenlos ziehen lassen wie ein Vogeljunges, das von der Schlange gebannt ist. Sie hatte Angst, ja, aber es war die gleiche Art von Angst, dachte sie plötzlich, die sie daran gehindert hatte, zu springen, als die Zwillinge im Genil schwimmen gelernt hatten. Und schließlich war sie doch gesprungen.

Layla trat einen Schritt auf ihn zu. Zum erstenmal schlang sie aus eigenem Willen die Arme um seinen Hals. Sie sah tiefes Erstaunen und noch etwas anderes in seinem unverwandten Blick. Dann beugte er seinen Kopf, und obwohl ihr die Kälte beinahe den Atem nahm, ließ sie sich in das reißende Wasser fallen. Und küßte ihn.

Übergangslos befand sie sich in einem anderen Teil des Palastes von Cordoba, allein. Layla schaute an sich herunter und stellte einigermaßen erstaunt fest, daß sie noch immer sie selbst war, nicht, wie bei der Rache an Ali al Atar, Jusuf. Dann bemerkte sie, daß er diesmal Teil ihrer Gedanken war. Flüchtige Erinnerungsbilder an ein Cordoba, das sie nie gesehen hatte, zogen an ihr vorbei, und sie spürte Trauer um Menschen, deren Namen sie nicht einmal kannte. Ohne selbst den Wunsch danach zu haben, ging sie auf die nächste Tür zu und klopfte. Ein in Schwarz gekleideter Mann, der, den zahllosen Tintenflecken an seiner Hand nach zu schließen, ein Schreiber war und außerdem unübersehbar den roten Kreis trug, öffnete.

»Verzeiht mir«, sagte Layla, wieder ohne eigenes Zutun, »aber ich muß unbedingt Euren Herrn sprechen. Es ist sehr dringend.«

Mittlerweile glaubte sie zu wissen, wo sie – sie beide – sich befanden. Abraham Seneor war unter den Beamten, welche die Königin in Cordoba zurückgelassen hatte. Der Sekretär ließ sie eintreten, fragte sie nach ihrem Namen und versprach, sie bei seinem Herrn zu melden.

Das Vorzimmer sah nicht sehr viel anders als das von Fray Hernando de Talavera aus. *Was hast du denn erwartet?* fragte sie Jusufs Stimme sarkastisch. *Eine Synagoge?*

Abraham Seneor ließ nicht lange auf sich warten. Layla kannte ihn vom Sehen – ein würdevoller, grauhaariger Mann –, hatte jedoch noch nie mit ihm gesprochen, so daß sie sich jetzt vorstellte. Er winkte ab.

»Ich weiß, wer Ihr seid, Doña Lucia. Aber ich kann mir nicht vorstellen, in welcher Angelegenheit ich Euch helfen könnte.«

»Ihr müßt so bald wie möglich der Königin folgen und nach Malaga reisen. Und ich habe denselben Weg.«

Abraham Seneors mächtige Brauen zogen sich zusammen. »Und warum, wenn ich fragen darf, sollte ich nach Malaga? Ich habe hier einiges zu tun, müßt Ihr wissen«, fügte er mit mildem Spott hinzu.

Sie hätte auch gerne gewußt, was das ganze sollte. Jusuf ließ sie nicht lange darüber im unklaren.

»Ein beträchtlicher Teil der Bevölkerung von Malaga sind Juden. Wenn die Stadt sich ergibt, dann werden die Bewohner und die Garnison nicht einfach nur gefangengenommen werden, obwohl die Könige das für den Fall einer Kapitulation versprechen. Man wird viele töten und entgegen aller Vereinbarungen den größten Teil der Bürger von Malaga als Sklaven verkaufen, um die Kriegskosten zu decken und um Christen dort ansiedeln zu können. Ihr wärt zumindest fähig, die Juden auszulösen und vor der Sklaverei zu retten. Das würde die Königin Euch gestatten.«

Sowie Layla aufhörte zu sprechen, kam ihr die Ungeheuerlichkeit dessen, was sie – was Jusuf – gesagt hatte, zu Bewußtsein. Sie schaute auf ihre Hände und bemerkte, daß sie zitterten. Abraham Seneor setzte mit einem Ruck den Becher, den er gerade gefüllt hatte und ihr anbieten wollte, auf den Tisch neben sich. Dann fing er sich wieder.

»Doña Lucia, das ist eine sehr schwere Anschuldigung, die Ihr da erhebt. Falls es wahr ist, was Ihr behauptet – und ich kann es nicht glauben –, woher wollt Ihr das wissen? Die Königin wird Euch wohl kaum erzählt haben, was sie jedem anderen verschwiegen hat.«

Eingedenk der Gebietsverteilung von Granada, von der anscheinend sogar die jüngsten Söhne der Betroffenen wußten, sagte Layla aus eigener Initiative, bevor sie sich zurückhalten konnte: »Ihr seid nicht jeder andere, Don Abraham.«

Seine Augen verengten sich. »Nein. Und ich bin auch nicht Don Abraham. Nach dem Erlaß Königs Juans II. ist es verboten, Juden mit Don oder Doña anzusprechen. Dennoch, meine Frage bleibt: Woher wollt Ihr das wissen? Und warum sollte ich Euch glauben?«

Die Worte quälten sich aus ihrem Mund wie widerwillig geborene Kinder. *»Vergießet Träne um Träne, nieder rinnt mein Auge als Träne, denn gefangen ward die Herde des Herrn. Rabbi Elasar sagte: Was sollen diese drei Tränen? Eine wurde über das erste Heiligtum vergossen, eine über das zweite Heiligtum und eine über Israel, das sie von seiner Stätte der Verbannung führten.«*

Der Sekretär, der eben wieder aus dem Vorzimmer eingetreten war, ließ das Dokument fallen, das er in der Hand hielt. Abraham Seneor starrte Layla fassungslos an.

»Aber... aber das ist unmöglich«, stieß er hervor. »Keiner der *gojim* kennt den Talmud, und auch von uns kennt ihn keine Frau.«

Layla wartete, doch Jusuf hatte sich zurückgezogen.

Er ließ sie weder etwas sagen, noch half er ihr mit einer Erinnerung. Sie wußte noch nicht einmal, wer oder was der Talmud war. In Gedanken häufte sie Verwünschungen auf das Haupt des Ifrit. Es entsprach wohl seinem merkwürdigen Sinn für Humor, sie in eine solche Lage zu bringen und dann allein zu lassen. Mit zwei Juden, die sie anblickten, als hätte sie so etwas wie ein schweres Sakrileg begangen.

»Ich kenne ihn ebenso wie die Absicht der Königin mit den Bewohnern von Malaga«, versicherte sie inbrünstig. »Glaubt Ihr mir jetzt, Don Abraham? Und werdet Ihr mir helfen?«

»Ich... ich werde darüber nachdenken«, sagte der Vorstand aller jüdischen Gemeinden in Kastilien schließlich, ohne sie aus den Augen zu lassen. »Kommt morgen wieder, dann werde ich Euch mitteilen, wie ich mich entschieden habe. Wenn Ihr mich jetzt entschuldigen wollt...«

»Oh, selbstverständlich.« An dem immer noch versteinerten Schreiber vorbei eilte sie so schnell wie möglich aus dem Raum hinaus. Doch die Tür, die Layla öffnete, führte sie weder in das Vorzimmer noch in den Flur, sondern in das leere Gemach, in dem sie nach Jusuf ben Ismail gerufen hatte.

Sie stand dort nicht länger als eine Sekunde, ehe eine gewaltige Erschöpfung auf sie niederfiel wie ein Mantel aus Stein. Ihre Knie gaben nach, und sie stürzte auf den Boden, doch diesmal verlor sie nicht das Bewußtsein.

»Verschmelzungen«, sagte Jusuf, kniete neben ihr nieder und hielt sie mit beiden Händen fest, »sind leider immer sehr kraftraubend.«

Sie war außerstande, ihm zu antworten; sie hörte ihn kaum. Er runzelte die Stirn, und bei jedem anderen hätte sie geschworen, er blicke besorgt drein. Aber da es Jusuf war, mußte sie sich wohl täuschen, und außerdem konnte sie ohnehin bald nichts mehr erkennen als ein schwarzweißes Flirren. Sie verstand das nicht; selbst nach dem Kampf mit Ali al Atar hatte sie sich nicht so schlecht gefühlt. Jemand hob sie auf, jemand trug sie aus dem Zimmer. Sie lag in ihrem eigenen Bett, und jemand gab ihr zu trinken, etwas Heißes, Salziges, das sie wie eine Verdurstende in sich hineinsaugte und dann beinahe erbrach. Als sich ihr Magen wieder etwas beruhigt hatte, kam die Erschöpfung zurück, diesmal in Form einer wohltätigen Müdigkeit, und sie schlief ein.

Das helle, ungedämpfte Licht einer Lampe zwang sich zwischen ihre Augenlider, und Layla öffnete sie widerwillig. Da stand Suleiman, eine Öllampe hochhaltend wie Ala-ed-Dins Geist; dem Hemd nach zu urteilen, das er trug, war es Nacht und er kam geradewegs aus dem Bett. Nacht? Vorhin war es doch noch kaum Mittag gewesen. Sie setzte sich mühsam auf. Ein erleichtertes Grinsen breitete sich über Suleimans Gesicht und zeigte deutlich seine Zahnlücken.

»Ha! Ich hab' Doña Maria doch gesagt, daß du heute noch aufwachen würdest!«

Ihr Kopf dröhnte; sie faßte sich mit den Fingerspitzen an die Schläfe. »Wie bin ich hierhergekommen, Suleiman?«

»Der nette Mann hat dich hergebracht«, antwortete er mit größter Selbstverständlichkeit, stellte seine Lampe ab, kletterte auf ihr Bett und ließ sich neben ihr nieder. »Ein Glück, daß Doña Maria gerade nicht hier war. Die hat sich schon genug erschreckt, als sie dich so im Bett gefunden hat. Du hast den ganzen Tag so dagelegen, und am Schluß fand ich's langweilig. Außerdem kann ich nicht schlafen. Läßt du mich bei dir übernachten, Layla – bitte?«

Mit einem Aufblitzen seines natürlichen Talents zum Unruhestiften fügte er hinzu: »Dann erzähle ich Doña Maria auch nicht, daß du den netten Mann so gut kennst.«

Layla nickte stumm, was ihn in Hochstimmung versetzte. Jetzt war er sicher, etwas gefunden zu haben, mit dem er sie bei gegebener Gelegenheit erpressen konnte, und das wußte sie. Aber während sie zur Seite rückte, wurde ihr klar, daß es keine weiteren Gelegenheiten mehr geben würde. Wenn sie Abraham Seneor überzeugt hatte, würde er sie mitnehmen, und einmal in Granada, konnte sie nie wieder zurückkehren, denn sie hatte nicht die Absicht, zu den Kastiliern nach Malaga zu reisen. Layla schaute Suleiman an, plötzlich verunsichert, denn was sie dabei empfand, lag gefährlich nahe an Bedauern. Dann fiel ihr etwas auf, und ihr stockte der Atem. Sie griff nach seinem linken Handgelenk und hielt es hoch. Ganz deutlich zeigte sich dort eine kreisförmige, kaum verkrustete Wunde.

»Der nette Mann hat mich versprechen lassen, daß ich dir nichts davon erzähle«, sagte Suleiman schuldbewußt.

»Ja«, antwortete sie langsam. »Das kann ich mir denken.«

Abraham Seneor schien ein Freund von schnellen Entschlüssen zu sein. Als Layla am nächsten Tag zu ihm kam, hatte er bereits Reittiere und eine kleine Eskorte für sich und seine Begleiter organisiert und sagte ihr, sie würden bei Morgengrauen aufbrechen. Er hatte sogar daran gedacht, ihr die Kleidung eines jungen Juden zu besorgen, in der sie reisen konnte.

»Ich ... hm ... nehme an, Ihr legt keinen Wert darauf, daß Eure Anwesenheit bei uns jedem auffällt«, kommentierte er mit einem feinen Lächeln, als er ihr die Sachen übergab.

Layla bedankte sich, fragte sich aber, was ihn dazu veranlaßt haben mochte, eine solche Entscheidung in dieser Schnelligkeit zu fällen. Er las die Frage offenbar aus ihrer Miene heraus.

»In den Stätten der Verbannung«, sagte er leise, »ist es die Pflicht jedes einzelnen, für seine Brüder einzustehen – und für seine Schwestern.«

Es war schwer für sie, ihre Sachen zu packen, ohne daß Doña Maria etwas davon bemerkte. Sie hätte sich gerne von ihr verabschiedet, doch in dieser Beziehung konnte sie ihr nicht vertrauen; der alte Mann befand sich noch immer in Cordoba. Allzuviel war es ohnehin nicht, das sie mit sich nahm, aber es gab einige Dinge, die sie nicht zurücklassen wollte.

In dieser Nacht blieb sie wach, und als die Dämmerung näher kam wie eine ungeduldige Braut, schlich Layla sich noch einmal zu Suleiman. Die nächtliche Wache für die Geisel bestand inzwischen nur noch aus einem Soldaten, der längst eingeschlafen war. Sie kniete sich neben Suleimans Bett, legte ihm die Hand auf den Mund und rüttelte ihn wach.

Seine Augen weiteten sich, als er sie endlich in der

Dunkelheit ausmachen konnte. »Hör zu«, wisperte sie, die Hand immer noch fest auf seinen Mund gepreßt, »ich verlasse Cordoba – das ist sicherer für mich – und für dich auch. Es – es tut mir leid, Suleiman, aber ich muß gehen. Versprich mir, daß du es niemandem verrätst. Sie werden es schon früh genug herausfinden.«

»Du gehst nach Granada zurück«, stellte Suleiman anklagend fest, als sie ihn losließ. Sie nickte. Er griff nach ihrem Arm. »Nimm mich mit! Bitte nimm mich mit!«

Einen verrückten Moment lang zog sie es tatsächlich in Erwägung. Aber es war unmöglich. Selbst gesetzt den unwahrscheinlichen Fall, daß Abraham Seneor entweder nichts merken oder es stillschweigend billigen würde – mit einer königlichen Geisel im Gepäck hatten sie sofort die Hermandad auf dem Hals, und am Ende wäre weder ihr noch ihm geholfen.

»Ich kann nicht«, entgegnete Layla gepreßt. Plötzlich kam ihr in den Sinn, daß sie das gleiche tat wie ihre Mutter – sie ließ ein Kind in einem fremden Land im Stich. Doch nein, es war keineswegs das gleiche; Suleiman war nicht ihr Kind, und den größten Teil der Zeit hatten sie miteinander in erbitterten Gefechten verbracht.

»Sei froh, daß ich fort bin«, sagte sie hastig. »Dann brauchst du dich nicht mehr von einem Mädchen herumkommandieren zu lassen.«

»Ich *bin* froh«, gab Suleiman zurück und sah sie grimmig an. Dann biß er sich auf die Lippen. »Aber ich ... ich mag dich – irgendwie.«

»Ich mag dich auch – irgendwie«, flüsterte sie, und dann verließ sie ihn.

IV

Heimkehr

Kein Freund blieb unter Trümmern, welcher Auskunft gäbe;
wen sollten wir auch über diese Stadt befragen?
Befragen kannst du nur die Trennung; sie allein vermeldet dir,
ob sie hinauf, hinab gezogen.

Abu Amir Ibn Suheid

Abraham Seneor gab Layla als einen seiner Neffen aus, was die übrige Reisegesellschaft kommentarlos akzeptierte. Layla schwieg die meiste Zeit, so daß sie auch nicht Gefahr lief, sich zu verplappern. Erst beim abendlichen Gebet kam sie in Schwierigkeiten, doch Abraham Seneor hatte auch das vorhergesehen.

»Meine Schwester und ihr Gemahl sind *conversos*«, sagte er kurz. Die anderen Reisenden warfen Layla halb mitleidige, halb abgestoßene Blicke zu. *Converso,* dachte Layla, das war passender, als sie alle ahnten. Die wenigen Soldaten, die sie begleiteten, blieben für sich, obwohl Abraham Seneor sie an sein Feuer einlud. Was Layla am meisten verstörte, war, daß ihr das Hebräische, in dem die Gebete gesprochen wurden, nicht völlig unvertraut war, obwohl sie kein Wort hätte verstehen dürfen. Ein paarmal lag ihr die nächste Silbe sogar auf der Zunge.

»Ifrit«, flüsterte sie, »falls du da bist, dann verschwinde in die Hölle, aus der du stammst, ganz gleich, welche!«

Es war eine Sache, daß er sie töten wollte, denn das war ihr von Anfang an klar gewesen, und er hatte es nie geleugnet; aber das bei Suleiman zu versuchen, der nicht das geringste dafür konnte, war unverzeihlich.

Die allmorgendlichen und allabendlichen Gebete der Juden verstörten Layla allerdings auch noch aus einem anderen Grund: Ihr wurde klar, daß sie schon lange aufgehört hatte, auf die Gebetszeiten, die der Islam vorschrieb, zu achten. Früher war sie meistens von allein aufgewacht, kurz bevor der Muezzin rief, doch das war schon lange her. Während sie Abraham Seneor und seine Glaubensgenossen dabei beobachtete, wie sie ihre Häupter neigten, versuchte sie sich an die korrekte Form der *rakah* zu erinnern – mußte man sich zweimal zu Boden werfen oder nur einmal? Das alles war ihr einmal selbstverständlich gewesen, sie hatte nicht mehr darüber nachdenken müssen als über ihre Eßgewohnheiten, und jetzt ließen sich die Erinnerungen nur noch mühsam zurückrufen, wenn überhaupt.

Damals, als sie Granada verlassen hatte, war sie noch zu sehr von Tariqs Tod gefangen gewesen, um unter den Strapazen der Reise zu leiden. Jetzt spürte Layla mit jedem Tag, daß sie kein Caballero war, und hatte bei ihrem Muskelkater abends die größten Schwierigkeiten, zu sitzen, geschweige denn, einzuschlafen.

Solange die Reisenden sich noch in Kastilien befanden, erreichten sie meist rechtzeitig eine Herberge. Dabei spielte sich immer das gleiche ab: Der Wirt verkündete zunächst lautstark, hier sei kein Platz für Juden, worauf der kastilische Hauptmann, der sie begleitete, donnerte, hier handele es sich um den edlen Abraham Seneor, Schatzkanzler der Hermandad. Danach fand sich Raum, doch der Wirt bat sich aus, daß die Mahlzeiten in den Zimmern eingenommen würden.

Da Layla als sein Neffe galt, teilte Abraham Seneor in

der Regel mit ihr das Zimmer. Es war weit weniger peinlich oder schwierig, als sie es sich vorgestellt hatte. Er gab ihr jedesmal die Gelegenheit, sich ungestört umzukleiden, achtete darauf, zwei Schlafgelegenheiten zu verlangen, und, was ihr noch mehr bedeutete, er fragte sie nie, warum sie eigentlich unbedingt nach Granada wollte oder woher ihre Kenntnisse stammten. Insgesamt war er der zurückhaltendste Mensch, der ihr je begegnet war.

Als sie sich langsam der Grenze näherten und in die Berge kamen, senkte sich Vorsicht und Mißtrauen über die Gruppe. Der Schatzkanzler führte keine Goldtruhen mit sich – das hätte die Reise nicht nur verzögert, sondern erheblich gefährdet; er plante, wie er Layla erklärte, seine Glaubensgenossen durch Schuldscheine auszulösen –, aber es gab Räuber, denen allein die Kleidung und die Tiere Grund genug für einen Überfall sein konnten.

Es war Hochsommer, doch in dieser Höhe spielte das kaum eine Rolle; die Luft, die sie umgab, war kühl genug, um gefütterte Mäntel notwendig zu machen. Layla bemerkte die Kälte kaum, da sie vollauf damit beschäftigt war, den schweigsamen Neffen zu spielen, darauf zu achten, daß ihr Maultier sich nicht in irgendwelchem Geröll verfing, und sich überhaupt auf dem störrischen Tier zu halten. Zu allem Überfluß setzten ihre monatlichen Blutungen ein, und sie fragte sich beunruhigt, wo sie die Stoffetzen, die sie verbrauchte, unbemerkt auswaschen konnte. Aber alles war besser, als in Cordoba zu sitzen und von dem alten Mann auf die Hochzeit seiner Wahl vorbereitet zu werden.

Als die Reisenden auf einen Bergsee trafen und Layla zum Wasserholen eingeteilt wurde, war sie mehr als erleichtert. Nachdem sie alle Bastbeutel gefüllt hatte, versuchte sie ihr Glück als Wäscherin und stellte fest, daß es selbst bei Don Sancho oder als Suleimans Kindermädchen noch eine Menge Arbeiten gegeben hatte, die ihr erspart geblieben waren. Sie hatte keine Ahnung gehabt, daß Blut sich so schwer entfernen ließ. Schließlich vergrub sie die Fetzen ratlos und beschloß, ein weiteres Stück ihrer Kleidung im Gepäck zu opfern. Danach blieb sie noch etwas länger am Rand des Wassers sitzen und wartete, bis die gekräuselten Ringe sich wieder beruhigt hatten. Doch in dem sich glättenden Wasser spiegelte sich nicht ihr eigenes Gesicht wider, sondern das eines Mannes. Es war Jusufs Gesicht mit den schwarzen Haaren, die ihm in die Stirn fielen, den hohen Wangenknochen und den blassen Augen, und es war nicht neben ihr oder über ihr, sondern genau an der Stelle, wo ihr Gesicht hätte sein müssen.

Sie stand jäh auf, doch da war niemand. »Warte es ab, Ifrit«, sagte sie mit zusammengebissenen Zähnen. »Wenn du Krieg haben willst, kannst du ihn bekommen.«

Sie hörte sein Lachen, doch wie üblich ließ er sich nicht blicken. Entschlossen nahm Layla ihre Wasserflaschen und kehrte zu den anderen zurück. Als alles wieder auf seinen Reittieren saß und man durch eine enge Schlucht ritt, faßte sie sich ein Herz und sprach Abraham Seneor an, leise, damit die anderen es nicht hörten.

»Don Abraham«, fragte Layla, »gibt es bei euch einen bestimmten Bannspruch gegen Geister?«

Bisher hatte sie ihn kaum nach etwas gefragt, was über ihre täglichen Bedürfnisse hinausging, doch wenn die Tatsache, daß sie sich an ihn wandte, den Schatzkanzler überraschte, so zeigte er es nicht. Bei dem Wort »Geister« schossen seine Augenbrauen allerdings in die Höhe.

»So etwas habe ich mir gedacht«, murmelte er wie zu sich selbst und schaute sie dann prüfend an. »Welche Art von Geistern meinst du, Junge?«

Die Anrede zeigte ihr, daß er den Rest der Gruppe in Hörweite glaubte, obwohl sie den anderen ein wenig voraus waren.

Layla hatte noch nie mit jemandem darüber gesprochen, und die Worte fanden sich nur schwer. Ihr kam es vor, als müßte sie eine schwierige Stickerei völlig auftrennen, Stich für Stich, ohne den Faden zu beschädigen.

»Geister von Toten«, antwortete sie zögernd, »von gewaltsam gestorbenen Toten.«

Abraham Seneor machte eine ungeduldige Handbewegung. »Die Seelen von Ermordeten streichen nicht auf der Erde herum, das ist Aberglauben. Adonai nimmt sie zu sich.«

»Aber ich dachte, es gibt eine Wahl«, sagte Layla kaum hörbar.

Der Schatzkanzler zügelte jäh sein Pferd. »Es gibt eine Legende«, erwiderte er verhalten, »in der es so heißt. Allerdings nicht bei uns. Die Heiden sprachen von solchen Wesen... Toten, die sich weigern, die Vergangenheit gehen zu lassen... aber sie müssen durch einen lebenden Menschen zurückgeholt werden. Und was dabei herauskommt, ist wider die Natur und durch und durch bösartig – Wiedergänger.«

Layla hatte nicht die Absicht, sich ganz und gar in seine Hände zu begeben. »Eine schlimme Legende«, stimmte sie zu, um Gelassenheit bemüht, »aber heidnisch, wie Ihr meint, und damit wahrscheinlich nicht wahr.«

Er schien sie nicht gehört zu haben. »Wiedergänger verschwinden erst, wenn sie ihre Ziele erreicht haben oder wenn der Mensch, der sie gerufen hat, tot ist, denn er ist gewissermaßen ihr Lebensspender. So heißt es jedenfalls.«

Layla war noch dabei, das Gehörte zu bewältigen, als hinter ihnen jemand um Hilfe rief. Sie hielten die Tiere an – Laylas Maultier lief wie üblich noch ein paar Schritte weiter – und drehten sich um. Ihr kleiner Zug war gerade dabei, von Leuten überfallen zu werden, die weniger wie Bergräuber als wie mangelhaft ausgerüstete Soldaten aussahen. Keine christlichen Soldaten, obwohl sie sich immer noch in kastilischem Herrschaftsgebiet befanden – arabische Soldaten.

Dennoch waren es nicht genug, um als reguläre Truppen durchzugehen. Aber mehr als genug, um mit ihnen allen kurzen Prozeß zu machen. Die Eskorte versuchte ihr Bestes, doch angesichts des Pfeilregens, der von den Hängen kam, hatte das wenig Sinn. Und den Juden war es verboten, Waffen zu tragen. Sie scharten sich alle um Abraham Seneor. Layla wußte, daß sie ihrem Tod noch nie so nahe gewesen war. Sie wußte jedoch auch, daß es möglicherweise noch einen Ausweg gab. Tod war Tod. Was hatte sie zu verlieren, wenn sie Jusuf rief? Nur ihren Stolz.

Ihre Lippen bewegten sich, als die Angreifer plötzlich innehielten. Sie hörte eine Stimme, die über das Tal hinweg rief: »Das ist nicht der Heertroß, den wir erwarten.

Nur ein Haufen Juden. Ihr da unten, könnt Ihr mich verstehen? Falls Ihr Gold bei Euch habt, ergebt Euch lieber sofort!«

Die Worte waren arabisch, und der Sprecher kam ihr bekannt vor. Sehr bekannt. Abraham Seneor trat vor und schrie in derselben Sprache zurück: »Wir ergeben uns, aber wir haben kein Gold. Wer seid Ihr?«

Die Männer auf den Hängen lachten, bis jemand ihnen erneut Schweigen gebot. Dann löste sich eine einzelne Gestalt von einem der Gipfel.

»Das mit dem Gold werden wir sehen, Jude. Du hast die Ehre, al Zaghal in die Hände zu fallen.«

Layla hätte sich ihre Haare abschneiden sollen, aber sie hatte es nicht fertiggebracht. Statt dessen hatte sie die ganze Reise über ihren Kopf mit den eng anliegenden Flechten durch einen Tailasan verhüllt und vorgegeben, sich so gegen den Wind schützen zu wollen. Jetzt erwies sich dieses Zugeständnis an ihre Eitelkeit als unerwarteter Vorteil. Al Zaghal bemerkte weibliche Wesen in der Regel kaum, wenn es sich nicht gerade um Aischa oder ihre Mutter handelte, die ihn einfach gezwungen hatten, von ihnen Notiz zu nehmen, und sie glaubte nicht, daß er sich an sie erinnern konnte. Doch mit ihrer Rückverwandlung in ein Mädchen konnte sie ihn vielleicht lange genug verblüffen, um ihn dazu zu bringen, ihr zuzuhören.

Sie hatte nicht damit gerechnet, daß er mittlerweile kaum noch durch irgend etwas zu überraschen war. Er stutzte einen Augenblick lang, aber sowie Layla ihren Namen genannt hatte, schnaubte er einmal verächtlich, wandte sich ab und sagte über die Schulter hinweg: »Die

Kinder der Christin sind tot. Ich habe schon bessere Lügen gehört.«

Seine Männer waren inzwischen dabei, Laylas Begleiter zu untersuchen, und ließen enttäuschte Rufe hören, als sie nicht das erwartete Gold fanden. Sie hatten keine Zeit mehr zu verlieren.

»Zweifellos wäre Euch das lieber, Sejid«, sagte sie laut genug, um von allen gehört zu werden, »wie es Euch auch lieber gewesen wäre, wenn Ihr Muhammad damals nach Tariqs Sturz vom Pferd in aller Ruhe hättet umbringen können.«

Al Zaghal erstarrte. Langsam drehte er sich wieder um. Er war um einiges älter geworden, seit sie ihn zum letztenmal gesehen hatte, aber keineswegs schwächer. Oder weniger gefährlich. Er erinnerte sie an einen Raubvogel kurz vor dem Zustoßen. Aber sie dachte auch an ein Sprichwort, das Fatima vor langer Zeit gerne im Mund geführt hatte: Wer einen Tiger reitet, wagt es nicht, abzusteigen.

Also machte Layla weiter.

»Ich war dabei, Sejid«, sagte sie, wenngleich mit etwas leiserer Stimme. »Ihr habt mich nicht bemerkt, weil ich hinter dem Diwan versteckt war, als Ihr mit meiner Mutter darüber geredet habt. Ihre letzten Worte an Euch waren: *Gut. Ich weiß ja, wie vertraut Ihr mit dem Tod seid.* Sie hatte recht, nicht wahr?«

Al Zaghal kam näher. Er hob ihr Kinn, nicht eben sanft, und musterte sie, als wolle er ihr Gesicht in Stein meißeln. Sie rührte sich nicht.

»Ja«, sagte er endlich gedehnt. »Du bist ihre Tochter.« Er ließ sie los.

»Eure Nichte«, erwiderte Layla herausfordernd, denn sie hatte ihre Identität nicht verraten, nur um ein wenig mit dem Feuer zu spielen.

»Was«, fragte al Zaghal barsch, »tust du dann bei diesen Juden?«

»Wir hatten denselben Weg. Ich wollte zurück nach Granada. Und sie wollten nach Malaga.« Layla holte tief Atem; jetzt kam es darauf an. »Es ist sehr wichtig, daß sie dort hingelangen. Sie reisen im Auftrag Abraham Seneors, der einen Teil der Gefangenen dort auslösen will.«

Heimlich hoffte sie, daß ihre Mitreisenden sie verstanden hatten. Abraham Seneor selbst wäre eine zu wertvolle Geisel, als daß ihn al Zaghal je wieder gehen lassen würde.

»Und wie wollen sie das anfangen«, erkundigte sich al Zaghal sarkastisch, »ohne Gold?«

»Mit Schuldscheinen.«

Sie überlegte sich, ob es sinnvoll war, vor ihm auf die Knie zu fallen; sie schuldete Abraham Seneor für seine Hilfe sehr viel. Aber al Zaghal hatte nichts für Schwäche übrig. Also blieb sie stehen.

»Sie sind keine Krieger, keine Christen, haben kein Gold und können der christlichen Armee in keiner Weise helfen«, fuhr sie fort. »Die einzigen, denen sie helfen können, sind die Bewohner von Malaga, wenn Malaga fällt. Und es wird fallen, das wißt Ihr.«

Seine Kinnmuskeln arbeiteten.

»Wir werden sehen«, sagte er abrupt. Dann gab er seinen Männern Anweisung, die Gefangenen zu ihrem Lager zu bringen.

Anscheinend verstanden die meisten ihrer Mitreisenden Arabisch; während des Marsches in al Zaghals Lager hielten sie sich von Layla zurück und bestürmten statt dessen Abraham Seneor mit Fragen. Bald verstummten sie, denn die ungeheure Eile, die al Zaghal an den Tag legte, beanspruchte all ihre Kräfte. Al Zaghal hatte bei seinem Zug ins Innere Kastiliens alles auf einen Wurf gesetzt, um die Königin gefangenzunehmen; nun, da er sein Ziel verfehlt hatte, konnte er es sich nicht leisten, in Enttäuschung zu schwelgen, sondern mußte so schnell wie möglich in die sicheren Berge Granadas zurückkehren.

Die Soldaten wußten auch nicht recht, wie sie Layla behandeln sollten. Erst als sie bei dem Dorf angekommen waren, wo sich der Rest von al Zaghals Truppen befand – oder was inzwischen dafür galt –, gab dieser Anweisung, das Mädchen in seinem Quartier unterzubringen.

Es handelte sich um eines der wenigen Steinhäuser im Ort, doch angesichts der Tatsache, daß al Zaghal noch im letzten Jahr sicher in der Alhambra gewesen war, zeigte es mehr als deutlich, wie sich sein Geschick gewandelt hatte. Immerhin, anders als die meisten christlichen Paläste, in denen Layla sich in den letzten Jahren aufgehalten hatte, wurde ihr hier von der Frau des Ortsvorstehers sofort ein Bad angeboten.

Sie war noch immer ihrer Gefährten wegen sehr beunruhigt; aber ihr schien, daß al Zaghal offensichtlich beschlossen hatte, sie als seine Nichte anzuerkennen, und das war ein gutes Zeichen.

Daher verdrängte sie die Lage, in der sie sich befand, und genoß ihr Bad.

Danach fühlte sie sich erfrischt und viel besser. Die Frau des Ortsvorstehers lieh Layla eines ihrer Kleider, was dem Mädchen nicht nur einige Verbote des Koran wieder ins Gedächtnis rief, sondern ihre Stimmung auch sofort wieder senkte. Das Ankleiden bereitete ihr zunächst Schwierigkeiten, und sie mußte sich helfen lassen, was sie nicht nur ungeduldig, sondern auch zornig machte. Sie hatte die christlichen Gewänder doch einmal steif und unbequem gefunden; wie hatte sie sich nur je so sehr daran gewöhnen können?

Al Zaghals Miene, als er schließlich auftauchte, verriet sehr deutlich, daß er etwas Ähnliches dachte, und er sprach es auch aus.

»Unverschleiert, in Männerkleidung und unter Christen und Juden. Nur die Tochter einer Christin bringt es fertig, die Banu Nasr so zu beschämen.«

Layla wollte etwas von ihm, also hätte sie lieber schweigen sollen, doch er hatte sie an einer empfindlichen Stelle getroffen, und sie schlug zurück.

»Ist es für die Banu Nasr etwa ehrenvoller«, fragte sie spitz, »wenn sich ein Sejid aus ihrem Haus als Straßenräuber versucht?«

Sein Gesicht verdunkelte sich. »Schlecht erzogen auch noch«, stellte er voller Abneigung fest. »Ich hatte wahrhaftig schon Ärger genug, Allah weiß es. Aber du bist nun einmal die Tochter meines Bruders und unterstehst damit meiner Verantwortung. Ist dir überhaupt klar, Mädchen, wieviel Schwierigkeiten deine Anwesenheit hier verursacht? Ich kann keine Leute entbehren, um dich in die nächste Stadt zu schicken.«

»Falls Ihr auf den Heertroß der Königin gewartet

habt«, unterbrach Layla ihn, einer plötzlichen Eingebung folgend, »dann hat man Euch entweder falsch unterrichtet, oder Ihr seid zu spät gekommen. Sie ist schon eine Woche vor uns abgereist.«

»Das habe ich mir inzwischen auch gedacht«, sagte er ungnädig.

»Dann werdet Ihr meine Begleiter gehen lassen?«

Er nahm sich geistesabwesend eine der Orangen, die man ihr gebracht hatte, und zupfte an der Schale. »Warum liegt dir soviel daran?« fragte er nachdenklich.

»Eine Sejidah aus dem Geschlecht der Banu Nasr schuldet das denjenigen, die ihr einen Dienst erwiesen haben.«

Sie zuckte nicht mit der Wimper, als er sie prüfend anschaute, und erwiderte seinen Blick. Zum erstenmal fielen Layla die Linien auf, mit denen die Enttäuschung, die Niederlagen ihn so deutlich gezeichnet hatten wie mit Narben von einem Kampf.

»Gebt mir die Orange«, murmelte sie in ihrem sanftmütigsten Tonfall. »Ich schäle sie für Euch.«

Er sagte nichts, doch er reichte ihr die Frucht. Durch den Ritt waren ihre Nägel nicht mehr das, was sie einmal gewesen waren, aber für eine Orange genügte es. Binnen kurzem hatte Layla sie entblättert und bot sie ihm, die einzelnen Scheiben blütenförmig geordnet, auf ihren ausgestreckten Handflächen dar. Die Blüte war nicht ihr Einfall; sie hatte diese Art, eine Orange zu servieren, oft genug in der Alhambra beobachten können. Ein winziges Lächeln erschien in seinen Mundwinkeln, und er nahm sich eine der Scheiben.

»Siehe, die Gottesfürchtigen kommen in Schatten und

Quellen, und zu Früchten, wie sie sie begehren«, sagte al Zaghal, und zu Laylas Freude erkannte sie die Sure und sprach weiter: *»Esset und trinket zum Wohlsein für das, was ihr getan. Siehe, so lohnen wir den Rechtschaffenen.«*

Ich habe es nicht vergessen, dachte sie und lächelte ihn vor Glück darüber erleichtert an, wenigstens das habe ich nicht vergessen! Der scharfe, frische Geruch des Orangenöls an ihren Händen wurde ihr bewußt, und damit erkannte sie auch, daß sie zum erstenmal seit langer Zeit nur diese natürlichen Düfte wahrnahm – den des nassen Laubes, den der Abendwind mit sich brachte, die Essenz der Orangen und, kaum feststellbar, al Zaghal, der ebenfalls ein Bad genommen haben mußte. In der Tat, sie hatte die Welt der Christen hinter sich gelassen. Sie bemerkte, daß sie immer noch lächelte und das über Gebühr lange getan hatte. Hastig ließ sie ihre Miene wieder ernst werden.

Al Zaghal hob eine Braue, sagte aber nichts. Statt dessen nahm er sich noch eine Scheibe. »Wenn ich es mir recht überlege«, meinte er, nachdem er sie verzehrt hatte, »tun mir diese Juden sogar einen Gefallen, wenn sie nach Malaga reisen. Sie könnten ihrem König eine Botschaft von mir übergeben.«

Layla senkte die Lider, um zu verbergen, wie erleichtert sie war.

Nach zwei Monaten Belagerung, dachte Fernando von Aragon, sollte Malaga seine ungeheuren Ausgaben in höherem Maße wert sein. Bisher hatten die Christen dank ihrer Kanonen alle Städte, die sie angriffen, ziemlich schnell erobert; doch diesmal genügten die zerschossenen

Außenmauern nicht; die Stadt und ihre Zitadelle blieben störrisch. Es war ihm beinahe peinlich, seine gesamte Munition und die kostspieligen Söldnertruppen an ein widerspenstiges, nur eben sehr wichtiges Nest voller Ungläubiger zu verschwenden. Isabellas Anwesenheit hatte Kastilier wie Aragonier zu erneuter Angriffslust aufgestachelt, doch derartige patriotische Gefühle hielten leider nicht sehr lange vor.

»Euer Hoheit«, der Marquis von Cadiz räusperte sich, »verzeiht, aber möchtet Ihr, daß ich al Zaghal mit meinen Leuten entgegenziehe?«

»Er kommt nicht«, sagte Fernando kurz. Don Rodrigo runzelte die Stirn. »Die Juden waren sich sicher, daß sein Heer kurz vor dem Aufbruch steht.«

»Weil er wollte, daß sie das glauben«, schnappte Fernando und fügte in seiner gewohnten sachlichen Art hinzu: »Don Rodrigo, ich weiß, wie gerne Ihr al Zaghal wieder auf dem Feld begegnen würdet, und das ehrt Euch, aber denkt daran, der Mann ist kein Dummkopf. Warum sollte er Abraham Seneor und seine Leute ziehen lassen? Nur, um mir einen Gefangenenaustausch anzubieten? Nein, ich sage Euch, er wollte, daß wir den Eindruck bekommen, er hätte wieder eine einigermaßen starke Armee aufgestellt, und einige unserer Truppen aus Malaga abziehen.«

Es war demütigend, beinahe auf die List eines Heiden hereingefallen zu sein, doch wahrscheinlich, gestand sich der Marquis ein, hatte der König recht. Eine derartige Zersplitterungstaktik sah al Zaghal ähnlich.

»Nein, Don Rodrigo«, sagte Fernando versonnen, »diesem Mann haben wir mit seinem Neffen das Genick gebrochen. Er weiß es nur noch nicht. Und was seine verblendeten Anhänger in der Zitadelle dort angeht – wo Waffengewalt erfolglos war, hat bisher noch immer Geld geholfen.«

Was der König damit meinte, fand Don Rodrigo Ponce de Leon spät am Abend heraus, als im Schutz der Dunkelheit zwei Bewohner von Malaga in das Feldlager der Christen schlichen. Der ältere, von dessen zahlreichen Namen dem Marquis nur ein »Ali« im Gedächtnis blieb, stellte sich als der Wortführer und einer der ehemals wohlhabendsten Kaufleute Malagas heraus.

»Wir haben Eure Botschaft erhalten«, sagte er, an den König gewandt, in gebrochenem Kastilisch, »und sind bereit, über eine Kapitulation zu verhandeln.«

»Und Hamid al Zegri?« fragte der Marquis.

»Laßt die, die durch das Schwert gelebt haben, durch das Schwert umkommen«, erwiderte der Kaufmann erschöpft. »Wir, die Bewohner von Malaga, sind nicht länger bereit, unser Leben seinem wahnsinnigen Stolz zu opfern.«

»Eine weise Erkenntnis«, sagte der König freundlich. »Euch ist klar, daß Ihr Euch durch die Übergabe der Stadt bedingungslos unter unsere Herrschaft stellt?«

Ali nickte stumm.

»Gut. Außerdem verlange ich die Auslieferung von Hamid al Zegri und all seiner Männer, soweit sie nicht auf Eurer Seite stehen.«

»Wenn dafür die Bürger von Malaga verschont werden.«

Der Marquis, der den Mann, den Isabella von Kastilien geheiratet hatte, nun schon eine ganze Weile kannte, war immer noch erstaunt über die Leichtigkeit, mit der Fernando Launen heraufbeschwören konnte, wenn es ihm nutzte. Jetzt wirkte er leicht beleidigt.

»Das versteht sich von selbst. Natürlich werde ich Malaga einer schweren Steuer unterziehen müssen, aber ...«

»Darauf sind wir gefaßt«, sagte der Kaufmann schnell. »Wir wollen nur, daß der Krieg endlich ein Ende nimmt, wenigstens hier in Malaga. Wir wollen wieder in Frieden leben und unseren Geschäften nachgehen.«

»Glaubt mir«, sagte der König von Aragon, »es gibt nichts, was die Königin und ich uns mehr wünschen.«

Zwei Monate und elf Tage nachdem die Belagerung von Malaga begonnen hatte, war die Stadt in christlicher Hand. Hamid al Zegri wurde, wie die Bewohner es versprochen hatten, an die Könige ausgeliefert; auf Fernandos Befehl hin wurde er in Ketten gelegt und in ein Verlies gebracht.

In Malaga hielt sich eine Reihe moslemischer *conversos* auf, die vor der Inquisition nach Granada geflohen waren. Die öffentliche Verbrennung dieser *conversos* bildete den Auftakt der Siegesfeier. Danach wurde die Verteilung der Beute festgelegt. Hundert Männer schickte man als Geschenk an den Papst nach Rom, fünfzig Mädchen als Sklavinnen für Fernandos Schwester, die Königin von Neapel, bestimmt, dreißig für die Königin von Portugal. Die Hofdamen der Königin sowie die Familien des Hochadels erhielten von Isabella alle mindestens eine Bewohnerin oder einen Bewohner von Malaga als Geschenk. Ein Bruchteil der Bürger wurde dazu bestimmt, in Malaga zu bleiben, um die Versorgung aufrechtzuerhalten, bis die ersten kastilischen Siedler eintrafen. Der Rest wurde versteigert, um die Unkosten des heiligen Kriegs zu decken. Die einzigen, die diesem Schicksal entgingen, waren die Juden; für die Summe von zwanzigtausend Pistolen in Gold löste sie Abraham Seneor aus.

Damit erklärten Fernando und Isabella den Feldzug für dieses Jahr für beendet und zogen sich, nicht ohne eine neue Garnison zu hinterlassen, im Triumphzug aus Granada zurück.

»Malaga«, sagte ihr Vater, und sie konnte sehen, wieviel Mühe ihm das Sprechen inzwischen bereitete, »ist der Schlüssel zu Granada, und al Mutadid weiß das sehr gut. Du darfst nicht zulassen, daß Malaga an Sevilla fällt, Josef.«

Er selbst hatte den Feldzug gegen al Mutadid, den Emir von Sevilla und gefährlichsten Gegner ihres Emirs Badis, geführt, bis die Krankheit ihn erneut übermannte. Mittlerweile wußten nicht nur Granada, sondern alle jüdischen Gemeinden in al Andalus, daß unser Lehrer Samuel ha Levi, der Nagid, im Sterben lag, und die Botschaften und Besucher fanden kaum mehr Platz in ihrem Haus.

Sie schaute auf ihn nieder. Sie verehrte ihn mehr als jeden anderen lebenden Menschen, aber manchmal war die Bürde, sein Sohn zu sein, fast zu groß. Samuel ha Levi war der Größte ihres Volkes, den al Andalus je hervorgebracht hatte, der einzige jüdische Großwesir in all den arabischen Königreichen, außerdem ein Gelehrter, der selbst von dem großen, aber engstirnigen Theologen Ibn

Hazm respektiert wurde, ein Dichter, dessen Gedichte alles übertrafen, was von Berbern und Arabern gleichermaßen in diesem Jahrhundert hervorgebracht worden war. Sie hatte in ihm nie nur ihren Vater sehen können, und auch jetzt, in diesen kostbaren letzten Augenblicken, sprach er sie weniger als Sohn denn als Nachfolger an.

»Malaga, Josef«, sagte er wieder, und sie griff nach seiner Hand und drückte sie. »Macht Euch keine Sorgen. Ich werde den Oberbefehl übernehmen und die Stadt erobern.«

Was sie ihm verschwieg, war, daß sie die Absicht hatte, sich nicht wie er damit zu begnügen, das Heer im Namen dieses Narren von Kronprinzen, Boluggin, anzuführen. Es gab doch noch mehr zu erreichen als das, was ihr Vater erreicht hatte. Sie würde nicht nur Großwesir sein; sie würde Badis zwingen, sie auch formell als Oberbefehlshaber zu bestätigen. Der Emir hatte sich schon seit Jahren nicht mehr um die Regierungsgeschäfte gekümmert; es blieb ihm gar keine andere Wahl. Ja, es gab noch mehr. Schluß mit den jüdischen Vierteln; sie würde dafür sorgen, daß sie sich überall niederlassen konnten, und ihren eigenen Palast auf dem roten Hügel bauen.

Der Blick ihres Vaters wurde schärfer, sein Händedruck fester. »Denk daran, in deiner Obhut liegt jetzt das Schicksal unseres Volkes. Umkreise den Weinberg, Josef, umkreise ihn, aber komm ihm nicht zu nahe!«

Layla wachte auf, und das warme, dämmrige Dunkel verwirrte sie. In der Alcazaba war es Winter gewesen, und im Schlafgemach ihres Vaters hatte ein Feuer gebrannt ... Dann wurde ihr mit einem Schlag bewußt, was sie da dachte. Ihr Vater, Abul Hassan Ali, war vor wenigen Jahren gestorben, und nicht in der Hauptstadt. Sie hatte von einem anderen Vater geträumt, von einem anderen Tod, von einem anderen Leben. Und das schlimmste war, in ihrem Traum war sie nicht ein stummer Beobachter gewesen, nein, sie war der Sohn, und sie hatte sich nicht einmal daran erinnert, daß etwas dabei nicht stimmen konnte.

»Jusuf ben Ismail«, flüsterte sie in die Dunkelheit hinein, »Jusuf ben Ismail, willst du, daß ich dich hasse?«

Wie konnte er das tun, sich ihrer Träume zu bemächtigen? Abraham Seneor hatte ihr, als sie sich verabschiedeten, viel Glück gewünscht und einen kurzen Segen über Layla ausgesprochen, und sie hatte den Verdacht, ihn beunruhigte nicht nur ihre unsichere Zukunft bei al Zaghal.

Was das anging, so hatte al Zaghal sich noch immer nicht entscheiden können, was er mit ihr anfangen sollte. Die Städte Baza, Almeria und Guadix unterstanden immer noch seiner Herrschaft, und er hätte sie inzwischen leicht dorthinschicken können, aber er tat es nicht. Er selbst wollte sich nicht auf einen bestimmten Sitz festlegen, um den Christen nicht damit ihr nächstes Angriffsziel vorzugeben. Heimlich vermutete Layla, daß ihm das unstete Heeresleben ohnehin lieber war. Es gab ihm überdies die Gelegenheit, ständige kleine Überfälle jenseits der Grenze zu unternehmen – Nadelstiche für die Christen, die sich, wie er hoffte, langsam zu einer größeren Wunde summieren würden.

»Man darf ihnen nicht die Gelegenheit geben, in aller Ruhe ihren Feldzug für das nächste Jahr vorzubereiten«, sagte er einmal zu ihr, »man muß sie ständig in Bewegung halten – immer an einem anderen Ort.«

Wenn seine Ansichten über Frauen nicht in etwa denen Don Sancho Ximenes de Solis' entsprochen hätten, hätte Layla sich allmählich gefragt, ob er sie nicht einfach gerne in seiner Nähe hatte. Jedenfalls schickte er sie nicht in eine der Städte, sondern nahm sie zu den verschiedenen Orten mit, von denen aus er seine Nadelstiche in Gang setzte. Und er kam überraschend oft zu ihr, um sich mit ihr zu unterhalten. Da Layla niemanden sonst hatte, mit dem sie reden konnte, war sie froh darüber.

»Weiber! Wenn mein Bruder«, erklärte er ein andermal finster, »keine Frauen in seinem Leben gehabt hätte, dann wäre Granada viel erspart geblieben.«

»Das ist doch Unsinn«, entgegnete Layla aufgebracht. »Die Christen hätten Granada in jedem Fall angegriffen. Und überhaupt – was hätten Aischa und meine Mutter denn anderes tun sollen? Sie hatten keine Schwerter, keine Armeen. Also brauchten sie andere Waffen.«

Sie hatte nicht geglaubt, daß sie einmal Aischa al Hurra verteidigen würde – sie hätte ihr immer noch am liebsten das Herz aus dem Leib gerissen –, und ihrer Mutter die Art, in der Isabel sie verlassen hatte, zu verzeihen, hatte sie bis jetzt noch nicht fertiggebracht. Aber dieser selbstverständlichen Verächtlichkeit und der Schuldzuweisungen von allen männlichen Seiten wurde sie langsam überdrüssig.

Al Zaghal gab zurück, man merke ihr die Zeit bei den Christen an, doch er ging nicht. Vielleicht brauchte er nach all den Jahren einfach einen Zuhörer für eine ganze Reihe von Dingen, die sich aufgestaut hatten, jemand, der ihm nicht gefährlich werden konnte. Layla wußte sehr gut, daß ihr Leben von ihm abhing. Seine Leute glaubten die Geschichte von der plötzlich aufgetauchten Nichte ohnehin nicht; sie nahmen an, sie sei seine Geliebte.

»Warum«, fragte sie ihn, »habt Ihr mich eigentlich nicht einfach töten lassen, als ich das mit Muhammad erzählte?«

»Im Gegensatz zu dem, was jedermann zu glauben scheint«, antwortete er ausdruckslos, »bereitet es mir keine besondere Freude, die Kinder meines Bruders umzubringen.«

Nirgendwo lange zu bleiben, hatte auch seine Vorteile. Noch nie in ihrem Leben war Layla so viel gereist, und auch wenn sie den Gedanken schnell wieder verdrängte, kam es ihr vor, als gebe ihr das Schicksal die Gelegenheit, etwas sehr Kostbares noch einmal vor seinem Untergang zu sehen.

Sie war nicht die einzige, die so empfand. Die Stimmung bei al Zaghals Gefolgsleuten war von der verzweifelten Fröhlichkeit, die die Hoffnungslosigkeit mit sich bringt. Nach Malaga machte sich niemand mehr Illusionen über das, was Granada erwartete. Kurzfristig verschaffte das al Zaghal wieder mehr Unterstützung bei der Bevölkerung, die, kriegsmüde, wie sie war, sich vorher eher Muhammad zugeneigt hatte. Während der Monate, in denen seine Überfälle auf Murcia, Segura, Jaen die christliche Armee genügend zersplitterten, um einen neuen großen Feldzug zu verhindern, und sogar einige der von den Christen eroberten Städte zu Aufständen ermutigten, gab es durchaus Zeiten, in denen Layla dachte, es wende sich vielleicht doch wieder alles zum

Besseren. Doch im Grunde wußte sie es besser, und sie ahnte, daß auch al Zaghal es wußte.

»Warum verbündet Ihr Euch nicht noch einmal mit Muhammad?« fragte Layla ihn eines Abends, als sie nicht sehr weit von dem Mittelteil Granadas, den Muhammad beherrschte, entfernt waren. Al Zaghal verzog das Gesicht.

»Wozu? Dann könnte ich mich gleich an die Christen wenden. Das erspart Umwege. Muhammad hat sich völlig in ihre Gewalt gegeben.«

»Das war vor Malaga«, sagte sie.

Er runzelte die Stirn und erklärte, er wolle nicht darüber sprechen. Diesmal war sie nicht in der Stimmung, zu streiten. Sie holte sich die *qitar*, die er irgendwo für sie aufgetrieben hatte, und spielte eine zögernde, kleine Melodie. Al Zaghal hörte schweigend zu und verlor seine angespannte Haltung. Erst als der letzte Ton verklang, richtete er sich wieder steif auf. Sie konnte es sich nicht versagen, ihn ein wenig zu necken.

»Seid vorsichtig, Onkel. Eben habt Ihr ganz menschlich gewirkt. Wenn das noch öfter geschieht, wird es heißen, der furchtbare al Zaghal finde Geschmack am angenehmen Leben und verwandle sich doch tatsächlich in einen annehmbaren Gesellschafter.«

Einen Moment lang schien es, als wolle er aufbrausen, doch statt wütend zu werden, lachte er. »Deswegen«, erwiderte er und sah sie sehr genau an, »kann ich dich auch nicht aus den Augen lassen. Wer weiß, was du sonst für Gerüchte verbreiten würdest. Mein Ruf bei meinen Feinden wäre für immer dahin.«

Diesmal lachten sie beide, und Layla ertappte sich bei

dem Gedanken, daß es in der Tat nicht unangenehm war, mit ihm zusammenzusein.

In der Nacht ging sie noch ein wenig spazieren, verschleiert, aber allein. Der Krieg hatte sehr viele Regeln außer Kraft gesetzt. Die Gegend, in der al Zaghals Trupp sich befand, war zur Abwechslung nicht gebirgig, höchstens hügelig, doch von weiten Ebenen unterbrochen; Almeria war nicht weit, und dies war das Land der Feigenbäume.

Feigen standen überall an den Seiten der wenigen Straßen des Ortes, und schließlich griff Layla nach einem Zweig. Er erwies sich als ein wenig zu hoch für sie.

»Gestattet mir.« Einer von al Zaghals Soldaten pflückte ihr eine Feige. Als er sie ihr mit einer Verbeugung überreichte, erkannte sie Jusuf.

»Ich will nicht mit dir sprechen«, sagte sie eisig. Er lehnte sich gegen den Baumstamm.

»Das habe ich bemerkt. Ich frage mich nur, weswegen? Du bist undankbar, weißt du das, Layla? Ich habe dir immer alle Wünsche erfüllt, einschließlich einer Reise nach Granada in Kriegszeiten, und was ernte ich dafür? Tödliche Blicke, wann immer ich auftauche. Und finstere Drohungen. Du hättest den armen Rabbi Abraham wirklich nicht belästigen sollen. Er macht sich jetzt noch Gedanken, was mit dir nicht stimmt.«

»Was mit mir nicht stimmt«, erwiderte Layla erbittert, »ist, daß ich einen Ifrit am Hals habe, der sich nicht scheut, sogar kleine Kinder anzufallen.«

Er schien aufrichtig überrascht, und sie wäre ihm am liebsten ins Gesicht gesprungen. Dann wurde seine Miene auf einmal undurchsichtig.

»Ich habe deinem lästigen Schützling nichts genommen«, sagte er lauernd. »Nicht für mich.«

»Was soll das heißen, nicht für dich?«

»Denk nach.« Er stieß sich von dem Baum ab und kam näher. »Ich brauchte doch etwas, mit dem ich dich wieder auf die Beine bringen konnte.«

»Nein«, sagte sie.

»Gewiß. Layla, eine Verschmelzung ist immer kräfteraubend, aber was vorher geschah, hat mich leider etwas aus dem Gleichgewicht gebracht, so daß ich dir aus Versehen zuviel Leben auf einmal entzog. Leben, das ersetzt werden mußte.«

»Nein.«

»Ich hätte es dir nicht erzählt, aber du wolltest es unbedingt wissen. Neugier tötet die Katze, Layla.«

»Ich glaube dir nicht«, beharrte sie und bemühte sich, ruhig zu atmen. »Warum solltest du mir zu mehr Leben verhelfen? Du willst mich doch töten, oder etwa nicht?«

Er ging nicht darauf ein. Statt dessen zog er eine Strähne von ihrem Haar unter dem Schleier hervor und wickelte sie sich um den Finger. »Mir scheint, damit stehe ich nicht allein, nicht wahr? Der steinerne Held dort drüben läßt dich ebenfalls am Leben. Möchtest du wissen, weshalb ... kleine Katze?«

»Weshalb?« fragte Layla, wider Willen neugierig. Jusuf lächelte und betrachtete ihr Haar.

»Es gibt viele Gründe, und ich werde sie dir alle anbieten, damit du dir einen heraussuchen kannst ... wie eine Orangenscheibe. Vielleicht erinnerst du ihn an seinen Bruder, und obwohl er sonst nie rührselig war, stellte Ali immer al Zaghals Schwäche dar. Vielleicht entdeckt unser hervorragender Kämpfer auch jetzt, da er seinen Tod mit jedem Tag näherkommen spürt, daß Blutsverwandte an seiner Seite etwas für sich haben, und da er keine Kinder hat, füllst du eine Lücke. Oder ... die aufschlußreichste Möglichkeit von allen ... die Nähe des Todes hat noch etwas anderes bewirkt. Er hat gelernt, deine Gegenwart zu schätzen ... die Gegenwart einer jungen Frau. Ständig ein sechzehnjähriges Mädchen um sich zu haben ...«

Sie machte sich los. Was er da andeutete, verstieß gegen die grundlegendsten Gesetze von Christen und Moslems gleichermaßen, und sie war zu entsetzt, zu zornig und zu überwältigt, um eine passende Antwort zu finden. Er packte sie bei den Schultern und legte seine Hände um ihren Hals. In einem Winkel ihres Verstandes nahm sie wahr, daß sie ihn noch nie so aufgewühlt gesehen hatte, so ... lebendig.

»Aber deine Nähe ist alles, was er je bekommen wird, verstehst du, Lucia?«

Einen Augenblick lang war es ihr, als hörte sie ihn sogar atmen – schnell atmen –, dann verschwand er, wie er es immer gerne tat. Aber diesmal beschäftigte sie etwas anderes viel mehr. Layla hob die Feige auf, die sie vorhin fallen gelassen hatte, und lief bestens gelaunt zu al Zaghals Quartier zurück. Sie hatte die erhebende Entdeckung gemacht, daß Jusuf eifersüchtig war.

Don Rodrigo Ponce de Leon, Marquis von Cadiz, war gerade von der Unterdrückung eines Aufstands in Gausen zurückgekehrt, als ihn der König und die Königin zu sich riefen. Anschließend ließ er sich seine Gemächer zeigen und stellte zu seiner Freude fest, daß zwei seiner

Söhne bereits dort auf ihn warteten. Die meisten dienten in verschiedenen Armee-Einheiten, doch Diego und Juan gehörten beide zur Leibgarde der Königin.

Nachdem sie sich begrüßt hatten, erkundigte sich Diego nach den letzten Unternehmungen seines Vaters.

»Gausen, pah!« sagte der Marquis mit einer wegwerfenden Handbewegung. »Die Mauren dort haben gar nicht mehr den Mumm, um es mit uns aufzunehmen. Aber kaum war ich dort angelangt, hörte ich, daß dieser Bastard al Zaghal meine Abwesenheit ausgenutzt hat, um erneut in Murcia einzufallen. Ich verfolgte ihn volle zwei Monate durch die Berge, bis der Befehl der Königin mich zurückrief. Dabei hätte ich ihn beinahe gehabt. Aber das macht nichts. Wir werden etwas viel Besseres bekommen.« Selten hatte der Marquis so vergnügt gewirkt. »Ratet, meine Söhne!«

»Ein neuer Feldzug«, sagte Diego prompt. Juan schwieg, was seinen Vater aufmerksam werden ließ. Sein jüngster Sohn hatte sich im letzten Jahr verändert; er hatte seine Spontaneität verloren und wirkte beinahe grüblerisch, ein höchst beunruhigender Anblick.

»Juan«, sagte Don Rodrigo streng, »stimmt etwas nicht?«

Diego grinste. »Er trauert immer noch seiner kleinen Maurin nach.«

Sein Bruder warf ihm einen giftigen Blick zu. »Halt den Mund!«

»Wie auch immer«, meinte der Marquis, »du wirst nicht mehr lange die Gelegenheit haben, vor dich hin zu träumen. Ich habe die Königin gebeten, dich mitnehmen zu dürfen.«

»Dann gibt es einen neuen Feldzug?« fragte Diego aufgeregt.

Der Marquis nickte. »Wir lassen uns nicht länger von al Zaghal quer durch das ganze Land jagen. Jede Garnison, jede Truppe erhält strikten Befehl, alle Überfälle zu ignorieren. Es ist Zeit für eine neue Belagerung.« Er hielt inne und musterte seine Söhne. »Ich bin gespannt, wieviel Strategie ich in eure tauben Köpfe hämmern konnte. Welche Stadt ist wohl unser nächstes Ziel?«

Und das deutlichste Anzeichen für die Veränderung in Juan war wohl, daß er es war, der antwortete, nicht Diego. »Baza.«

Baza hatte den Vorteil, auf der einen Seite durch ein Bergmassiv geschützt zu sein, an das sich die Stadt direkt anschloß. Auf der anderen Seite, jenseits einer Reihe von Wällen, befand sich ein riesiges Gebiet voller Gärten und Felder, die von Kanälen bewässert wurden. Als Yahia Alnayar, ein entfernter Verwandter der Banu Nasr und der Befehlshaber von Baza, die Nachricht von der sich nähernden christlichen Armee erhielt, ließ er nicht nur diese Gärten, sondern auch alle Felder in der näheren und weiteren Umgebung, ob reif oder nicht, in aller Hast abernten sowie alle Herden in den Stadtbereich treiben. Die Gärten vor der Stadt würden sich mit ihren Kanälen hervorragend verteidigen lassen und auf alle Fälle den Gegner eine Zeitlang aufhalten, denn Yahia Alnayar war entschlossen, kein Risiko einzugehen. Er kannte das Schicksal von Malaga.

Al Zaghal hatte versucht, den Vormarsch der christlichen Armee aufzuhalten, doch das Heer ließ sich nicht mehr aufsplittern, und für eine offene Feldschlacht hatte er längst nicht mehr genug Männer.

Bei einer seiner plötzlichen Flankenattacken wurde er verwundet, was ihn früher nie lange aufgehalten hatte; aber diesmal entzündete sich die Wunde, und er wurde nach Guadix gebracht, um dort geheilt zu werden.

Er war der schlechteste Patient, den man sich denken konnte. Hinter seinen Verfluchungen aller Ärzte stand die Überzeugung, er habe Baza im Stich gelassen, doch das half den bedauernswerten Heilern nicht weiter, wenn ihnen ihre Salben an den Kopf geworfen wurden.

»Ihr seid sehr töricht, Onkel«, sagte Layla einmal zu ihm, während sie die Unordnung aufräumte, die er angerichtet hatte. »Je eher Ihr geheilt werdet, desto schneller seid Ihr die Ärzte los.«

Er schnaubte verächtlich und wandte sich ab. »Geheilt! Mit diesem Bein werde ich nie wieder richtig laufen können. Ich habe Glück, wenn ich noch auf ein Pferd steigen kann.«

Al Zaghal hielt inne; mit gedämpfter Stimme sprach er weiter. »Alle Ärzte, die etwas auf sich halten, sollten jetzt nach Baza ziehen. Da gibt es überreichlich Opfer für sie.«

Inzwischen war die Nachricht eingetroffen, die Christen seien vorerst damit beschäftigt, die Wälder und Gärten um Baza abzubrennen oder abzuholzen, damit ihr Heer einen besseren Zugang zur Stadt hatte; wegen der erbitterten Gegenwehr ging das nur sehr langsam vor sich. Doch irgendwann würde Baza seines natürlichen Verteidigungsrings beraubt sein.

Layla dachte an Malaga, und ihr ging der verräterische Gedanke durch den Kopf, daß Muhammad vielleicht trotz allem recht hatte: Den Bürgern der Hauptstadt waren bis jetzt die Schrecken einer Belagerung erspart geblieben, und welcher Moslem wäre jetzt nicht lieber in Granada als in Malaga, das widerstanden hatte? Auf der anderen Seite hatten Fernando und Isabella sehr deutlich gezeigt, daß sie ihr Wort nicht hielten, und wer sagte, daß Granada und Muhammad nicht genau das gleiche bevorstand?

Der Marquis von Cadiz blickte unzufrieden über die niedergebrannten Felder hinweg auf Baza. Der Boden mit seinen Furchen und Kanälen war noch immer der Alptraum jedes Soldaten; und anders als in Malaga machten die Bewohner und die Garnison von Baza regelmäßige Ausfälle, so daß tatsächlich um jeden Fußbreit dieses Bodens gekämpft werden mußte.

»Da habt Ihr die arme belagerte Stadt«, sagte er brüsk zu den beiden Mönchen, die neben ihm standen. »Aber achtet darauf, nicht zu nahe heranzugehen, sonst erledigt Euch ein solch armer belagerter Maure mit einem Pfeil. Nach drei Monaten Belagerung sind die Ungläubigen etwas schnell mit der Waffe zur Hand.«

Die beiden Franziskaner wechselten Blicke. Dann sprach der ältere von ihnen, der, wie Don Rodrigo sich entsann, von dem anderen Fra Antonio genannt worden war.

»Es ist uns nicht entgangen«, sagte er, »daß sowohl Ihr als auch die anderen Hauptleute ein gewisses Maß an Feindseligkeit uns gegenüber zeigt. Darf man fragen, inwieweit wir Euch beleidigt haben? Schließlich sind wir doch nur Boten.«

»Boten eines heidnischen Sultans«, sagte Don Rodrigo kalt. Ihm war schon die weiche, verschliffene Aussprache des Franziskaners zuwider; er mochte keine Italiener.

Fra Antonio zuckte mit den Achseln. »Seine Hoheit der Sultan von Ägypten, in dessen Machtbereich, wie Ihr wißt, auch die Heilige Stadt fällt, hat uns gebeten, Euren Königen eine Botschaft zu überbringen. Wir sahen keinen Grund, abzulehnen, zumal wir auf sein Wohlwollen angewiesen sind.«

»Wir haben noch nicht bemerkt«, setzte sein Begleiter etwas schärfer hinzu, »daß einer der ehrenwerten Ritter, die uns unsere Mission übelnehmen, sich in Jerusalem hat blicken lassen, um uns von den Heiden zu befreien.«

Der Marquis von Cadiz war ein selbstbeherrschter Mann, doch er wünschte, die Königin hätte nicht ihm diese beiden Mönche aufgeladen. Genug war genug.

»Gehört es auch zu Eurer *Mission*«, fragte er sarkastisch, »seine Heiligkeit den Papst gegen unsere erhabenen Monarchen und ihren heiligen Kreuzzug gegen die Ungläubigen zu beeinflussen?«

Fra Antonio breitete die Arme aus. »Don Rodrigo, hier liegt ein Mißverständnis vor. Wie ich schon sagte, als Prior des Franziskanerordens in Jerusalem bin ich auf das Wohlwollen des Sultans angewiesen. Er hörte von meiner bevorstehenden Reise nach Rom. Er wünschte, daß ich eine Botschaft an den Heiligen Vater und eine an die Könige von Kastilien und Aragon überbringe. Das ist alles.«

»Aber Ihr müßt doch zugeben«, meinte der Marquis

ein wenig besänftigt, »daß der Inhalt der Botschaft höchst beleidigend war?«

Er war entrüstet, als Fra Antonio nur eine Augenbraue hob. »Beleidigend? Seine Hoheit der Sultan fragte lediglich, mit welchem Recht die christlichen Könige nun schon sieben Jahre lang Krieg gegen die Moslems von Granada führen und beträchtliche Teile ihrer neuen moslemischen Untertanen wie Sklaven behandeln, während er andererseits den Christen, die in seinem Machtbereich leben, ihre Freiheit, ihr Eigentum und ihren Glauben läßt. Und es erscheint daher auch nicht weiter verwunderlich, daß sich seine hiesigen Glaubensgenossen an ihn um Hilfe gewandt haben.«

Don Rodrigo hatte schon lange den Verdacht gehegt, daß die Italiener ohne Treue und rechten Glauben waren, und fand ihn nun in dieser Kumpanei mit den Ungläubigen bestätigt. Doch er war nicht der Mann, sich darüber aufzuregen. Er wollte nur die Selbstsicherheit des Franziskaners ein wenig erschüttern.

»Mit welchem Recht? Ich nehme an, Euch ist nicht bekannt, daß wir nur Gebiete von den Ungläubigen zurückerobern, die uns gewaltsam genommen wurden.«

»Wen meint Ihr mit *uns?*« erkundigte sich Fra Antonio interessiert.

»Uns Spanier. Uns Christen.«

»Sicuro.« Der Mönch schaute reuig zu Boden. »Wie konnte ich ... ich dachte nur, damals herrschten die Goten, die der arianischen Ketzerei anhingen.«

»Man hat ... *Euch* das Land vor siebenhundert Jahren weggenommen, nicht wahr?« fragte der zweite Franziskaner unschuldig.

Der Marquis ließ sich weder ablenken noch provozieren. »Vor siebenhundert Jahren, ganz recht«, bestätigte er unerschütterlich. »Außerdem wurde dieser besondere Krieg doch wohl von den Heiden aus Granada begonnen und nicht von uns. Ich wette, ich weiß, wer Eurem Sultan ...«

»Der Sejid ist nicht unser Sultan.«

»... wer den Sultan dazu gebracht hat, derartigen Unsinn an den Heiligen Vater zu schreiben – der Mann, der zum größten Teil für den Krieg verantwortlich ist. Der Heidenhund al Zaghal.«

Er wartete auf eine Bestätigung oder einen Widerspruch; statt dessen faltete Fra Antonio die Hände und entgegnete lächelnd: »Wie ich schon sagte, Don Rodrigo, Ihr mißversteht uns. Wir hatten lediglich die Aufgabe, diese Botschaften zu überbringen. Darüber hinaus hat uns der Heilige Vater gebeten, uns vor Ort von dem Stand der Dinge zu überzeugen und ihm Bericht zu erstatten.«

»Dann überzeugt Euch«, sagte der Marquis barsch. »Geht meinetwegen sogar in die Stadt hinein, oder geht nach Guadix zu al Zaghal. Die Mauren werden Euch keine Zeit lassen, ihnen zu erklären, daß Ihr als eine Art Doppelbotschafter für den Sultan und den Papst fungiert. Wenn Ihr auch nur an einen herankommt, ohne daß er Euch gleich die Kehle aufschlitzt, bin ich bereit, barfuß nach Santiago zu pilgern. So sieht unsere Wirklichkeit hier nämlich aus – wir bringen sie um, oder sie bringen uns um.«

Wieder tauschten die beiden Franziskaner Blicke aus. »Gestattet mir eine weitere Frage, Don Rodrigo«, sagte

Fra Antonio schließlich mit seiner weichen, so ganz unspanischen Stimme. »Wenn der Sultan sich entschließen würde, aus Rache für Granada die Christen aus Jerusalem zu vertreiben oder, sagen wir, ihnen schwere Steuern aufzubürden, einen Teil als Sklaven zu verkaufen und einen anderen Teil dazu zu zwingen, den Glauben zu wechseln – wie würdet Ihr das nennen?«

»Das wäre die verdammte Schurkerei eines Ungläubigen«, sagte der Marquis, der sehr wohl erkannt hatte, worauf sie hinauswollten, kalt, »und nicht im geringsten zu vergleichen mit den Mitteln dieses heiligen Kreuzzugs.«

»Das wollte ich wissen«, sagte Fra Antonio.

An al Zaghals Bein hatte sich Wundbrand entwickelt, und schließlich blieb den Ärzten nichts übrig, als ihm dieses Bein abzunehmen. Vorher befahl al Zaghal seinen Leuten, sich entweder nach Baza durchzuschlagen oder zu versuchen, die Stadt durch Attacken so weit wie möglich zu entlasten. Dann bereitete er sich darauf vor, zu sterben.

Doch er starb nicht. Er überlebte, und während der Monate, in denen die Belagerung von Baza sich hinzog, verfluchte er dieses Überleben. Für einen Mann, dessen Charakter vorher gleichbedeutend mit dem Wort »Handeln« gewesen war, stellte der lange Heilungsprozeß in Guadix, wo er zu untätiger Bettruhe verurteilt war, während um ihn die Welt, die er kannte, in Stücke fiel, die grausamste Folter dar, die er sich vorstellen konnte. Überdies glaubte er sich zu einem Leben als Krüppel verurteilt, und das war für ihn unerträglich. Daher setzte er alles daran, seiner Umgebung das Leben ebenfalls unerträglich zu machen, und irgendwann war Laylas Verständnis aufgebraucht.

Als sie ihm von den beiden Franziskanern erzählte, deren Mission von Fernando und Isabella nicht hatte geheimgehalten werden können, fauchte er: »Mönche! Ich bitte um Truppen, und was schickt mir der Sultan von Ägypten – Mönche! Mönche und billige Worte! Warum tritt er nicht gleich zum Christentum über?«

Die letzten Monate hatten ebensosehr an ihren Nerven gezehrt wie an den seinen, und Layla erwiderte bissiger, als notwendig war: »Vielleicht tut er das noch. Jedenfalls habe ich gehört, daß er sich mit dem König von Neapel gegen den türkischen Sultan verbündet hat.«

»Ha – und woher willst du das wissen? Tratschen die Sklavinnen darüber?«

»Nein«, schnappte sie, »es ist das bevorzugte Gesprächsthema Eurer Leibwache.«

»Der Prophet, gesegnet sei sein Name, war völlig zu Recht der Meinung, aufsässige Frauen mit einer bösen Zunge sollte man schlagen und in ihre Schlafgemächer verbannen.«

»Er hatte aber sehr wenig Erfolg damit in seinem eigenen Leben. Wenn ich mich recht erinnere, war er es, der sich einen Monat lang in sein Schlafgemach zurückzog, als er bei seinen Frauen in Ungnade fiel.«

Layla hielt ungläubig inne. Hatte sie das wirklich gesagt? Über den Propheten? Halb erwartete sie, daß der Boden sich unter ihr auftat, halb, daß al Zaghal an Ort und Stelle nach dem Henker rief, um sie wegen Blasphemie hinrichten zu lassen.

Nichts davon geschah. Statt dessen musterte er sie aufmerksam und stumm. Das zog sich in die Länge, und ihre Blasphemie wurde ihr immer deutlicher. Schließlich sagte sie mit halbwegs sicherer Stimme: »Ich denke, ich werde Euch jetzt die Haare schneiden, Onkel.«

Er nickte schweigend. Layla verließ das Zimmer, um Schere und Becken zu holen, und beim Hinausgehen erstarrte sie erneut. Ihr war nämlich eben ins Bewußtsein gedrungen, daß ihre Hand sich auf ihrer rechten Schulter befand; sie war dabei, vor Erleichterung ein Kreuz zu schlagen.

Fluchtartig eilte sie davon. Es ließ sich nicht mehr leugnen; Lucia und ihr kastilisches Erbe verfolgten sie immer noch. Sie hatte geglaubt, sich in Granada mühelos wieder in Layla verwandeln zu können, und mußte jetzt feststellen, daß Lucia ein Teil von ihr blieb.

Als sie wiederkam, hatte al Zaghal sich inzwischen von seinem Bett auf einen Diwan gesetzt oder setzen lassen. Er versuchte, soviel wie möglich ohne Hilfe zu erreichen, doch hin und wieder war das unmöglich. Sich tragen oder schleppen zu lassen, versetzte ihn gewöhnlich in noch schlechtere Laune, wenn das überhaupt möglich war.

Diesmal jedoch schien er es alleine geschafft zu haben, denn bei ihrem Eintritt verkündete er für seine Verhältnisse aufgeräumt: »Ich habe nachgedacht. Es ist nicht deine Pflicht, mich hier zu pflegen, dazu sind die verfluchten Halsabschneider von Ärzten da. Du hast also bewiesen, daß du über einige gute Eigenschaften verfügst... für eine Frau.«

Es sollte ein Kompliment sein, das erste, das er jemandem machte, doch die Art, wie er es vorbrachte, ließ es sauer in ihrem Mund schmecken.

»Ich hatte nichts Besseres zu tun«, sagte Layla knapp, beugte ihm den Kopf etwas unsanft nach vorne und begann, sich an die Arbeit zu machen. »Es ist schon ziemlich langweilig in Guadix, außer daß ich diesen störrischen Palastverwalter endlich überreden konnte, mir ein paar Rollen aus der Bibliothek zu bringen.«

»Frauen«, sagte er, und da er nicht »Weiber« sagte, klang es beinahe duldsam, »sind eine Strafe Allahs.«

»Im Gegenteil«, erwiderte sie und bog seinen Kopf zur Seite. »Es steht geschrieben: *Verkehrt in Billigkeit mit ihnen, und so ihr Abscheu wider sie empfindet, empfindet ihr vielleicht Abscheu wider etwas, in das Allah reiches Gut gelegt hat.*«

Dank der hiesigen Bibliothek hatte Layla ihre Korankenntnisse wieder auffrischen können, was ihr bei den Wortgefechten mit al Zaghal immer sehr zustatten kam. Sei es, weil ihm die Argumente ausgingen, oder weil er müde war, jedenfalls schwieg er, bis sie seinen Haarschnitt beendet hatte.

»Wenn Frieden herrschte«, sagte er dann nachdenklich, »hätte ich dir schon längst einen Mann gesucht.«

Das war höchstwahrscheinlich freundlich gemeint, besonders angesichts der Tatsache, daß sie ein Halbblut war, aber dieser Punkt war ihre wunde Stelle.

»Dann spricht wenigstens etwas für den Krieg«, erklärte Layla, »denn ich will nicht heiraten. Das war einer der Gründe, warum ich aus Kastilien weggelaufen bin.«

Die lange Zeit, die er bettlägerig gewesen war, hatte sie vergessen lassen, daß al Zaghal für seine Schnelligkeit berühmt war. Ehe sie sich dagegen wehren konnte, hatte er ihre Hand gepackt und hielt sie fest, als sei sie ein Schwertknauf.

»Wen solltest du heiraten?« fragte er.

»Wer behauptet denn, daß ich jemanden ...«

Er machte Anstalten, ihr den Arm auf den Rücken zu drehen. Sie hätte sich wahrscheinlich mit Gewalt befreien können, doch das wäre schmerzhaft für sie und demütigend für ihn geworden, und obwohl sie wütend war, war sie dazu noch nicht bereit.

»Den Sohn des Marquis von Cadiz«, stieß sie hervor. Er ließ sie los, und zum erstenmal seit seiner Verwundung hörte sie al Zaghal aus vollem Herzen lachen. Layla fand nichts Belustigendes an diesem Thema, aber er lachte so lange, bis ihm Tränen in den Augen standen.

»Mädchen«, sagte er dann, mühsam Luft holend, »du bist Gold wert.«

Sie überlegte, ob sie ihn einige Tage sich selbst überlassen sollte, doch letztendlich tat sie es nicht. Daß sie sich um ihn kümmerte, hatte neben reiner Langeweile und Menschenfreundlichkeit – und vielleicht auch einer gewissen Zuneigung zu dem Bruder ihres Vaters – noch andere Gründe.

Was Jusuf über Suleimans Wunde erzählt hatte, quälte sie. Layla dachte an Abraham Seneors Worte. *Widernatürlich. Wiedergänger.* Aber sie war nicht tot, sondern ein lebender Mensch, wie also konnte er sie dazu bringen, sich auf dieselbe Art zu ernähren, wie er es tat, vorausgesetzt, daß er nicht gelogen hatte?

Tief in ihrem Innern kannte sie die Antwort, und sie fürchtete sich davor.

In der Bibliothek von Guadix suchte sie nach Chroniken aus der Zeit der Sinhadja. Bei Ibn Idhari fand sie schließlich eine Beschreibung von Jusuf ben Ismail Ibn Nagralla zu dessen Lebzeiten, eine Beschreibung, die sie um so mehr überraschte, als Ibn Idhari Jusuf beschuldigte, Granada unter die Herrschaft einer jüdischen Dynastie gebracht haben zu wollen:

»Jusuf, der weder die demütigende Lage der dhimmi *noch den Schmutz des Judentums gekannt hatte, besaß ein gutaussehendes Gesicht; er lebte in strenger Enthaltung; er erledigte die Staatsgeschäfte voller Energie, füllte die Staatskasse, sorgte dafür, daß die Steuern pünktlich gezahlt wurden, und betraute Juden mit Staatsämtern. Badis behandelte ihn mit wachsender Achtung. Doch Jusuf unterhielt Spione im fürstlichen Palast. Es handelte sich um Frauen und Diener, die er bestach.«*

Ein arabischer Dichter, Ibn al Farra al Akhfasch Ibn Maimun, hatte dem zweiten jüdischen Wesir von Granada einige Verse gewidmet:

»Nütze ihm, und dir wird Hoffnung und Wohlstand begegnen
und du wirst in seiner Halle die Schönheit der Sonne
im Zeichen des Widders finden.
Ein Freund fand in ihm nie die kleinste Schwäche;
er wandelte sich nicht,
sosehr sich auch die Zeiten änderten.«

Natürlich wußte Layla, daß ihr Beschreibungen des lebenden Jusuf wenig bei dem Wesen helfen würden, das sie kannte. Aber sie war neugierig, und außerdem hatte ihr Jusuf unabsichtlich gezeigt, daß sie eine Waffe gegen ihn in der Hand hatte. Die Erinnerung an den Abend, als sie zum erstenmal mit Juan getanzt hatte, kam ihr in den Sinn. Das hatte ihm nicht gefallen, und ihre Aufmerksamkeit al Zaghal gegenüber noch weniger. Kein Zweifel, er war eifersüchtig, und wenn sie sich häufig in al Zaghals Nähe aufhielt, konnte sie dem Ifrit zeigen, daß sie weder sein Eigentum war noch Angst vor seinen Drohungen hatte.

Ein wenig hoffte Layla auch, daß ihn dieses Verhalten dazu bringen würde, sich bald wieder blicken zu lassen, denn obwohl sie es ungern zugab, empfand sie etwas für ihn. Was genau das war, ließ sie lieber im dunkeln, aber sie fühlte sich lebendiger, wenn er in der Nähe war, und sie vermißte ihn. Doch sie schwor sich, ihn nicht wieder zu rufen; ganz gleich, ob er hinsichtlich Suleiman gelogen oder die Wahrheit gesagt hatte, sie wäre beinahe gestorben, und hier in Guadix, wo es keine Familie ohne Tote oder Verwundete gab, wurde es ihr immer wichtiger, am Leben zu sein.

Doch der Tod hatte seine unbestreitbare Anziehungskraft. Sie fragte sich, ob Jusuf mit Tariq sprechen konnte oder mit ihren Eltern. Sie hatte ihn nie danach gefragt, und sie würde es auch nie tun, denn er war durchaus imstande, die Toten für sie heraufzubeschwören, mit all ihren Vorwürfen und Anklagen, mit all ihrer Liebe.

Eine entsetzliche Vorstellung.

Eine verführerische Vorstellung.

Nein, sie würde Jusuf nie nach den Toten fragen.

Das Zelt, in dem man die Königin von Kastilien untergebracht hatte, war auf ihren eigenen Wunsch hin weder besonders groß noch besonders prunkvoll. Fernando hatte eine Schwäche für den Pomp und die Pracht, die ein König entfalten konnte, so daß sie sich auch hierin ausglichen: Isabella überließ ihrem Gemahl die eindrucksvollen Zeremonien und galt ihrer asketischen Gewohnheiten wegen inzwischen fast als Heilige, ohne daß man ihr vorwerfen konnte, geizig zu sein.

Fray Hernando de Talavera, der die kniende Frau vor ihm voller Zuneigung betrachtete, argwöhnte allerdings, daß ihre Sparsamkeit in diesen Zeiten weniger der Frömmigkeit als ihrer natürlichen Begabung zum Rechnen und für die Verwaltung entsprang. Die monatelange Belagerung von Baza hatte ihren Tribut gefordert. Er bemerkte, daß Isabella nicht länger aufmerksam war, als er ihre Buße nannte, und räusperte sich.

»Euer Hoheit?«

Die Königin von Kastilien fuhr zusammen und blickte schuldbewußt drein, was Talavera sofort argwöhnisch werden ließ. Er kannte sie. Wenn sie sich wie ein kleines Mädchen gab, hatte sie etwas zu verbergen. Er entschied sich, direkt vorzugehen und sie nach etwas zu fragen, das ihm auf der Seele lastete.

»Meine Tochter«, nur er als ihr Beichtvater hatte das Recht, sie so anzusprechen, »ich konnte nicht umhin, zu bemerken, daß Fray Tomas de Torquemada vorhin bei Euch war. Seit seiner Ankunft frage ich mich, welche Aufgaben er als Großinquisitor wohl bei einem so heiligen Heer wie dem unseren erfüllen könnte.«

Die Königin betrachtete ihn unverwandt. »Vor allem will er Eure Aufgabe. Er meint, Ihr seid nicht der richtige Beichtvater für mich.«

»Wie bedauerlich«, erwiderte Talavera gelassen. »Das

zeigt einen ernsten Mangel an Einsicht. Ich werde für Fray Tomas beten.«

»Deswegen schätze ich Euch so sehr, Pater«, sagte Isabella lachend. »Mut und Nächstenliebe. Ihr besitzt da zwei seltene und wertvolle Eigenschaften.« Schlagartig wurde sie ernst. »Fray Tomas war natürlich auch noch aus anderen Gründen hier. Die Zahl der abtrünnigen *conversos,* die er aufspürt, nimmt höchst beunruhigende Ausmaße an. Er meint, um sie nicht länger durch die Nähe ihrer ehemaligen Glaubensbrüder in Versuchung zu führen, sollten wir das Edikt zur Vertreibung der Juden aus unseren Königreichen erlassen, das schon mein Großvater im Sinn hatte.«

Talavera zwang sich, nicht schneller zu atmen; er hatte es kommen sehen. Erst gestern war ein Brief von Abraham Seneor über dieses Thema eingetroffen. Er sah Isabella ernst an.

»Die Länge des Krieges stürzt Euch in ernsthafte Geldschwierigkeiten, nicht wahr?«

Sie versteifte sich. »Was wollt Ihr damit andeuten, Pater?«

»Meine Tochter«, sagte Talavera, immer noch ohne Vorwurf in der Stimme, »ich habe Euch damals unterstützt, als es darum ging, Kirchenschätze für den Krieg zu pfänden. Aber ich frage mich, ob Eure Entscheidung, die Inquisition unter Eurem Oberbefehl zu behalten, die richtige war. Die heilige Inquisition stellt ein großes Machtmittel dar und, schlimmer noch, eine Versuchung.«

»Was meint Ihr damit?« fragte die Königin scharf. Jedes Anzeichen von Demut war verschwunden. Doch der hagere, unscheinbare Mann, den sie sich zu ihrem Beichtvater erwählt hatte, ließ sich nicht einschüchtern. Auch seine Stimme klang nun hart.

»Ich meine das Vermögen der *conversos* und der Juden, Euer Hoheit.«

Isabella machte Anstalten, aufzustehen. »Wie könnt Ihr es wagen«, begann sie wütend, »zu behaupten, ich hätte etwas anderes als das Seelenheil der Betroffenen im Sinn? Ihr geht zu weit, Fray Hernando!«

»Kniet Euch wieder hin«, sagte Talavera unerschütterlich. »Ich habe es Euch schon einmal gesagt, hier seid Ihr vor dem Gericht Gottes und nichts weiter als eines seiner sündigen Kinder. Wenn Euch das nicht paßt, dann wählt Euch einen anderen Beichtvater! Bis dahin werdet Ihr Euch anhören, was ich Euch zu sagen habe. Prüft Euer Herz, prüft es genau. Habt Ihr die Inquisition aus Ehrfurcht vor Gott oder aus weltlicher Machtgier hierherkommen lassen?«

Niemand, auch ihr Gemahl nicht, sprach so mit Isabella von Kastilien. Selbst als Kind hatte sie ihrer Umgebung Ehrfurcht eingeflößt, gelegentlich selbst ihrem älteren Bruder, dem König. Für einen Moment fürchtete Talavera, er habe den Bogen überspannt. Isabella sah in etwa so freundlich aus wie ein Wolf, dem man seine Beute weggenommen hatte. Doch er rührte sich nicht vom Fleck, und langsam sank sie wieder in die Knie.

»Manchmal seid Ihr unerträglich, Pater«, murmelte sie. »Versteht doch, alles, was ich will, ist, dieses wunderschöne Land zu einen und es Gott und seiner Kirche zuzuführen.«

»Ein edles Ziel«, sagte Talavera aufrichtig. »Aber auch

das beste aller Vorhaben kann scheitern, wenn man zu seiner Verwirklichung die falschen Mittel gebraucht.«

Sie senkte ihr Haupt, weniger aus Demut, wie Talavera argwöhnte, als um ihren Blick vor ihm zu verbergen. »Wie lautet meine Buße?« fragte sie leise.

Er nannte sie ihr und segnete sie, während sie sich bekreuzigte. Innerlich war er trotzdem nicht zufrieden. Er wünschte, Torquemada wäre nicht gekommen, um ebenfalls an der Belagerung von Baza teilzunehmen.

Als erriete sie seine Gedanken, sagte Isabella nachdenklich: »Fray Tomas de Torquemada hat recht. Ihr seid nicht der richtige Beichtvater für eine Königin.«

Talavera war mit einemmal erschöpft. »Möchtet Ihr, daß ich mein Amt aufgebe, Euer Hoheit?«

Ihr strenges Gesicht wurde weicher, während sie ihren Kopf schüttelte. »Nein. Ich brauche Euch, Fray Hernando, wißt Ihr das nicht? Ihr seid mein Gewissen.«

Der Winter kam, und noch immer hatte sich Baza nicht ergeben. Al Zaghal konnte sich inzwischen mit der Krücke und dem Holzstumpf, den die Ärzte an dem, was von seinem rechten Bein noch geblieben war, befestigt hatten, recht gut bewegen, doch seine Kampfkraft war erheblich eingeschränkt. Lediglich zu Pferd konnte er noch fechten wie früher.

»Ein Krüppel«, sagte er düster. »Welchen Nutzen hat ein Krüppel?«

»Vielleicht den, Weisheit zu erlangen, die einem Krieger verschlossen ist«, meinte Ibn Shurai, einer der Ärzte, unerschütterlich.

»Pah!«

Die Gerüchte über Baza wurden immer düsterer. Es war eine beklagenswerte Tatsache, daß es mangels Geld mittlerweile unmöglich geworden war, wirklich hilfreiche Spione im christlichen Lager anzuwerben, während die Christen umgekehrt wahrscheinlich durchaus in der Lage waren, moslemische Spione zu bezahlen. Also war nicht nur das Volk, sondern auch al Zaghal auf Gerüchte angewiesen. Um sich abzulenken, versuchte er sich in den Waffenkünsten, die man, wenn nötig, im Sitzen ausüben konnte – Bogen und Armbrust beispielsweise. Einmal ließ er Layla zu ihrer großen Überraschung holen, als er mit derartigen Übungen beschäftigt war.

»Hör zu, Nichte«, begann er ohne Umschweife, »mir ist in den Sinn gekommen, daß es für dich ganz nützlich sein könnte, mit dem Messer umzugehen.«

»Mit dem Messer?« wiederholte sie verblüfft.

»Stell dich nicht dümmer an, als du bist«, knurrte al Zaghal. »Mir ist zu Ohren gekommen, daß die Christen nicht gerade freundlich mit Leuten umgehen, die ihren Glauben gewechselt haben.«

Er hatte sie nie danach gefragt; er hatte auch noch nie durchblicken lassen, daß er sich Sorgen um sie machte. Doch was Layla am meisten bestürzte, war dies: Al Zaghal war noch nie so nahe daran gewesen, zuzugeben, daß seine letzte Niederlage unmittelbar bevorstand.

Er brachte ihr also bei, mit dem Dolch umzugehen, ihn zu schleudern und in der notwendigen Schnelligkeit zuzustoßen. Der Unterricht machte ihr Spaß, beunruhigte sie aber auch, denn ihr Vergnügen erinnerte sie an das eine Mal, als sie ohne Schwierigkeiten alle Waffen beherrscht hatte. Ali al Atar hatte den Tod tausendfach verdient, sagte sie sich immer wieder. Seine Leiche war nie gefunden worden. Mochte sie im Fluß vermodern und seine Seele alle Qualen Dschehannams erdulden.

Al Zaghal und Layla ruhten sich nach einer solchen Übung gerade aus und tranken Kaffee, eine der Wohltaten, die Allah den Gläubigen geschenkt hatte, als ein Bote aus Baza gemeldet wurde. Ein moslemischer Bote. Al Zaghal ließ ihn unverzüglich eintreten. Hastig befestigte Layla ihren Schleier, doch al Zaghal hatte ihr nicht befohlen zu gehen, also blieb sie.

»Muhammad ben Hassan«, sagte al Zaghal zu dem Boten, der, dünn und ausgezehrt, wie ein Gespenst wirkte, »Allahs Gnade sei mit dir. Wie ist es dir gelungen, die christliche Armee zu umgehen?«

Der Bote wich seinem Blick aus. »Es ist mir nicht gelungen«, erklärte er tonlos. »Die christlichen Könige haben mir sicheres Geleit ermöglicht.«

Al Zaghal war nicht einmal überrascht. »Ich verstehe«, sagte er.

Der Ton des Boten wurde eindringlich. »Sejid, verzeiht, aber ich glaube, das tut Ihr nicht. Baza hält immer noch der Belagerung stand, nach sechs Monaten; wir haben unser Möglichstes getan, und noch mehr. Aber wir sind am Ende. Wir sterben entweder bei einem der nächsten Angriffe der Christen oder an Hunger. Deswegen bittet Euch Euer Vetter, Sejid Yahia Alnayar, uns die Kapitulation zu gestatten.«

»Warum habt ihr die Stadt nicht einfach übergeben? Warum die Mühe, mich vorher zu fragen?« erkundigte sich al Zaghal sarkastisch. Muhamad ben Hassan richtete sich stolz auf. »Wir sind nicht die Kaufleute von Malaga. Ihr habt uns den Befehl gegeben, Baza zu halten, und wir haben Euch gehorcht. Sejid Yahia läßt Euch sagen, er wird Eurem Befehl auch weiterhin gehorchen, falls das Euer Wunsch ist. In diesem Fall haben wir allerdings vor, unsere Frauen und Kinder umzubringen und dann uns selbst. Der christliche König und seine Königin haben sehr deutlich gemacht, was Baza erwartet, wenn wir auf ihr jetziges Angebot nicht eingehen.«

Schweigen sammelte sich zwischen den beiden wie aufgetürmte dunkle Wolken. Layla bewegte lautlos die Lippen, doch sie brachte keinen Ton hervor. Sein ganzes Leben lang hatte sich al Zaghal als ein unversöhnlicher Anhänger des Glaubens, Tod sei besser als die Niederlage, gezeigt; würde er jetzt eine ganze Stadt dieser Überzeugung opfern?

»Allah akbar«, sagte al Zaghal endlich und seufzte, »Allah ist groß und seine Wege unerforschlich. Wahrlich habt ihr alles getan, was ihr konntet; ich habe nicht das Recht, mehr zu verlangen. Geh zu meinem Vetter zurück, Muhammad ben Hassan, und richte ihm aus, er möge tun, was er für das Beste hält.«

Selten, dachte der Marquis von Cadiz, war eine Siegesfeier so angemessen gewesen und mit soviel Ausgelassenheit begangen worden. Er selbst neigte nicht dazu, sich zu betrinken, und hielt auch nichts davon, wenn es seine Söhne taten, doch diesmal sah er großzügig darüber hinweg. Die Jungen hatten es verdient. Diego war damit beschäftigt, Eindruck auf eine der königlichen Hofdamen zu machen – er war zwar verheiratet, doch seine

Gemahlin befand sich im heimatlichen Cadiz, und der Marquis wäre der letzte gewesen, der in dieser Lage eheliche Treue predigte. Allerdings wäre es besser gewesen, Diego hätte sich keine Dame von Stand ausgesucht. Juan hatte zumindest Verstand genug gehabt, sich mit einer der neuen maurischen Sklavinnen zu trösten.

Einer der wenigen, die sich nicht vom Überschwang des Festes mittragen ließen, war der Kardinal von Spanien. Don Pedro Gonzales de Mendoza hatte vor Baza einen seiner Söhne verloren. Der Marquis, dessen Bruder im Lauf des Krieges ebenfalls gefallen war, beschloß, sich zu ihm zu gesellen, obwohl man Mendoza ansonsten kaum als seinen engsten Freund bezeichnen konnte.

»Das wäre es dann wohl«, sagte er gutgelaunt, nachdem er die üblichen Höflichkeiten mit Mendoza ausgetauscht hatte. »Al Zaghal ist endgültig das Genick gebrochen. Eigentlich schade. Verratet mich nicht, Euer Eminenz, aber ich werde den alten Bastard vermissen. Er ist nur ein Heide, aber der Mann hat *cojones,* das könnt Ihr mir glauben. Der beste Gegner, den ich je gehabt habe.«

»Vielleicht habt Ihr noch weiterhin das Vergnügen«, sagte der Kardinal distanziert. »Unterschätzt al Zaghal nicht. Dieser Mann ist erst als Leiche ungefährlich.«

Don Rodrigo zuckte die Achseln. »Was kann er jetzt noch unternehmen? Übrigens, was will *er* noch hier?« Damit deutete er auf Yahia Alnayar, der mit versteinertem Gesicht an der Tafel in unmittelbarer Nähe der Königin saß.

»Ihr seid nicht der einzige, der einen Gegner schätzt, Don Rodrigo«, erwiderte der Kardinal. »Ihre Hoheit schätzte diesen Widersacher so hoch, daß sie seine unsterbliche Seele retten wollte und den Einfall hatte, seine Bekehrung in die Kapitulationsbedingungen einzuschließen. Außerdem wird er als besonderes Zeichen der königlichen Gunst meine Nichte heiraten, Doña Maria de Mendoza.«

Das war in der Tat eine ungewöhnliche Gunst gegenüber einem besiegten Gegner, und der Marquis fragte sich, ob die Franziskaner mit ihren aufdringlichen Fragen auf die Königin am Ende doch mehr Eindruck gemacht hatten, als er vermutet hatte; ob diese Heirat als ein Schachzug gedacht war, der dem Papst und den Mauren gleichermaßen die versöhnliche Haltung der christlichen Könige anzeigen sollte. Nicht, daß sie es nötig gehabt hätten.

Mendoza schaute immer noch nicht besser gelaunt drein, stellte Don Rodrigo fest und beschloß, sich doch nach einem Becher Wein umzusehen. Er war nicht in der Stimmung, über verlorene Verwandte zu sprechen.

Der Marquis irrte sich, was den Grund für die Miene des Kardinals anging. Mendoza war durch seine Frage unliebsam an eine Auseinandersetzung mit Talavera am gestrigen Tag erinnert worden, bei der es um die Bekehrung von Yahia Alnayar, der nun Don Pedro de Granada hieß, ging.

»Das ist nicht der richtige Weg«, hatte der kleine, aber erstaunlich eindrucksvolle Mann beharrt, »und ich verstehe nicht, warum Ihr mich da bei der Königin nicht unterstützt.« Mendoza war ärgerlich geworden.

»Fray Hernando, bei allem Respekt vor Euren Ansichten, aber hier geht es in erster Linie doch um ein wahrhaft christliches Versöhnungszeichen, die Heirat eines Mitglieds der fürstlichen Familie Granadas mit meiner Nichte. Dazu ist seine Taufe nun einmal unerläßlich. Ich verstehe nicht, wieso man ihn bedauern sollte. Ich kann Euch versichern«, hatte er mit dem Stolz der Mendoza hinzugesetzt, »meine Nichte ist nicht gerade überwältigt von der Aussicht, einen Mauren heiraten zu müssen. Aber sie kennt ihre Pflicht.«

»Und ich bleibe dabei, diese Art von Demütigungen züchtet geradezu spätere Rebellionen. Nicht, daß es eine Demütigung wäre, Eure Nichte zu heiraten«, fuhr Talavera hastig fort, als das Oberhaupt aller Geistlichen in den spanischen Ländern empört Luft holte, »für jeden christlichen Edelmann wäre es wahrhaftig eine unerhörte Gunst. Aber für einen Mauren?«

Den Kardinal verband mehr als eine Freundschaft mit Talavera. Er hatte den jungen Geistlichen von zweifelhafter Herkunft entdeckt, gefördert und schließlich an den Hof gebracht, und er schätzte sein Urteil. Daher holte Mendoza die Worte des Beichtvaters jetzt, nachdem sein eigenes Temperament Zeit genug gehabt hatte, sich abzukühlen, wieder aus dem Gedächtnis hervor und prüfte sie wie ungeschliffene Edelsteine. Er warf einen Blick auf den neugeschaffenen Don Pedro de Granada und mußte sich eingestehen, daß der Befehlshaber von Baza nicht gerade wie ein begünstigter Vasall und glücklicher Bräutigam wirkte.

Die erste Aufgabe, die Fernando von Aragon seinem neuen Vasallen erteilte, war, al Zaghal zur Übergabe von Guadix und Almeria zu überreden. Yahia Alnayar traf in Guadix ein, halbwegs in der Erwartung, al Zaghal würde ihn wegen seines Glaubenswechsels gar nicht erst empfangen. Doch sein fürstlicher Vetter schien sich durch den Verlust seines Beines verändert zu haben. Er begrüßte Yahia Alnayar, als sei nichts geschehen, und schickte alle Anwesenden aus dem Raum, was den Befehlshaber von Baza erleichterte. Ihm war es vorgekommen, als blicke ihn jeder einzelne voll Verachtung an. Ich habe mir nichts vorzuwerfen, sagte er sich immer wieder. Ich habe Baza verteidigt, solange ich konnte, und danach hatte ich einfach keine Wahl mehr.

»Nun?« fragte al Zaghal brüsk, als sie allein waren. »Was lassen deine christlichen Herren mir ausrichten?«

Seltsamerweise fühlte sich Yahia Alnayar bei al Zaghals verletzender Art wohler als mit der ungewohnten Nachsicht, die ihn dazu gebracht hatte, alle Zuhörer zu entfernen. Dies war wieder der al Zaghal, den er kannte.

»Wenn du ihnen Almeria und Guadix friedlich auslieferst, werden die Bürger dieser Städte nur den Herrscher wechseln und sonst alle ihre Freiheiten behalten. Entscheidest du dich für den Kampf, Vetter, dann erleiden Almeria und Guadix das Schicksal von Malaga.«

Al Zaghal *hatte* sich verändert; im letzten Jahr hätte er auf ein solches Angebot hin sofort erklärt, er gebe nichts und niemanden kampflos auf. Statt dessen schwieg er und strich sich über den Bart. Ermutigt fuhr Yahia Alnayar fort:

»Vetter, glaub mir, es ist das beste. Ich weiß es. Du kannst die Städte vielleicht ein paar Monate lang halten, aber wofür?«

»Um ein paar Christen mehr zu Iblis zu schicken, wo sie hingehören«, erwiderte al Zaghal kalt. Dem Mann, der inzwischen Don Pedro de Granada hieß, wurde die Kehle eng. Trotzdem wich er al Zaghals Blick nicht aus.

»Sind ein paar tote Christen mehr oder weniger das wert?« fragte er leise. »Warum hast du uns dann gestattet, uns zu ergeben?«

Abrupt erhob sich al Zaghal, schwankte einige Augenblicke, ehe er mit der Krücke festen Halt fand. Yahia Alnayar wollte ihm helfen, überlegte es sich jedoch anders, als er die Miene seines Vetters sah.

»Wir sprechen morgen darüber«, sagte al Zaghal. Yahia Alnayar hütete sich, eine Reaktion zu zeigen, doch insgeheim spürte er dumpfe Erleichterung. Es ging al Zaghal jetzt offenbar nur noch darum, einen Rest von Würde zu bewahren; denn hätte er sich nicht schon zur Übergabe entschlossen, hätte er Alnayar – oder dessen Kopf – bereits den Christen zurückgeschickt. Es war ein Triumph, der in Alnayars Mund wie Asche schmeckte, wie die Asche der Gärten, die vor Baza verbrannt waren.

Nachdem er Yahia Alnayar verlassen hatte, veränderte sich al Zaghals Gangart merklich. Die abgesunkenen Schultern strafften sich, und aus dem qualvollen Humpeln wurde ein eiliges Hinken. Er ging zu den Ställen, wo einer seiner wenigen Vertrauten, Ridwan, auf ihn wartete.

»Es ist soweit«, sagte al Zaghal kurz; Ridwan nickte, verbeugte sich und verschwand. Al Zaghal schaute ihm zufrieden nach. Binnen kurzem würde eine Brieftaube Guadix verlassen; die Botschaft, die sie trug, war so abgefaßt, daß kein Außenstehender etwas damit anfangen konnte. Es handelte sich um einen Vers aus der siebenundneunzigsten Sure: *»Die Nacht Al-Kadr ist besser als tausend Monde.«*

Yahia Alnayar würde mit der Nachricht von al Zaghals Kapitulation zu den christlichen Königen zurückkehren; al Zaghal wußte sehr genau, daß er mit seiner jetzigen Armee weder Guadix noch Almeria gegen das christliche Heer, das selbst Baza besiegt hatte, halten konnte. Und während Yahia Alnayars Geschichte, wie er, al Zaghal, sich nach Tagen voller Grübeleien schließlich dazu durchrang, zu kapitulieren, die Wachsamkeit der christlichen Könige einschläfern würde, sie vielleicht sogar dazu brachte, ihr Heer für dieses Jahr aufzulösen, würde Musa ben Abi Ghassan in der Hauptstadt Granada *»Al-Kadr«* in Gang setzen, den Plan, auf den sie sich für den äußersten Notfall geeinigt hatten – ein erneutes heimliches Bündnis mit Muhammad. Und nicht nur mit Muhammad. Der Herrscher von Fez hatte endlich Hilfe in Form von Truppen versprochen – jedoch nur für den Fall einer Einigung zwischen al Zaghal und Muhammad.

Muhammad war der unsichere Faktor in dieser Rechnung. Nach allem, was geschehen war, sprach eigentlich nichts dafür, daß er sich gegen seine christlichen Landesherren wenden würde. Doch al Zaghal setzte darauf, daß Muhammad inzwischen endlich die Augen über die Natur christlicher Versprechungen aufgegangen waren, daß sein Neffe erkannt hatte, daß auch noch soviel Nachgiebigkeit seinerseits die Christen nicht davon abhalten würde, Granada wie eine eroberte Provinz zu behandeln und nicht etwa wie ein Lehen. Mit etwas Gück würden die Christen die Bewohner von Almeria und Guadix tatsächlich einige Zeitlang schonen, lang genug, damit sie sich einigermaßen erholt mit dem Rest des Reiches erheben konnten, wenn al Zaghal an der Spitze frischer Truppen (und mit Granada sicher hinter sich) gegen die Christen zog, sobald sie es am wenigsten erwarteten.

Layla war verwirrt von al Zaghals Verhalten in den Wochen, nachdem Yahia Alnayar nach Baza zurückgekehrt war und er sich darauf vorbereitete, Guadix zu verlassen. Nach seinem Entschluß zur Kapitulation hatte sie eigentlich ein dumpfes Brüten, unterbrochen von gelegentlichen Wutanfällen, erwartet. Statt dessen war er so ausgeglichen wie selten. Das genügte, um sie argwöhnisch zu machen. Schließlich entschied sie sich, ihn zu fragen.

»Onkel«, sagte sie eines Tages, als sie ihm heiße Schokolade servierte, beiläufig, »Ihr habt noch niemandem erzählt, wo Ihr Euch niederlassen werdet, wenn Ihr Guadix verlaßt.«

»Ich habe meine Gründe.«

»Das wird sich Fernando von Aragon auch denken, falls er hier Spione hat, was sehr wahrscheinlich ist. Ihr seid so gut gelaunt, daß er sich fragen wird, warum.«

»Ich – bin – nicht – gut – gelaunt«, sagte al Zaghal ungehalten und betonte jedes einzelne Wort. »Ich trage mein Schicksal lediglich mit der Fassung, die der Islam von uns verlangt. Es stand so geschrieben.«

»Gewiß. Und wo laßt Ihr Euch nieder?«

Er setzte seine Schokolade ab und hieb sich mit der Faust auf sein linkes Knie. »Bei Iblis und allen Dschinn, du bist eine Landplage, Mädchen! Wenn du es unbedingt wissen willst, ich sehe meinem Schicksal deswegen so gefaßt entgegen, weil ich vor der erfreulichen Aussicht stehe, den Ort meiner Geburt wiederzusehen.«

Layla starrte ihn ungläubig an. Es freute ihn offensichtlich, sie einmal sprachlos zu sehen, denn er wartete noch etwas, bevor er sich dazu herabließ, ihr großmütig mitzuteilen: »Muhammad hat mir die Gastfreundschaft der Alhambra angeboten. Somit hat Allah in seiner Weisheit es so gefügt, daß ich den Abend meines Lebens dort verbringe, wo es begonnen hat.«

Sie bezweifelte sehr stark, daß ihm irgend jemand diese Geschichte abnahm. Muhammad mochte imstande sein, seinem geschlagenen Rivalen Obdach anzubieten, doch al Zaghal wäre nie und nimmer dazu fähig, so ein Almosen anzunehmen. Das ergab alles keinen Sinn.

»Für einen Fürsten von Granada«, sagte Layla laut, »seid Ihr ein erbärmlich schlechter Lügner.«

Er schaute sie von der Seite an. »Tratsch es nicht überall herum«, sagte er kurz.

Da erst erkannte sie, was er ihr, wenn auch in Bruchstücken, anvertraut hatte, und wie groß das Vertrauen sein mußte, das er in sie setzte.

Dicht vermummt in die gefütterten Umhänge und Pelze, die eine winterliche Reise durch die Berge erforderlich machte, brachen al Zaghal und sein Gefolge auf. Es würde keine formelle Übergabe stattfinden, darauf hatte al Zaghal bestanden, und die christlichen Könige hatten schließlich auch keinen so großen Wert darauf gelegt. Es genügte ihnen, Guadix in Besitz zu nehmen, und Layla ahnte, daß sich ihr Heer in unmittelbarer Nähe befinden mußte.

In den Dörfern, durch die sie zogen, wurde al Zaghal oft genug erkannt, aber in der Regel mit Gleichgültigkeit, manchmal mit ein paar schwachen Zurufen und hin und wieder auch mit offenen Verfluchungen empfangen. Der Krieg dauerte inzwischen viel zu lange und hatte einen viel zu hohen Preis gefordert, als daß die Leute noch zu Jubel über irgendein Heer imstande gewesen wären. Er dauerte auch viel zu lange, als daß es den Soldaten noch irgend etwas ausgemacht hätte.

Ob es al Zaghal etwas ausmachte, wußte Layla nicht. Ihrer Meinung nach war er jedoch immer noch von der beneidenswerten unbedingten Gewißheit, im Recht zu sein, beseelt, die ihn sein ganzes Leben lang getragen hatte. Vielleicht, dachte seine Nichte, war diese Unbedingtheit auch ein Fluch.

Granada, die Hauptstadt, lag nicht mehr allzuweit entfernt, als es geschah. Sie befanden sich immer noch in den Bergen. Es handelte sich um die Taktik, die al Zaghal selbst so gerne gewählt hatte – ein feindliches Heer in einer Schlucht einzuschließen. Nur daß auf den Hängen diesmal die Christen standen – eine endlose, stählern schimmernde Schlange, die sich um ihn und seinen Trupp zusammenzog.

Einer von al Zaghals Hauptleuten schrie lauthals in gebrochenem Kastilisch: »Was wollt ihr? Unser Herr hat Frieden mit euren Königen geschlossen!« Durch die Reihen von Rüstungen, die Schuppen der Schlange, ging Gelächter.

»Euer Herr«, rief einer von ihnen zurück, »ist ein ebensogroßer Lügner wie euer Prophet, doch Gott hat seine Lügen offenbar werden lassen!«

Von al Zaghals Leuten verstanden nicht allzu viele Kastilisch, doch die Lage war bedrohlich genug, um ein immer lauter werdendes unruhiges Gemurmel zu rechtfertigen. Einer der Kastilier stieg schließlich herab. Als er vor al Zaghal stand, erklärte er in ganz annehmbarem Arabisch: »Abu Abdallah Muhammad al Zaghal, Euer Verrat und der Eures Neffen ist Ihren Hoheiten bekannt, und sie haben meinen Herrn, Don Rodrigo Ponce de Leon, losgeschickt, um Euch für diesen Eidbruch zu bestrafen. Da Ihr jedoch nicht nur Soldaten, sondern auch Frauen und alte Männer mit Euch führt, ist mein Herr bereit, Euch die Möglichkeit zu geben, ihr Leben zu retten. Willigt in einen Zweikampf mit ihm ein, und sie können ungehindert ihrer Wege ziehen.«

Das Gemurmel verstärkte sich; Rufe der Empörung wurden laut. Ridwan drängte sein Pferd zu al Zaghal und sagte entrüstet: »Vertraut ihm nicht, Sejid. Er wird Euch töten und uns trotzdem niedermachen.«

»Eher vertraue ich einem Dschinn als einem Christen«, erwiderte al Zaghal, »doch das spielt keine Rolle mehr. Schaut Euch doch um! Es ist eine sorgfältig vorbereitete Falle, und wir sind mitten hineingestolpert. Außerdem sagt der Christenhund vielleicht zur Abwechslung wirklich die Wahrheit. Sie wollen schließlich mich tot sehen, nicht euch.«

Bisher hatte es niemand gewagt, in al Zaghals Gegenwart seinen Zustand zu erwähnen, doch Ridwan war jenseits solcher Bedenken. »Aber Sejid, Ihr habt doch nur noch ein Bein, Ihr seid doch . . .«

Al Zaghal richtete sich in seinem Sattel auf und rief mit dröhnender Stimme: »Ich bin Abu Abdallah Muhammad ben Said al Zaghal aus dem Geschlecht der Banu Nasr, und ich bin in meinem Leben noch keinem Zweikampf ausgewichen.« Er wandte sich an den Kastilier. »Sag das deinem Herrn.«

Layla befand sich mit den Ärzten, Gelehrten und Frauen aus Guadix, die es vorgezogen hatten, al Zaghal zu begleiten, in der Mitte des Trosses und hatte nicht jedes gewechselte Wort verstanden, doch der Sinn war ihr klar. Sie sah, wie der Bote wieder auf den Hang kletterte und al Zaghal seine Männer anwies, Platz für einen Waffengang zu Pferd zu machen.

»Aber das ist Wahnsinn«, flüsterte sie.

»Nein«, sagte Jusufs ruhige Stimme neben ihr. »Es ist Vernunft. In Wahrheit hat er damit gerechnet, daß so etwas geschieht, er hat sogar darauf gehofft. Auf diese Weise wird er nicht mehr wie eine Ratte von Schlupfwinkel zu Schlupfwinkel kriechen müssen, sondern noch einmal mit einem ebenbürtigen Gegner kämpfen. Und der ehrenwerte Don Rodrigo, was auch immer seine Fehler sonst sein mögen, tut ihm den Gefallen.«

Inzwischen war der Marquis von Cadiz am Fuß des Berges angelangt. Layla hatte ihn lediglich ein paarmal auf Hoffesten gesehen, nie aus der Nähe, doch sie erkannte ihn sofort. Plötzlich kam ihr der Gedanke, daß auch Juan unter den Kastiliern sein könnte, und sie hoffte mit einer Dringlichkeit, die sie selbst nicht verstand, er wäre es nicht.

Der Marquis sagte nach einem Blick auf al Zaghal zögernd: »Verzeiht, aber ich wußte nicht, daß Ihr mir gegenüber derart im Nachteil seid. Wir können nicht gegeneinander kämpfen. Ich werde jedoch«, schloß er mit sichtlichem Bedauern, »einen Eurer Männer als Ersatz akzeptieren, wenn Ihr schwört, daß sein Schicksal das Eure sein soll.«

»Ich *bin* Euch gegenüber nicht im Nachteil, *Christ«*, stieß al Zaghal zwischen den Zähnen hervor, »und wir *werden* miteinander kämpfen. Zu Pferd. Ich stelle Euch eines zur Verfügung.«

Er sprach Kastilisch, eine Sprache, die er durchaus beherrschte, auch wenn er sie haßte. »Es sei denn, Ihr seid zu feige und wollt Euren Heldenmut lieber darin beweisen, daß Ihr meine Leute abschlachtet.«

Der Nacken des Marquis rötete sich. »Ihr habt es nötig, vom Abschlachten zu reden! Also gut, ich bin einverstanden.«

»Eines noch«, sagte al Zaghal und senkte die Stimme. »Wer hat mich verraten?«

Don Rodrigo schüttelte den Kopf. »Das kann ich Euch nicht sagen. Wir brauchen den Mann noch, und Ihr könntet schließlich der Sieger sein.«

Al Zaghal verzog verächtlich den Mund. »Selbst wenn ich es bin – glaubt Ihr, ich wüßte nicht, daß Ihr mich niemals gehen lassen würdet? Man schickt keine Truppen hinter einem einzigen Mann her, um ihn dann laufenzulassen. Mich wundert ohnehin, daß Ihr mir diesen Zweikampf anbietet.«

»Ich habe das Kommando«, entgegnete der Marquis kalt, »und ich wollte es so. Genügt das?«

»Der Rest meines Trosses bleibt frei?«

»Ihr habt mein Wort«, sagte Don Rodrigo förmlich. Al Zaghal hätte jetzt einiges über Erfahrungen mit christlichen Schwüren sagen können, doch er tat es nicht. Vielleicht erinnerte er sich, daß er selbst ebenfalls Lügen als Mittel der Kriegsführung benutzt hatte. Vielleicht erkannte er in dem Mann vor ihm etwas Verwandtes und wußte, daß der Marquis in dieser Angelegenheit sein Wort halten würde.

Wie auch immer, er ließ Ridwan von seinem Hengst steigen und bot diesen seinem Gegner an. Die christlichen Ritter waren schwerer gerüstet als moslemische Reiter, doch es handelte sich um ein starkes Tier, und der Marquis schwang sich in den Sattel, ohne mit der Wimper zu zucken.

Al Zaghals Gefolgsleute brüllten seinen Namen, der ihr Schlachtruf war. Don Rodrigo reagierte mit dem uralten Schlachtruf der kastilischen Ritter, der von seinen Männern tausendfach aufgenommen wurde.

»Santiago!«

»U la ghalib ila Allah!«

Es war ein Zusammenprall zweier Legenden. Beide waren nicht mehr die Jüngsten, aber ihr verbissener Eifer machte das mehr als wett. Doch inmitten der ehrfurchtsvollen Zuschauermenge erfaßte Layla auf einmal ein ketzerischer Gedanke: Sie taten alle so, als handele es sich um ein Turnier, hatten vergessen, in welcher Gefahr sie sich noch immer alle befanden, und das nur, weil der Marquis von Cadiz auf den Gedanken gekommen war, seiner Falle das Mäntelchen des ritterlichen Zweikampfes umzuhängen.

»Männer und ihr Gerede von Ehre und Ritterlichkeit«, murmelte sie halblaut. Sie hatte vergessen, daß Jusuf neben ihr stand. Er lachte, was ihm erboste Blicke und Rippenstöße aus ihrer näheren Umgebung einbrachte.

»Das ist nicht komisch, Ifrit«, sagte Layla gepreßt und weigerte sich noch immer, ihn anzusehen.

»O nein, es ist das, was die Griechen tragisch nannten«, antwortete er sehr ernst und deutete auf die Kämpfenden. »Da! Al Zaghals Nemesis hat ihn eingeholt!«

Dem Marquis war es gelungen, al Zaghals Deckung zu durchbrechen. Sein nächster Schlag traf die rechte Schulter und damit al Zaghals Schwertarm. Al Zaghal zuckte zurück, und einen Augenblick lang schienen sie beide unschlüssig, was sie als nächstes tun sollten.

An und für sich bemühte man sich bei Kämpfen zu Pferde immer, den Gegner aus dem Sattel zu drängen, doch das hatten beide bis jetzt vermieden, aus offensichtlichen Gründen.

Al Zaghal zögerte. Er blickte schnell auf seine Schulter. Dann biß er die Zähne zusammen und hob mit aller Kraft, die ihm zur Verfügung stand, noch einmal das Schwert. Im selben Moment stieß der Marquis, statt den kommenden Schlag abzuwehren, zu. Al Zaghals Säbel traf ihn mit voller Wucht unterhalb der Rippen, doch die Rüstung des Christen fing den Schlag zum größten Teil ab, während al Zaghal mit einer tödlichen Wunde in der Brust zusammensackte. Ein Ächzen ging durch die Reihen der Soldaten und Bürger aus Guadix gleichermaßen, als ihr Anführer vom Pferd stürzte. Layla kämpfte sich durch die Menschenmenge, bis sie auf dem kleinen Platz angekommen war und neben al Zaghal niederkniete. Er atmete schwer, war jedoch noch bei vollem Bewußtsein und erkannte sie sofort.

»Immer ... wo du nicht gebraucht wirst ...«, sagte er keuchend. Sie erwiderte nichts, sondern versuchte fieberhaft, das Blut aus seiner Wunde mit ihrem Schleier zu stillen. Ein Schatten fiel auf sie.

»Das ist umsonst«, sagte der Marquis von Cadiz kopfschüttelnd.

Al Zaghal versuchte, sich aufzurichten. »Wer hat... mich verraten?«

Don Rodrigo biß sich auf die Unterlippe. »Niemand«, antwortete er ausdruckslos. »Als die Nachricht kam, daß Ihr nach Granada wolltet, befahl mir der König, dafür zu sorgen, daß Ihr es nie lebend erreicht. Mit allen Mitteln.«

Etwas wie ein Lächeln glitt über al Zaghals Gesicht. »Ich danke Euch... für... *dieses* Mittel.« Er griff mühsam nach Laylas Hand und legte sie auf seine Augen. »So störrisch«, sagte er beinahe unhörbar. »Layla...«

Als er ihren Namen aussprach, wußte sie, daß Jusuf auf seine Weise recht gehabt hatte, doch es war nicht mehr wichtig. Unter ihrer Hand spürte sie den Tod kommen, den sie so gut kannte. Erst als sie ihn auf den Mund küßte und sich der Geschmack nach Blut und Tod mit dem Salz ihrer Tränen mischte, bemerkte sie, daß sie weinte.

V

Alhambra

Eine starke Truppe legte ich in eine Festung,
die Soldaten vor langer Zeit zerstörten.
Wir schliefen dort und rund um die Burg,
und unter uns ihre alten Herren.
Da dachte ich mir: Wo sind die Scharen und die Völker,
die früher hier wohnten?
Wo die Erbauer und Zerstörer,
wo die Fürsten und die Herren, wo die Schwachen und
die Knechte? Wo sind die Eltern und die Kinderlosen,
wo die Väter und die Söhne,
die Trauernden und die Brautleute?
Sie waren alle Nachbarn auf der Erde,
und heute wohnen sie in ihrem Schoß.
Wenn sie nun ihre Köpfe heben und herauskommen –
unser Leben und unser Reichtum fiele ihnen zur Beute.
Fürwahr, meine Seele, fürwahr,
morgen werde ich bei ihnen sein –
und diese Scharen mit mir.

Samuel ha Levi Ibn Nagralla

Der Marquis von Cadiz ließ den Troß seinem Wort getreu gehen, obwohl einige seiner Männer, im sicheren Vertrauen, daß niemand von den Mauren gut genug Kastilisch verstand, sich dagegen aussprachen. Don Rodrigo schüttelte abwehrend den Kopf.

»Wir haben den Befehl des Königs ausgeführt«, sagte er, »und dabei bleibt es. *El Chico* ist fest in unserer Hand, also stellen die Mauren keine Gefahr mehr dar. Es gibt niemanden mehr, der sie führen könnte.«

Später kam Layla der Gedanke, was wohl geschehen wäre, wenn er sie erkannt hätte; doch sie war für ihn nur eine weitere Maurin, die mit den anderen in die Totenklage um Abu Abdallah Muhammad al Zaghal mit einstimmte, und Juan befand sich, entgegen ihrer Befürchtung, nicht bei seinem Vater. Also zog der Troß aus Guadix weiter nach Granada; es gab sonst keinen anderen Ort, wohin sie sich hätten wenden können.

Sie kamen kurz nach Sonnenuntergang dort an; Musa ben Abi Ghassan wartete mit einem kleinen Trupp schon unruhig vor den Stadttoren. Er sah al Zaghals Leiche auf der Bahre, die in aller Eile verfertigt worden war, und stellte keine Fragen.

Layla hatte sich oft ihre Rückkehr in die Alhambra vorgestellt, hatte befürchtet, daß die Erinnerung an Tariq zu schmerzhaft sein würde, doch tatsächlich spürte sie nichts, weder Freude noch Schmerz, noch nicht einmal Erleichterung. Während al Zaghals Gefolge sich an der großen Moschee vorbei auf den roten Hügel zu bewegte und die Totenklagen neu begannen, als diejenigen Stadtbewohner, die noch auf der Straße waren, al Zaghal erkannten, fühlte sie sich nur unendlich müde und wünschte sich, schlafen zu können.

Muhammad war inzwischen von Musa ben Abi Ghassan benachrichtigt worden und erwartete den Trupp in dem kleinen Eingangshof der Alhambra. Er trat vor die Leiche und betrachtete sie stumm. Dann sagte er: *»Und diejenigen, die in Allahs Weg getötet werden, nimmer leitet er ihre Werke irre. Er wird sie leiten und ihr Herz in Frieden bringen. So steht es geschrieben.* Ehre und Frieden für Euch, Onkel.«

Als er sich von al Zaghal abwandte, fiel sein Blick auf seine Schwester, und er zuckte zusammen. »Layla?« fragte er ungläubig. »Was tust du hier?« Ihre Erwiderung fiel schärfer aus, als sie beabsichtigt hatte, aber Layla war müde und war sie alle leid.

»Ich begleite Tote. Das ist meine Aufgabe in der Alhambra.«

Er fing sich wieder und ließ das Mädchen von jemandem in die Wohnbereiche bringen. Layla durchquerte den goldenen Hof und den Myrtenhof, ohne etwas Vertrautes an den prächtigen und in perfekter Symmetrie gestalteten Toren wahrzunehmen, und fand sich schließlich allein in einem Zimmer wieder, das ihr irgendwie bekannt vorkam. Sie warf sich auf das Bett und schlief sofort ein.

Als sie am frühen Morgen erwachte, etwa drei Stunden nach Mitternacht, war es noch sehr dunkel. Von ihrer lähmenden Müdigkeit war nichts mehr geblieben. Sie schaute sich um. Der fahle Mondschein, der durch das Fenster fiel, tauchte alles in ein unwirkliches Licht. Es roch schwach nach Zimt und Jasmin, wie überall in den Wohnbereichen der Alhambra, und wenn sie sich konzentrierte, konnte sie den Duft der Granatapfelblüte wahrnehmen, die der Stadt und dem gesamten Emirat ihren Namen gegeben hatte. Layla stand auf und ging zu dem kleinen Tisch hinüber, der in der Mitte des Raumes stand, fuhr mit den Fingern über das kunstvoll geschnitzte Holz. Es war voller Staub. Ihr wurde klar, wo sie sich befand – das war das Schlafgemach ihrer Mutter gewesen. Als kleines Kind war sie oft genug an diesen Tisch gestoßen, wenn Tariq und sie sich gegenseitig jagten. Sie klammerte sich an der Tischkante fest. Der schmerzende Druck half ihr, der Welle von Erinnerungen zu begegnen, die über ihr zusammenschlug. Keine Taubheit schützte sie diesmal; sie keuchte, doch sie weinte nicht.

Layla konnte nicht mehr einschlafen, also wanderte sie stattdessen umher und ertastete all die vertrauten Gegenstände, die Wände mit ihren Rankenmustern. »Warum so viele Rankenmuster?« hatte Tariq einmal gefragt, und Ibn Faisal hatte geantwortet: »Weil die Ranke, die in ihrem Wachstum kein Ende nimmt, das beste Sinnbild für den Islam ist.«

Kurz bevor es Morgen wurde, trat schüchtern eine Sklavin ein und brachte ihr ein Wasserbecken und neue Kleidung, damit sie sich reinigen und an dem Gebet teilnehmen konnte. Sie schaute sich so großäugig in dem Raum um, daß Layla sie fragte, ob etwas nicht stimmte. Die Sklavin errötete.

»Ich war noch nie hier«, bekannte sie verlegen. »Niemand darf diese Räume betreten, so hat es die Sejidah Aischa angeordnet. Die Leute sagen, es spukt hier. Der Geist des alten Emirs, der keinen Frieden findet, und der seiner christlichen Hexe ... oh.«

Ihr Geplapper machte Layla nichts aus – sie hatte inzwischen sehr viel Schlimmeres gehört –, doch es hatte ihr wieder ins Gedächtnis gerufen, daß sie hier nicht nur Muhammad, sondern auch seiner Mutter begegnen würde.

Aischa al Hurra.

Aischa, die gesagt hatte: »Tötet ihn«, als handele es sich um ein Lamm, das geschlachtet werden sollte.

Es gab nicht nur Tote für Layla in der Alhambra, o nein.

Nach dem Morgengebet ließ Muhammad nicht lange auf sich warten. Zuerst erkundigte er sich höflich, ob die Sklavin, die er ihr geschickt hatte, alles zu ihrer Zufriedenheit erledigt hatte, und Layla erkundigte sich, ob die Leute aus Guadix und das restliche Gefolge al Zaghals gut untergebracht worden waren. Nachdem sie diese Einleitung hinter sich gebracht hatten, konnte sich Muhammad nicht länger zurückhalten. »Verzeih, aber ich möchte wirklich gerne wissen«, sagte er, »warum du hier bist. Als wir uns das letztemal sahen, habe ich dir meinen Sohn anvertraut.«

Der in diesen Worten mitschwingende Vorwurf tat ein übriges, um Laylas Angriffslust wiederherzustellen. »Erstens«, entgegnete sie kühl, »hast du deinen Sohn nicht mir, sondern den Christen als Geisel übergeben, und ich war zufällig diejenige, die dazu beordert wurde, auf ihn aufzupassen. Zweitens bin ich eine freigeborene Frau und keine Sklavin und kann gehen, wohin ich will.«

Sie hatte vergessen, wie schlecht sich mit Muhammad streiten ließ. Er senkte den Kopf. »Seine Mutter und ich ... wir machen uns große Sorgen um ihn. Geht es ihm gut?«

Ein wenig besänftigt, erwiderte sie: »Den Umständen entsprechend, ja. Er treibt zwar jeden regelmäßig zum Wahnsinn, aber man behandelt ihn hervorragend ... für eine Geisel.«

»Wie einen Vogel im goldenen Käfig«, sagte Muhammad, und diesmal war Layla es, die den Kopf beugte. »Ja.«

Um das Schweigen nicht zu lange andauern zu lassen, erzählte sie ihm, wie sie nach Granada gekommen war und von al Zaghal aufgegriffen worden war. Doch ihr war nicht danach, über al Zaghal zu sprechen, also fragte sie ihn statt dessen, was nun geschehen würde.

»Der Marquis von Cadiz«, schloß Layla, unfähig, sich diese Spitze zu verkneifen, »sagte wörtlich: ›*El Chico* ist fest in unserer Hand.‹«

Muhammad richtete sich steif auf. »Etwas höflicher formuliert, hat mir das mein *Lehnsherr* auch ausrichten lassen«, gab er mit verkniffenem Mund zurück. »Er verlangt, daß ich ihm nun, wo al Zaghal besiegt sei, auch die Hauptstadt ausliefere. Die Botschaft kam gestern, einige Stunden vor eurer Ankunft. Er schien sich mit al Zaghal sehr sicher zu sein, dieser christliche König.«

»Was hast du ihm erwidert?« fragte Layla, sorgfältig darauf achtend, nicht an al Zaghal zu denken. Muhammad zuckte mit einem gequälten Gesichtsausdruck die Achseln. »Das gleiche wie vor Loja. Daß ich die Alhambra als sein Vasall halte.«

Er grinste flüchtig. »Und ich habe hinzugefügt, daß es gemäß unseres Vertrags an ihm wäre, mir die von al Zaghal eroberten Städte auszuliefern – als mein Lehen.«

Es war nicht ohne Reiz, sich Fernandos Reaktion vorzustellen, doch ihr war klar, daß solche Gesten letztendlich nichts ausrichten würden.

»Wenn er mit einem Heer hier auftaucht – wirst du ihm die Stadt dann übergeben?«

»Früher hätte ich es getan«, sagte Muhammad langsam. »Aber inzwischen frage ich mich, ob es für die Einwohner nicht tatsächlich mehr zu verlieren gibt als das Leben.«

Musa ben Abi Ghassan war mittlerweile zum Ratsmitglied und zum General aufgestiegen; auf al Zaghals Geheiß war er damals in Granada geblieben, als al Zaghal Malaga zu Hilfe eilen wollte, und hatte diesem regelmäßig Bericht von Muhammads Tun und Lassen erstattet. Diese Art von Spionage lag Musa eigentlich nicht, doch er hatte sich al Zaghals Argumenten gebeugt, daß sie ja im Grunde dasselbe Ziel verfolgten und in einer solchen Lage alles zum Überleben von Granada gerechtfertigt wäre.

Dennoch fraß es an ihm – in Malaga und Baza setzten

andere ihr Leben aufs Spiel, während er, Musa ben Abi Ghassan, Abkömmling einer langen Reihe von Kriegern, im Schatten der Alhambra und von Muhammads Demütigung vor den Christen friedlich sein Leben fristete. Daher war er entschlossen, diese Schmach endlich wettzumachen, und ergriff im Rat, den Muhammad al Zaghals Tod wegen zusammengerufen hatte, so bald wie möglich das Wort.

»In den letzten Jahren«, sagte er und vermied es, Muhammad anzusehen, »sind wir in der Hauptstadt wenig mehr als bezahlte – bestochene – Diener der Christen gewesen. Jetzt müssen wir uns entscheiden, ob das alles ist, was wir sein wollen. Es stimmt, in den Händen der Christen liegt das gesamte Reich bis auf uns. Aber unsere Brüder haben uns Hilfe versprochen ...«

Das rief überraschtes Gemurmel unter den Ratsmitgliedern hervor; Muhammad gebot Schweigen und bat Musa, den er nicht aus den Augen ließ, fortzufahren.

»... und außerdem ist diese unsere Hauptstadt viel größer als Malaga oder Baza, viel stärker befestigt als die Städte, welche die Christen bisher belagert haben. Ich meine, wir sollten den christlichen Herrschern ausrichten lassen, wenn sie Granada wollen, dann müssen sie es sich holen.«

»Wohl gesprochen, Musa«, sagte Muhammad rasch, bevor ein anderer reagieren konnte, »doch hast du auch bedacht, wie groß die christliche Armee ist? Daß wir keinen Hafen mehr haben, der uns versorgt? Und daß mir die christlichen Könige geschworen haben, wir würden unter ihrer Herrschaft so frei bleiben wie vorher?«

Eines der älteren Ratsmitglieder, ein Mann, der schon

Abul Hassan Ali in seinen jüngeren Tagen gedient hatte, erhob sich. »Geht auf die Straßen, Sejid«, sagte er hart, »und fragt Euer Volk, was das Wort der christlichen Könige wert ist. Fragt sie, ob sie sich ihnen und ihren götzendienerischen Priestern unterwerfen wollen.«

Schnell griff Musa die Zustimmung auf, die er für sich spürte, und wandelte sie in einen Dolch. »Genau darauf kommt es an. Alles andere ist Nebensache. Unsere Brüder aus Fez werden unsere Häfen für uns zurückerobern, im ganzen Reich werden sich die Menschen gegen die Christen erheben, und bis dahin werden wir hier in Granada doch wohl durchhalten können. Allah ist mit uns, und es gibt keinen Sieg außer Allah!«

»Allah war auch mit al Zaghal«, erwiderte Muhammad tonlos. Ein weiteres Ratsmitglied wandte sich aufbrausend gegen ihn.

»Ja, aber nicht Granada! Granada war gespalten!«

Muhammad holte tief Luft. »Es war mein Reich und mein Recht . . .«, begann er, als Musa das bisher Undenkbare tat und einen Emir in aller Öffentlichkeit einfach unterbrach.

»Es gibt kein Recht mehr, wenn die Christen erst hier sind! Ich frage Euch alle: Wollt Ihr frei sein – und frei sterben, wenn nötig – oder Sklaven der Ungläubigen?«

Der Tumult, der daraufhin im Rat herrschte, strafte das Alter der meisten Mitglieder Lügen. Muhammad schwieg. Als alle anderen sich schließlich beruhigt hatten, sagte er mit gepreßter Stimme: »Wie Ihr wollt. Vielleicht habt Ihr recht. Ich werde Granada verteidigen. Aber wenn Fernandos Armee erst hier ist, wenn die Belagerung beginnt, wenn das Leben nicht mehr so bequem für

Euch alle ist, dann will ich niemanden um Kapitulation betteln hören. Niemanden, versteht Ihr?«

Layla hatte den größten Teil des Tages damit verbracht, die Gemächer ihrer Mutter mit Hilfe der Sklavin, deren Name Nada war, wieder bewohnbar zu machen. An sich schickte sich das nicht; sie hätte Nada die Arbeit zur Gänze überlassen müssen. Doch inzwischen hatte sie zu lange für sich selbst gesorgt, als untätig dabeistehen zu können.

Mittlerweile waren auch ihre Habseligkeiten aus Guadix eingetroffen; einige der Frauen, die sie während der Reise kennengelernt hatte, fanden den Weg zu ihr, und Layla bot ihnen an, sie entweder hier oder in der Stadt unterzubringen. Nada machte ein entsetztes Gesicht, als die Schwester des Emirs das sagte, und flüsterte ihr später zu: »Aber Sejidah, die Stadt ist völlig überfüllt mit Flüchtlingen, selbst das Albaicin!«

»Aber nicht die Alhambra.«

Anschließend begab Layla sich ins Bad, nicht, ohne Nada vorauszuschicken. Sie legte keinen Wert auf weitere zufällige Begegnungen mit Aischa. Es war seltsam, als Frau hier zu sein, hier in den vertrauten und doch fremden Gängen. Layla kam es in den Sinn, daß es vielleicht doch spukte, nur anders, als Nada glaubte – sie selbst war der Geist ihrer Mutter.

Doch das warme Wasser reinigte und entspannte sie nicht nur, es hielt auch die Echos der Vergangenheit fern; zumindest für eine Weile.

In ihren Gemächern erwartete sie eine Überraschung; es handelte sich um Morayma, Muhammads Gemahlin.

Ali al Atars Tochter. Suleimans Mutter. Anders als Muhammad hatte das Alter sie bereits eingeholt; sie war nicht mehr die zarte Blüte einer Braut, als die Layla sie in Erinnerung hatte, sondern eine kleine, schüchterne, etwas zu üppige Frau.

Layla wußte zuerst nicht, was sie sagen sollte, und Morayma schien es ähnlich zu gehen. Also griff Layla auf Erzählungen über Suleiman zurück, der wohl den Grund dieses unerwarteten Besuches darstellte. Natürlich verschwieg sie seiner Mutter die dunklen Farben, seine Albträume, seine immer schneller verblassenden Erinnerungen, auch ihre ständigen Streitereien, und malte ihr statt dessen das Bild eines lustigen, frechen kleinen Jungen, der bei gütigen Freunden aufwuchs. Sie hatte sich nicht geirrt; das war es, was Morayma hören wollte. Ihr Gesicht erhellte sich zusehends, und am Ende lachten beide Frauen miteinander über eine halb erfundene, halb wahre Geschichte.

Als sie sich wieder beruhigt hatte, wurde Morayma sehr ernst. »Die Sejidah Aischa weiß, daß du hier bist, kleine Schwester«, sagte sie leise. Layla war versucht, zu antworten, auch sie wüßte, daß Aischa hier sei, doch sie hütete ihre Zunge. Morayma war eine Unschuldige. Also versicherte Layla ihr, sie würde der Sejidah ihre Aufwartung machen. Bald danach ging Muhammads erste Gemahlin, und Layla blieb mit dem Gedanken an Aischa zurück.

Sie versuchte, an etwas anderes zu denken, und endete bei al Zaghal, der hier mit ihrer Mutter Muhammads Tod geplant hatte. Schließlich ließ sie die Räume mit ihren Erinnerungen zurück und wanderte ziellos durch die

Alhambra, was auch nicht viel besser war, denn hinter jeder sorgfältig verzierten Säule schienen sie zwei Kinder zu erwarten, die immer zusammen und niemals allein waren.

Der Saal der Botschafter war leer, wie schon einmal, und Layla stand vor dem Bogen des mittleren Alkovens an der Nordseite und las halblaut, was dort seit Hunderten von Jahren geschrieben stand: *»Sprich: Ich suche Zuflucht beim Herrn des Morgengrauens, vor dem Übel dessen, was er geschaffen hat, vor dem Übel der Nacht, wenn sie naht, vor dem Übel der Zauberinnen, die auf Knoten blasen ...«*

»Du glaubst es noch immer nicht, Layla«, sagte Jusuf. Seltsamerweise fand sie seine Gegenwart tröstlich; er war zumindest keine Erinnerung.

»Würdest du weggehen, wenn ich es glaubte?« fragte sie eher neugierig als boshaft. Er lächelte.

»Möchtest du, daß ich weggehe?«

In dem dämmrigen Licht schienen sich Staubkörner wie ein goldener Mantel um ihn zu legen und wieder aufzuwirbeln.

»Nein«, sagte Layla widerwillig, und damit er diesen Sieg nicht ausnützte, fuhr sie rasch fort: »Weil ich deine Hilfe brauche, Ifrit. Ich weiß nicht, wie ich Aischa begegnen, was ich mit ihr machen soll. Ich kann nicht einfach so tun, als ...«

Er zog die Augenbrauen hoch. »Aber Doña Lucia, wir waren uns doch längst einig, was mit Aischa geschehen soll. Sie wird erleben, wie ihr Sohn jede Hoffnung auf den Thron verliert, wie er in einem fremden Land stirbt, allein. War das nicht dein Wunsch?«

Sie fand es plötzlich schwer, zu sprechen. »Nicht mehr. Ich meine, nicht mehr für Muhammad.«

Jusuf schnalzte mißbilligend mit der Zunge. »Du enttäuschst mich, mein Kind. Ich dachte, deine verwandtschaftliche Rührseligkeit wären wir mit al Zaghal losgeworden. Wie auch immer – ein einmal ausgesprochener Wunsch kann nicht mehr rückgängig gemacht werden.«

Kälte umgab sie, Kälte überall. »Was«, stieß Layla hervor, »meinst du mit – losgeworden?«

»Es war Zeit für al Zaghal«, antwortete er ruhig. »Zeit für den Tod, den er sich wünschte. Außerdem haben die Christen und ich das gleiche Ziel, das müßtest du doch wissen, Layla. Was meinst du, warum der erste Muhammad diese Sure hier einmeißeln ließ?«

»Also ist es wahr. Dein Fluch. Aber«, zu ihrer Beschämung geriet sie ins Stottern, »aber das ist doch Hunderte von Jahren her – und die Banu Nasr konnten nichts dafür! Keiner von den Menschen, die heute in Granada leben, konnte etwas dafür!«

»Ein Fluch ist ein Fluch«, erwiderte er ungerührt.

»Aber sie sind *unschuldig*!«

»Ich glaube, du verwechselst mich mit einem Menschen. Das bin ich nicht länger.«

Wiedergänger, dachte Layla, Wiedergänger. Und wehrte sich dagegen. »Das stimmt nicht. Du kannst deine Meinung ändern. Du kannst Gutes tun – in Malaga hast du Leben gerettet. Du...« Sie wollte hinzufügen, daß er auch sie gerettet habe, doch sie brachte es nicht über die Lippen.

Jusuf wurde zu einem Schatten, verschmolz mit der Dämmerung – noch nie war er so langsam verschwunden –, und sie versuchte noch immer, ihn zwischen den Säulen auszumachen, als er von hinten beide Arme um sie legte.

»Und selbst wenn noch etwas von einem Menschen in mir ist – bist du nicht auch ein Mensch, Layla, und wolltest eben Hilfe, um dich an Aischa zu rächen? Kannst du deine Meinung über Aischa ändern?«

Der Protest in ihr erstarb, bevor sie ihn aussprechen konnte. Es war alles so grauenvoll folgerichtig. Er hielt sie sehr fest, und sie rührte sich nicht, gebannt von Entsetzen, dem Wunsch, wegzulaufen, und dem widersprüchlichen Wunsch, sich umzudrehen und noch einmal mit dieser unmenschlichen Kälte zu verschmelzen.

Seine Stimme wurde sehr leise. »Und nun sind wir hier, in der Alhambra, deren Grundstein ich gelegt habe, wo sie mich fanden, in der Alhambra, wo sie deinen Bruder umgebracht haben. Du hast so lange unter den Christen gelebt, Lucia, weißt du nicht, was für ein Tag heute ist?«

Sie wußte es nicht, sie wußte überhaupt nichts mehr; seine leise Stimme hatte etwas Beschwörendes, und sie bog ihren Kopf zurück, an seine Schulter, um ihn besser zu verstehen. Er sprach noch leiser; sie spürte seinen Mund an ihrem Hals und hörte ihn mehr mit ihrem Blut als mit ihren Sinnen: »Heute, sagen sie, ist der Tag, an dem der Teufel sich seine Braut sucht.«

Jetzt, dachte sie, jetzt tötet er mich, und es war ihr gleichgültig, sie war bereit. Aber von einem Moment auf den nächsten war er verschwunden, und Layla war allein mit den Schatten in der Alhambra, die immer länger wurden.

Don Pedro Gonzales de Mendoza wünschte sich, der König und die Königin hätten sich in diesem Monat für eine andere Stadt als Sevilla entschieden. Er mochte Sevilla nicht. Die Stadt am Guadalquivir hatte ihren unbestreitbaren Zauber, doch für den Kardinal barg sie unangenehme Erinnerungen. Sevilla war sein Erzbistum gewesen, als der Papst den Monarchen die heilige Inquisition bewilligte. Da es in Sevilla besonders viele *conversos* gab, hatte Mendoza Böses geahnt und gemeinsam mit Fray Hernando de Talavera, der deswegen nach Sevilla gekommen war, versucht, die Inquisition als überflüssig hinzustellen. Gemeinsam hatten sie einen Katechismus für *conversos* verfaßt und versucht, sie durch Predigten und Unterweisungen auf die kommenden Untersuchungen vorzubereiten.

Dann war die Inquisition in Sevilla eingezogen. Für den Kardinal war die Lage besonders demütigend, denn in jedem anderen christlichen Land wären die Inquisitoren seiner Autorität unterworfen gewesen, da er der oberste Kirchenfürst war. Doch durch die Sonderregelung, die der Heilige Vater für die spanischen Länder getroffen hatte, war die Inquisition zu einem weltlichen Instrument geworden, das nur den Königen unterstand. Und in Sevilla brannten die Scheiterhaufen. Mendoza war nicht zimperlich, er hatte selbst im Krieg mehr als einmal Blut vergossen und war davon überzeugt, daß der Kreuzzug gegen die Ungläubigen gerechtfertigt war, doch die *conversos* waren eine andere Angelegenheit. Diejenigen, die nicht verbrannt wurden, verließen zu Hunderten die Stadt, und als Ergebnis verlor Sevilla seine Haupteinkünfte, der Handel war ruiniert, und aus dem blühenden Erzbistum war ein Ort für Gespenster geworden.

Nein, Mendoza zog es bei weitem vor, in die Schlacht zu ziehen, als Sevilla zu besuchen. Doch der Kardinal war von seinen Herrschern gebeten worden, an der geheimen Beratung teilzunehmen, die heute hier stattfand.

Außer ihm befanden sich noch der Marquis von Cadiz und Luis de Santangel, der Sekretär König Fernandos, im Raum. Mendoza kannte Santangel nicht sehr gut, wußte aber von seinem großen Talent für Finanzen; man munkelte, daß er, genau wie Talavera, aus einer Familie von *conversos* stammte. Talavera selbst war nicht hier, und der Kardinal fragte sich mit einem Blick auf die Monarchen, ob das Absicht war.

Isabella überließ es ihrem Gemahl, das Wort zu ergreifen, was Mendoza, der sie kannte, sofort mißtrauisch machte. Der König sagte mit seiner dünnen, schneidenden Stimme: »Euer Eminenz, meine edlen Herren – Ihr ahnt gewiß, warum wir Euch hierhergebeten haben. Wir waren sicher, daß unser Kreuzzug gegen die Heiden nun ein Ende gefunden hat, doch unser abtrünniger Vasall Boabdil weigerte sich unter einem fadenscheinigen Vorwand, uns seine Hauptstadt auszuliefern. Wir zweifeln nicht daran, daß Gott uns bei einer Belagerung zum Sieg verhelfen würde, doch angesichts der Größe Granadas würde sie sich hinziehen, und unsere Mittel sind durch die letzte Belagerung mehr als erschöpft. Überdies können wir das Heer nicht endlos lange aufrechterhalten – die letzten Ernten sind recht schlecht ausgefallen, weil kaum Bauern da waren, um sie einzubringen. Wir bitten also um Eure Meinung.«

»Angriff«, sagte der Marquis von Cadiz sofort. *»El Chico* ist kein Soldat, und noch weniger ein Feldherr. Er wird uns nicht lange standhalten können, und die Reichtümer in der Stadt, wenn wir sie erst erobert haben, machen eine weitere verlorene Ernte sicher wett.«

Santangel räusperte sich. »Mit Verlaub, das glaube ich nicht. Aber ich hätte einen Vorschlag, wie Eure Hoheiten zu mehr Gold kommen könnten.«

»Wir hören«, sagte die Königin. Der aragonische Sekretär faltete die Hände. »Mir ist klar, daß es womöglich nicht ganz der richtige Zeitpunkt ist, aber da gibt es noch immer diesen Genuesen, der...«

»Dieser Mensch, der uns seit Jahren wegen einer Westroute nach Indien in den Ohren liegt?« unterbrach der König unwillig. »Wir haben seine Pläne von einer Kommission untersuchen lassen. Sie haben weder Hand noch Fuß. Eine reine Verschwendung von Geld und Zeit. Und das soll uns helfen, den Staatsschatz wieder zu vergrößern?«

»Ich habe mit dem Mann gesprochen«, sagte Luis de Santangel, »und ich denke, er wird seine Westroute finden. Indien ist voller Reichtümer. Sollen sie etwa an die Portugiesen fallen?«

»Was meint Ihr, Euer Eminenz?« fragte die Königin und wandte sich zum erstenmal an den Kardinal. Mendoza knetete unbewußt sein Kinn. »Wir sollten die Angelegenheit im Auge behalten, Euer Hoheit, aber der Krieg hat Vorrang, und wir können es uns unmöglich leisten, eine Expedition auszurüsten, solange die Ungläubigen noch nicht besiegt sind. Deswegen schließe ich mich Don Rodrigo an.«

Fernando von Aragon nickte langsam. »Also erst der Krieg und dann das Geld«, sagte er mit einem schmalen Lächeln. Zur allgemeinen Überraschung schüttelte die Königin den Kopf.

»Verzeiht, mein Gemahl, doch ich bin anderer Meinung«, sagte sie.

Isabella widersprach ihrem Gatten in der Regel nicht, zumindest nicht in der Öffentlichkeit. Der Kardinal konnte sich noch gut an die letzte öffentliche Auseinandersetzung zwischen den beiden erinnern, obwohl sie Jahre zurücklag; damals hatte Fernando dagegen protestiert, nur als »rechtmäßiger Gemahl« der Königin von Kastilien bezeichnet zu werden, statt als König, und wollte die kastilischen Erbgesetze so ändern lassen, daß im Fall von Isabellas Tod die Krone an ihn fiel, statt an Isabellas leibliche Nachkommen. In beiden Fällen hatte er den kürzeren gezogen, aber damals war die Königin noch jünger gewesen, noch nicht so geübt in Diplomatie. Jetzt stellten sie und Fernando vor anderen immer eine einige Front dar, »ein einziger Wille in zwei Körpern«, wie der päpstliche Legat es einmal bewundernd formuliert hatte. Daß Isabella nun mit diesem Prinzip brach, war mehr als ungewöhnlich, und sie hatte die ungeteilte Aufmerksamkeit aller Anwesenden.

»Wir haben unter unseren mangelnden Ernten zu leiden und haben doch ein freies Hinterland«, sagte die Königin ruhig. »Wie muß es erst für die Mauren sein? Wie muß es für sie sein, wenn wir, statt Granada in diesem Jahr anzugreifen, ohne allzu viele Kosten lediglich alles Ackerland, das nicht völlig von uns beherrscht wird, dort so verwüsten, daß in den nächsten Jahren unmöglich noch etwas darauf wachsen kann? In diesem Jahr sind sie vielleicht für eine Belagerung gerüstet. Aber wenn wir das tun, könnten wir sie im nächsten Jahr am ausgestreckten Arm verhungern lassen.«

Schweigen herrschte; bis auf Fernando schauten die Männer ihre Königin voll ungeheuchelter Ehrfurcht an. Ein Feldzug in der Art, wie sie ihn vorgeschlagen hatte, würde nicht lange dauern und den spanischen Ländern die Möglichkeit geben, sich in diesem Jahr zu erholen. Und auch im nächsten Jahr würde es keine lange Belagerung geben – Granada, dachte der Marquis von Cadiz und stellte sich bereits den Einzug in die Stadt vor, fiele ihnen in den Schoß wie ein reifer Apfel.

»Nun«, sagte der König, und wenn er noch Ärger darüber verspürte, von seiner Gemahlin überstimmt worden zu sein, dann merkte man es seiner Stimme nicht an, »damit wäre wohl alles geklärt.«

Als Layla Aischa al Hurra begegnete, war sie bereit. In dem weichen Licht, das die Säle der Alhambra in ihrer ovalen Struktur wie Honigwaben wirken ließ, erkannte sie, daß Aischa, die sich von ihren Frauen begleiten ließ, das Privileg einer älteren Sejidah in Anspruch genommen hatte und keinen Schleier trug. Die Nachfahrin des Propheten war kaum gealtert; sie wirkte immer noch stark und unerbittlich. Sie blieb stehen und wartete darauf, daß Layla sich verbeugte. Aischa wartete vergeblich; statt dessen musterte die Tochter ihrer Feindin sie ebenso lang und gründlich, wie sie ihrerseits das Mädchen betrachtete. Als Aischa als erste den Blickwechsel unterbrach und das Wort ergriff, empfand Layla eine gewisse Befriedigung.

»Du bist erwachsen geworden, wie ich sehe«, sagte Aischa kalt. »Es ist bedauerlich, daß du noch nicht verheiratet bist, doch wem kann man schon ein mageres Halbblut zumuten? Du hast Glück, daß mein Sohn gütig genug war, dich hier aufzunehmen.«

»Längst nicht soviel Glück wie Ihr«, erwiderte Layla süß, »denn wem kann man schon eine zänkische alte Frau zumuten? Nur der arme Muhammad ist verpflichtet, Euch bis ans Ende seines Lebens zu ertragen.«

Aischas Frauen holten empört Luft; sie gebot ihnen Schweigen. Doch sie schien aus dem Gleichgewicht gekommen zu sein, denn sie antwortete nicht sofort. Mörderin, dachte Layla und lächelte sie an.

»Leider«, sagte Aischa schließlich und spie jedes einzelne Wort aus, »bin ich um meines Sohnes willen gezwungen, deine Gegenwart in der Alhambra zu dulden. Er glaubt unverständlicherweise, wir würden dir etwas schulden. Wäre dem nicht so, dann würde ich dafür sorgen, daß man dich fortjagt wie deine Mutter – du schlechterzogene Tochter einer christlichen Hexe!«

Sie hatte es ausgesprochen, und Layla kam ein blendender Einfall. Warum nicht? Wenn sie einen Geist beschwören konnte, dann konnte sie noch mehr. Zumindest bestand die Möglichkeit, Aischa an eine solche Fähigkeit glauben zu lassen. Sie streckte ihren linken Arm aus und rief so tief und unheilschwanger wie möglich: »Ja, meine Mutter war eine Hexe, und sie hat mir ihre Kräfte vererbt. Ich verfluche Euch, Aischa al Hurra, als die Verbrecherin, die Ihr seid, ich verfluche Euch bei Iblis und allen Dschinn! Mögen Eure Träume so qualvoll sein wie Eure Tage, mögen Eure Untaten Euch verfolgen, bis die Menschen Euch meiden wie eine Aussätzige. Ihr werdet um den Tod flehen, doch Allah wird Euch nicht erhören, bis Ihr alles verloren habt, was Euch etwas bedeutet. So verfluche ich Euch!«

Leider stand ihr kein so wirkungsvoller Abgang wie Jusuf zur Verfügung, also ließ Layla ihre Hand wieder sinken und ging geradewegs an der erstarrten Aischa und ihren Frauen vorbei in den nächsten Hof, bemüht, weiterhin drohend und hexenhaft zu wirken. Sowie sie außer Sichtweite war, begann sie zur Verblüffung einiger Leute, mit denen sie zusammenstieß, zu rennen. Sie mußte ihren Gefühlen irgendwie Luft machen, und sie durfte auf keinen Fall in Gelächter ausbrechen, obwohl ihr danach war. Aischa saß in ihrer eigenen Falle. Selbst wenn sie nicht an Flüche und Hexen glaubte – sie hatte Laylas Mutter jahrelang als Hexe bezeichnet, und sie konnte das nicht widerrufen. Von nun an würde jeder, der von dem Fluch hörte – und bei der Menge an Zeugen, die es gegeben hatte, sprach sich die Angelegenheit sicher schnell herum –, in Aischas Gegenwart ständig auf die ersten Anzeichen der Wirkung warten. Und allein das würde sie langsam in den Wahnsinn treiben, wenn Layla Glück hatte.

Während der nächsten Monate begegnete sie Aischa nie wieder. Aber es gab andere Dinge als Flüche, die die Stadt heimsuchten. Sie füllte sich immer mehr mit Flüchtlingen, während christliche Truppen das Land verwüsteten. Zuerst warteten alle auf den großen Angriff, doch mit der Zeit wurde deutlich, daß er nicht eintreten würde. Fernandos Gegner in diesem Jahr waren Korn und Obst, obwohl er mit seinem Heer einmal nahe genug herankam, um seinen einzigen Sohn, den dreizehnjährigen Infanten Juan, unter den Stadtmauern zum Ritter zu schlagen.

Selbstverständlich beschränkten sich die Einwohner von Granada nicht auf das Warten. Nach dem Vorbild von al Zaghal führte Musa ben Abi Ghassan eine Reihe von kleineren Attacken durch, doch ohne die Verstärkung aus Fez wagte niemand eine offene Schlacht.

Im Hochsommer war es klar, daß in diesem Jahr keine Hilfe aus Fez kommen würde. Über die Gründe redeten sich die Leute die Köpfe heiß – mangelndes Vertrauen der dortigen Herrscher in Muhammad, Geldmangel oder vielleicht, wie einige böse Zungen vorschlugen, Bestechung durch die Christen –, aber letztendlich war das Warum gleichgültig. Was zählte, war nur, daß sie nicht kamen. Ebenso offensichtlich war, daß die fruchtbarste Gegend des ganzen Landes von den Christen zu Karst und Wüste gemacht worden war. Muhammad entschied, daß die einzige Lösung in einem großen Gegenangriff lag. Er selbst wollte im Osten versuchen, verlorenes Gebiet zurückzuerobern, während im Westen Guadix und Almeria gegen ihre Besatzer rebellieren sollten. Da die christliche Armee sich – rechtzeitig zur Ernte – zurückgezogen hatte, schien der Moment dafür gekommen.

Die Sabika war in diesen Tagen längst nicht mehr nur der Spielplatz der adligen Jugend, und es wurde auch nicht mehr länger nur mit stumpfen Schwertern und Sandsäkken geübt. Muhammad und Musa ben Abi Ghassan keuchten, während sie ihre Runden um die Soldaten liefen, die dort ausgebildet wurden.

»Also«, sagte Muhammad und verlangsamte das

Tempo etwas, »was gibt es? Du hast mich doch nicht nur hierhergebracht, um mit mir um die Wette zu laufen.«

»Nein«, gab Musa zu. »Ich ... ich wollte das nicht vor dem Rat sagen, Muhammad, aber warum überträgst du den Befehl nicht mir, statt mich hier als Verteidiger zurückzulassen? Warum mußt du selbst ...«

»Du meinst«, entgegnete Muhammad und hielt den Blick auf die Laufbahn gerichtet, »du glaubst nicht, daß ich das Zeug zum Feldherrn habe.«

Musa war um eine Antwort verlegen, und eine Weile trabten sie schweigend weiter. Dann sagte Muhammad: »Ich habe mir Granada zurückerobert.«

Nun konnte sich Musa nicht länger zurückhalten. Er blieb stehen. »Mit Hilfe des Albaicin, der Christen und al Zaghals, der nach Malaga zog, statt hier mit dir zu kämpfen.«

Ein Zucken überlief Muhammads Gesicht. »Glaubst du, ich weiß nicht, was ihr alle über mich denkt?« stieß er heftig hervor. »Aber ihr wolltet den Krieg fortführen. Ich werde euch Krieg geben!«

So blieb Musa ben Abi Ghassan in der Stadt, während Muhammad seinen Rückeroberungsfeldzug begann. Doch die erwartete Ablenkung durch eine Rebellion im Westen blieb aus. Der Marquis von Villena, Oberbefehlshaber der Truppen, die Fernando dort zurückgelassen hatte, erfuhr durch Zuträger von dem geplanten Aufstand und versammelte die Bevölkerung von Guadix unter dem Vorwand, eine Zählung durchführen zu wollen, vor den Stadtmauern. Dann ließ er die Stadttore schließen und vertrieb so alle moslemischen Bürger von Guadix aus ihrer Stadt.

Im Osten war es Muhammad tatsächlich gelungen, einige Burgen und Ländereien zurückzuerobern, doch da kein Aufstand die Christen an der Grenze ablenkte, kam er nicht sehr viel weiter. Und auch hier war dafür gesorgt worden, daß es keine Ernte geben würde. Muhammad kehrte nach Granada zurück, als die Tage immer kürzer wurden, im Herzen die Gewißheit, daß sein Unternehmen bestenfalls einen Aufschub erreicht hatte.

Die Armee, die diesmal vor Granada stand, war die größte, die Fernando und Isabella je aufgebracht hatten. An alle ihre männlichen Untertanen zwischen achtzehn und sechzig war der Befehl ergangen, sich dem Heer anzuschließen. So groß die Hauptstadt auch war, die christlichen Truppen schnitten alle Zugänge ab. Es war eine vollständige Blockade. Und noch immer griffen sie nicht an.

Musa ben Abi Ghassan und seine Anhänger versuchten, die Christen durch kleine Ausfälle zum Kampf zu reizen, was anfangs auch gelang, doch dann wurde bekannt, daß die christlichen Könige, die diesmal beide bei ihren Truppen waren, den strikten Befehl erteilt hatten, sich unter keinen Umständen auf Einzelkämpfe einzulassen, und ihre Soldaten hielten sich daran. Sie beschränkten sich auf die Verteidigung.

Die Stadt Granada wie auch die Alhambra glichen inzwischen einem Bienenkorb, den man in der Nähe ausgesetzt hatte – die Bienen, die es wagten, sich aus dem schützenden Dunkel des Korbes zu entfernen, verglühten in der Sonne, und die anderen fanden kaum mehr Raum, um zu atmen.

Aus dem alten Stadtteil, dem Albaicin, kroch der Gestank der Armut und des Todes bis zum roten Hügel hinauf, bis Layla es nicht mehr ertragen konnte. Alles war besser, als inmitten von soviel Elend zwischen Gärten und Springbrunnen untätig zu warten, also entschloß sie sich, etwas dagegen zu tun.

Es begann, als eine der Frauen aus Guadix, die bei Verwandten in Granada untergekommen war, sie besuchte und um Lebensmittel für sich und ihre Familie bat. Dabei erzählte sie auch von der erstickenden Enge, von dem Mangel an Wasser, dem Schmutz, in dem einer ihrer kleinen Neffen bereits gestorben war, und von den kranken Kindern, die sie pflegte.

Layla wollte es nicht mehr hören, daher sagte sie kurzentschlossen: »Bring sie her.«

Die Frau war verblüfft. »Aber... hierher? In die Alhambra?«

Eine Idee entwickelte sich in Layla, schlug Wurzeln und trieb rasch Früchte. »Ja«, entgegnete sie. »Und alle anderen kranken Kinder, die du kennst. Wir haben hier noch genug Nahrung und Ärzte.«

Wie weit sie sich in bezug auf das Ausmaß des Elends verschätzt hatte, bewies der Strom, der nun bald tatsächlich eintraf und überhaupt kein Ende mehr nahm. Möglicherweise wäre ihr Entschluß ins Wanken geraten, wenn sich nicht Aischa, die durch die Dienerschaft davon erfahren hatte, diesen Moment ausgesucht hätte, um ihr wieder zu begegnen. Sie kam in Laylas Gemächer gestürmt, die eben in ein Hospital umgewandelt wurden.

»Was soll das bedeuten?« fragte sie erzürnt, ohne sich mit einer Begrüßung aufzuhalten. »Die heiligen Räume der Alhambra werden durch Bettler und Abschaum entweiht!«

Nach ihrer Miene zu schließen, zählte sie die Tochter ihrer Rivalin ebenfalls zum Abschaum; Layla hätte ihr gern etwas über Entweihung durch Mord gesagt, doch der Säugling, den sie gerade hielt, fing an zu brüllen, und das erinnerte sie daran, daß es Wichtigeres gab, als mit Aischa zu streiten. Also ignorierte sie den Schrecken ihrer Kindheit einfach, etwas, was Aischa al Hurra in ihrem Leben noch nicht geschehen war. Layla bemerkte noch nicht einmal, wann sie ging.

Aber später kam es Layla in den Sinn, daß vielleicht nicht ihre Gegenwart, aber doch die der kranken Kinder von Muhammads Erlaubnis abhing, und daß Aischa wahrscheinlich gerade dabei war, deren Hinauswurf vorzubereiten. Daher machte sie sich auf den Weg zu Muhammad; sie kam nicht weit, denn er ging ihr bereits entgegen.

Angesichts der notdürftig zurechtgemachten Lager, die sich mittlerweile bis weit in die Gänge erstreckten, zeigte er ein einigermaßen fassungsloses Gesicht.

»Muhammad«, sagte Layla beschwörend, »in der Alhambra ist soviel Platz, und das sind doch nur Kinder, halbverhungerte Kinder, die unten in der Stadt der Belagerung wegen sterben würden, ganz bestimmt!«

»Ja, aber ...«

»Du bist schließlich für sie verantwortlich«, sagte sie mit einem Anflug ihrer gewohnten Schärfe, »du bist der Fürst.«

Muhammad warf einen Blick auf den Hof, wo sich weitere Mütter mit ihren Kindern drängten.

»Wenn du mich gewähren läßt, könnten wir Leben *retten,* statt sie zu beenden«, schloß sie verzweifelt. Sie hatte dabei an den Krieg, nicht an Tariq gedacht, aber er bezog ihre Worte auf den Tod ihres Zwillingsbruders, das sah sie seiner sich wandelnden Miene an.

»Also gut«, sagte er abrupt, »die, die bis jetzt gekommen sind. Mehr nicht. Auch die Alhambra hat nur begrenzte Vorräte. Ich werde dir unsere Ärzte schicken.«

Damit wandte er sich ab und verschwand. Um die Wahrheit zu sagen, war Layla ein wenig erleichtert über seine Einschränkung, denn der Andrang machte ihr allmählich selbst angst.

Sie fand bald heraus, daß ihre Tage mit Suleiman nichts gegen Dutzende kranker Kinder in einer belagerten Stadt waren. Es hatte sehr wenig mit Edelmut und sehr viel mehr mit Folter auf dem Rad zu tun – jedenfalls fühlte sie sich so in den wenigen Stunden, in denen sie zum Schlafen kam. Zwei von den Kindern starben in den ersten Tagen, und ihnen dabei zuzusehen, war furchtbar, denn jedesmal war es in gewisser Weise auch Tariq, der wiederum starb. Aber die anderen überlebten, und auf diese Weise erhielt Layla inmitten ihrer todgeweihten Stadt ein Geschenk, mit dem sie nicht mehr gerechnet hatte. Jedes lebende Kind, selbst wenn es sie gelegentlich ebenso aufrieb wie Suleiman und sie auch nicht zarter mit ihm umging, erlöste sie ein wenig von dem zersetzenden Schuldgefühl, das sie seit Jahren mit sich herumtrug.

Ohne ihre Helfer wäre sie allerdings verloren gewesen. Es waren nicht nur die Ärzte; viele der Frauen in der

Alhambra, auch einige ihrer älteren Halbschwestern, die sie kaum kannte, schlossen sich ihr an, teils aus Mitleid, teils, um dem zermürbenden Warten zu entgehen. In der Regel fehlte den Kindern ohnehin hauptsächlich regelmäßige Ernährung und Wasser, das dank der Alhambra eigenen Zisterne und der Quellen aus den Bergen reichlich vorhanden war. Mit denjenigen, die schon wieder laufen konnten, machte Layla Spaziergänge auf den Wällen. Dort, hoch oben, waren sie gegen alle Gerüche und Klagerufe aus der Stadt gefeit, aber nicht gegen den Anblick der riesigen Armee, die sie wie eine tödliche Schlinge umgab.

»Was machen sie da?« fragte eines Tages eines der kleinen Mädchen und zeigte auf das christliche Lager.

»Sie warten«, erwiderte Layla abwesend. »Genau wie wir.« Doch das Kind schüttelte den Kopf. »Nein, nein. Ich meine – da!«

Layla beschirmte ihre Augen mit der Hand und versuchte zu erkennen, was sie meinte. Das Lager war beinahe unübersichtlich, doch ganz hinten schien irgendeine Art von erregter Geschäftigkeit im Gange zu sein. Angestrengt kniff sie die Augen zusammen. »Sie bauen etwas«, sagte sie zögernd.

Sie bauten eine Stadt.

Es dauerte insgesamt achtzig Tage, und jeden Tag kletterten mehr Leute auf die Mauern, um Burg und Stadt, um dem unglaublichen Schauspiel zuzusehen. Es war klar, was die Könige damit sagen wollten: Sie waren gekommen, um zu bleiben. Und immer noch keine Hilfe aus Fez.

Muhammad und Musa ben Abi Ghassan gelang es

durch einige selbstmörderische Ausfälle, die Bauarbeiten ein wenig zu behindern, doch da die Ergebnisse in keinem Verhältnis zu den enormen Verlusten standen, die sie dabei erlitten, gaben sie es auf.

Eines Abends ließ Layla die Kinder und die Frauen zurück, um in den Generalife zu flüchten. Es erschien ihr wie ein Wunder, daß die Gartenanlagen ihre makellose Schönheit behalten hatten, daß es immer noch etwas gab, was seit ihrer Kindheit unverändert geblieben war. Es hieß, daß die ersten Emire, welche die Gärten anlegten, das Paradies nachahmen wollten, so wie es im Koran beschrieben war: »*Und er belohnt sie für ihre Standhaftigkeit mit einem Garten aus Seide ...*«

Sie schrak zusammen. Jemand hatte das Zitat laut ausgesprochen, doch nicht sie. Es war Neumond, und die Bäume schienen größer, undurchdringlich. »Ifrit?« sagte sie leise. Ein Mann löste sich aus dem Dunkel, doch als Layla seinen Atem hörte, wußte sie, daß es ein Mensch sein mußte. Nicht Jusuf. Muhammad.

Er trug keinen Tailasan, und im schwachen Licht der Sterne sah sie, daß sein Haupt mittlerweile von einem dichten Netz grauer Haare überzogen war. Und doch lag sein einunddreißigster Geburtstag noch nicht lange zurück.

»Es steht wohl geschrieben, daß unsere Wege sich immer wieder kreuzen, Layla, Tochter von Isabel de Solis«, sagte Muhammad. Er schaute nicht sie an, sondern den Brunnen, gegen den sie sich lehnte, und mit einem Schock erkannte sie, daß es derselbe war, vor dem Muhammad einst das Geschenk der Zwillinge abgelehnt hatte.

»Jeder Weg hat einmal ein Ende«, entgegnete sie gepreßt.

Er seufzte. »*Und er belohnt sie für ihre Standhaftigkeit*«, wiederholte er. »Am Ende dieses Weges wird es keine Belohnung geben. Musa hat mir eben berichtet, daß sie die Wachen für die Pferde verstärken müssen, weil jedes Pferd, das den Leuten in die Hände fällt, sofort erschlagen wird. Drei Familien können sich davon ernähren. Wir sind am Ende, Layla.«

Sie blickte zu Boden. »Dann wirst du kapitulieren?«

»Der Rat und die Truppenführer sind noch immer dagegen. Aber ich kann das nicht länger verantworten. Wenn ich wüßte, wie, würde ich schon morgen mit den Christen verhandeln.«

Sie wollte nicht länger bei diesem Brunnen bleiben und nahm ihren Spaziergang wieder auf. Er folgte ihr. »Warum schickst du nicht einfach Gesandte?« fragte sie über die Schulter hinweg. »Schließlich bist du der Emir.«

Sie hätte freundlicher zu ihm sein können, aber im Moment dachte Layla nur an die vielen Toten, die dieser Krieg schon gekostet hatte, nicht zuletzt dank Muhammad und seiner ewig schwankenden Haltung. Und wenn er schon immer vom Sieg der Christen überzeugt gewesen war, warum, um alles in der Welt, hatte er dann an dieser Überzeugung nicht festhalten können? Sie dachte an die Kinder, die verhungerten, weil er sich am Ende entschieden hatte, doch noch den Helden zu spielen. Daß er damals den Mord an Tariq nicht verhindert hatte, war kein Zufall gewesen. So war Muhammad: wohlmeinend, aber unfähig, wirklich etwas zu tun, ewig zwischen zwei Entscheidungen gefangen.

»Wenn ich eine offizielle Gesandtschaft losschickte«, sagte Muhammad sachlich, »könnte es sein, daß die Bürger vor Wut und Enttäuschung, daß all ihre Leiden umsonst waren, den Palast stürmen. Und dann haben wir ein doppeltes Blutbad.«

Layla dachte darüber nach. »Nun«, erwiderte sie endlich, »ich möchte wetten, daß es inzwischen mehrere Überläufer gibt, die sich nachts heimlich aus der Stadt und zu den Christen stehlen, um von ihnen Essen zu bekommen. Warum läßt du nicht einen Vertrauten mit einer Geheimbotschaft sich als Überläufer ausgeben?«

Er schüttelte den Kopf. »Weißt du, was aus solchen Überläufern wird? Die christlichen Soldaten schicken sie wieder zurück, sagen ihnen, daß vor der Kapitulation keiner von uns auch nur eine Brotkrume erhalten wird, und wenn das keinen Eindruck macht, wenn sie versuchen, sich trotzdem ins Lager zu drängen, dann werden sie getötet. So einfach ist das«, schloß er bitter, »bei den christlichen Königen. Und einem meiner Leute, der nachts kommt, würde es nicht anders ergehen. Sie würden ihn für einen weiteren Überläufer halten, der sich Nahrung erschwindeln will.«

Sie schwiegen beide und lauschten dem Gesang eines Nachtvogels, ansteigend und abfallend wie die Kaskaden der allgegenwärtigen Springbrunnen. Layla wußte nicht, warum er ihr das alles erzählte, es sei denn, er brauchte, wie al Zaghal, einfach einen Zuhörer, der auf eine seltsame Weise an ihn gebunden war. Aischas Meinung kannte jeder in Granada (»lieber tot als entthront«), und Morayma war zu zart, um sie mit dieser Bürde zu belasten. Ganz zu schweigen von den Ratsmitgliedern.

Unvermittelt kam es ihr in den Sinn, daß Muhammad in gewisser Weise der einsamste Mensch war, den sie kannte. Seit sie die Kinder pflegte, hatte sie meistens nur daran gedacht, sie über den jeweils nächsten Tag zu bringen, und möglichst wenig Gedanken an das unvermeidliche Ende verschwendet. Doch hier, weitab von allem Lärm, in der köstlichen Stille des Gartens, rückte dieses Ende wieder näher.

»Ich könnte gehen«, hörte Layla sich sagen. Muhammad blieb stehen. »Wie bitte?«

»Ich könnte gehen und deine Botschaft überbringen. Mich würden die Soldaten durchlassen, ich weiß es.«

»Das ist Wahnsinn«, sagte Muhammad aufgebracht. »Du bist ein Mädchen ...«

»Ich bin kein Kind mehr, Muhammad«, unterbrach sie. »Ich bin neunzehn Jahre alt.«

Als sie das sagte, schien es ihr kaum faßbar zu sein. Neunzehn, wirklich neunzehn schon? Aber erst gestern war sie noch ein Kind in diesem Garten gewesen.

»Auf jeden Fall bist du eine schutzlose Frau, und ich werde nie erlauben ...«

Ihr Gelächter klirrte in der Luft wie Eis. »Schutzlos?« Es war so absurd, und er wußte es nicht. Doch sie konnte es ihm nicht erklären, konnte ihm nicht sagen, daß es ein Wesen gab, das entschieden etwas dagegen hatte, wenn irgend jemand anderes sie umbrachte. Also preßte sie den Handrücken gegen ihren Mund, um sich wieder zu beruhigen.

»Entschuldige, Muhammad«, ächzte Layla, als sie wieder zu Atem kam, »aber es ist nur ... die meisten Frauen haben in meinem Alter ihr Leben schon längst aufs Spiel gesetzt und tun es immer wieder, bei jeder Geburt. Dagegen ist es fast harmlos, in ein Lager mit christlichen Soldaten zu wandern. Ich spreche ihre Sprache. Ich kenne sogar ein paar von ihnen. Wenn ich Pech habe, treffe ich den alten … meinen Großvater. Wirklich, es ist ganz harmlos.«

Daß sie außerdem recht gut mit einem Dolch umgehen konnte, verschwieg sie ihm.

»Auf gar keinen Fall«, sagte Muhammad.

Am Ende ließ er sie doch gehen, was, wie Layla sich boshaft eingestand, zum Teil sicher daran lag, daß sie lange genug auf ihn eingeredet hatte. Muhammad der Schwankende konnte hin und wieder durch schiere Beharrlichkeit überzeugt werden.

Ein paar Nächte später verließ sie durch einen der geheimen Ausgänge, die der Erbauer für solche Fälle vorgesehen haben mußte, die rote Festung. Obwohl es ein weiter Marsch war, konnte man das christliche Lager und die neue Stadt noch zu Fuß erreichen. Als Layla sich beiden näherte und mehr und mehr Belagerungstürme, Katapulte und Kanonen erkannte, dachte sie: Sie haben alle Waffen, die sie brauchen – warum setzen sie sie nicht ein?

Die Antwort war einfach. Sie hatten es nicht mehr nötig. Sie gebrauchten ihre schlichteste, tödlichste Waffe – den Hunger.

Vor den Wachen drängten sich bereits mehrere Menschen aus Granada, die, wie Muhammad vorhergesagt hatte, zurückgeschickt wurden. Zum Glück gingen sie wirklich, denn Layla wußte nicht, was sie hätte tun sollen, wenn man die Flüchtlinge getötet hätte. Als sie außer Hörweite waren, kam sie näher.

»He, ich hab's euch doch schon gesagt, ihr Heiden«, knurrte einer der Soldaten. »Hier kein Essen – nicht, bis Belagerung vorbei, verstehst du?«

»Ich bin nicht des Essens wegen gekommen«, erwiderte Layla in ihrem besten Hofkastilisch. »Ich habe eine Botschaft für einen Eurer Hauptleute.«

Wenn sie gesagt hätte, daß sie zu den Monarchen selbst wollte, hätte man sie sofort davongejagt. Auch so versprach sie sich nicht viel Erfolg. Immerhin ließ ihnen ihre Antwort das Kinn herunterfallen.

»Wo hast du gelernt, wie ein zivilisierter Mensch zu reden, Kleine?« fragte ein anderer Soldat.

Layla richtete sich noch gerader auf und versuchte, die Arroganz des alten Mannes nachzuahmen. »Ich bin Doña Lucia de Solis«, sagte sie so hochmütig wie möglich, »durch widrige Umstände nach Granada verschlagen, und ich wäre Euch dankbar, wenn Ihr mich endlich einlassen würdet.«

Der Bann war gebrochen. Sie lachten schallend. »Das ist gut, das ist wirklich gut«, sagte der erste Soldat und wischte sich die Tränen aus dem Gesicht. »Die beste Geschichte, die ich je gehört habe.«

Unruhig biß sie sich auf die Lippen und entschloß sich, alles auf eine Karte zu setzen. »Holt Don Juan Ponce de Leon«, gab sie im selben Tonfall zurück, »und er wird Euch bestätigen, wer ich bin. Falls Ihr allerdings zu lange braucht, um Euch dafür zu entscheiden, ist es wahrscheinlicher, daß er Euch bestrafen läßt, denn meine Botschaft ist äußerst wichtig.«

Sie zögerten. Layla witterte ihren Vorteil. »Was riskiert Ihr?« drängte sie. »Eine schöne Belohnung, wenn ich die Wahrheit spreche, und wenn ich lüge, könntet Ihr mich immer noch davonjagen.« Sie berieten sich untereinander. »Also gut«, sagte der erste Soldat schließlich. »Stimmt schon, wir riskieren nichts. Ich hole den Hauptmann.«

Layla war weit davon entfernt, erleichtert zu sein. Es war ihr Glück, daß Juan noch am Leben war und sich bei der Armee befand; doch angesichts der Art und Weise, wie sie sich das letztemal getrennt hatten, konnte es sein, daß er sie überhaupt nicht erkennen wollte, geschweige denn, ihr eine Audienz verschaffen würde. Und was dann?

Es schien Ewigkeiten zu dauern, bis der Soldat zurückkam. Bei ihm befand sich ein Mann, den sie wegen seines Bartes und der breiteren Schultern zunächst selbst nicht erkannte.

»Das ist sie, Don Juan«, sagte der Soldat. Juan schaute sie an und zuckte kurz zusammen, ließ aber ansonsten keine Reaktion erkennen.

»Ja«, sagte er. »Es handelt sich wirklich um Doña Lucia. Laßt sie durch.«

Schweigend bot er ihr seinen Arm, als sie das Lager betraten. Layla war verlegen, und das haßte sie, also plapperte sie los und stürzte sich in Nebensächlichkeiten.

»Ihr seid tatsächlich noch gewachsen, Juan, wißt Ihr das? Und mit dem Bart seht Ihr ein wenig aus wie Euer Vater. Aber ich hoffe doch, Ihr wollt dem Helden von Alhama seinen Ruhm nicht streitig machen ...«

»Lucia«, sagte er, »Lucia.«

Und obwohl sie nach wie vor der Meinung war, daß sie

mit ihrer Flucht im Recht gewesen war, sah sie es zum erstenmal auch von seiner Seite, und etwas wie Scham streifte sie.

»Ich mußte weglaufen, Juan«, sagte Layla aufrichtig. »Ich konnte Euch nicht heiraten. Ihr wärt todunglücklich geworden, Ihr seht es ja jetzt selbst. Ich bin überhaupt nicht zum Heiraten geschaffen.«

Seine braunen Augen schienen im Schein der Fackeln, die überall brannten, schwarz zu werden. »Sprechen wir nicht davon«, sagte er abrupt, und daran erkannte sie, wie sehr er sich verändert hatte. Er war kein Junge mehr. »Warum seid Ihr hier, Lucia?«

»Als Gesandte meines Bruders, des Emirs. Es ist sehr dringend.« Layla legte alles Flehen in ihre Stimme, dessen sie fähig war. »Ihr *müßt* mir eine Audienz bei den Majestäten verschaffen, Juan.«

Ein anderer hätte ihre Behauptung zumindest stark angezweifelt, doch Juan war sich insofern gleich geblieben, als er ihr sofort glaubte.

»Ihre Hoheiten sind in Santa Fé«, meinte er nachdenklich, »also dürfte es keine Schwierigkeiten geben, Euch dort hinzubringen, wenn ich Euch begleite.«

»Santa Fé?«

»Die neue Stadt«, erklärte er. Santa Fé. Der heilige Glaube. Das erinnerte Layla wieder an etwas anderes. Als Lucia de Solis war sie eine Abtrünnige – *converso*. Sie konnte nur hoffen, daß niemand sie danach fragte. Während Juan Pferde bringen ließ, versuchte Layla, nicht an das Schicksal der arabischen *conversos* zu denken, die den Christen in Malaga in die Hände gefallen waren. Wenn die Könige Muhammads Bedingungen nicht akzeptierten, sondern sich dafür entschieden, Granada weiter auszuhungern, bis es bedingungslos kapitulierte, dann konnte es sehr wohl geschehen, daß der Fall der Hauptstadt wie der von Malaga mit dem Brennen von Scheiterhaufen besiegelt wurde.

Santa Fé war, soweit sie erkennen konnte, kreuzförmig angelegt: zwei Hauptstraßen und in der Mitte der Marktplatz. Es war eine richtige Stadt mit Gräben, Befestigungsmauern und, wie Juan auf ihre Frage hin erläuterte, achtzig Türmen. Teilweise ging sie in das Zeltlager über, das immer noch nicht ganz abgebrochen worden war. Insgesamt sprachen beide wenig auf dem Weg dorthin; keinem von beiden war nach Unterhaltung zumute.

Als Layla schließlich in einem Raum stand, wo die anwesenden Höflinge sie neugierig musterten, konnte sie es kaum fassen. Sie hatte geglaubt, sie würde diese Welt nie wiedersehen.

Ein rothaariger Mann mit einem kantigen Gesicht beobachtete sie besonders prüfend. Irgendwo hatte sie ihn schon einmal gesehen, doch sie zerbrach sich darüber noch den Kopf, als sich seine Miene erhellte und er zu ihr herüberkam.

»Jetzt weiß ich, wer Ihr seid, Doña Morisca«, sagte er zufrieden. »Das Mädchen mit den maurischen Trinkliedern und den erstaunlichen Geographiekenntnissen.«

Auch ihr fiel sein Name wieder ein. »Cristobal Colón, nicht wahr?« fragte Layla. »Habt Ihr inzwischen Unterstützung für Eure Fahrt nach Indien gefunden?«

Seine Stirn umwölkte sich wieder. »Nein. Ich war schon dabei, dieses Land endgültig zu verlassen, aber die guten Padres in La Rabida haben mich überredet, es noch einmal bei der Königin zu versuchen. Deswegen bin ich hier.«

»Dann wünsche ich Euch Glück«, sagte sie ernst. »Auch ich habe um eine Audienz bei der Königin gebeten.«

»Aber«, zwischen seinen Brauen bildeten sich zwei Falten, »damals schien es mir, als ob Ihr zum Hof gehörtet. Was tut Ihr hier in . . .«

Er stockte. Sie vollendete den Satz für ihn. »In maurischer Kleidung? Das ist ein Geheimnis, Don Cristobal«, sagte sie neckend. Die Unterhaltung fing an, ihr Spaß zu machen. Außerdem lenkte sie vom Warten ab.

Cristobal Colón blickte schon wieder verärgert drein. »Ich bin Ausländer, kein Grande, also steht mir die Anrede Don nicht zu«, sagte er kurz angebunden, doch dann fuhr er besser gelaunt fort: »Aber vielleicht werde ich es eines Tages sein. Zumindest«, und diesmal war er es, der sie neckte, »werde ich Vizekönig.«

Layla zog die Brauen hoch. »Vizekönig?«

»Aller der von mir entdeckten Länder«, antwortete er selbstverständlich. »Das«, sagte sie voll Überzeugung, »werden sie Euch nie gewähren.«

Er setzte zu einer Entgegnung an, doch Juan kam dazwischen und teilte ihr mit, die Königin sei jetzt bereit, sie zu empfangen. Layla verabschiedete sich von Colón. Während sie in den nächsten Raum traten, fragte Juan ungehalten: »Woher kennt dieser Mensch Euch, Lucia? Das ist nur ein ausländischer Abenteurer, und ich verstehe nicht, warum . . .«

Er hielt inne; sie befanden sich in Gegenwart der Königin. Fernando von Aragon war nicht zu sehen, und

Layla fragte sich, ob das ein gutes oder ein schlechtes Zeichen war.

Sie sank in einen Knicks, was ihr aufgrund ihrer Kleidung etwas schwerfiel. Isabella trug ein goldbesticktes Brokatgewand; ihr Haar war wegen der späten Stunde geöffnet und fiel lose auf ihren Rücken. Layla dachte nicht zum erstenmal, daß Isabella von Kastilien sie an eine Kerze auf dem Altar erinnerte: eine stetige, unerreichbare Flamme.

»Nun, Doña Lucia«, sagte die Königin kühl und gab ihr das Zeichen, sich aufzurichten, »nachdem Ihr uns so plötzlich verlassen habt, kommt Eure Rückkehr, gelinde gesagt, unerwartet.«

Layla murmelte etwas von den Zufällen des Schicksals und der Güte der Majestät, sie zu empfangen. Ihr war klar, daß Isabella genau wußte, warum sie gekommen war, aber offenbar legte die Königin Wert auf ein kleines Katz-und-Maus-Spiel.

»Ich hoffe, Ihr seid in Eurer alten Heimat dem wahren Glauben treu geblieben.«

»Es gibt nur einen Gott«, sagte Layla unschuldig und sah eine prunkvolle Prozession vor sich, die vor einem Scheiterhaufen endete, »und ich würde nie die Sünde begehen, ihn zu verleugnen.«

»Das dachte ich mir«, sagte die Königin und änderte ihren Tonfall. »Also, was für eine Botschaft bringt Ihr mir?«

Hastig zog Layla das Pergament aus ihrem Umhang, das ihr Muhammad gegeben hatte. Es war doppelt versiegelt, und sie überreichte es Isabella. Die Königin klatschte in die Hände und schickte die beiden Hofdamen, die sich noch im Raum befanden und Layla unbekannt waren, hinaus. Dann erbrach sie das Siegel. Layla konnte ihren eigenen Atem hören, während die Königin den Brief überflog. Jemand legte ihr von hinten die Hand auf die Schulter, und als sie den Kopf wandte, sah sie, daß Juan ihr beruhigend zulächelte. Er häufte wahrhaftig glühende Kohlen auf ihr Haupt.

»Seid Ihr mit dem Inhalt vertraut?« Die Stimme der Königin behielt ihren sachlichen Tonfall, und Layla entspannte sich etwas.

»Nicht mit den Einzelheiten«, erwiderte sie, »nur mit der, hm, Richtung.«

Ein winziges Lächeln kräuselte Isabellas Lippen. »Die Richtung findet unsere Billigung. Aber über die – Einzelheiten müssen der König und ich noch sprechen. Sagt das Eurem Bruder.« Und mit einer auffordernden Geste fügte sie hinzu: »Ihr könnt Euch jetzt entfernen, Doña Lucia.«

Als die kühle Nachtluft sie wieder umfing, sagte Juan: »Ich werde Euch zurückbringen. Es war unverantwortlich, Euch allein hierherkommen zu lassen, ohne Geleit.«

»Mir wird nichts passieren«, wehrte Layla ab. »Außerdem seid Ihr sogar aus weiter Entfernung als Christ zu erkennen, Juan, und unsere Wachen würden Euch sofort umbringen.«

Mit einemmal brach die scheinbare Gelassenheit, die er bisher gewahrt hatte, zusammen, und Layla war beinahe erleichtert, als er sie zornig anstarrte.

»Warum seid Ihr fortgelaufen, Lucia? Warum habt Ihr mir das angetan? Ich wollte Euch heiraten. Ich habe Euch geliebt.«

Er würde es nie verstehen, und wenn sie es noch so oft wiederholte. »Aber ich wollte Euch nicht heiraten«, entgegnete sie sachte, »obwohl ich Euch sehr gern habe. Doch ich liebe Euch nicht.«

»Ihr hättet es gelernt, mich zu lieben«, sagte er. »Mit der Zeit. Frauen darf man gar nicht wählen lassen, sie besitzen nicht den Verstand dazu, sagt Vater.«

»Hat er das auch zur Königin gesagt?« fragte Layla freundlich und war froh, daß es Juan wieder gelungen war, etwas Erzürnendes von sich zu geben. Doch diesmal ließ er sich nicht ablenken.

»Ihr könnt immer so gut mit Worten umgehen, Lucia«, antwortete er erbittert, »aber Ihr lügt.«

»Ich lüge nicht«, protestierte sie aufrichtig gekränkt.

»Doch, das tut Ihr. Ich weiß den wahren Grund, warum Ihr mich nicht heiraten wolltet. Es ist wegen dieses Mannes.«

»Mannes?« wiederholte sie verdutzt.

»Der Jude, der mit Euch getanzt hat«, sagte Juan ungeduldig. »Leugnet es nicht! Ich habe es schon damals geahnt, so wie Ihr ihn angestarrt habt!«

»Bei Allah und allen Propheten«, sagte sie aufgebracht auf arabisch und wechselte dann wieder ins Kastilische über, »das ist wirklich das Lächerlichste, was ich je gehört habe. Ihr Männer seid doch alle gleich. Für Euch muß es immer ein anderer Mann sein. Ist es denn so schwer zu begreifen, daß ich einfach nicht wollte?«

»Ha!« rief Juan befriedigt. »Das ist der Beweis. Ihr seid wütend. Ihr seid getroffen.«

»Bin ich nicht! Ich... ach, es hat ja doch keinen Zweck.« Layla atmete ein paarmal tief durch. »Juan«, sagte sie dann ruhiger, »ich bin Euch wirklich dankbar für alles, was Ihr für mich getan habt. Aber ich muß zurück, und daher ist es wohl das beste, wenn wir uns jetzt verabschieden.«

Sofort legte sich ein Ausdruck von Trotz auf sein Gesicht. »Es tut mir leid, Lucia, doch ich kann Euch nicht allein gehen lassen. Das gebietet mir meine Ehre als Ritter. Ich werde Euch so weit bringen, wie es nur möglich ist.«

Ihr lag nichts daran, weiter mit ihm zu streiten, also ließen sie stumm Santa Fé hinter sich und bald auch das Lager. Es war kalt, und Layla fröstelte. Plötzlich schüttelte sie ein wilder Hustenanfall, und sie versuchte vergeblich, ihn mit der Hand zu ersticken.

»Seid Ihr krank, Lucia?« fragte Juan besorgt. »Natürlich, bei Euren dünnen Sachen ... hier, nehmt meinen Umhang.« Er löste ihn von den Schultern und legte ihn über ihre eigenen.

»Ihr seid unmöglich, Juan«, sagte sie mit einem halben Lächeln. »Jedesmal, wenn ich böse auf Euch bin, setzt Ihr mich mit so einer Geste ins Unrecht.«

Er öffnete den Mund, als ob er etwas erwidern wollte, schloß ihn wieder und blickte zu Boden. Dann griff er mit einemmal in sein Wams und holte etwas hervor. »Ich habe Euer Pfand noch, Lucia«, sagte er leise.

Es lag auf seiner Handfläche zusammengerollt, Doña Marias grünes Haarband, und ihr saß plötzlich ein Kloß in der Kehle.

»Wenn Ihr wollt«, fuhr er stockend fort, »gebe ich es Euch zurück, aber ich ... würde es gerne behalten, wenn es Euch nichts ausmacht.«

»Es macht mir nichts aus«, sagte Layla und gab ihm kurz entschlossen einen hastigen Kuß auf den Mund. Während er noch fassungslos dastand, nützte sie ihren Vorteil und verschwand in der Nacht.

Sie kam ohne weitere Schwierigkeiten zurück in die Alhambra, erstattete Muhammad Bericht und ging dann sofort ins Bett. Am nächsten Morgen wachte sie mit Fieber und einer Erkältung auf. Da noch immer genügend Kinder hier waren, um die man sich kümmern mußte, ignorierte Layla ihre Erkrankung und hoffte, sie würde bald von allein verschwinden. Statt dessen wurde es immer schlimmer, bis Nada sie prüfend musterte und erklärte, wenn sie sich nicht sofort hinlegte, würde sie niemandem helfen und nur die Kinder anstecken. In den Monaten der Belagerung hatte die Sklavin jede Spur von Schüchternheit und Unterwürfigkeit verloren.

Layla wehrte sich – eine weitere Kranke war genau das, was sie brauchten –, aber schließlich gab sie nach. Seit ihrem ersten Besuch bei Abraham Seneor hatte sie sich nicht mehr so schlecht gefühlt. Die Ornamente an den Wänden verloren vor ihren Augen ihren Sinn und lösten sich in ein tanzendes Sternengewimmel auf, wenn sie sie zu lange ansah, und sie hatte unausgesetzt Durst. Als Nada ihr einen Becher an die rissigen Lippen setzte, hielt sie das Mädchen einen Moment lang für ihre Mutter, die endlich zu ihr zurückgekommen war und sie wieder liebte, und sie legte ihr die Arme um den Hals, bis sie ihren Irrtum erkannte.

Muhammads Leibarzt kam einmal, wollte ihr aber nicht sagen, wie lange das noch dauern würde, und Layla glaubte, auch Muhammad wahrzunehmen und Morayma. Sie versicherte Morayma, daß sie Suleiman vor dem Anblick des Feuers bewahren würde, und wunderte sich, warum Muhammads Gattin danach aus dem Zimmer flüchtete.

Es war am zweiten oder dritten Tag, gegen Morgengrauen, als Layla erwachte und merkte, daß sich jemand neben sie gesetzt hatte. Sie blinzelte und versuchte, die dunkle Gestalt zu erkennen, die sich über sie beugte.

»Jusuf?«

»Trink das.«

Er hielt ihr eine Schale hin. Ein Fetzen Erinnerung trieb in ihr Bewußtsein. »Keine Lebenskraft mehr«, sagte Layla mühsam. Er lachte leise.

»Nein, keine Lebenskraft. Eine ganz normale Arznei. Sie besteht aus einer Pistazie Ammoniak, einer Walnuß honigsüßes Galbanum, einem gefüllten Löffel weißen Honig und einem gefüllten machusischen Natla klaren Weins. Zufrieden?«

Bei jedem Bestandteil, den er nannte, ließ er sie einen Schluck aus der Schale trinken. Es schmeckte abscheulich und vertrieb nicht nur ihre Benommenheit – es machte sie hellwach. Sie sah ihn an und bemerkte, daß er diesmal wie ein Arzt gekleidet war. Er trug sogar den grünen Turban eines solchen Gelehrten. Sie setzte sich auf.

»Jusuf«, sagte Layla anklagend, »das ist ein Gelehrtenturban.«

Es gehört sich nicht, wollte sie hinzufügen, doch er brach in schallendes Gelächter aus. »Aber ich bin Gelehrter«, antwortete er, als er sich wieder beruhigt hatte, »unter anderem. Das Rezept für deine Arznei stammt aus dem Talmud. Layla, du bist wunderwoll, weißt du das? Du bist der einzige Mensch, den ich kenne, der nach seiner Rückkehr von den Sterbenden als erstes ungehörige Turbane bemerkt.«

»Ich lag nicht im Sterben«, konterte sie verärgert, »ich habe nur eine Erkältung.«

Tückischerweise überkam sie genau in diesem Moment ein Schwächeanfall, und sie rutschte wieder in ihr Bett zurück.

»Selbstverständlich«, sagte Jusuf. »Das kommt davon, wenn man mit blonden Dümmlingen durch die Nacht spaziert.«

Sie spürte, wie ihre Wangen brannten, und war noch auf der Suche nach einer passenden Entgegnung, als der Muezzin rief. Jusuf erhob sich und strich ihr kurz über die Stirn. »Du wirst gesund werden«, sagte er ernst. Layla versuchte, seine Hand zu fassen, doch sie griff ins Leere, und es war nur noch die Schale mit der widerlichen Medizin da, um sie daran zu erinnern, daß sie nicht geträumt hatte.

Unter der sechsfachen Sternenkuppel des Saals der Gesandten hatten sich nicht nur die Angehörigen des Rates, sondern auch Vertreter aller Stadtteile und die noch vorhandenen Hauptleute versammelt. Muhammad sah in die ausgemergelten, erschöpften Gesichter, und sein Gedächtnis rief ihm die Zeiten zurück, in denen viele dieser Männer die Muße gehabt hatten, um über nichts Ernsteres als die Schönheit einer Rose zu philosophieren. Ob wir das je wieder können, fragte er sich, die Schönheit einer Rose bewundern? Ich glaube nicht.

»Ihr wißt alle«, sagte er laut, »wie die Dinge in Granada stehen. Einige von Euch wissen es sogar viel besser als ich, denn sie leben Tür an Tür mit ihnen, den Verhungernden, den Verzweifelten. Ich habe nicht das Recht, diesen Krieg noch länger zu führen, keiner von uns hat es.«

Er mußte fast schreien, um den Tumult zu übertönen. »Deswegen habe ich mit den christlichen Königen Bedingungen ausgehandelt. Bedingungen für eine Kapitulation.«

Mit einemmal herrschte tödliche Stille. Muhammad entfaltete das Dokument, das er in der Hand hielt. Langsam las er vor, und mit jedem Paragraphen löste sich die Spannung im Saal etwas.

»Für jeden einzelnen Bürger wird die Sicherheit seiner selbst, seiner Familie und seines Eigentums gewährleistet.
Die Gesetze von Granada werden nicht angetastet; jeder Moslem kann nur nach diesem Gesetz verurteilt werden.
Moscheen und heilige Orte bleiben weiter, was sie sind.
Christen haben kein Recht, die Häuser von Moslems wider deren Willen zu betreten und sie zu irgend etwas zu zwingen.
Christliche Richter haben keine Verfügungsgewalt über Moslems.
Alle moslemischen Gefangenen in christlicher Hand werden freigelassen.
Die Auswanderung wird jedem gestattet, der sie wünscht.

Conversos, *die sich zum Islam bekehrt haben oder zu ihm zurückgekehrt sind, werden nicht bestraft.*
Niemand, der einen Christen zu Kriegszeiten getötet hat, wird dafür verantwortlich gemacht.
Moslems sind nicht verpflichtet, christlichen Soldaten Gastfreundschaft zu gewähren.
Kein Moslem darf in seiner Religionsausübung behindert werden, und Christen dürfen die Moscheen nicht betreten.«

Als Muhammad endete, spürte er das Erstaunen, das ihm entgegenschlug. In der Tat hatte er selbst kaum glauben können, daß die Christen in seine Bedingungen einwilligen würden, denn sie waren so eindeutig im Vorteil, daß es unmöglich erschien. Deswegen hatte er am Anfang soviel wie möglich verlangt, um sich später nicht zu tief herunterhandeln lassen zu müssen. Statt des zähen Feilschens – oder des Angriffs –, das er erwartet hatte, war indessen gestern ein christlicher Kurier unter einer weißen Flagge erschienen und hatte einen kurzen Brief von Fernando und Isabella überreicht, indem sie sich mit allem einverstanden erklärten. Muhammad hatte auf die ihm inzwischen wohlbekannte Doppelunterschrift geschaut – »Ich die Königin, Ich der König« – und sie kaum entziffern können. Die einzige Erklärung, die ihm eingefallen war, hatte mit den Gesandten des Sultans und des Papstes zu tun, den mysteriösen Franziskanern. Hatte es in ihrer Botschaft an die christlichen Könige irgendein Druckmittel gegeben, das sich jetzt auswirkte?

»Das«, sagte Abul Kasim Abd-al-Malik, der *sahib-al-madinah* der Stadt, ein älterer Mann, den selbst die untereinander zerstrittenen Viertel respektierten, »sind großzügige Bedingungen und ein ehrenhafter Friede, Allah weiß es. Ich gebe Euch meine Unterstützung, Sejid. Schließt Frieden mit den Christen.«

Zustimmendes Gemurmel wurde laut. Musa ben Abi Ghassan drängte sich an seinen Nachbarn vorbei, bis er vor dem Thron stand.

»Ich kann nicht glauben, was ich da höre«, rief er. »Großzügig? Ehrenhaft? Glaubt Ihr denn im Ernst, die Christen werden sich daran halten, wenn sie erst einmal hier eingezogen sind?«

»Es wird einen schriftlichen Vertrag geben«, sagte Muhammad, »und sie werden in Gegenwart ihrer höchsten Kirchenfürsten, sogar eines Legaten ihres Papstes, ihre heiligsten Eide darauf schwören.« Mit gesenkter Stimme, nur für Musa bestimmt, fügte er hinzu: »Es ist vorbei, Musa.«

Musa ben Abi Ghassan blickte seinen ehemaligen Freund an, dann spie er auf den Boden. »Wieviel haben Sie Euch bezahlt, *Sejid?* Werdet Ihr der erste christliche Befehlshaber von Granada?«

Unter den früheren Emiren hätte eine solche Geste Musa den Kopf gekostet, und einige der Älteren starrten ihn schockiert an. Die meisten jedoch schauten auf Muhammad. Dieser erhob sich von seinem Thron.

»Der Vertrag«, sagte er, »verpflichtet mich, für immer alle Ansprüche auf die Herrschaft in Granada aufzugeben, für mich und meine Familie, und Granada zu verlassen. Ich habe das nicht vorher erwähnt, weil es nicht wirklich wichtig ist. Wichtig ist nur, daß der Krieg beendet wird und daß Granada bleibt, was es war.«

Diesmal lag in dem allgemeinen Schweigen fast so etwas wie Mitgefühl und Respekt für den Emir. Abermals ergriff Abul Kasim Abd-al-Malik das Wort.

»Es war Allahs Wille, daß Granada falle, doch hat der Erbarmer in seiner Gnade das Herz der Christen bewegt. Töricht wäre es, ein solches Gnadenzeichen zu mißachten.«

»Töricht?« Musas Stimme überschlug sich fast. »Ihr alle seid töricht und blind obendrein! Aber ich werde nicht hierbleiben, um zuzusehen, wie Granada zum Wurm wird, den die Christen unter ihren Füßen zertreten! Ich werde nicht bleiben, um unsere Gesetze mißachtet, unsere Frauen mißhandelt und unsere Häuser zerstört zu sehen. Mein Platz ist nunmehr bei unseren Brüdern in Fez. Schande über Euch!«

Damit stürmte er aus dem Saal. Muhammad machte eine Bewegung, als wolle er ihm folgen, doch dann besann er sich eines Besseren. Es war alles gesagt, was zu sagen war.

Da jetzt wieder Lebensmittel in die Stadt gelangten, holten die meisten Familien ihre Kinder ab. Layla hatte eigentlich angenommen, es würden einige Waisen zurückbleiben, doch entweder fanden sich Tanten oder Onkel, oder Menschen, die während der Belagerung ihre eigenen Kinder verloren hatten, gaben sich als Verwandte aus. Sicher konnte sie da nicht sein, aber da sie selbst nichts Genaues über ihre Zukunft wußte, wollte sie im Zweifelsfall auch nicht darauf bestehen, die Kinder zu behalten. Dennoch gab es ihr jedesmal einen Stich, wenn sie eines von ihnen gehen sah, obwohl sie sich selbst

Torheit vorwarf. In den letzten Monaten hatte es durchaus Momente gegeben, in denen sie sich wünschte, frei von allen Kindern und weit weg von Granada zu sein.

Als sie erfuhr, daß Muhammad endgültig auf seine Herrschaft verzichtet hatte und alle Banu Nasr die Alhambra für immer verlassen mußten, verlor Aischa al Hurra zum erstenmal seit Menschengedenken ihre fürstliche Würde so weit, daß ihr lautstarker Protest selbst auf den Gängen der Frauengemächer zu hören war.

»Die Alhambra verlassen? Aber . . .«

»Mutter«, fiel Muhammads begütigende Stimme ein, »die Alhambra ist das Symbol der Herrschaft über Granada. Deswegen ist es unmöglich, daß hier weiter Moslems wohnen. Wenn ich der einzige Moslem bin, der seine Heimat verlassen muß, dann ist das ein geringer Preis für den Frieden.«

»Du redest wie ein Händler«, rief Aischa schneidend. »Preis!«

Dann sagte sie nichts mehr. Layla, die den Disput gehört hatte, fragte sich, ob sie wohl weinte. Die Mutter des Emirs von Granada zu sein und in der Alhambra zu herrschen, war alles, was Aischa je gewollt hatte. Layla hatte ihre Rache, doch sie fand keine Freude daran. Die Alhambra war zu viele Jahre lang auch ihr Traum gewesen, ihre kühle Schönheit der Strohhalm, an den sie sich klammerte, wenn sie das Heimweh in Kastilien überwältigte.

Diesmal hatte sie Zeit, um sich auf den Abschied vorzubereiten, doch das machte es nicht leichter. Sie wanderte durch die Höfe mit ihren Alabastersäulen, den reich verzierten Gittern und den Brunnen, und all diese Harmonie war ein Schwert, das sie ins Herz traf. Und dennoch spürte sie zum erstenmal das Gefühl der Versöhnung. Sie konnte die altehrwürdigen Löwen ansehen und dabei an Tariq und sich denken, wie sie sich zwischen ihnen versteckten, ohne daß sein Tod sie verfolgte, sie konnte durch die Fenster im Bad den Myrtenhof beobachten und sich an ihre Mutter erinnern und ihr verzeihen, ja, sie war fast sicher, daß Isabel auch ihr verziehen hatte.

Am zweiten Rabi im Jahre 897, dem zweiten Januar Anno Domini 1492, verließen Muhammad, seine Familie und seine gesamte Dienerschaft die Alhambra. Es war kurz nach dem Morgengebet, aber jeder einzelne Bewohner der Stadt, so schien es, stand in den Straßen, um Abu Abdallah Muhammad ben Ali, den letzten Emir von Granada, den christlichen Eroberern entgegenziehen zu sehen. Es gab keine Hohnrufe, einfach nur ein einziges, allumfassendes Schweigen.

Fernando und Isabella hatten einige Soldaten vorausgeschickt, die in die Alhambra eindrangen, sowie Muhammad sie verlassen hatte, doch der Hauptteil der Armee und auch sehr viele Schaulustige warteten in Santa Fé. Muhammads Gefolge hatte die Stadt noch nicht verlassen, als einige Kanonenschüsse die Stille brachen. »Was ist geschehen?« fragte Nada, die neben Layla ritt. Diese drehte sich um. Auf dem großen Wachturm der Zitadelle war von den vorausgeschickten Soldaten das silberne Kreuz gehißt worden – das Banner der Kreuzfahrer.

Es war das Zeichen für die gewaltige Prozession, die

die christlichen Könige geplant hatten, sich in Bewegung zu setzen. Wegen der Größe ihres Zuges mußten die Granader mehrere Stunden am Ufer des Xenil warten. Allerdings konnte man die Christen schon von weitem ausmachen und auch hören. Jedes einzelne Mitglied der Prozession sang das *»Te Deum laudamus«*.

Als die Prozession angehalten hatte und Muhammad den Königen entgegenritt, erkannte Layla zwischen den Kirchenfürsten und Hidalgos, die unmittelbar nach dem Königspaar kamen, auch Don Martin de Alarcon. Neben ihm ritt ein hochaufgeschossener Junge von etwa dreizehn oder vierzehn Jahren. Sie versuchte, Moraymas Aufmerksamkeit zu erregen, die durch eine Reihe von Menschen und Lastentieren von ihr getrennt war, doch Muhammads Gattin hielt den Kopf gesenkt. Sie hatte ihn nicht erkannt, und auch Layla war sich zuerst nicht sicher gewesen. Es handelte sich um Suleiman.

Fernando sagte laut und deutlich zu Muhammad, als dieser vor ihm sein Pferd zum Stehen gebracht hatte: »Als besondere Gunst für unseren Vasall Boabdil verzichten wir heute auf das Zeichen seiner Vasallentreue, den Handkuß.« Durch die Reihen der kastilischen Soldaten lief ein Kichern.

Muhammad ließ sich nicht aus der Ruhe bringen. Er hatte lange genug Zeit gehabt, um sich auf diesen Tag vorzubereiten. »Hiermit«, sagte er nicht weniger laut, »übergebe ich Euch die Schlüssel der Stadt und der Alhambra.«

Layla fragte sich beim Anblick des goldenen Schlüsselbundes flüchtig, in welches Schloß diese zierlichen Schlüssel wohl paßten, und stellte sich Fernando von

Aragon durch die ganze Alhambra laufend vor, verzweifelt auf der Suche nach dem richtigen Schloß. Gleich darauf schämte sie sich. Jetzt war nicht der Moment, um etwas komisch zu finden.

»Wem vertraut Ihr den Schutz der Alhambra an?« fragte Muhammad.

Die hohe, klare Stimme der Königin antwortete. »Don Inigo de Mendoza, Graf von Tendilla.«

»Kann ich ihn sehen?«

Isabella winkte, und aus den Reihen der Hidalgos löste sich ein Mann, den Layla schwach als einen der Neffen des Kardinals in Erinnerung hatte. Muhammad zog einen Türkisring vom Finger und reichte ihn dem Grafen.

»Alle, die seit der Eroberung von al Andalus Granada regiert haben, trugen diesen Ring. Tragt Ihr ihn nun, da Ihr der Regent seid, und Gott möge Euch mehr Glück schenken als mir.«

»Es wird mir eine Ehre sein«, entgegnete der Graf tief beeindruckt. Soweit Layla sich erinnern konnte, handelte es sich bei dem Türkisring um das Siegel von Aben Abi Abdallah, und der Goldreif trug die Inschrift »La ilaha illa Lha« – Es gibt keinen Gott außer Gott. Ihr Vater hatte ihn Muhammad der Tradition gemäß bei dessen Hochzeit überreicht, und sie versuchte, dieses Bild zu verdrängen.

»Diese großzügige Geste ehrt Euch und beweist ritterlichen Geist«, sagte die Königin. »Doch auch wir haben etwas für Euch vorbereitet. Don Martin! Bringt Euren Schützling hierher.«

Damit war es ihr gelungen, Muhammad aus dem Gleichgewicht zu bringen; er bebte sichtbar, als er nach all diesen Jahren zum erstenmal seinen Sohn wieder vor sich sah. Suleiman wirkte unsicher und steif; er bewegte die Lippen, doch Layla konnte nicht verstehen, was er sagte.

»Hiermit geben wir Euch Euren Sohn zurück, Abu Abdallah Muhammad«, fuhr Isabella huldvoll fort. Möget Ihr nie wieder getrennt werden.«

Muhammad fand zu seiner Fassung zurück und bedankte sich in den nötigen Formeln; dann war die Übergabe der Stadt vollzogen, und die beiden Züge trennten sich. Die Prozession zog weiter nach Granada, und Muhammad ritt mit Suleiman zu seinem Gefolge. Er bedeutete seinem Sohn, abzusteigen, dann schwang er sich selbst aus dem Sattel und preßte ihn an sich.

Zuerst rührte der Junge sich nicht, dann erwiderte er die Umarmung vorsichtig. In die Reihen der Granader geriet Bewegung; Morayma stürzte auf ihn zu. Vor ihm hielt sie inne.

»Mein Sohn, begrüße deine Mutter«, sagte Muhammad mit mühsam beherrschter Stimme. Die Art, in der Suleiman Morayma umarmte, war reichlich hölzern, und Layla biß sich auf die Unterlippe. Tränen liefen Morayma über das Gesicht, als sie fragte: »Erkennst du mich nicht, Suleiman, mein Kleiner?«

Der Junge, der sie mittlerweile überragte, starrte verlegen zu Boden. »Nein«, sagte er zögernd. Dann hob er den Blick und schaute auf die anderen Wartenden, als ob er jemanden suchte. Mit einemmal erhellte sich sein Gesicht, und strahlend ging er auf das Mädchen zu, das sein Exil geteilt hatte. »Layla!«

Sie konnte nicht anders, sie mußte absteigen und ihn

umarmen. Über seine Schulter hinweg sah sie Muhammad und Morayma gequält und Aischa wie versteinert zuschauen, und sie löste sich wieder von ihm.

Als Muhammads Zug sich wieder in Bewegung gesetzt hatte, bestand Suleiman darauf, neben Layla zu reiten, und zeigte sich darin so störrisch, daß sich in ihre Rührung durchaus Spuren der alten Ungeduld ihm gegenüber mischten.

»Du verletzt deine Eltern sehr«, sagte sie tadelnd auf kastilisch zu ihm, »sie haben so lange auf dich gewartet.«

»Es tut mir leid, wirklich, aber weißt du, Layla, ich erinnere mich wirklich nicht mehr an sie – an überhaupt niemanden hier, außer dir. Ich... ich habe Angst, mit ihnen zu sprechen«, bekannte er. »Ich habe so lange kein Arabisch mehr geredet. Vielleicht habe ich einen Akzent, vielleicht haben sie sich mich ganz anders vorgestellt...«

Sie verstand ihn, aber sie konnte Moraymas Augen nicht vergessen. »Schwimmen kann man nur mit einem Sprung ins kalte Wasser lernen«, sagte sie. »Sie sind überglücklich, daß du wieder bei ihnen bist.«

Er kniff den Mund auf eine sehr vertraute Art zusammen. »Aber ich will nicht!«

Sie fand ebensoschnell zu ihrem Befehlston zurück. »Aber du wirst!«

Wider Erwarten grinste er plötzlich. »Layla«, sagte er glücklich, »du hast dich überhaupt nicht verändert.«

Schließlich ließ er sich überreden, ab der nächsten Rast neben seiner Mutter zu reiten, und Layla und er tauschten einigermaßen friedfertig in einem kastilisch-arabischen Sprachgemisch die Neuigkeiten der letzten Jahre aus.

Als sie etwa zwei Meilen zurückgelegt hatten, befahl Muhammad dem Zug, anzuhalten. Layla ahnte, weswegen. Von dem Hügel aus, auf dem sie sich befanden, hatte man eine wunderbare Aussicht auf Granada, die letzte, bevor die Berge den Blick versperrten. Wenn sie früher die Alhambra verlassen hatten, um ein paar Wochen in einer der Burgen im Gebirge zu verbringen, damit Abul Hassan Ali besser jagen konnte, hatte auch er immer ein wenig an dieser Stelle verweilt.

Sie drehten sich um, alle. Der Sonnenschein, den die kristallene Winterluft noch zu verstärken schien, ließ die weißen Dächer der Stadt, die Minarette mit ihren Spitzen, die weiten Kuppeln der Moscheen und die Alhambra mit ihren Türmen aufleuchten, als seien sie nur aus Licht geschaffen; die Stadt schmiegte sich an die rote Festung wie Perlen an einen riesigen glühenden Rubin.

»Das ist ein Wunder«, sagte Suleiman ehrfürchtig.

Layla wandte ihre Augen ab und sah dabei zufällig Muhammad. Er weinte. Nicht laut, nicht stoßweise, wie die meisten Menschen; er schaute nur stumm auf Granada, und Tränen rannen ihm über das Gesicht, glitzerten auf seinem Bart.

Suleiman bemerkte es, wollte etwas sagen, doch Layla legte ihm warnend die Hand auf den Arm. Da schnitt Aischas Stimme in die Stille wie ein Dolch, der unfehlbar die tödliche Stille traf: »Weine nur, mein Sohn«, sagte sie kalt, »weine wie eine Frau um das, was du nicht verteidigen konntest, weil du kein Mann warst!«

Muhammad schwieg, sah sie nicht einmal an, sondern starrte weiterhin auf die Stadt. Aber Layla verpflichtete nichts, sich zurückzuhalten, und sie sprach laut genug, daß jeder sie hören konnte.

»Allah bewahre uns vor Frauen wie Euch, Aischa al Hurra, denen nichts weiter wichtig ist als die Macht, und vor Männern, wie Ihr sie Euch wünscht, wenn ihre Männlichkeit nur darin besteht, auf Euren Befehl hin zu töten und zu morden!«

Aischa wurde weiß im Gesicht. Layla wandte den Blick nicht von ihr; die Fürstin sah als erste zur Seite. »Genug ist genug«, stieß sie zwischen den Zähnen hervor. »Ich werde keine weiteren Beleidigungen mehr von der Tochter einer christlichen Schlampe erdulden. Muhammad, wenn du dieses Halbblut, das deine Mutter vor aller Ohren auf ungeheuerliche Weise beschämt hat, weiter bei dir beläßt, dann gehe ich auf der Stelle in die Alhambra zurück und lasse mich von den Christen einsperren. Dann muß ich wenigstens nicht länger die Gesellschaft von Feiglingen erdulden!«

Muhammad schaute von ihr zu Layla, wie auch die meisten anderen, und es war offensichtlich, daß er wieder nicht wußte, was er tun sollte. Aber Layla wußte es. Wider Willen hatte ihr Aischa zu der Entscheidung verholfen, um die sie schon seit langem rang.

»Das wird nicht nötig sein«, sagte sie gelassen, beinahe fröhlich, »obwohl es eine gute Idee wäre. Die Christen wären sicher entzückt. Aber ich werde nicht länger mit Euch reisen; ich verlasse Euch hier und ziehe allein weiter.«

»Layla, das ist nicht notwendig«, protestierte Muhammad. »Du bist meine Schwester und mir immer willkommen.«

Es hatte eine Zeit gegeben, da hätte sie ihre Seele verkauft, um ihn das sagen zu hören; wie alle Wünsche, so erfüllte sich auch dieser zum falschen Zeitpunkt. Dennoch war sie ihm dafür dankbar.

»Ich weiß«, sagte sie und lächelte ihn an. »Aber jeder Weg hat einmal ein Ende, erinnerst du dich? Und unsere trennen sich jetzt.«

»Aber ... aber du kannst gar nicht allein reiten«, widersprach der entsetzte Suleiman, »du bist ein Mädchen!«

»Es herrscht Frieden, und zu den Vertragsbedingungen gehört doch, daß jeder Einwohner von Granada wieder frei reisen kann, wohin er will. Und ich möchte nichts anderes als das. Freiheit.«

Wieder schaute sie zu Muhammad, und in seinen Augen erkannte sie, daß er sie verstand. Er gab den Befehl, ihr den Maulesel mit ihren Habseligkeiten zuzuführen, und versprach ihr, Nada freizulassen. Diese erklärte Layla für wahnsinnig, und Layla sagte, sie ließe sie nur frei, damit kein Herr länger verpflichtet sei, sich mit ihr herumzuärgern, doch am Ende lagen sie sich in den Armen.

Morayma hatte noch immer gerötete Augen, als Layla zu ihr kam. Sie schwieg; Layla umarmte sie und flüsterte ihr ins Ohr: »Es wird schon alles gut werden. Er ist ein lieber Junge, nur etwas scheu, und er ist froh, wieder bei dir zu sein.«

Der liebe Junge weigerte sich rundheraus, sich von Layla zu verabschieden; er verschränkte die Arme und starrte sie feindselig an. »Ich hasse dich, nur damit du es weißt! Erst kommandierst du mich die ganze Zeit herum, dann fliehst du mitten in der Nacht, obwohl ich dich brauche, und jetzt verschwindest du schon wieder!«

»Du brauchst mich nicht länger«, sagte sie leise. »Du hast Eltern, die *dich* brauchen. Aber abgesehen davon«, ihre Mundwinkel zuckten, »ich hasse dich auch, nur mag ich dich manchmal. Irgendwie.«

Widerwillig antwortete er: »Ich mag dich auch. Irgendwie.« Und er ließ sich einen Kuß auf die Wange geben. Sie saß noch nicht lange auf ihrer Stute, da drang seine Stimme zu ihr. »Aber du besuchst uns doch einmal?«

Layla drehte sich um und schrie zurück: »Bestimmt!«

Zuerst ritt sie einfach in den Tag hinein, ohne bestimmte Richtung. Frei von allen Banden zu sein, von Rücksichten, sogar von Zielen, war ein berauschendes Gefühl, und sie wollte es auskosten. Dann kam ihr ein Einfall, der sie nicht mehr losließ: Wenn sie schon reisen konnte, wohin sie wollte, warum dann nicht über das Meer?

Also ließ Layla die Berge bald hinter sich und kehrte zurück in die flußdurchzogene Vega. Als die Dämmerung nahte, kam sie in ein kleines Dorf. Es war von den Christen verwüstet worden, niemand lebte mehr dort, doch in einem der übriggebliebenen Häuser konnte sie leicht die Nacht verbringen. Sie fand eines, das zwar innen völlig leer war, aber noch ein intaktes Dach hatte und sogar einen noch nicht völlig zerstörten Stall. In der Hoffnung, das Pferd und der Maulesel würden damit zufrieden sein, band Layla sie dort an, nahm ihnen die Sättel und Lasttaschen ab und schleppte diese in das

Haus. Die kläglichen Heureste im Stall verursachten ihr ein schlechtes Gewissen, also opferte sie einige von den Äpfeln, die sie als Proviant dabeihatte, und gab sie den Tieren. Sie selbst war nicht hungrig; dazu war sie noch immer viel zu aufgeregt.

In den Häuserresten der Umgebung gab es genügend zerschlagene Tische und zertrümmerte Balken, um ein Feuer, das sie in der Nacht wärmte, zu nähren. Layla breitete die Taschen so nahe wie möglich an der Feuerstelle aus und versuchte, die bequemste Möglichkeit zum Schlafen zu finden. Doch irgend etwas stimmte nicht; irgend etwas fehlte noch.

Sie war nicht überrascht, als er in den kleinen Kreis trat, den das flackernde Licht der Flammen erhellte.

»Ich habe auf dich gewartet, Ifrit«, sagte sie. Er ließ sich ihr gegenüber nieder und hob eine Braue.

»Ich bin sicher, daß du das getan hast, Layla.«

»Aber ich werde nicht zulassen, daß du mich noch einmal einlullst. Ich will nicht mehr sterben.«

»Und ich«, sagte er, und die unregelmäßigen Schatten, die das Feuer warf, zeichneten seltsame Muster auf sein Gesicht, »will dich nicht mehr töten.«

»Warum nicht?« fragte Layla verblüfft. »Das wolltest du doch die ganze Zeit. Abraham Seneor sagte, es ist die einzige Art, wie ein Wiedergänger zur Ruhe kommen kann.«

»Ich denke, du weißt, warum«, erwiderte Jusuf. »Ich wollte nicht, daß es geschieht, und ich weiß nicht, wie du das geschafft hast, aber ich liebe dich.«

»Du liebst mich nicht«, sagte sie ungläubig. »Du brauchst mich nur, wie . . .«, sie suchte nach einem möglichst beleidigenden Vergleich, »wie der Säufer seinen Wein.«

Jusuf lächelte, ein dunkles, geheimnisvolles Lächeln, das sie nicht mehr losließ. »Ich bin kein Moslem, kleine Katze. Uns Juden ist es erlaubt, den Wein zu lieben.«

Um sich nicht wieder in seinen Bann schlagen zu lassen, rückte sie nochmals an ihren Taschen, nahm ihren Haarschleier ab und breitete ihn so aus, daß er die Beutel überdeckte. Aber sie hätte damit rechnen müssen, daß Jusuf noch andere Mittel kannte. Seine Stimme strich über ihre Haut hinweg, umhüllte sie wie warmes Wasser.

»Ich liebe deinen Mut, deine Streitsucht, deine Tränen. Ich liebe dich als das verlorene Kind, das du warst, und als die aufsässige Frau, die du bist. Ich liebe deine Klugheit, ich liebe deine Torheit. Ich liebe deinen Körper, und ich liebe deinen Geist, der mir näher ist, als jeder andere es je war. Ich liebe dich.«

Er lügt, dachte sie verzweifelt, er muß einfach lügen. Und gleichzeitig schrie alles in ihr danach, ihm zu glauben. Er streckte ihr die Hand entgegen, eine feingliedrige und dennoch kräftige Hand, die ihr so vertraut war, doch er berührte sie nicht. Statt dessen sprach er weiter.

»Und weil ich dich liebe, möchte ich dich nicht sterben sehen. Es gibt noch eine Möglichkeit, mich wieder in das schwarze Nichts zurückzuschicken. Nun, da mein Fluch sich erfüllt hat, kannst du mich bannen, wenn du das wirklich willst. Du brauchst es nur auszusprechen.«

Zögernd streckte Layla ihre eigene Hand aus und berührte seine Fingerspitzen, nicht mehr. Er hätte zugreifen können, sie hätte zugreifen können, doch keiner von ihnen tat es. Dieser Hauch einer Bewegung schien ihr ein

Wunder zu sein, und sie flüsterte: »Ich möchte dich auch nicht sterben sehen.«

Langsam verschränkten sich ihre Finger ineinander, und es lag mehr Zärtlichkeit darin als in allem, was vorher geschehen war.

»Dann komm mit mir«, sagte er. »Auch das Alter, dem ihr Menschen unterworfen seid, ist ein langsamer Tod, Tag für Tag. Ich könnte dich mir gleich machen.«

Sie zuckte zusammen, und er rückte ein wenig näher. »Wiedergänger ist nur ein Wort, Ifrit ein anderes. Wie Layla und Lucia. Ich weiß selbst nicht, was ich bin. Aber ich bin unsterblich – wenn du mich nicht bannst. Ich habe Reiche gesehen, die den törichten Menschen dieser Zeit verschlossen sind, Wunder und Schrecken, Magie und Wirklichkeit. Ich bin weder an Zeit noch Raum gebunden, und wenn du mir vertraust, dann wirst auch du es nicht sein.«

Sie antwortete nicht, und er seufzte. »Glaubst du immer noch, daß ich nur deine Lebenskraft von dir will?«

»Nein«, sagte sie, und rutschte selbst etwas näher zu ihm. »Ich . . . ich liebe dich auch. Vielleicht habe ich dich schon immer geliebt. Aber ich bin ein Mensch. Ich möchte meine Menschlichkeit nicht verlieren.«

»Es ist deine Wahl.«

Er löste seine Hand aus der ihren, sehr langsam, und legte sie an ihre Wange. »Du brauchst dich nicht sofort zu entscheiden.« Sein alter Spott kehrte zurück, als er aufstand und wieder mit den Schatten verschmolz. »Schließlich hast du alle Zeit der Welt.«

Nachwort

Abu Abdallah Muhammad, auch genannt Boabdil, der letzte Emir von Granada, starb über dreißig Jahre später in Fez, wo ihn der Sultan gastfreundlich aufgenommen hatte. Er unterstützte den Herrscher bei der Niederschlagung einer Rebellion und wurde in der entscheidenden Schlacht getötet, was die Chronisten zu dem Kommentar veranlaßte, das sei wahrhaft ein Beispiel für die Launen des Schicksals: »Er starb bei der Verteidigung eines fremden Reiches, nachdem es ihm an Mut gefehlt hatte, bei der Verteidigung seines eigenen zu sterben.«

Don Rodrigo Ponce de Leon, Marquis von Cadiz, starb dagegen nicht in der Schlacht, sondern im Bett, an einer Krankheit, die er sich bei der Belagerung von Granada zugezogen hatte, im August 1492.

Fray Hernando de Talavera wurde der erste Erzbischof von Granada. Er achtete darauf, daß die Vereinbarungen des Vertrags eingehalten wurden, ließ seinen Klerus Arabisch lernen und verfaßte selbst Katechismen und Gebetbücher in dieser Sprache. So errang er zwar den Respekt der Bevölkerung, aber keine Massenbekehrungen, was man ihm bald zum Vorwurf machte. Er wurde durch Francisco de Cisneros ersetzt, der nicht nur den Koran, sondern auch etwa viertausend arabische Bücher öffentlich verbrennen ließ und gewaltsame Taufen durchsetzte. Als Isabella von Kastilien 1504 starb, verlor Talavera seinen letzten Einfluß. Mit Einverständnis Fernandos wurden Freunde und Mitarbeiter Talaveras sowie seine Schwester und sein Neffe von der Inquisition verhaftet. Die Anschuldigung lautete, Talavera beabsichtige die Wiedereinführung des Judentums in den spanischen Ländern. Nach einem zweijährigen Prozeß konnte sich Talavera rehabilitieren, doch er starb noch im selben Jahr.

Die Moslems in Granada rebellierten noch mehrmals gegen die wiederholten Vertragsbrüche durch ihre neuen Herrscher, doch, wie Cisneros meinte, waren Eide Ungläubigen gegenüber nicht gültig. 1501 erklärten Fernando und Isabella, Gott habe sie erwählt, um das Königreich Granada von den Ungläubigen zu reinigen, und das taten sie auch, mit aller Konsequenz. Um so erstaunlicher ist es, daß die letzten Nachkommen der Araber erst etwa hundert Jahre später das Land verließen, zu einem Zeitpunkt, als Spanien seinen Gipfel als Großmacht bereits erklommen hatte und dabei war, ihn wieder zu verlassen. (Die Juden wurden bereits 1492, nach der Eroberung von Granada, aus Kastilien und Aragon vertrieben.)

Isabel de Solis gebar Abul Hassan Ali zwei Kinder, von denen mindestens eines ein Sohn war, doch was aus ihnen wurde, bleibt Thema für Spekulationen. Das Schicksal meiner Heldin ist daher frei erfunden, nicht dagegen Jusuf ben Ismail (Josef ha Levi Ibn Nagralla), der auf die beschriebene Weise am 30. Dezember 1066 in Granada umgebracht wurde. Seine posthumen Aktivitäten gehen natürlich allein auf mein Konto – aber wer weiß?

Bibliographie

Al-Azmeh, Aziz: Arabic Thougths and Islamic Societies. Croom Helm, London 1986.

Ashtor, Eliyahu: The Jews of Moslem Spain. Bd. I–III, Jewish Publication Society of America, Philadelphia 1979.

Bargebuhr, Frederick P.: The Alhambra. Walter de Gruyter & Co. Verlag, Berlin 1968.

Burckhardt, Titus: Die maurische Kultur in Spanien. Callwey Verlag, München 1970.

Erlanger, Philippe: Isabella die Katholische. Casimir Catz Verlag, Gernsbach 1990.

Harvey, L. P.: Islamic Spain. University of Chicago Press, Chicago 1990.

Liedl, Gottfried: al-Hamra: zur Geschichte der spanisch-arabischen Renaissance in Granada. Turia und Kant Verlag, Wien 1990.

Mayer, Reinhold (Hrsg.): Der Talmud. Goldmann Verlag, München 1980.

Pérez, Joseph: Ferdinand und Isabella. Callwey Verlag, München 1989.

de Silva, Colin: Arena of Assassins. Harper Collins, London 1991.

Schimmel, Annemarie (Hrsg.): Der Koran. Reclam Verlag, Stuttgart, 1960.

Wördemann, Franz: Die Beute gehört Allah. Die Geschichte der Araber in Spanien. Piper Verlag, München 1985.

Walcott, Derek: Die Reconquista. Wilhelm Heyne Verlag, München 1978.

Tanja Kinkel bei Blanvalet

Roman. 416 Seiten.

Als Richelieu der wahre Herrscher über Frankreich war …

Man schreibt das Jahr 1640.
Während in Europa Glaubenskriege und Herrscherkämpfe toben, gelangt Kardinal Richelieu in Frankreich auf den Höhepunkt seiner Macht. Doch im Schatten des Ruhms keimen Neid und Haß. Und selbst im Leben des scheinbar unangreifbaren Richelieu gibt es eine verwundbare Stelle: seine Nichte Marie, die Herzogin von Aiguillon, die einzige Vertraute des spröden Mannes.